精原
读典

汉语言文学原典精读系列

顾问 贾植芳 王运熙 章培恒 裘锡圭

主编 陈思和 汪涌豪

文心雕龙精读

杨 明／著

复旦大學 出版社

总　序

　　任何一门学科都有其必须研读的经典,作为该学科全部知识的精华,它凝聚着历代人不间断的持续思考和深入探索。这种思考和探索就其发端而言通常极为艰苦,就其最终的指向而言又经常是极其宏大的,所以能进入到人们的生活,对读过并喜爱它的人们构成一种宝贵的经验;进而它还进入到文化,成为传统的一部分。又由于它所讨论的问题大多关涉天道万物之根本,社会人生的原始,且所用以探讨的方法极富智慧和原创的意味,对人的物我认知与反思觉解有深刻的启示作用和范式意义,所以它又被称为"原典"或"元典"。原者,源也;元者,始也、端也,两者的意思自来相通,故古人以"元犹原也,其义以随天地终始也",又说"故元者为万物之本,而人之元在焉",正道出了经典之构成人全部成熟思考与心智营造的基始特性。

　　汉语言文学这门学科自然也有自己的经典或原典。由传统的文史之学、词章之学的讲求,到近代以来西学影响下较纯粹严整的学科意识的确立,它一直在权衡和汰洗诸家之说,在书与人与世的激荡互应中寻找自己的知识边界。从来就是这样,对有志于这门学科的研究者来说,这些经过时间筛汰的经典是构成其全部学问的根柢,所谓入门正,立意高,全基于对这种根柢的掌握。就攻读汉语言文学专业的学生而言,虽然没有这样严格的要求,更不宜过分强调以究明一字或穷尽一义为终身的志业,但比较系统地了解这些经典的基本内容,深入研读其中重要的部分,做到目诵意会,心口相应,从而初步掌握本专业的核心知识以为自己精神整合和基础教养的本原,应该说是当然和必需的事情。

　　再说,汉语言文学学科有其特殊性。它所具有的社会功能许多时候并不是用职业培养一句话就可以概尽的。对大多数从学者而言,它是一种根本性和基础性的人文精神的培养。它以润物无声的方式渗透到人的日常生活,并从人立身行事的根本处体现出自己的价值。受它的滋养,学生日后在各自的领域内各取所需,经营成家,并不一定以汉语言文学的某部分专门知识安身立命,因此,它尤注意远离一切实用主义和技术主义的诱引,并不放弃对知觉对象的本质体认和根源性究问。那么,从哪里可以得到这种本质上的体认,并养成根源性究问的习惯呢? 精读原典,细心领会,就是一条切实可行的路径。

　　然而,受历史条件和社会需求变化的影响,还有陈旧的教学观念的束缚,长期以来,我们只注重史迹的复现、概念的宣教和理论的灌输,一个中文系学生(其他文科专业的学生大抵同此)应该具备怎样的知识结构和基本教养,并未被当作重要的问题认真讨论过。课程设置上因人而来的随意,课程分布上梯次递进的失序,使这一学科科学完整的知识体系和结构位序至今还不能说已经成形,更不要说其自在性和特殊性的缩聚与凸现了。也就是说,它的课程安排在一定程度上是随机的偶合的,因此既不尽合理,带连着学科品性也难称自觉与独立。在这样情况下,要学生由点及面,由浅入深,形成对汉语言文学相关知识的完整认识几无可能。即使有大体上的认知,也终因缺乏作品或文本的支撑而显得肤泛不切,不够深入。

　　正是鉴于这种情况,三年前,我们开始在中文系本科教学中实施精读经典作品的课程改革。调整和压缩一些传统课程的课时,保证充足的时间,让学生在大学的前两年集中精力攻读一二十种经典原著。具体做法是选择其中重要的有特色的篇目,逐字逐句地细读,并力求见迩知远,举一反三,然后在三四年级,再及相关领域的史的了解和理论的训练。有些比较抽象艰深的知识和课程被作为选修课,甚至放在研究生阶段让学生修习。我们希望由这种“回到读书”的提倡,养成学生基本的专业教养。有感于脱离作品的叙述一直占据讲坛,而事实是,历史线索的了解和抽象义理的铺排都需要有大量的作品阅读做支撑,没有丰富的阅读经验,很难展开深入有效的学习,学生普遍认同了这样的教改,读书的积极性得到了很大的调动,有的就此形成了明确的专业兴趣与方向。在此基础上,我们进而再引导他们"回到感性",在经典阅读中丰富对人类情感与生存智慧的体验与把握,最终"回到理性"、"回到审美",养成清明完密的思辨能力,以及关心人类精神出路和整体命运的宽广心胸,关注一己情趣陶冶和人格修炼的审美眼光,由此事业成功,人生幸福。我们认为这样的教育理念,庶几比较切近"通识教育"和"全人教育"的本义。

现在,我们把集本系老中青三代教师之力编成的原典精读教材,分三辑、每辑十种成系列推出,意在总结过往的教学实践,求得更大更切实的提高。教材围绕汉语言文学专业所涉及的"中国古代文学"、"中国现当代文学"、"文艺学"、"汉语言文字学"、"语言学理论"、"比较文学"和"古典文献学"等七大学科点,选择三十种最具代表性的经典作品做精读,其中既有中国古代重要的文史哲著作,这些著作不仅构成整个中国文学的言说背景,本身就极富文学性,同时也包括国外有关语言学和文学理论方面的经典著作。如此涵括古今,兼纳中外,大概可以使中文学科的专业知识有典范可呈现,有标准可考究。

在具体的体例方面,教材不设题解,以避免预设的前见有可能影响学生自主的理解;也不作注释,不专注于单个字词、典故或本事的说明,而将之留给学生课前的预习。即使必须解释,也注意力避"仅标来历,未识手笔"的贫薄与单窘,而着重隐在意义的发微与衍伸意义的发明。也就是说,但凡知人论世,不只是为了获得经典的原义,还力求与作者"结心"和"对话"。为使这种发微与发明确凿不误,既力避乾嘉学者所反对的"因后世之空言,而疑古人之实事","后人所知,乃反详于古人"的主观空疏,又不取寸步不遗不明分际的单向格义,相反,在从个别处入手的同时,还强调从汇通处识取,注意引入不同文化、不同知识体系的思想观念和解说方法,以求收多边互镜之效。即使像文本批评意义上的"细读"(close reading),也依所精读作品性质的不同而适当地吸取。尤其强调对经典作品当代意义与价值的抉发,从而最大程度地体现阐幽发微,上挂下连,古今贯通,中外兼顾的特色。相信有这种与以往的各类作品选相区隔的文本精读做基础,再进而系统学习文学史、语言学史以及文学、美学理论等课程,能使本专业的学生避免以往空洞浮泛的知识隔膜,从而对理论整合下的历史与实际历史之间的矛盾有一份自己的理解,进而对历史本身有一种"同情之了解",并从内心深处产生浓郁而持久的"温情与敬意"。

如前所说,原典精读教材的编写目的,是为了给汉语言文学专业的学生提供一个基础教养的范本,它们应该是这个专业的学生知识准入的基本条件和底线。但是"应该"与"能够"从来是一对矛盾。如何使教材更准确简切地传达出经典的大旨,如何在教学过程中让学生真正得体新生命,得入新世界,是我们大费踌躇的问题。好在文学的本质永远存在于文学作品的影响过程中,学术的精神也永远存在于学术著作的解读当中。既如此,那么从原典出发,逐一精读,既沉潜往复,复从容含玩,应该不失为一种合理可行的思路。

我们期待基于这种思路的努力能得到丰厚的报偿,也真诚地欢迎任何为完善这一思路提出的建议与批评。

目　录

第一讲

导论：刘勰和《文心雕龙》

我国古代著名的文论家刘勰,生活在南朝齐、梁时期,距今约一千五百年。他的《文心雕龙》是文论史上少有的体大思精之作。鲁迅先生《诗论题记》曾说:"东则有刘彦和之《文心》,西则有亚里士多德之《诗学》,解析神质,包举洪纤,开源发流,为世楷式。"①当今《文心雕龙》研究被称为"龙学",可说是学界的"显学"之一。而且不但我国学者,世界上许多国家的学者也对它深感兴趣,十分重视。这部不朽的著作,不但是我国传统文化中的瑰宝,而且也为世界文明作出了贡献。

一、《文心雕龙》产生的时代

《文心雕龙》撰成于南朝齐末,也就是魏晋南北朝这个所谓"文学自觉时代"的晚期②。

魏晋南北朝时期(从东汉末年献帝建安年间开始),将近四百年,是我国政治、经济史上的一个重要时期,也是思想文化史上的重要时期。就文学而言,其重要性,可以一言以蔽之,就是"文学的自觉"。

所谓自觉,是与此前的先秦两汉相比较而言的。它不仅体现于文学创作,更主要的是体现于文学思想、文学理论,体现于人们如何看待文学这个问题上。先秦两汉,人们对文学的独特的性质和功能,也就是文学之所以为

---

① 见西北大学鲁迅研究室编《鲁迅研究年刊》创刊号,西安:陕西人民出版社,1974年。
② 据考查,日本著名汉学家铃木虎雄的《支那诗论史》(1925年日本弘文堂书房出版)设有专章"魏代——中国文学的自觉期",说"我认为魏代是中国文学的自觉时代"。嗣后1927年7月鲁迅先生在广州作题为"魏晋风度及文章与药及酒之关系"的讲演,讲演稿后收入《而已集》,有云:"曹丕的一个时代可说是'文学的自觉时代'。"参见李文初《汉魏六朝文学研究·从人的觉醒到"文学的自觉"——论"文学的自觉"始于魏晋》(广州:广东人民出版社,2000年)和李庆《日本汉学史》第二册第七章第三节(上海:上海外语教育出版社,2004年)。

文学、文学区别于其他意识形态之所在,是认识不清楚的。我们今天认识到,文学之所以为文学,就在于它的审美性质。它以语言文辞为物质手段,反映客观世界,抒写作者所思所感,而又具有审美性能。这种性能,本身就有它存在的理由,不需通过别的功利目的方能体现其价值。但正如人们对任何事物的认识都有一个发展过程一样,先秦两汉人们往往还认识不清文学的独特性质和价值。他们将文学当作实行政治教化的工具,认为文学的价值就只在于这种功利性。试看汉代儒家学者对《诗经》《楚辞》中作品的解释,常常是牵强附会地与政治挂钩,就可以明白文学独特的审美性质与功能在他们心中是没有多少地位的。魏晋南北朝时期便不同了。这个时期的人们对于文学作品更多的是关注其审美性能,关注其带给作者和读者的审美愉悦,关注文学本身的内部规律(如作家思维的特点、作品风貌与作家才气学养的关系、古今文学演变的趋势、修辞的技巧等等)。这时期人们常常流露出对于一般的抒情写景、没有什么政教意义的作品的喜爱,认为此类作品写得好的话,一样可以让作者不朽,这实际上也就是承认作品的审美功能有其自身的价值。当然,以上所说是就大体倾向而言。事实上汉代文学思想与魏晋南北朝文学思想不可能截然分开。前者对文学性能也已逐渐有所认识,只是还不很自觉,不占主要地位;后者对前者也不是全然抛弃,而是一种"扬弃"。魏晋南北朝时期人们一般也并不鲜明地对汉代学者的言论唱反调、持批判态度,相反在口头上、在打出的旗号上还往往接过汉儒的话头,但实际上他们所关注的东西、他们目光已经潜移暗转了。

之所以发生这样的转变,与这个时期儒家思想地位的动摇有密切关系。儒家思想仍然是占统治地位的思想,但如汉代那样的独尊地位不复存在了,对士人头脑的禁锢作用松弛了。玄学和佛学兴起,赢得了许多知识分子的喜爱。这种多元化的局面是有利于思想的解放,有利于学术发展的。发生转变的另一重要原因是文学创作的蓬勃发展。自建安以来,诗歌写作非常兴盛。五言诗成为诗人们最喜爱的体裁,写作风气遍及朝野。七言诗在南朝也取得了重要成果。大量抒写日常生活情景的优秀作品涌现出来,题材不断拓展,艺术表现、语言技巧也日益精美。赋的写作在汉代以气势恢宏而不忘美刺讽谕的大赋为主,魏晋南北朝则许多抒情气息浓郁、写景真切、色彩鲜明的小赋更蓬勃发展,令人喜爱。各种文体,包括政治和社会生活中的实用文体,都讲究词藻的美丽,讲究运用对偶、典故,并且追求声音的和谐悦耳。这种对文辞之美的讲求,在南朝后期达到登峰造极的地步。后世称这种文章为骈文。由于讲求写作艺术、修辞技巧,使得实用性的文体也成了审美对象。梁代的昭明太子萧统在《文选序》中说,各式各样的文体,用途各异,但"譬陶匏异器,并为入耳之娱;黼黻不同,俱为悦目之玩",就显示了此种审美的态度。

由于文学创作的发达,必然就促进了文学批评和理论的发展。魏晋时期的两篇重要论文——曹丕的《典论·论文》和陆机的《文赋》,都着重从文学本身立论,而不是像汉代学者那样强调作品与政教的关系。《典论·论文》着重从"气"即作家禀性、气质和作品风貌的角度评论当时的文人。在曹丕看来,写作那些政治生治中必需的文章固然是"经国之大业",而写作一般的抒情状物的诗赋也可以成为"不朽之盛事"。《文赋》的作者陆机,是一位才高一世的大作家,他把自己写作中的真切体会,用华丽而贴切的文辞描述出来,谈作家的思维和创作甘苦,谈文章利病。《典论·论文》和《文赋》是文学进入自觉时代的重要标志。为了便于人们观赏和学习,文章总集的编纂也兴盛起来,真中最著名的,有晋代挚虞编的《文章流别集》和李充编的《翰林》①,南朝则有梁代萧统编的《文选》。它们都是分体编纂,最便于揣摩文章的写作艺术。《文章流别集》和《翰林》还对各种体裁的源流、特点、代表性的作家作品加以简要的论述。这两部总集今已亡佚,但当日对于刘勰著《文心雕龙》当提供了许多方便,给予不小的影响。

总之,魏晋南北朝时期文学创作和文学批评、理论的发达,乃是《文心雕龙》产生的基础。刘勰囊括古今,既吸取了先秦汉代文章和文学理论中的合理因素,更总结了魏晋南北朝文学自觉时期文论的大量成果,加以自己的精密分析、深刻体会,从而形成了《文心雕龙》这一部体大思精的文论著作。

---

① 《隋书·经籍志》、《旧唐书·经籍志》、《新唐书·艺文志》均著录为《翰林论》,但据《隋志》云,梁时该书有五十四卷之多。故郭绍虞先生判断该书原也是一部总集,其中论述语别出单行则称为《翰林论》。见其《〈文章流别论〉与〈翰林论〉》,载作者《照隅室古典文学论集》上编(上海:上海古籍出版社,1983年)。

二、刘勰的生平

刘勰,字彦和,东莞莒人。其地在今山东日照市。但这是刘勰的祖籍。事实上早在西晋末年天下大乱、北方人士避难南迁之时,刘勰的祖先也逃到了南方。那些南迁人士,许多都在京口(今江苏镇江)定居下来,刘氏家族应也是如此。所以,刘勰其实应该是京口人。京口在长江南岸,交通发达,地位重要,东晋南朝时是有名的都会,经济发达,人文荟萃,文化气息十分浓厚。

刘勰的祖上没有地位显赫、名声昭著的人士。其父名尚,事迹不详,只知道他做过越骑校尉的官。那是一个四品武官。刘尚去世较早,家道也就衰落。总之刘勰的出身并非贵胄华门、世家大族①,而且早孤,家境是比较寒微的。

刘勰的生卒年,也都没有确切的资料可供推算。粗略地估计,大约生于刘宋泰始(465—471)初年。他一生经历宋、齐、梁三朝,与梁武帝萧衍以及齐梁时的著名作家谢朓、丘迟、柳恽、裴子野、王融、吴均等人的年龄大致相当,比沈约小二十多岁,比江淹小二十岁左右。至于著名的刘宋三大作家谢灵运、颜延之、鲍照,都比刘勰大得多。谢、颜早已逝去,鲍大约恰死于刘勰出生前后。《文心雕龙》评述作家作品,止于东晋,对刘宋以及齐、梁作家都不加评论。不过对于刘宋时的一些重要文学现象,如谢灵运等开创的描绘山水物色的风气,如文辞力求新异的倾向,却都还是有中肯的论述的。

刘勰早早就死了父亲,家境不富裕,但他笃志好学。他一生未曾婚娶。大约在二十五岁左右,入定林寺,依托有名的沙门僧祐,在僧祐身边生活了十多年,但却并未出家落发。定林寺在建康(今南京,三国吴、东晋和南朝均建都于此)钟山(即紫金山)。寺原在山下,刘宋元嘉(424—453)年间,罽宾

---

① 见王元化先生《刘勰身世与士庶区别问题》,载作者《文心雕龙创作论》(上海:上海古籍出版社,1979 年)。

(今阿富汗)僧人昙摩密多从浙东返回建康,居住该寺。他觉得寺的位置太低,便在高处择址营建新寺,称为上定林寺。原先的下寺便渐渐废弃了。上定林寺造得宏伟深邃,四周林木葱茏。信徒云集,香火极盛。许多高僧都曾栖止于寺中,崇信佛教的王侯贵臣也常常前往寺中礼拜听道。寺内还藏有大量佛教经论典籍,还供奉着高僧法献从西域带回来的佛牙、佛像。法献便是僧祐的师父。

　　刘勰生活的时代,朝野上下奉佛的空气甚浓。齐武帝次子竟陵王萧子良,就是一位虔诚的佛徒。而僧祐,正是萧子良所尊崇的律学大师。刘勰依附这样一位高僧,有的学者认为具有躲避课输徭役的动机,有的猜测或许怀有寻找接近上层人士机会的目的。当然也可能还有其他原因,如佛教信仰、便于读书等。总之,刘勰入寺凡十余年,在此长时间内,他做了不少与佛教有关系的工作。例如为某些逝去的僧人、有名的寺庙撰写碑铭。此类工作在当时是十分重要、慎重从事的,刘勰受托撰写,足见其文笔受到器重,非同一般。

　　这一期间刘勰所做的更要紧的有关佛教的工作,乃是协助僧祐整理寺中所藏佛家典籍,编制目录。僧祐在收集、整理佛典方面有重要贡献,他整理群经以后编撰了一部目录,名为《出三藏记集》("出"乃翻译之意,三藏指经藏、论藏、律藏,佛书分成这三大类)。这是我国现存最早的佛典目录,不但历来为研究佛学者所宝重,而且在目录学史上也有重要地位。著名历史学家陈垣先生曾称赞该书的一些体例、做法,为"目录学家亟当效法",并指出清代"朱彝尊撰《经义考》,每经录其前序及后跋,即取法于此"[①]。可见其书的学术价值和影响,已超出于佛学领域之外。而在这部书的编撰中,刘勰可能也有相当的贡献。《梁书·刘勰传》云:"依沙门僧祐,与之居处,积十余年。遂博通经论,因区别部类,录而序之。今定林寺经藏,勰所定也。"既说"录而序之",则《出三藏记集》中各部分的序,或许就有刘勰的手笔。此外,僧祐还编撰有一些著作如《弘明集》等,刘勰很可能也曾出力。通过这些工作,刘勰不但提高了自己的佛学修养,而且锻炼、提高了思辨的能力。当时寺中所藏佛典数量浩瀚,颇为杂乱,还有伪作混淆于其间,进行整理,必须花

---

① 　陈垣《中国佛教史籍概论》,北京:中华书局,1962 年。

大力气进行比较、鉴别、选择、归类,上下联系,左右参证,这本身就是一种学术的训练、思维能力的训练;何况佛学理论富于思辨性、逻辑性,深入钻研之,当然会大大提高思辨的能力。因此,这一工作对于刘勰写作《文心雕龙》,是有益的。《文心雕龙》体大思精,条理明晰,富于逻辑性,在在显示出作者分析和归纳的能力,学者们多指出这与刘勰受佛学的影响有关。应该说这种判断是有道理的。当然,也不能将刘勰思维之精密完全归功于佛典的影响,我国的固有学术,经历先秦、汉代、魏晋南北朝的长期发展,同样体现出逻辑思维水平的不断提高。读诸子书和大量的论说性文字,尤其是魏晋时期的玄学著作,便可感受到其浓厚的思辨性。

　　学者们对于《文心雕龙》是否受到佛学影响、有哪些影响的问题,颇有兴趣。有的认为受佛学的影响颇大;有的则以为不然,认为《文心雕龙》就其内容而言,是见不出佛学的影响的。这个问题这里不拟详论。我们的看法是:在思维方面,可以说刘勰受到佛学影响。除了上面所说思维的精密性之外,《文心雕龙》所体现的观察问题的方法,可说也有佛学的影响在里面。《文心雕龙》常常用一种分析的态度去观察事物。比如论作家的主观因素,曹丕《典论·论文》以一个"气"字概括之,不作分析;刘勰则析为才、气、学、习四者。又如论优良的文风,刘勰运用了当时人物评论、文艺评论中所用的风力、骨气、风骨等语。但别人从来不对这些词语作解释,刘勰则明确地从风、骨两个侧面加以定性的说明。这种分析的态度,在佛典中比较常见。还有一点非常重要的,是《文心雕龙》很多地方体现出辩证的思想方法,总是顾及事物的两极,取其折中而不偏于一方,立论通达而稳妥。有的时候,刘勰评价某一事物时,其说法似乎自相矛盾,令读者有点捉摸不定。例如论及《楚辞》,既热情赞颂其"奇文郁起","惊采绝艳,难与并能",却又说"楚艳汉侈,流弊不还"。又如论建安时期曹氏父子的乐府诗,既说"虽三调之正声,实《韶》《夏》之郑曲",语含贬意,却又称赞其"气爽才丽"、"有佳篇"、"清越"。其实这是从不同角度、不同侧面去说。事物本来是多角度、多侧面的,从不同方面去看,结果往往就是不一样。合而观之,始见其全。这种辩证的观察事物的思想方法,当然我国固有学术中自古就有,而佛学强调"中"道、不滞一边,对于刘勰该也是很有影响的。《文心雕龙·论说》评西晋玄学家贵无、崇有之争时,曾说:"然滞有者全系于形用,贵无者专守于寂寥,徒锐偏解,莫诣正理。动极神源,其般若之绝境乎?"认为大乘般若空宗将万物视为既是有又是无、既不是有又不是无、有无相统一的理论才是真理,才是高度的智慧。可见刘勰是自觉地接受此种佛家智慧的影响的。除了思维方法之外,就具体内容而言,《文心雕龙》中确实极少能见出佛学的影响。这并不奇怪,因为《文心雕龙》谈的是文章,它要总结的是我国先秦至南朝——特别是魏晋南北朝所谓文学自觉时代——的文章写作、文学创作的思想、理论,那样的内容当然不可能从佛典中去寻找。但是,涉及个别问题时,也可能与佛学有关。如《原道》篇论宇宙本体与万物的关系,其中就有当时佛学的影子,这只要对照着读一读刘勰的佛学论文《灭惑论》就清楚了(参第一讲"小结")。关于《文心雕龙》所受佛学影响的问题,值得深入研究,因此在这里顺便简单地谈一下。

刘勰依托僧祐,在定林寺内生活了十多年。《文心雕龙》就是在此期间写成的。在定林寺中,除了僧祐苦心建立的佛教经藏之外,也收藏有大量经史子集四部图书。整理佛典是需要佛教之外的典籍作为参考的。僧祐自述其整理工作时就曾说:"钻析内经,研镜外籍,参以前识,验以旧闻"(《出三藏记集序》)。所谓内、外经籍,就是分别指佛教的和佛教外的典籍。这些典籍,为刘勰的学习、钻研,为他写作《文心雕龙》提供了很好的客观条件。

刘勰长期居留于寺庙之中,整理佛教典籍,还写作捍卫佛法、批判攻讦佛教的长篇论文《灭惑论》,可以说是一位虔诚的佛徒,但他却并没有出家。这是为什么呢?这与他的人生观密切相关。他虽然身在庙宇,其实却心存魏阙。《文心雕龙·程器》云:

> 是以君子藏器,待时而动。……固宜蓄素以弸中,散采以彪外,楩楠其质,豫章其干。摛文必在纬军国,负重必在任栋梁。穷则独善以垂文,达则奉时以骋绩。

这便是刘勰的人生理想。他认为君子应当提高自己的道德、学问和才能,怀抱利器,一旦机会来临,便施展才干,在政治上有所作为。在我国古代,一般知识分子想要求得自身的发展,都得进入仕途。如果没有那样的机会,那么便不得已而求其次,"独善以垂文",通过著述,尤其是写作子书或史书,以达到立言不朽的目的。所谓三不朽——立德、立功、立言,在中国古代知识分子那里往往是根深蒂固的一种人生观念。刘勰也正是如此。他虽然由于出身寒微等我们今天不十分明了的原因栖身于佛宇,其实是待机而动,盼望着出仕的。可惜齐末的政治太黑暗动荡了,最高统治集团内部猜忌残杀,刘勰根本不可能获得出仕的机会。而写作《文心雕龙》,也正是他不能"奉时以骋绩"而不得已"独善垂文"的一种表现。《文心雕龙·序志》云:

> 夫宇宙绵邈,黎献纷杂,拔萃出类,智术而已。岁月飘忽,性灵不居,腾声飞实,制作而已。夫肖貌天地,禀性五才,拟耳目于日月,方声气于风雷,其超出万物,亦已灵矣。形甚草木之脆,名逾金石之坚,是以君子处世,树德建言,岂好辩哉? 不得已也!

又《诸子》篇云:

> 太上立德,其次立言。百姓之群居,苦纷杂而莫显;君子之处世,疾名德之不章。唯英才特达,则炳曜垂文,腾其姓氏,悬诸日月焉。……嗟夫! 身与时舛,志共道申,标心于万古之上,而送怀于千载之下。金石靡矣,声其销乎!

可谓再三致意。其借助于著述以垂名不朽的愿望,是何等强烈。《序志》最后以充满情感的语调说:"文果载心,余心有寄!"可以说《文心雕龙》这部著作简直是刘勰精神和生命的寄托。《序志》又说:"茫茫往代,既沉予闻①;眇眇来世,倘尘彼观也。"往代、来世,是用佛教三世之说的话头。刘勰的意思是说:在过往的世代之中,我是默默无闻、未曾有过声名的;待到悠悠来世,

---

① 沉,隐伏、湮没、不彰显之意。如陆机《赴洛二首》之一:"无迹有所匿,寂寞声必沉。"声必沉,是说离别之后,听不到对方的声音了。《文心雕龙·时序》云司马懿父子"迹沉儒雅",意谓他们不好文,在儒雅方面无所表现。闻,声闻。

这部著作或许能蒙后人观览吧。虽然努力于立言不朽,但所著之书能否在当代受到重视,刘勰仍感到悲观,只好寄希望于来世。而来世毕竟有点虚无缥缈,再说自己地位卑微,著作能否传世,也未必有十分的把握,因此用了一个"倘"字,是一种不确定的口气。《知音》云:"知音其难哉!音实难知,知实难逢,逢其知音,千载其一乎!"也流露出同样的悲慨。这实在使人同情。一方面怀着立言不朽的强烈愿望,另一方面却又对自己生命之所寄的著作的命运并无把握,刘勰就是在这样矛盾的心情中写成《文心雕龙》的。

《文心雕龙》的写作始于刘勰三十岁以后,而其成书定稿,应在南齐最后一个皇帝齐和帝时期(501—502)[①]。其写作正经历了齐末政治混乱动荡的年月。在动荡之中,雍州(治所在今湖北襄阳)刺史萧衍乘机起事,率兵攻下建康,结束了齐的统治,建立梁朝。时在 502 年春夏之交。同年,改元天监。

梁朝的建立,似乎给"待时而动"的刘勰带来了一些希望。据《梁书·文学传》记载,刘勰写成《文心雕龙》之后,一时尚没有获得赏识,他便想收名定价于沈约。沈约历仕宋、齐、梁三朝,在齐时与萧衍曾同在竟陵王萧子良门下,都是有名的"竟陵八友"中的人物。萧衍阴谋篡位,他也是积极赞助者之一。因此梁朝甫建,他便地位贵盛。同时沈约又是著名作家,在文学、史学方面都很有建树,是"永明声律说"的创始人之一。难得的是他还喜欢奖掖后进,许多有文学才能的年轻人都得到过他的褒赏。还有,他还是一个虔诚的佛教信徒,定林寺僧祐之师法献逝世后,就是请他写的碑文。因此,刘勰想从他那里获得对《文心雕龙》的肯定,是很自然的。可是他地位高,要见到他不容易,刘勰便背着自己的这部著作,样子像个小贩,候在路边,俟沈约车驾经过时,趋于车前求见。沈约取读之后,大为赞赏,说是"深得文理",并放在自己案头,经常翻阅。这对于刘勰而言,当然是一件大好事。他不但获得了知音,而且可能也是因此而获得了步入仕途的机会。

刘勰在梁朝的仕宦经历,见于《梁书·文学传》。他担任过临川王、中军将军萧宏和南康王、仁威将军萧绩的记室。萧宏是萧衍的六弟,萧绩则是萧衍的第四子。所谓记室,就是秘书、书记之类,是搞文字工作的。还担任过

---

① 据清代学者刘毓崧《书〈文心雕龙〉后》的考证。现代学者多认同刘氏的结论,但也有学者认为成书于梁初。

太末县(在今浙江省衢县东北)的县令。在此任上,颇有政绩。在任萧绩记室时,还兼任东宫通事舍人一职。所谓东宫,即指太子。当时的太子就是在文学史、文学批评史上颇有名气的昭明太子萧统。萧统(501—531),字德施,萧衍长子,逝世后谥号昭明。他以礼贤下士、爱好文学著称。曾主编《文选》,对后世影响极大,是很长历史时期内人们学习文章写作的范本,曾有"《文选》烂,秀才半"的说法。它也是我国现存最早的各体文章总集。《梁书·昭明太子传》说萧统"引纳才学之士,赏爱无倦。恒自讨论篇籍,或与学士商榷古今,间则继以文章著述,率以为常。于时东宫有书几三万卷,名士并集,文学之盛,晋、宋以来未之有也"。同时他也崇信佛教,遍览群经,在宫中举行法会,招引名僧,谈论不绝。刘勰既擅长作文,富于学问,又有深厚的佛学修养,如今成了萧统的属官,不言而喻,自然深为萧统所爱接。近世有的学者以为《文选》的编撰,可能也受到《文心雕龙》的影响。东宫通事舍人官秩很低,但侍奉太子,是人们所歆羡的"清选"。刘勰任此职多年。天监十七年(518),他因上表言事,建议郊祀天地时也像宗庙祭祀那样,不用牺牲而改用蔬果,投合了正狂热崇佛的武帝的心意,遂升迁为步兵校尉,而仍兼东宫通事舍人。

　　《梁书·文学传》记载刘勰的仕宦经历,即到此为止。此后刘勰还做了些什么呢?据学者考证,他任步兵校尉不久,便解职而奉萧衍之命,与沙门慧震在定林寺修撰经藏。上文说过,齐时刘勰在定林寺曾协助僧祐整理经藏,编制目录,此次又加以编撰整理,当是因经藏又有所增益的缘故。此前僧祐已于天监十七年圆寂,年七十四。其碑文即由刘勰撰写。这位高僧在刘勰的一生中占有重要地位。这次刘勰再入定林寺整理经藏,可说也是继承了他的事业。完成此项工作后不久,刘勰便上表请求出家,并燔烧鬓发,以示决心。得到萧衍应允之后,便在寺中换着僧服,改名慧地。出家不到一年,便溘然而逝,其时大约在梁武帝普通二年(521)前后,享年约五十六七岁[①]。刘勰的一生,可说与建康的这座名刹有不解的因缘。青年时入寺,虽已信仰佛教,但仍抱着入仕的理想,企图在政治上有一番作为;而晚年终究

_____

① 据范文澜先生《文心雕龙·序志》篇注[六]的考证。也有学者认为刘勰变服出家在中大通三年(531)之后。有关资料可参见牟世金先生《刘勰年谱汇考》(成都:巴蜀书社,1988年)。

成为寺中的一名僧人,在晨钟暮鼓声中走完了自己的生命的途程。其间思想上经历怎样的变化?由于资料缺乏,实在是难于深究了。

刘勰的作品,除了《文心雕龙》这部不朽之作之外,其他留传至今者很少。他写过不少与佛教有关的文字,但留下来的也只有两篇:一是作于齐代的《灭惑论》①,那是一篇捍卫佛法、驳斥对于佛教的攻击的长篇论文;二是作于梁天监十五六年的《梁建安王造剡山石城寺石像碑》。那座石像,是僧祐奉萧衍之命设计雕造的,号称江南第一大佛,至今还巍然安坐于浙江新昌县城西南石城山大佛寺内。

三、《文心雕龙》的性质、结构、基本思想和在中国文论史上的地位

《文心雕龙》是一部什么样的著作呢?

它原是一部谈论如何写好文章的书,是文章写作指导;以今天我们的眼光看,其中也包括许多文学理论的内容②。

《文心雕龙·序志》篇一开头就说:"夫文心者,言为文之用心也。"明白地告诉人们,该书的内容,是讲如何用心写好"文"。这里首先要说明:所谓文,不是今日所谓文学,而是"文章";也还不是今日所谓文章,而是指一切用文辞写下来的东西。今日所谓文学,一般是指诗歌、小说、剧本以及文艺性的散文等,总之是富于审美性质、能带给读者审美愉悦的作品,应用文、公文之类一般是不包括在内的。而汉魏六朝所谓"文"、"文章",却包括各种公文、应用文,并且还占很大的比重。试看汉末曹丕的《典论·论文》所说:"夫文本同而末异。盖奏议宜雅,书论宜理,铭诔尚实,诗赋欲丽。"所举八种文

---

① 有的学者认为《灭惑论》作于梁代,此从杨明照先生《刘勰〈灭惑论〉撰年考》及牟世金先生《刘勰年谱汇考》之说。

② 王运熙先生有《〈文心雕龙〉是怎样一部书》、《〈文心雕龙〉的宗旨、结构和基本思想》二文,很好地论述了有关问题。二文均收入作者《文心雕龙探索》(上海古籍出版社,1986 年,增补本也由上海古籍出版社出版,1999 年,又作为《王运熙文集》第三卷,由上海古籍出版社出版,2012 年)。

体中,奏、议、铭、诔是公文、应用文,书、论指议论性文字(成部或单篇),偏于学术性,这六种都不以审美为主要特点和功能,只有诗、赋两种主要是供审美需求的。再看西晋陆机《文赋》,举出诗、赋、碑、诔、铭、箴、颂、论、奏、说十种体裁的作品,自碑、诔以下,也是以实用性为主的文体。还有西晋挚虞的《文章流别集》《文章流别论》,东晋李充的《翰林论》,也都是包罗公文、应用文的。至于与《文心雕龙》大致同时而略后的昭明《文选》,收录三十多种体裁的作品,同样包括大量实用性文章。《文心雕龙》也正是这样,它论各体作品,于诗、赋之外,对于政治和社会生活中多种多样的实用文体如诏策、檄移、章表、奏启、议对、铭箴、诔碑、哀吊、书记,还有学术性的史书、子书、论说文,都一一设专篇加以认真的讨论,连家谱、户籍、药方、契约等琐屑末品,也都要提到。即便儒学经典,刘勰也说"圣贤书辞,总称文章"(《情采》),也是属于文章范围之内的。总之,凡是用文字写下来的东西,都是"文",都是"文章"。其范围远远大于今日所谓文学。《文心雕龙》就是要告诉人们怎样运用文辞写好这些林林总总的作品。因此,我们说它是一部指导文章写作的书,比说它是一部文学理论书,更符合实际一些。

认清这一点,对于正确理解《文心雕龙》中的某些论述,颇有关系。例如《序志》篇说:"唯文章之用,实经典枝条。五礼资之以成,六典因之致用,君臣所以炳焕,军国所以昭明。"如果我们由此而判定刘勰强调文学直接服务于政治,便不够准确了。因为他这里说的是文章,而不是今之所谓文学。"文章"中有许多是直接用于政治生活的,包括各朝各代制定礼仪、设官分职,都需要写成文字,即用到文章("五礼资之以成,六典因之致用"即指此而言),那样的文章,当然具有使君臣炳焕、军国昭明的重大政治功能。因此,从这些话里不能得出刘勰要求一般抒情、写景、状物的诗赋文学作品必须为政治服务的结论。附带说一下,曹丕《典论·论文》说文章是"经国之大业",陆机《文赋》说文章能"济文武于将坠,宣风声于不泯"等等,也应从这个角度理解。

不过,《文心雕龙》所论各体文章,除大量实用性文体外,也包含审美性质浓厚的诗、赋等文学作品,刘勰很重视它们,对它们审美方面的特点有很好的论述。《文心雕龙》的下半部打通各种文体论写作,其中论想象,论景物描写,论比兴和夸张等手法,可以说主要是就诗赋等抒情写景作品的创作而言的,与公文、应用文的关系很小。即使在论公文、应用文的写作时,刘勰也着重从写作艺术、运用文辞角度去谈,充分体现了南朝人重视文辞美丽的审美趣味,这就也包含着今日所谓文学的因素了。还有,刘勰在论述时既时时从实践角度谈怎样才能写得好,又注重从理论角度进行分析。构思和想象,作品的个人风格、文体风格,文风的清朗动人,内容和文辞的关系,创作的继承和发展,作品与时代的关系,等等,这些今日看来颇具文学理论色彩的问题,刘勰都谈到了。因此,应该说,《文心雕龙》既是一部指导文章写作的书,又包含许多文学理论的内容,是我国古代文章学、文学理论批评方面的伟大著作。

下面谈谈《文心雕龙》全书的结构、章节安排。

我国古代许多诗文批评著作,往往将真知灼见、敏锐的审美感受通过印象式的、缺少理论体系的言论表述出来,《文心雕龙》却不一样。刘勰写这部书态度严肃,考虑得很周详。他是怀着藉此书以立言不朽的心情进行写作的。他力图将先秦至南朝前期有关文章写作的各种观点、思想熔为一炉,加以自己的深刻理解和发挥,组织成一部体系比较完整周密、注重分析的著作。全书共五十篇。最后一篇《序志》是全书自序(古人著述往往将自序置于全书之末)。其余四十九篇的安排大致如下①。

开头五篇,即《原道》、《征圣》、《宗经》、《正纬》、《辨骚》,刘勰自称为“文之枢纽”,意思是作文之关键。这五篇又可分为两组。《原道》、《征圣》、《宗经》为一组,首先说明文章的本原是“道”,从而建立起“道沿圣以垂文,圣因文而明道”的理论逻辑,提出作文必须宗经即以儒家经书为典范的主张。《正纬》、《辨骚》为又一组,认为作文须酌取纬书和《楚辞》,尤其是要吸取《楚辞》的优长。《辨骚》最后说作者应该“凭轼以倚《雅》、《颂》,悬辔以驭楚篇,酌奇而不失其贞(意同正),玩华而不坠其实”。这其实是提出了关于写作的基本思想。“酌奇而不失其贞”,主要是就文风即文章的总体面貌而言。“奇”指不同于凡旧,指新变、独创而言。刘勰主张文章既要追求新变,不陈陈相因,又必须合乎规范,具有端正的风貌。“玩华而不坠其实”则是就文辞

---

① 参见王运熙先生《〈文心雕龙〉的宗旨、结构和基本思想》。

和内容的关系而言。"华"指美丽,主要指文辞的美丽;"实"指内容的充实、扎实。刘勰用植物的花朵与果实的关系为喻,告诉人们文章要写得美丽,但不能淹没内容,不能内容浮虚而徒事华辞。那么怎样做到"酌奇而不失其贞,玩华而不坠其实"这两条呢?刘勰认为就是要正确地学习古人的优秀作品。标举宗经,主要是从正、实这一侧面着眼;学习《楚辞》、酌取纬书,主要是从奇、华这一侧面着眼。刘勰说经书是写文章的最高典范,文风雅正而也有奇变,内容充实而文辞美丽,但实际上,他也看到后世的文章是在发展的,尤其是《楚辞》,可谓"奇文郁起","衣被词人,非一代也",因此光学习经书实际上是不够的,还必须举出《楚辞》作为"奇"、"华"这一侧面的典范(至于纬书,则处于辅助地位)。当然二者之间,还是有主次区分的。用驾车为喻,一个是"凭轼以倚",一个是"悬辔以驭"。如果只知逐奇玩华,就要步入歧途了。

接下来《明诗》至《书记》二十篇,有的学者称之为文体论,是论各种文体的写作。其中《明诗》至《谐讔》十篇,所论多为押韵的文体;《史传》至《书记》十篇,所论多为不押韵的文体。南朝人区分文体,以押不押韵为其大别,押韵者总名之曰文,不押韵者总名之曰笔,刘勰正是这样安排篇目的。这二十篇有大致相同的结构脉络,即《序志》所说的"原始以表末,释名以章义,选文以定篇,敷理以举统"四项。也就是以名词训释的方式阐发文体的意义、叙述文体的起源与发展、列举该文体的历代名家名作、概括该文体的基本规格要求(包括应该具有的风格特征)这四项。原始表末、选文定篇的内容,可作为简略的分体文章史看,但刘勰安排这样的内容,一方面是受前人论文的影响,一方面大约也有列举范文以供观摩的用意。"敷理以举统"一项话并不多,却是各篇的核心和重点所在,因为它指出该文体的要领,对于学习写作的人是十分重要的。

接下来的二十五篇,除去《序志》,凡二十四篇。这二十四篇的结构、体系如何,刘勰未曾明言。从其内容看,自《神思》至《总术》十九篇,每篇都论述写作中的某一问题,即所谓论文术,而时有理论的阐发;后面《时序》《物色》《才略》《知音》《程器》五篇,则大多不是谈写作方法,而是分别论述一些有关问题,可视之为附论。

《神思》至《总术》十九篇的内容大致如下。

写作始于运思。如何保持思路畅达,是写作的首要问题,故以《神思》为论文术部分之首篇。

作者主观条件("性")与作品风貌("体")的关系,古人是十分重视的,他们认为文章写得怎样,归根结柢是作者的问题。(如曹丕《典论·论文》就以论作家为出发点。)故于《神思》之后,便设《体性》论述这一问题。

接下来《风骨》、《通变》、《定势》三篇,围绕着如何获取优良的文风来谈。《风骨》正面论述什么是优良的文风。《通变》接着提出为了获得优良文风必须了解古今文章变迁之大势,以正确选择模仿、酌取的对象;只有在斟酌古今质文的基础上才谈得上追求新变。《定势》则告诫作者应懂得写作时的种种因素必然造成相应的"势"(文章的态势、样子、风貌),决不可穿凿取新而造成"讹势";"讹势"就是一种与"风骨"相对立的不良文风。刘勰认为"讹势"是南朝刘宋以来文人过分求新而形成的一种突出弊病,故着重提出来加以批判。这三篇颇具理论色彩,而从写作实践的角度说,都围绕着获得优良文风这一中心,可以说与"文之枢纽"中提出的"酌奇而不失其贞"的基本思想相呼应。

接着的《情采》、《熔裁》两篇,则与"玩华而不坠其实"相呼应。《情采》论内容(情)与文辞(采)的关系,《熔裁》则着重针对一些作者易犯的"委心逐辞"的毛病,具体讨论如何处理好情与采的关系。

《风骨》至《熔裁》五篇两个单元,是就写作的基本思想展开论述;接下来《声律》、《章句》、《丽辞》、《比兴》、《夸饰》、《事类》、《练字》、《隐秀》、《指瑕》九篇,则对有关修辞和一些写作手法的具体问题加以讨论。这几篇鲜明地反映出南朝时骈体诗文发达、斤斤讲求文辞精美的时代风气。讲究对偶、用典、词藻富丽和声音悦耳,是当时文章的重要特色,即使是公文、应用文也是如此。实用性的文章也成了审美对象,给人们带来了阅读的愉快,其中的一个重要原因,就在于它们具有文辞之美。

然后是《养气》、《附会》、《总术》三篇,又从技巧方面的具体问题回到某些全局性问题。《养气》着重从劳逸结合的角度谈如何保证思路通畅,可与《神思》参读。《附会》强调作文时须注意将全篇连成一个整体。《总术》强调作文必须研究文术,也就是研求上面诸篇所论的原理及方法,提高自觉性,减少盲目性。该篇可说是对《神思》至《附会》的一个总结。

最后五篇是附论。《时序》论先秦至刘宋以前历代的文章写作概况。《物色》专论历代作品中的景物描写。《才略》评历朝著名作家。《知音》论鉴赏和批评。《程器》谈作家的品德修养和政治才干。刘勰著《文心雕龙》,志在弥纶群言,笼罩前贤,故对于这些虽非直接指导写作、但与写作有关的方面也都要加以论述。其中一些内容,颇具有理论色彩。

下面简单地谈谈《文心雕龙》在我国古代文论史上的地位问题。

第一,《文心雕龙》是对于先秦至南朝前期文论的一次全面系统的总结。

刘勰写作《文心雕龙》,意在"弥纶群言",兼收并蓄。凡前人论文的有关内容,他都在自己理解的基础之上,加以分析和引申发挥,纳入自己的体系。这就使《文心雕龙》具有很强的包容性,内容丰富全面,成为一部总结性的论著。

我国先秦和两汉时代的文论,以儒家文论为主。见之于儒家典籍的文论大致可分为两个部分。一是反映了文章写作普遍规律的内容,二是体现了儒家特点的内容。第一部分大约主要有两点:(一)将语言、文辞(包括诗歌)看作思想感情、内心世界的外现;作者情感于物,发而为诗文。所谓"言以足志"、"情动于中而形于言"、"诗言志"、"吟咏情性"等,即属于这一部分。这些提法对后世文论有深远影响。人们说起诗歌来,首先想到的便是抒发情志,这与西方文论首先视诗为模仿、为再现客观世界很不相同。(二)兼重内容与文辞二者,而以内容为主导方面,文辞须为表达内容服务。所谓"文以足言"、"言之无文,行而不远"、"辞达而已"、"情欲信,辞欲巧"等等,都属于此。以上两点,可以说是儒家对于文论的贡献,却并不能说是儒家独有的、儒家色彩浓厚的东西,因为它们虽首先为儒家典籍所提出,或在儒家典籍中表述得比较全面、集中,但却具有普遍性,在漫长的历史时期中为人们所普遍认同。第二部分,即具有鲜明儒家特点的内容,就是儒家对于文学功能与地位的看法。儒家文论重视文艺,重视诗、乐、文辞,但首先是看重其功利性,看重文学的政治、伦理、社会方面的美刺讽谕和教化作用(这不仅是指一般应用文体的实用性);虽然也认识到文学与情感的关系,体会到文艺的审美功能,但都放在次要地位,只不过被当作实现政教作用的手段而已。光从理论表述上看,儒家文论在这些方面的要求还不显得怎么荒谬,甚至可以说含有一定的合理性(例如看重文学与客观现实、与社会的联系)。但若看看汉儒对于具体作品的阐释和评论,如对《诗经》、《楚辞》的牵强附会的注释,对赋的全然不顾其审美价值的评价,就感到这些内容漠视了文学的审美性质,抹杀了文学的独立性。至于魏晋南北朝时代,乃是所谓文学的自觉时代,儒家文论的影响已退居次要地位。这个时代的文学思想,与儒家文论的根本区别,在于它重视、强调文学的审美功能、美感愉悦作用,而不把文学视为仅仅是服务于美刺教化的工具。当然魏晋南北朝文论也并不反对和排斥美刺教化,但其基本倾向乃在于审美一边。正因为此,魏晋南北朝文论对于文学内部的规律,如作家的构思、作家与作品的风格、文章的体裁以至于各种修辞手法等等,作了深入细致的探讨,比起汉代的儒家文论来有了长足的进步。

面对着如此丰富而又在某些地方包含深刻矛盾的文论遗产,刘勰是怎样兼收并蓄的呢? 对于上述儒家文论中的第一部分内容,即并不具有鲜明儒家功利观的内容,刘勰当然可以全部吸收。尤其是关于内容与文辞之关系的那些表述,可以说是文章写作(包括文学创作)的金科玉律,反映了写作的普遍规律,刘勰是十分重视的。他提出的基本思想的两句话,"酌奇而不失其贞,玩华而不坠其实",后一句说的就是关于这一普遍规律的问题。他还专设《情采》篇详论此一问题。玩华而不失实的思想,可说贯穿全书。至于儒家文论中的第二部分内容,即强调文学作品的美刺讽喻、政治社会功能,刘勰在论诗、赋时也都言及,但毕竟不是其重点所在。其论述的重点,能充分显示刘勰见解之高卓的论述,毕竟都在于有关审美的方面。对于魏晋南北朝所谓文学自觉时代的文论,《文心雕龙》却是充分吸收并加以深刻详细的分析和发挥的。《文心雕龙》全书,都是偏重艺术表现、写作技巧方面。虽然标举宗经,但并非强调宣扬儒道,并非狭隘地要求作品的思想内容都要为美刺教化服务,而是强调在写作艺术方面学习经书的优长,是企图以经书的文风为旗帜来纠正人们写作中的弊病。总之,《文心雕龙》虽然反映出儒家文论的影响,但从主流方面看,它与先秦汉代儒家文论有重大的、根本性的区别,它是一部体现了魏晋南北朝文学自觉时代特点的具有集大成性质的文论著作。

　　说《文心雕龙》是一部主要体现魏晋南北朝文学自觉时代特点的集大成的文论著作,包含两方面的意义:一方面,它可以说是那个时代文论的最高峰;另一方面,它只是那个时代的最高峰,而不是整个中国古代文论的顶峰。也就是说,它不可能是我国古代文论的终结。刘勰以后,古代文学和文论还有漫长的发展历程。随着文学创作的发展,文学批评和理论也还要向前发展。此后的文论著作,在结构的严整有序、内容的全面周到方面确实少有可与《文心雕龙》媲美的,但它们所提出的许多新的东西却是《文心雕龙》所不具备也不可能具备的。比如关于描绘人物形象的理论,是在小说、戏剧等文学样式兴盛之后才发展起来的。刘勰的时代,尽管史传著作中已有栩栩如生的人物形象,但人们还没有用文学的眼光去看史传,也就没有意识到其中的人物形象问题。那时已有一些小说,如《世说新语》之类,也有一些生动的细节使人物具有一定的形象性。还有汉乐府诗中的某些篇,其人物形象也较生动。但人们对小说和民歌是轻视的,也不去关注其中的人物形象问题。《文心雕龙》同样如此。那时人们对文学作品中形象的论述,主要集中于自然景物的描绘①。即便是谈论诗文,如后世诗歌理论所强调的"味外之味"、"韵外之致"、"含不尽之意"以至"意境"等概念、命题,在《文心雕龙》中是不可能见到的,至多只能说初具若干萌芽而已。后世古文家强调的文章之神理气味、内在神韵问题,当然也非刘勰所能谈论。唐宋之后不少论者强调诗文的自然即不事雕琢、不见人工经营的痕迹,那也是刘勰时代不可能提出的观点。南朝人对文辞之人工美的追求十分热衷,那是他们的审美标准中非常重要的一项,《文心雕龙》也是如此。《文心雕龙》屡言"自然",但那是"自己如此"、"本来如此"、"不知其所以然而必定如此"的意思,不是不加雕饰的意思。刘勰认为文章就是要雕饰美丽,那是天经地义,所以说是"自然"。清人纪昀说刘勰要纠正南朝人过分雕琢之弊,因此"标自然以为宗",还说那"是彦和吃紧为人处"(《原道》眉批),实是误解。总之,《文心雕龙》是古代文

---

①　参见王运熙先生《刘勰论文学作品的范围、艺术特征和艺术标准》、《从〈乐府〉、〈谐讔〉看刘勰对民间文学和通俗文学的态度》,均收入《文心雕龙探索》。

论发展到南朝时期的一次很好的总结,也是古代文论史上的一座高峰,但决不是说我国古代文论的重要内容就已全部包罗于其中了。

第二,《文心雕龙》的价值主要不在于理论上的拔新领异,而在于对已有命题的分析阐发,在于体大思精。

我国古代文论中有一些命题,如"诗言志"、"吟咏情性"、"言之无文,行之不远"、"以意逆志"、"文以气为主"、"诗缘情而绮靡"等,当它们提出之时,并无细致深入的分析论证,但却是戛戛独造,富于创造性,而且影响及于后世非常深远,成为文学评论的重要理论依据或出发点。《文心雕龙》的贡献却主要不在于拔新领异,不在于标举一种新的理论主张或开创一种新的风气,而主要在于对已有的观点、范畴有独到的深刻的解悟,作精细深入的分析和引申,使之更丰富、充实而具有理论色彩。在其分析、综合的过程中,当然也提出了一些新的、重要的见解或概念,但那大体上都是在一些细部,至于大的理论观点,基本上都渊源有自。比如关于写作中学习经书的问题,西晋陆机《文赋》已提出过"漱六艺之芳润",但只此一句,别无发挥。刘勰则较详细地论述经书在写作上的优长,指出各经在写作上的特点而畅论"宗经"。关于兼学经书和《楚辞》,南朝刘宋时檀道鸾《续晋阳秋》已提出历代作品都"体则《诗》《骚》",沈约《宋书·谢灵运传论》也说过"莫不同祖《风》《骚》",但他们都只是一提而已。刘勰则从此出发,设《宗经》、《辨骚》等篇大加发挥,从而提出"凭轼以倚《雅》《颂》,悬辔以驭楚篇,酌奇而不失其贞,玩华而不坠其实"的基本思想。又如关于作者的思维活动,陆机《文赋》已有十分精彩的描述,《文心雕龙·神思》显然受其影响。但刘勰从自己的体会出发,突出了"神与物游"的思想,而且与陆机为思路畅通与否不易把握而慨叹相反,刘勰力图切实地教人如何保持思路的畅达。又如曹丕在《典论·论文》、《与吴质书》中以气论文,认为作家的禀赋、气质与其作品风貌是一致的,这在文论史上是第一次,具有崭新的开创的意义,但曹丕并未详加讨论。刘勰则设专篇《体性》详论,大大丰富了曹丕提出的观点,成为文论史上第一篇关于作家个人风格的专论。又如"风骨"、"骨气"、"风力"等语,晋宋以来用于人物评论,又进入画论、书论和文论,但从未见有人加以论析。刘勰则接过"风骨"这个词语,从风、骨两方面加以解释、定义,用风骨来指说一种鲜明、活跃而确切、端直、精健的优良文风,又讨论在什么情况下会造成无风无骨,指示作者怎样才能获得风和骨。再如论各种文体,从发展源流、历代名篇、文体特点诸方面加以论述,这在晋代傅玄、挚虞、李充等人那里已曾这样做了,刘勰则论述得更完整详细,自觉地把"原始以表末,释名以章义,选文以定篇,敷理以举统"作为文体论二十篇的结构框架。

长于分析和综合,是《文心雕龙》的一个重要特点和优点。一般说来,我国古人论文,往往是直观印象式的,感悟式的。这种感悟常常颇有灵气,也颇为准确,但缺少细致的分析说明。《文心雕龙》却颇不相同。刘勰在概括表述的同时,还进行细致的分析,"擘肌分理"(《序志》),"剖析毫厘"(《体性》)。然后在分析的基础上,将前人的观点、成果和自己的心得体会融会贯通,综合起来,组成一个秩序井然、富有逻辑性的结构体系,使《文心雕龙》呈现出此前的文论著作未曾有过、此后也难与并能的体大思精的面貌。《总术》篇有云:"圆鉴区域,大判条例。""圆鉴区域"是说凡与写作有关的各种理论、方法都要了解、掌握,"大判条例"则是说对这些理论、方法要条分缕析,使其井然有序,便于自觉地运用。既求其全,又求其细;既弥纶综合,又深入分析。刘勰正是自觉地按这样的原则写作《文心雕龙》的。正因为如此,《文心雕龙》以其体大思精而在我国文论史上显得很不一般,受到人们的重视。其影响甚至超出了文论的范围。著名的初唐史学家刘知幾,就将《文心雕龙》与汉魏的几部重要学术著作《淮南子》、《法言》、《论衡》、《风俗通》、《人物志》、《典语》并列,并说这些著作他都已"纳诸胸中"(《史通自叙》)。刘氏所著《史通》,为史学史上的名著。其书牢笼古今史籍,加以评论商榷,并就史书写作中的种种问题展开论述,"思欲辨其指归,殚其体统",也是一部体大思精之作。而其写作,很可能是受到《文心雕龙》的启示和影响的。近代学者李详就说《史通》"体拟《文心雕龙》"(《愧生丛录》卷二)。总之,《文心雕龙》以其内容的丰富详尽、分析的细致深入和结构体系的完整周到,在我国古代文论史上占据了崇高的地位。

《文心雕龙》问世之后,曾为当日文宗沈约所赞赏,梁元帝萧绎在藩时所作《金楼子》亦曾称引。隋唐以后,颇有人加以品评引用,尤以明清二代为多。对其书加以全面整理,也主要始于明代而清人继之。今日《文心雕龙》

研究已成显学,不仅国内,国外也有许多学者进行此项工作,成绩亦斐然可观。其书很早就流传海外。至迟在九世纪末,已传入日本、新罗。成书于891年的《日本国见在书目》已著录其书。新罗作家崔致远曾在文中说,新罗王曾读过《文心雕龙》并加引用。至于传入西方,则在19世纪后半。1867年英国学者卫烈亚历著《汉籍解题》,称《文心雕龙》"被认为是体大思精的著作"。现今《文心雕龙》全书已被译成日、英、韩、意等文字,日译本达三种之多。还有部分篇章译为法文、德文①。《文心雕龙》是我们民族为世界文明作出的一项贡献,值得我们为之自豪。

----

① 　这里所述据日本国兴膳宏教授《〈文心雕龙〉研究在日本》、韩国李钟汉教授《韩国〈文心雕龙〉研究的历史与现状》、意大利珊德拉教授《〈文心雕龙〉研究在欧洲》,三文均载于《文心雕龙学综览》(上海:上海书店出版社,1995年)。

第二讲

《原道》——文章与道的关系

《文心雕龙》开宗明义,将《原道》列为第一篇,首先谈论文章与道的关系。刘勰认为文章的本源乃是至高无上的"道"。所谓"原道",即以道为本源的意思。道是宇宙万物的本源,也是文章的本源。

我国古人的思维习惯,凡论述某一事物时,总喜欢推原极本,究其初始。又常有附会天人之际、天人合一的倾向。先秦的道家学派,始创以"道"为宇宙初始、又为万物本体、万物存在和发展之依据的学说,对人们的思想影响极大。魏晋玄学倡言名教与自然合一,更密切地将此"道"与人类社会的一切现象联系在一起。经过玄学的洗礼,就更形成了这样一种思维定势,即凡论一事物,往往从形而上的、玄妙的本体谈起。正如三国魏的著名玄学家王弼《老子指略》所说:"夫欲定物之本者,则虽近而必自远以证其始。夫欲明物之所由者,则虽显而必自幽以叙其本。故取天地之外,以明形骸之内;明侯王孤寡之义,而从道一以宣其始。"因此,刘勰论文章首先推原于道,是一点也不奇怪的。事实上,早在西汉时代,陆贾著《新语》,便以《道基》为其首篇;《淮南子》也以《原道》为全书发端。晋代葛洪著《抱朴子内篇》,首为《畅玄》,玄便是道。刘勰撰《文心雕龙》,原以写作学术著作自居,从其全书结构也能看出前代学术著述的影响,以《原道》发端也是此种影响的表现之一吧。

那么,落实到具体的文章写作上,刘勰为什么要高谈其"道"呢?文章写作与作为宇宙本体之"道"有何关系呢?这正是我们读《原道》篇时应该深思的问题。

一、万物之文皆道之文

文之为德也大矣,与天地并生者何哉?夫玄黄色杂,方圆体分,日月叠璧,以垂丽天之象;山川焕绮,以铺理地之形:此盖道之文也。仰观吐曜,俯察含章,高卑定位,故两仪既生矣,惟人参之,性灵所钟,是谓三才,为五行之秀气,实天地之心生。心生而言立,言立而文明,自然之道也。旁及万品,动植皆文:龙凤以藻绘呈瑞,虎豹以炳蔚凝姿;云霞雕色,有逾画工之妙;草木贲华,无待锦匠之奇。夫岂外饰?盖自然耳。至于林籁结响,调如竽瑟;泉石激韵,和若球锽;故形立则章成矣,声发则文生矣。夫以无识之物,郁然有彩;有心之器,其无文欤!

[讲解]　这是《原道》篇的第一段。在这一段中,刘勰开宗明义,说:"文之为德也大矣!"意思是说,"文"是非常了不起的。他说天地万物无不有"文",文与天地并生,与天地同在,乃是"道之文"。为什么是"道之文"呢?因为道是形而上的宇宙本体,是万物之本原,是万物之所以如此的根本依据。道无所不在,无时不在,而它本身又无形质、无音声,不可把捉,无从究诘,它就体现在万物之中,因此万物的属性也就是道的属性。"文"既是天地万物的属性,那么也就是道的属性。"道"是那么伟大,那么"文"当然也就很了不起了。

既然天地皆文,那么与天地并立,而且是"天地之心"、"五行之秀气"的人,也就当然有文,必然有文。"心生而言立,言立而文明,自然之道也"。"自然之道",即本然如此之理,亦即当然之理、必然之理的意思。

在说了天地皆文、因此人亦必然有文之后,刘勰又说一切动物植物,以至林籁泉石,莫不"自然"成文;无识之物尚且如此,作为"有心之器"的人,岂能无文?刘勰再次强调人必有文。

总之,刘勰运用道家学说,从"文"之本原的角度,论证了"人文"的必然性和合理性。

那么所谓"文"是什么呢?从刘勰所说的"玄黄色杂"、"方圆体分"、"日月叠璧"、"山川焕绮"以及动物的毛色、植物的花朵以至于大自然中那些悦耳的音响来看,所谓文就是一切事物的美。"文"字本义指线条或色彩交错,引而申之,凡物之文采、物之美丽,都可称为文。而所谓"人文",从广义说,指人类社会的文明、文化,包括礼乐制度等等;就狭义言,指用文字写下来的东西,即文章(文字原与图画同样以线条交错而成)。刘勰的目的,最终是要论定文章是道的表现,因此他这里所说"人文"最终是指文章。用今天的眼光看,文章与天地万物的色彩、线条、音响似乎牵扯不到一块儿,但从古人的思维逻辑而言,既然都是"文",那就成为一个系列了。关于这一点,下面还会讲到。

这一段的文笔非常优美。刘勰用了诗一般的、富于形象性的语言,热情地赞颂"文"的美丽。刘勰生活在骈文高度发展的时代,《文心雕龙》全书也用骈文写成。骈文首先讲究对偶,还讲究词藻富丽、典故运用恰当和声律的和谐悦耳。这是我们祖先将我们的汉语、汉字之美发挥到极致而形成的一种文体。骈文的这些要素刘勰都运用得很纯熟。我们这里仅就这一段中的用典举两个例子作一点简单的说明。我们知道,古代文人大多读书甚博,腹笥甚富,他们觉得在文章中运用典故,既可以显得词藻丰富,又可以做到言简意赅,表现婉曲而意蕴深沉,还可以表现自己的才学。但是,若用得不好,又容易产生晦涩难读、表现不明朗的弊病。因此要掌握分寸,特别是要做到如沈约所说的"易见事"(见《颜氏家训·文章》),即所运用的典故要让读者易于了解。沈约与刘勰是同时代人。当时北朝文人邢邵佩服沈约,其中一点就是沈约写文章能做到"用事不使人觉"(同上),即用典故好像没用一样,即使不知道那个典故的读者也一样能看懂。刘勰的这段文字就有这样的优点。它几乎句句用典,运用典故来构造成为句子,但却明白流畅,即便不知其出处也不妨碍对文意的理解。当然最好能逐步多知道一些,以理解得更准确、更深入。比如"玄黄色杂"一句,从字面上看就是天玄地黄、色彩不同的意思,其实它来自《周易·坤·文言》:"夫玄黄者,天地之杂色也,天玄而地黄。"又暗含着《周易·系辞下》"物相杂曰文"之意。知道了这些出处,就感到刘勰措辞真是巧妙,这四个字是与要着重论述的"文"紧密地联系在一起的。再进一步,我们该知道这个"杂"字并非今日所谓杂乱、混杂之意。"杂",小篆作"雜",是形声字,从衣,集声。其本义乃衣服上"五采相合"之意(见《说文·衣部》),引申为不同的色彩相配合的意思。"夫玄黄者,天地之杂色也",深青色的天,土黄色的地,互相映衬,那便是天地的文采,多么美丽!"物相杂曰文",也就是必须是不同的色彩、不同的线条、不同的事物互相配合,才能称之为文,若是单一的,就不是"文"了,因此古人早有"物一无文"之说(《国语·郑语》载史伯语)。这里体现了古人求异、求多样统一的美学思想。如果我们知道刘勰这里所用典故及有关的知识,便会发生联想,感到其意蕴丰厚。又如"两仪既生矣,唯人参之",从字面上说,就是人生于天地之间、与天地合而为三(是谓三才),亦即人与天地并立之意。而如果知道《礼记·中庸》有"可以赞天地之化育,则可与天地参矣"之句,便会有进一步的理解。《中庸》说的是圣人。圣人造福于万物,犹如赞助天地的化生一般,故可与天地并立。刘勰这里说"唯人参之",是有这样的思想背景的;他这么说,与下文"道沿圣以垂文,圣因文而明道"是相呼应的,他是以圣人之文作为人文的典范的。

[备参]

(一)文之为德也大矣　意谓"文"作为一种"德",是很了不起的。为,作为。德,指事物的禀性、特性。"某某之为德"不等于"某某之德"。这个句式的重点在某某,而不在"德";它不是要陈述某某的禀性如何,而是表示某某作为一种存在,这存在是通过其"德"(即其禀性)体现出来的。"文之为德也大矣",就是"文这种东西很伟大、很了不起"之意。刘勰用这么一个感叹句领起全篇。

(二)自然　本段两次出现"自然":"心生而言立,言立而文明,自然之道也。"又"……夫岂外饰?盖自然耳。"这里的"自然"不是今日所谓"大自然"之意,而是"自己便是这样"、"本来就是如此"之意,亦即非关某种外力作用、不知其所以然而必然如此之意。"自然"是道家思想中的重要范畴。《老子》说:"人法地,地法天,天法道,道法自然。"(第二十五章)道的根本性质便是自然,或者竟可说自然便是道。宇宙万物的形成和发展,都是道的体现、道的作用。在魏晋玄学家的阐释中,此种作用,便表现于无任何外力的干涉而万物自己如此、本然如此。西晋郭象云:"自然者,不为而自然(自己如此)者也。"(《庄子·逍遥游》注)又云:"自己而然,则谓之天然。天然耳,非为也,故以天言之。以天言之,所以明其自然也。"(《庄子·齐物论》注)刘勰深受此种思想的影响,他认为万物之所以美丽有文,人之所以有文,都是本来如此,非关外力、不知所以然而然的。他所谓"道之文",正是这样的意思。道就是自然,而不是什么造物主。下文说到"神理",指一种无可解释、非关人力的必然性;"自然"也就是"神理"。

二、儒家六经——人文之典范

　　人文之元,肇自太极,幽赞神明,《易》象惟先。庖牺画其始,仲尼翼其终。而乾、坤两位,独制《文言》。言之文也,天地之心哉!若乃《河图》孕乎八卦,《洛书》韫乎九畴,玉版金镂之实,丹文绿牒之华,谁其尸之,亦神理而已。自鸟迹代绳,文字始炳,炎皞遗事,纪在三坟,而年世渺邈,声采靡追。唐虞文章,则焕乎为盛。元首载歌,既发吟咏之志;益稷陈谟,亦垂敷奏之风。夏后氏兴,业峻鸿绩,九序惟歌,勋德弥缛。逮及商周,文胜其质,《雅》、《颂》所被,英华日新。文王患忧,繇辞炳曜,符采复隐,精义坚深。重以公旦多才,振其徽烈,制《诗》缉《颂》,斧藻群言。至夫子继圣,独秀前哲,镕钧六经,必金声而玉振;雕琢性情,组织辞令,木铎启而千里应,席珍流而万世响,写天地之辉光,晓生民之耳目矣。

　　[讲解]　这是《原道》篇的第二段。

　　此段承接上文"有心之器,其无文乎",首先述说"人文"的发端,也就是"易象"的产生。然后叙述儒家六经逐步形成的过程。刘勰认为六经既是人文的典范,又是产生时代最早的文章著述,因而以六经的产生和发展作为人文的代表加以论述。

　　"人文之元,肇自太极",也就是人文来自于道的意思。太极这个概念见之于《周易·系辞上》:"是故易有太极,是生两仪(指天地)。"太极是天地万物之本,与道家所说的道具有同样的意义,因此东汉许慎《说文解字》释"一"

时便说："惟初大极(即太极),道立于一,造分天地,化成万物。"认为太极就是天地万物未生时的状态,也就是道尚未产生出天地万物时的状态。这说法反映了汉代学者关于宇宙生成的看法。魏晋玄学家则将道和太极都解释为"无",即无形无声、不可捉搦、无从言说却支配万物的本体。总之在人们的观念中,太极即道。因此刘勰说"人文之元,肇自太极",与上文说文都是"道之文"意思相差不多。不过因为他这里要论说儒家经典《易经》的发生,故用了《易》中的概念。刘勰认为人文最初的表现,乃是庖牺(即伏羲)之制作易象,即作八卦、六十四卦。那时还没有文字。后来周文王作卦爻辞(即"繇辞炳耀"之繇辞),孔子作《十翼》("乾坤两位,独制《文言》"的《文言》,即《十翼》之一),《周易》最终完成。因此说"庖牺画其始,仲尼翼其终"。《周易》虽完成于春秋时代的孔子,但就最初的产生而言,却是时代最早的。

在述说《周易》之后,刘勰又说到神农、黄帝、唐尧、虞舜以及夏、商、周时代的"人文",这些"文"大体上都体现、记载于儒家经典之中。这些经典最终由孔子整理完成,孔子是"金声而玉振之"的"集大成"的人物。

在这一段的叙述中,刘勰仍然强调人文是"道之文"。他说:"若乃《河图》孕乎八卦,《洛书》韫乎九畴,玉版金镂之实,丹文绿牒之华,谁其尸之,亦神理而已。"相传伏羲时黄河中有龙出现,献图,八卦就是伏羲根据那图画成的。又相传禹时洛水有神龟负书而出,即《洪范》九畴,也就是九类治天下之大法。《尚书》中有《洪范》篇,叙箕子向周武王述此九畴之事。刘勰举出这两个传说,意在作为例子,说明儒家经典、儒家思想乃是"神理"的体现。"神理"是什么? 神理就是道。道的存在、道的发挥作用是必然如此但却无法言说、不可把捉的,是"玄之又玄"、神妙莫测的,因此称之为神理。《河图》《洛书》之说,今天看来荒诞不经,但古人相信是事实。值得注意的是,虽然刘勰也曾沿袭旧说,说过《河图》、《洛书》的出现是"天命",但其所谓"天命",与"神道"并提(《正纬》云"夫神道阐幽,天命微显,马龙出而大《易》兴,神龟见而《洪范》耀"),其所谓神道,即本段"谁其尸之,亦神理而已"的"神理"。既说"谁其尸之",则表现他并不认为这是造物主有意的启示、安排,而认为是不可究诘的道的体现,是不知其所以然的事实的存在。这与汉代天人感应之说是有所不同的。应该说这是旧瓶装新酒,在旧时的说法、旧时的语汇中注入了新的含义,是玄学思想的反映,也反映了古人思维的进步。

[备参]

(一)《乾》、《坤》两位,独制《文言》。言之文也,天地之心哉 意谓《易》之六十四卦中,只有《乾》、《坤》两卦有《文言》。因《乾》、《坤》最为重要,其他诸卦皆从《乾》、《坤》出,故特制《文言》以阐释之。文有文饰意。孔颖达《正义》引庄氏云:"文谓文饰,以乾坤德大,故特文饰以为《文言》。"陆德明《经典释文·周易音义》:"文饰卦下之言也。"这里所谓文饰,实际上就是阐释、阐发之意,而又具有运用文采的含义。《文言》中较多用韵及对偶之处,《文心雕龙·丽辞》曾言及之,清人阮元《文言说》、《文韵说》特地加以阐发,可参看。又,"言之文也,天地之心"二句,可谓有多重含义。第一,《乾》、《坤》两卦,分别代表天地,故刘勰将阐发此两卦意义的文辞称为天地之心。第二,从字面上看,"言之文也,天地之心",是说对言辞加以文饰,这是天经地义,是天地间的要义。而《文言》多用韵及对偶,正是文饰言辞的典范。第三,上一段曾说人是"天地之心"(系用《礼记·礼运》语),又说"心生而言立,言立而文明,自然之道也",意谓有人必有言,有言则人文彰显。这里又说修饰言辞是"天地之心"。合而观之,知刘勰强调言辞的重要,又强调言辞须加修饰。

(二)业峻鸿绩 即"业峻绩鸿"。乃故意错综其辞,以避免单调,给人变化参差的感觉。又如《宗经》云《春秋》"婉章志晦",即"婉章晦志",也是其例。古人早有其例。如《论语·乡党》:"迅雷风烈必变。"《周易·系辞下》:"夫《易》彰往而察来,而微显阐幽。"《楚辞·九歌》:"吉日兮辰良。"均是。参见俞樾《古书疑义举例》卷一、杨树达《汉文文言修辞学》第十六章《错综》、陈望道《修辞学发凡》第八篇《错综》。峻、鸿,大。

三、道、圣、文三者的关系

爰自风姓,暨于孔氏,玄圣创典,素王述训。莫不原道心以敷章,研神理而设教,取象乎《河》、《洛》,问数乎蓍龟,观天文以极变,察人文以成化;然后能经纬区宇,弥纶彝宪,发挥事业,彪炳辞义。故知道沿圣以垂文,圣因文而明道,旁通而无涯,日用而不匮。《易》曰:"鼓天下之动者存乎辞。"辞之所以能鼓天下者,乃道之文也。

　　赞曰:道心惟微,神理设教。光采玄圣,炳耀仁孝。龙图献体,龟书呈貌。天文斯观,民胥以效。

　　[讲解]　这是《原道》篇的最后一段,是全篇的总结。这总结就是指明道、圣、文三者的关系,即"道沿圣以垂文,圣因文而明道"。最后强调文之所以重要,之所以能发挥治理国家、制作典法、鼓动天下的作用,乃是由于这"文"乃是"道之文"的缘故。在这里圣人是道与文的中间一环。由于圣人是以道为本原、精研其道而后制定法则、进行教化并撰成经典的,因此这些经典(法则、教化均包含于经典中)当然是"明道"、体现道的。通过这样的总结,既归纳全篇,又开启下文《征圣》、《宗经》两篇。

　　上文已经说过,关于形而上的宇宙本体道的学说原来主要是由道家建立的。儒家也讲道,但重在讲形而下的运用于实际社会、政治生活中的治国平天下、教化万民之道。刘勰这里把这两种道统一起来了。这种做法,由来已久,而以创立于魏晋时的玄学最具代表性,最有学术意味。玄学的一个重要特点,就是儒道合一。刘勰的论述正反映了玄学的这个特点。

　　在论述完毕之后,刘勰以八句四言韵语"赞曰"结束全文。《文心雕龙》全书五十篇,都有这样的赞,以概括一篇之大意。赞不是赞美之义,而是助、明之义。帮助彰显文意,故谓之赞。

　　[备参]

　　(一)问数乎蓍龟　数,注家或释为规律,或释为命运、定数。那当然也不算错,但若体会刘勰的原意,这里的"数"应释为数字,指决定卦爻之象的数字。若只说是规律,显得较泛。按周易与数字密切相关。筮法建筑于数的基础上,分布蓍草时由所得之数决定爻象,数变则爻位卦象随之而变。故"问数乎蓍龟",即用蓍草或龟甲进行占问(实际上后世主要用蓍草)。卜筮是为了从卦象、繇辞中得到启发和指导,从而知道该如何行事。而卦象、繇辞何以能指示人事,那是不可解释的,只能说是"道"、"神理"的体现。故"取象乎《河》、《洛》,问数乎蓍龟",也就是为了"原道心以敷章,研神理而设教"。"数"在这里关系重大,是与"道"、"神理"联系着的。

(二) 赞 将篇章之后文字名之曰赞,始于班固《汉书》,但乃散体文字,无韵。其《汉书·叙传》中载各篇大意,倒是四言韵语,却并未称之为赞。至范晔《后汉书》各篇后的赞,乃为四言韵语。又汉晋以来,常有为人物图像等作赞者,郭璞还曾作《尔雅图赞》、《山海经图赞》,均为四言韵语。《文心雕龙》有赞,受史书和图赞的影响。南朝风气,颇重视史书各篇后的赞。范晔自诩"赞自是吾文之杰思,殆无一字空设,奇变不穷,同合异体,乃自不知所以称之"(《狱中与诸甥侄书》)。其《后汉书》论赞曾别出单行(见《隋书·经籍志》)。又昭明《文选》,不收史书,却收录史书的赞、论、序、述(即上述《汉书·叙传》中的四言韵语)。南朝人之所以重视赞,是因为赞富有文采,为"综缉辞采"、"错比文华"、沉思翰藻之作(见《文选序》)。刘勰每篇作赞,自是此种风气下的产物。从达意的角度说,设赞似嫌多余,故唐人刘知幾讥范晔为"矜炫文彩"(《史通·论赞》)。但从欣赏角度言,却为南朝人所爱。刘勰《文心雕龙·史传》亦曾称班固《汉书》"赞序弘丽,儒雅彬彬,信有遗味"。刘勰生活在非常重视藻采之美的骈文时代,其文章审美趣味、观念总的说来是与时代风气一致的,即就每篇设赞而言,亦可见一斑。

四、本讲小结

(一) 刘勰论文道关系,今日读来,似觉新奇。但实际上并非他的凭空创造。

以道为宇宙本体,为万事万物之原和存在的依据,此种思想,如上文所述,由来已久,在刘勰时代,早已是知识分子思考问题、论述问题的出发点。此种关于"道"的学说虽创自道家,但也注入儒家思想,为士人所普遍接受。

甚至佛学东来,佛家所谓真如、实相、法身、菩提等,即宇宙真理,也都被理解成这个"道"。刘勰既是儒家信徒,又信仰佛教,他便说过:"至道宗极,理归乎一;妙法真境,本固无二。佛之至也,则空玄无形,而万象并应;寂灭无心,而玄智弥照。幽数潜会,莫见其极;冥功日用,靡识其然。但言万象既生,假名遂立,梵言菩提,汉语曰道。"(《灭惑论》)不难看出,刘勰对"菩提"的描绘,所谓"空玄无形"、"寂灭无心",所谓"莫见其极"、"靡识其然",但却无处不在,与万物呼应,在冥冥中主宰一切,起着伟大的功用,是与《老子》中对那玄之又玄的"道"的描绘相当一致的。刘勰所谓"幽数潜会,莫见其极"的"幽数",其实也就是《文心雕龙·原道》中所说的"神理"。学界曾讨论《文心雕龙·原道》之"道"是什么道,是道家之道,还是儒家之道,还是佛家之道。其实从宇宙本体的角度说,在刘勰头脑中,在当时许多士人的头脑中,三家的"道"是同一回事。而在《原道》篇中,是将这宇宙本体之道与儒家治国平天下之道统一起来的,后者是前者在人类社会的体现,而此种体现经由圣人之手完成而撰述为"文"、"文章",即儒家经典。

刘勰将人文与道直接联系,早有先例。《韩非子·解老》已说:"圣人得之(道)以成文章。"这里"文章"还是广义的,可理解为文化、各种制度等等,不仅指著作,但也包括著作。至于将天地万物之"文"与"人文"并列,也早见之于《周易》。《周易·贲·彖》曰:"刚柔交错,天文也;文明以止,人文也。观乎天文以察时变,观乎人文以化成天下。"《周易·系辞下》则说"古者包牺(伏羲)氏之王天下也,仰则观象于天,俯则观法于地,观鸟兽之文与地之宜,近取诸身,远取诸物,于是始作八卦,以通神明之德,以类万物之情"云云,就是说圣人依据天地万物之"文"制成卦象,于是"神明之德"乃体现于易卦之中,亦即体现于"人文"。《周易》中的思想资料,是最容易被用来发挥天人合一、天地之文与人文相联系、圣人以神道设教的思想的。《河图》、《洛书》之说也早见之于《周易·系辞上》:"是故天生神物,圣人则之;天地变化,圣人效之;天垂象,见吉凶,圣人象之;河出图,洛出书,圣人则之。"因此《周易》与《老》、《庄》被并列为"三玄",为魏晋以来探讨宇宙本体与人生关系的论者所津津乐道,实非偶然。王充《论衡·书解》云:"龙鳞有文……凤羽五色。……上天多文(指日月星辰,亦即《周易·贲·彖》所谓'刚柔交错')而后土多理(山川地理),二气协和,圣贤禀受,法象本类,故多文采。"即将天地龙凤之文与圣贤之文并列,以天地万物之有文论证圣贤人文之必然性。王充还特意提到《河图》《洛书》之类,说"瑞应符命,莫非文者",将《河图》《洛书》视为"文"的表现。其结论是"物以文为表,人以文为基",以万物有文论证人文的重要。三国秦宓也说:"夫虎生而文炳,凤生而五色,岂以五采自饰画哉?天性自然也。盖《河》《洛》由文兴,六经由文起;君子懿文德,采藻其何伤!"(《三国志·蜀志·秦宓传》)试将《文心雕龙·原道》"龙凤以藻绘呈瑞,虎豹以炳蔚凝姿。……夫岂外饰,盖自然耳"之语与秦宓所说相比较,便觉何其相似。王充、秦宓都以文人著述比附于天地万物之文,以论证写作文章著述的重要性和必然性,刘勰用心实与之相同。与刘勰同时或略后的论者也多作此论。如梁代萧统《文选序》引《贲·象》"观乎天文"、"观乎人文"之语和伏羲作卦、造书契之说以证明"文之时义远矣"。又刘孝绰《昭明太子集序》:"天文以烂然为美,人文以焕乎为贵。"又萧纲《昭明太子集序》、《答张缵谢示集书》,都是同一机杼。

总之,刘勰论文,从形而上的"道"说起,原有其学术传统、时代风气方面的背景,并非个人独创。不过他毕竟比别人说得更明确,更完整,更井井有条,也更有文采、更动人。今日读来,也就使人颇感到具有哲学、美学的意味了。

(二)《文心雕龙》以《原道》发端的实际意义。

刘勰从"道"开始论文,是否以此道贯穿全书去论述具体的写作法则呢?其实并非如此。全书论文体、论各项写作法则,都谈得很切实,都是就文章本身的规律而论,是从阅读和写作的实践中总结出来的,少有将那些论述、那些具体法则上升、联系到作为宇宙本体之"道"的(不是完全没有,但很少)。那么,他从"道"论起,其意图何在呢?清人纪昀曾评《原道》云:"文以载道,明其当然;文原于道,明其本然。识其本乃不逐其末。首揭文体之尊,所以截断众流。"说"首揭文体之尊"是对的,但将刘勰所说的文原于道,与"文以载道"并提,则容易使人误会刘勰与后世古文家所倡导的一样,要求作文以明道。其实综观《文心》全书,刘勰着重谈的是文章写作艺术、技巧方面的东西。他确实强调征圣、宗经,但乃是偏重于从文章写作、语言风貌方面学习经书,并非强调宣扬儒道或以儒道干预现实生活。总之,恐不宜将《文心雕龙》放在荀子宗经和后世古文家以文明道、文以载道的那个系列中去。纪评又云:"齐梁文藻,日竞雕华,标自然以为宗,是彦和吃紧为人处。"认为《原道》提倡作文应自然而不雕琢。这怕也是误解。上文说过,《原道》所谓"心生而言立,言立而文明,自然之道也",是说宇宙间有了人,就必然有"人文","自然"在这儿是本当如此、必然如此之意,与写文章行文自然不雕琢的"自然"不是一个意思。刘勰确实反对过度的雕琢,但他对于对偶、声律、用事等骈文的修辞手法是完全拥护并身体力行的,他甚至主张作者用字时要考虑笔画的多寡搭配,以免看上去太稀疏或黑压压一片,给人的视觉印象不美(见《练字》篇)。在刘勰看来,用人工雕琢的方法以达到文辞美丽的效果,是天经地义的。这与后世论者所谓自然平易、所谓行于所当行、止于所不得不止的自然是很不一样的。总之,若说设《原道》一篇的目的是标举行文自然,不见得符合事实。

那么,刘勰论文从《原道》发端,究竟有何意图呢?我们认为大约有以下三点。

第一,借以抬高文章的地位。既然人文出于至高无上的道而与天地之文并列,而且始于圣人之手,则其地位当然崇高。应该注意的是,虽然《原道》所举人文为圣人著述、儒家经典,但后人所作各种文章既与经典同属人文,则地位也是很高的。《文心雕龙》全书所论,远远不止于圣人之文,主要倒是后世各种文章,既包括社会生活、政治生活中所必需的公家应用之文,也包括一般的抒情写景之作。因此,高谈"道之文",其实具有为各种文章、为文学创作占地步的作用。

第二,是为了强调文辞修饰的重要。既然天地万物都"郁然有采",十分美丽,那么人文,即文章,也应该富于文采。在刘勰看来,"文"、"文章"的含义,既是指连缀文字而成的篇章,又是指鲜明美丽的文采,二者合二而一。因此《文心雕龙·情采》篇一上来就说:"圣贤书辞,总称文章,非采而何!"刘勰生活的齐梁时代是一个非常重视文采的时代,文辞修饰,所谓"综缉辞采"、"错比文华",是一个重要的审美标准。《文心》全书专论修辞之美的篇目甚多,它本身五十篇每篇都是写得很美的骈文。刘勰的确反对过分的雕华,但决不是不重视雕饰。

　　第三,是为了提出征圣、宗经的主张。既然"道沿圣以垂文,圣因文而明道",圣人之文(六经)是道的完美体现,那么征圣、宗经当然是天经地义之事。征圣落实于宗经,宗经的目的主要是要人们以经书的文风、经书的写作法则为典范,这也具有针砭时弊、纠正当时不良文风的用意。这一意图,是刘勰关于写作的基本思想中一项重要的内容。

第三讲

《辨骚》——提出关于写作的基本思想

《辨骚》是《文心雕龙》的第五篇，也就是"文之枢纽"部分的最后一篇。本篇以大部分篇幅追述汉代人们对于《楚辞》的评价并加以折中，提出自己的看法，但刘勰的用意并非作《楚辞》论，而是要在充分肯定《楚辞》成就的基础上，总结"文之枢纽"五篇所论，提出自己关于文章写作的基本思想。

需要稍加说明的是，这里"骚"不是仅指屈原所作《离骚》，而是代指《楚辞》。在本篇中，提到的作品除《离骚》外，还有屈原的《九歌》、《天问》、《九章》、《远游》、《卜居》、《渔父》、《大招》，宋玉的《九辩》、《招魂》，以至汉代拟作王褒《九怀》以下诸篇。在《物色》篇中，所说《离骚》或《骚》，也是将《九歌》和《楚辞》中的汉代作品都包括在内的。这种称法，汉晋已然。如《礼记·檀弓上》"舜葬于苍梧之野"条郑玄注：《离骚》所歌湘夫人，舜妃也。"《湘夫人》为《九歌》篇名，而郑玄称为《离骚》。晋代郭璞注《尔雅》和《山海经》，曾引用《楚辞》的《离骚》、《九歌》、《天问》、《九章》、《远游》，还引王逸的《九叹》，而都称为《离骚》。还有"离骚天问"、"离骚九歌"的提法，如注《山海经·北山经》"其兽多兕牦牛"时说："或作朴牛。朴牛见'离骚天问'。"又注《中山经》"帝之二女"时说："'离骚九歌'所谓湘夫人称帝子者是也。"可见郭璞是以《离骚》代指《楚辞》的。这一习惯说法为后人所袭用，唐宋时依然如此。

一、对《楚辞》的基本评价

自《风》、《雅》寝声，莫或抽绪，奇文郁起，其《离骚》哉！固已轩翥诗人之后，奋飞辞家之前，岂去圣之未远，而楚人之多才乎！

昔汉武爱《骚》，而淮南作传，以为《国风》好色而不淫，《小雅》怨诽而不乱，若《离骚》者，可谓兼之。蝉蜕秽浊之中，浮游尘埃之外，

皭然涅而不缁,虽与日月争光可也。班固以为露才扬己,忿怼沉江;
羿、浇、二姚,与左氏不合;昆仑悬圃,非经义所载;然其文丽雅,为词
赋之宗,虽非明哲,可谓妙才。王逸以为诗人提耳,屈原婉顺,《离
骚》之文,依经立义:驷虬乘鹥,则"时乘六龙";昆仑流沙,则《禹贡》
敷土。名儒辞赋,莫不拟其仪表,所谓金相玉质,百世无匹者也。及
汉宣嗟叹,以为皆合经传;杨雄讽味①,亦言体同《诗》雅。四家举以
方经,而孟坚谓不合传。褒贬任声,抑扬过实,可谓鉴而弗精,玩而
未核者也。

　　将核其论,必征言焉。故其陈尧、舜之耿介,称禹、汤之祗敬,典
诰之体也;讥桀、纣之猖披,伤羿、浇之颠陨,规讽之旨也;虬龙以喻
君子,云蜺以譬谗邪,比兴之义也;每一顾而掩涕,叹君门之九重,忠
怨之辞也:观兹四事,同于《风》《雅》者也。至于托云龙,说迂怪,驾
丰隆,求宓妃,凭鸩鸟,媒娀女,诡异之辞也;康回倾地,夷羿彃日,木
夫九首,土伯三目,谲怪之谈也;依彭咸之遗则,从子胥以自适,狷狭
之志也;士女杂坐,乱而不分,指以为乐,娱酒不废,沉湎日夜,举以
为欢,荒淫之意也:摘此四事,异乎经典者也。故论其典诰则如彼,
语其夸诞则如此;固知《楚辞》者,体宪于三代,而风杂于战国,乃
《雅》《颂》之博徒,而词赋之英杰也。

　　[讲解]　刘勰首先回顾汉代论者对《楚辞》的评价。汉人爱好《楚辞》,
从帝王到文士皆然。班固、王逸等人都为《楚辞》作过注解。现存最早的就
是王逸的《楚辞章句》。汉朝人对《楚辞》都给以很高评价,不过也有人在肯
定之中又有所批评,班固便是一个代表。班固认为屈原的创作,既是抒发其
忧苦郁积的情感,又是用以讽谏,其光明正大、忠于国家的精神值得称道。
但又从出处行藏的角度出发,批评屈原未能明哲保身、抽身远引;"露才扬

_____

①　按,杨雄,今多作"扬雄"。据清代学者段玉裁、王念孙等考证,"扬"应作"杨"。见王念孙《读书杂
　　志》卷四之十三。陈直《汉书新证》指出,"杨""扬"二字在汉代金石刻辞中并无区别。故姓氏之
　　扬,即杨字,非别有一姓。今所据底本"校元刊本"亦多作"杨雄"。故本书"扬雄"划一作"杨雄"。

己",锐意进取,不合中庸之道。另外对《离骚》中某些运用神话传说、大胆想象的内容加以指摘,认为荒诞不合事实,"非法度之政(正)、经义所载"(班固《离骚序》)。王逸则针对班固的批评加以驳斥。他说屈原杀身成仁,合乎儒家的教训,其作品也不失温柔敦厚的诗教。王逸还举《离骚》中的一些具体描述,一一与儒家经典比附对照,认为是"依托五经以立义"的,并不荒诞。我们若细读班固、王逸的评价,便不难发现:他们有些话针锋相对,但倒都是以儒家经典为依据、为评判标准的。这正是汉代儒学独尊、士人头脑受到禁锢、文学成为经学附庸的反映。

刘勰在引述汉人的评论之后,加以折中,也仍然不出依经论《骚》的藩篱。不过,他虽然对汉人的论断加以评骘,但他的意图其实主要不在于此,而在于要引出"固知《楚辞》者,体宪于三代,而风杂于战国,乃《雅》、《颂》之博徒,而词赋之英杰也"这几句话。也就是说,刘勰要给《楚辞》一个位置,这个位置,就是在六经之下,而在汉赋之上。本篇开端"轩翥诗人之后,奋飞辞家之前","去圣之未远,而楚人之多才",也就是这个意思。这当然不仅是就时代顺序说,主要还是就成就高下说。而将《楚辞》放在这样的地位,又是与刘勰将要提出的关于写作的基本思想大有关系的:他一方面要人们学习《楚辞》,求新求变;一方面又要防止求新求变过分。因此他既要充分肯定《楚辞》的成就,肯定其崇高的地位;又说《楚辞》毕竟还比不上《诗经》等儒家经典,还有"夸诞"之处。刘勰有一个基本的文学史观:商周的文章制作(即五经)"丽而雅",漂亮而又雅正,以后即沿着求新变、求精美的方向发展。刘勰认为这个倾向是要肯定的,但这个倾向中也有不好的东西在日益发展,应该纠正。而这好的和不好的方面,其源头都体现于《楚辞》。他之论定《楚辞》地位在五经之下、汉赋之上,是服从于他的文学史观和关于写作的基本思想的。

二、热情赞叹《楚辞》的艺术成就,提出关于写作的基本思想

　　观其骨鲠所树,肌肤所附,虽取镕经意,亦自铸伟辞。故《骚经》、《九章》,朗丽以哀志;《九歌》、《九辩》,绮靡以伤情;《远游》、《天问》,瑰诡而慧巧;《招魂》、《大招》,耀艳而深华;《卜居》标放言之致,《渔父》寄独往之才。故能气往轹古,辞来切今,惊采绝艳,难与并能矣。自《九怀》以下,遽蹑其迹,而屈、宋逸步,莫之能追。故其叙情怨,则郁伊而易感;述离居,则怆怏而难怀;论山水,则循声而得貌;言节候,则披文而见时。是以枚、贾追风以入丽,马、杨沿波而得奇,其衣被词人,非一代也。故才高者菀其鸿裁,中巧者猎其艳辞,吟讽者衔其山川,童蒙者拾其香草。若能凭轼以倚《雅》、《颂》,悬辔以驭楚篇,酌奇而不失其贞,玩华而不坠其实,则顾盼可以驱辞力,欬唾可以穷文致,亦不复乞灵于长卿,假宠于子渊矣。

　　赞曰:不有屈平,岂见《离骚》。惊才风逸,壮采烟高。山川无极,情理实劳。金相玉式,艳溢锱毫。

　　[讲解]　刘勰对《楚辞》的评价实际上是非常高的。说《楚辞》"自铸伟辞","惊采绝艳,难与并能","金相玉式,艳溢锱毫",其衷心赞美之情,溢于言表。至于本篇开头所说的"奇文郁起",更具有从文学发展的角度而言的意味。奇就是不常、不凡、与众不同,又意味着创新,即"自铸伟辞"。《楚辞》与经书之雅正相比较,确实是生面别开,令人惊绝。具体说来,刘勰指出了《楚辞》三方面的优点:一是抒情动人。所谓"哀志"、"伤情"、"郁伊而易感"、"怆怏而难怀",说的都是那种哀伤的、悲剧性的情感。二是写景真切。所谓"循声而得貌"、"披文而见时",是说描绘山水节候如在目前。三是辞采华

美。所谓"艳辞"、"耀艳深华",主要即指其词藻华丽而言。

刘勰所总结的《楚辞》的三个优点,都是从艺术表现方面而言的,《辨骚》的重点其实正在这一方面。这与汉人论《楚辞》首先重视其忠君讽谏的思想内涵颇不一样。汉人也注意到《楚辞》的艺术表现方面的特点,但认识还较粗浅,而且与重视其政治内涵相比,究属次要。魏晋以来情况便不同了。曹丕曾比较屈原与司马相如优劣,对屈原的精神品质一概不提,只是称赞其"优游案衍","据托譬喻,其意周旋,绰有余度"(《北堂书抄》卷一百),就已是纯从艺术角度言。晋人王恭有句有名的话:"痛饮酒,熟读《离骚》,便可称名士。"(《世说新语·任诞》)也体现了一种从审美欣赏的立场看待《离骚》的态度。这正是魏晋南北朝读者普遍的态度。

至于注重抒情、写景和文辞美丽三者,也是时代风气的反映,体现了文学审美观念的进步。下面就前二者简单地谈一下。

关于抒发情感。从记录汉代事实的典籍中,已能看到欣赏强烈的情感表现、而且往往以悲为美的例子。甚至有宾婚嘉会而演奏丧乐、酒酣之后大唱其挽歌的事情(见《后汉书·周举传》、《后汉书·五行志》注引《风俗通义》)。以悲伤感动为乐趣,其实反映了以强烈的情感激荡为美的普遍心理。但在汉代,这种审美心理与儒家的文艺观是相冲突的。魏晋时这种心理的表现就很普遍了,而且很自觉,还被视为佳话,《世说新语》中就记载了不少例子。在日常生活中,士人以"情之所钟,正在我辈"自诩,在文艺欣赏中也对于情之有无浓淡十分敏感,并作为评判作品的一项重要标准。即以对《楚辞》的态度而言,我们可以看到如下的例子:陆云曾拟《楚辞》而作《九愍》,自称"此是情文",还说其中《行吟》一篇"与渔夫相见时语亦无他异,附情而言",所以为佳。《九愍》竭力渲染屈原的悲苦之情,使人感到作者其实是借屈原题材抒写一般文人共有的关于遇合、死生、离别等方面的感慨愁怀。又晋武帝曾下诏令"作愁思之文",左芬应诏作《离思赋》,尽情抒发思亲之痛。赋中有"惟屈原之哀感兮,嗟悲伤于离别"之句。屈子去国有深刻政治内容,自不同于一般的离亲别友,但左芬此处却撇开其政治内容,只从"恨别"加以体会。陆云与左芬的例子,都表明人们阅读《楚辞》时,对于其中的情感表现体会甚深,而政治方面的观念却减弱了。

　　关于《楚辞》的写景,刘勰除了在《辨骚》中加以称赞外,在《物色》篇中也说:"然屈平所以能洞监风骚之情者,抑亦江山之助乎?"指出江山风景于屈子之诗情大有裨益,那当然是由于刘勰对《楚辞》的写景有深刻的印象。确实,我国文学作品摹写江山意境之美,实起于《楚辞》。清人恽敬云:"《三百篇》言山水,古简无余词;至屈左徒,而后瑰怪之观、远淡之境、幽奥朗润之趣,如遇于心目之间。"(《大云山房文稿》二集卷三《游罗浮山记》)吴子良亦云:"文字有江湖之思,起于《楚辞》。"并举《九歌·湘夫人》"袅袅兮秋风,洞庭波兮木叶下"之句,称"摹想无穷之趣,如在目前"(《林下偶谈》卷一)。钱锺书先生谓《诗经》所写还止于一草、一木、一水、一石,"《楚辞》始解以数物合布画面,类画家所谓结构、位置者,更上一关,由状物进而写景"[1]。对于《楚辞》的这一优点,大约最早指出来的便是刘勰。当然,这与时代风气、与人们文学眼光、文学观念的进步都有关系。魏晋以来,人们对于自然风景、节候变迁日益敏感,审美能力日益发达,对于文辞状物形似即描绘外物形象的功能也日益自觉。刘宋山水诗的兴盛在这一过程中占有重要的地位。《文心雕龙·明诗》说刘宋作者"情必极貌以写物",《物色》说他们"窥情风景之上,钻貌草木之中","体物为妙,功在密附","故能瞻言而见貌,即字而知时",表明刘勰对文学创作中这一新的动向是有充分认识的。正因为这样,他指出了《楚辞》的山水节候描绘"循声而得貌"、"披文而见时"的优点。

　　在充分肯定《楚辞》艺术成就的基础上,刘勰提出了关于写作的基本思想,那就是"凭轼以倚《雅》、《颂》,悬辔以驭楚篇,酌奇而不失其贞,玩华而不坠其实"。亦即以五经为典范,吸取《楚辞》的优长;既要新变出众,又不失端正;既要美丽动人,又要内容充实。在刘勰看来,对于文章写作来说,文风的端正,内容的充实,那是第一位的,但创新出奇、美丽动人,也决不可少。二者并重而主次分明。这是颇有辩证意味的。刘勰用"贞(正)"、"实"和"奇"、"华"分别指说、概括这两个方面。怎样做到二者并重呢? 在刘勰那个时代,人们总是将揣摩前代优秀作品当作学习写作的不二法门,因此刘勰提出的办法就是找到正确的学习对象,并且处理好其间的主次关系,即必须以五经为典范,又必须参酌《楚辞》。关于前者,以《原道》、《征圣》、《宗经》加以论

---

[1]　见《管锥编》第二册,第 613 页(北京:中华书局,1979 年)。

述;关于后者,则以《辨骚》畅言之(《辨骚》前一篇《正纬》也是论述"奇"、"华"这一方面的,认为纬书虽"无益经典"而"有助文章",其中的美丽词藻可供写作者渔猎。但其重要性当然远远比不上《楚辞》)。

刘勰关于写作的基本思想,包括这样一点:求新变和美丽是必须的,但必须掌握分寸,不可过分。他认为汉以来的写作中有过分的情况,他生活的宋齐时代更有此弊。为了纠正时弊,他要找出那过分奇华、讹滥不正之风的根源。于是他找出《楚辞》中的"夸诞"、"诡异"之处,认为那是过分求奇求丽的源头。也正因为此,他说《楚辞》是供"驭"即有控制地参酌的,五经却是可供"凭"、"倚"即加以依靠的。

写作应以经书和《楚辞》为取法对象,这种观点并非始于刘勰。刘宋时檀道鸾《续晋阳秋》曾说:"自司马相如、王褒、杨雄诸贤,世尚赋颂,皆体则《诗》、《骚》,旁综百家之言。及至建安而诗章大盛。逮乎西朝(西晋)之末,潘、陆之徒,虽时有质文,而宗归不异也。"认为西汉迄于西晋,诸家所作虽时有变化,但都以《诗》、《骚》为楷模。也就是说《诗》、《骚》乃后世诗赋创作之祖。沈约《宋书·谢灵运传论》也说,自汉至魏,虽"文体三变",但"原其飙流所始,莫不同祖《风》、《骚》"。稍后于刘勰,钟嵘《诗品》论汉以后诗人源流所自,归结为《国风》、《小雅》和《楚辞》三系。再稍后萧纲在《与湘东王书》中批评他所不满的诗歌作者,也说他们是"既殊比兴,正背《风》、《骚》"。可知在南朝人心目中,《诗经》、《楚辞》原是文学创作的典范。刘勰所论,原也是与时代风气一致的。不同之处,一则上述诸人提《诗经》而刘勰扩大至五经(《辨骚》云"凭轼以倚《雅》、《颂》",也只提《诗经》,但可理解为代指五经,因《宗经》篇所论遍及五经)。这是因为檀、沈诸人所言为诗赋,故独举五经中之《诗》;《文心雕龙》所论则还包括各种文体,包括实用性文章以至子、史学术著作,故泛言五经。二则檀、沈等人只是简略地提一下,刘勰所论却全面而且深入,颇有系统,并且区别主次而具有针砭时弊的意义,成为关于写作的一种基本思想,具有理论色彩。这是刘勰的贡献所在,从中也可体会《文心雕龙》"弥纶群言"而加以折中的特点。

[备参]

(一)志与情 本段有云:"《骚经》、《九章》,朗丽以哀志;《九歌》、《九辩》，绮靡以伤情。"这是称赞《楚辞》中的篇章抒发哀伤之情，写得美丽动人。"哀志"就是"伤情"，"志"和"情"在这儿都是"怀抱"即心中所存想之意。学界有一种观点，认为古人论诗时用志字与用情字意思不同：志字所表达的多是与政教或士人立身、穷通出处有关的想法，情字则只指一般的情感活动。这种观点，大约起于对"诗言志"（首见于《尚书·尧典》）和"诗缘情"（首见于陆机《文赋》）的理解，认为"言志"是要求诗歌为政教服务的主张，"缘情"则是只强调个人情感抒发的主张。其实"言志"与"缘情"并不具有这种互相对立的意义。为免枝蔓，这里不展开对"言志"与"缘情"的讨论，只略举语例，说明"志"与"情"在一般地表示内心所存想这一意义上是同义词，因此刘勰这里说"哀志"、"伤情"也就是同义的词组（请注意我们并非说志、情二字完全同义，只是说"在一般地表示内心所存想这一意义上"是同义的）。举例如下。

1.《周易·睽·彖》："二女同居，其志不同行。……男女睽而其志通也。"睽之卦体兑下离上，兑为少女，离为中女，故云"二女同居"。二女各自出嫁，故曰"其志不同行"。男女有别，男子主外，女子主内，却能共同操持好家庭，故曰"男女睽而其志通"。两"志"字均泛言心思、想法，并无政教内容。以下两例亦同。

2.《易·革·彖》："二女同居，其志不相得。"革卦离下兑上，离为火，兑为泽，二女同居一卦，而有水火之性，故曰"其志不相得"。

3.《易·归妹》九四《象》："愆期之志，有待而行也。"谓想要过期之后才将少女出嫁，那是因为有所等待的缘故。

4.《庄子·齐物论》："昔者庄周梦为蝴蝶，栩栩然蝴蝶也，自喻适志与！"郭象注"自喻适志"云："自快得意。"按"适志"犹今之沪语"适意"，志即意。

5.《庄子·养生主》："提刀而立，为之四顾，为之踌躇满志。"郭象注"踌躇满志"云："逸足容豫自得之谓。""满志"即洋洋得意。

6.《庄子·达生》："用志不分，乃凝于神。"用志不分，犹今言用心专一，思想不分散，志乃心思之意。

7. 宋玉《神女赋》写楚襄王梦中与神女相会，醒后"罔兮不乐，怅尔失志"。"失志"即失意、不得意。又描写神女云"志解泰而体闲"、"志态横出"，

"志"、"志态"犹言"意"、"意态"。

8.《诗经·周南·葛覃序》:"后妃在父母家,则志在于女功之事。"按毛、郑的解释,此诗歌颂文王夫人,有政教意义,但"志"字本身只是心思之意。"志在于女功之事",即用心于女功,并无政教内容。

9.《诗经·邶风·匏有苦叶》次章毛传:"卫夫人有淫佚之志。"此处"志"的内容是荒淫放荡,与政教无干。

10.《诗经·郑风·狡童》首章毛传:"昭公有壮狡之志。"壮狡之志,谓童心、不成熟的心思。

11.《礼记·曲礼上》:"敖不可长,欲不可从,志不可满,乐不可极。"志不可满,谓不可过分得意。志,意也。

12.《礼记·王制》:"命市纳贾以观民之所好恶。志淫好辟。"谓命市场管理者报告商品价格,以了解人民的好尚,若民风质朴则实用的物品价昂,民风淫侈则奢侈品价昂。郑玄注:"民之志淫邪则其所好者不正。"志,指心意、心思。"志淫",当然也决不是政教方面的志,而是纵欲享受的志。

13.《礼记·乐记》:"子夏对曰:郑音好滥淫志,宋音燕女溺志,卫音趋数烦志,齐音敖僻乔志,此四者皆淫于色而害于德。"淫志、溺志、烦志、乔志,分别指使人心思邪僻、沉溺、烦劳、骄逸。这里的"志",只是泛指人的心思而已。

上举例句中的"志",都没有什么政教内容。8 至 13 诸条的内容可说与政教有关,但"志"字本身的意思也还是心意、心思等。不能说"志"字只能用于政教场合。所举诸条的时代大抵在先秦、汉初,汉以后的例子还很多,毋庸一一枚举。

现在再说到"情"字。情字同样可用于一般场合,也可用于政教场合:

14.《周易·系辞下》:"圣人之情见乎辞。"意谓周文王那样的圣人的想法、思想见于他所撰写的卦爻辞中。这"情"字本身所指的可说就是有关政教的内容。

15.《左传》庄公十年:"小大之狱,虽不能察,必以情。"杜注:"必尽己情。"那么"必以情"的情字乃心思、心智之意,庄公自称必尽心竭智审察案件。这也是用于政教场合。

16. 屈原《九章·惜诵》中屡用"情"字,如"发愤以杼情"、"情与貌其不变"、"又莫察余之中情"、"恐情质之不信兮",其情乃忠君讽谏之思,当然有关政教。王逸注其情字云:"志愿为情"、"情,志也。"并未区别情、志。

正因为志、情二字可以是同义词,因此我们能看到不少二字并用的语例。姑举数条。

17. 屈原《九章·思美人》:"申旦以舒中情兮,志沈菀而莫达。"情就是志。"志沈菀而莫达",也就是"情沉抑而不达"(《惜诵》)。屈原还屡屡用"心"、"思"、"中"字样,如"心郁郁之忧思兮"(《抽思》)、"心郁邑余侘傺兮"(《惜诵》)、"聊以舒吾忧心"(《哀郢》)、"思蹇产之不释兮"(《抽思》)、"中闷瞀之忳忳"(《惜诵》)等,其实志、情的意思也就都是心、思、中。

18. 庄忌《哀时命》:"志憾恨而不逞兮,杼中情而属诗。"王逸注:"意中憾恨,忧而不解,则杼我中情,属续诗文,以陈己志也。"可说志、情都是"意"的同义词。

19. 班昭《东征赋》:"遂去故而就新兮,志怆恨而怀悲。……酌樽酒以弛念兮,喟抑情而自非。"可说志、情与"念"意思相近,都是"心中所想"之义。上举屈原、庄忌作品可说与政治有关,班昭这里却只是抒发一己去家远行的悲戚而已。

20. 陈琳《止欲赋》:"伊余情之是悦,志荒溢而倾移。"志、情都是指自己爱慕一位美女的心思而言。

以上所举为辞赋中的例子,下面所举则见于一般文章之中。

21.《礼记·问丧》:"故哭泣无时,服勤三年,思慕之心,孝子之志也,人情之实也。""志"并非今日所谓"志向"之志,而是一般的心思、心情之意。同篇有云:"孝子亲死,悲哀志懑,故匍匐而哭之。"可以参读。志就是情感之意。

22.《周易·升》六四王弼注:"若能不距而纳,顺物之情,以通庶志,则得吉而无咎矣。"

23.《周易·睽·彖》"男女睽而其志通也"侯果曰:"出处虽殊,情通志合。"(《周易集解》卷八引)情通志合,犹今言情投意合,不必释为"感情相通而志向、目标一致"。

24.《周易略例·明爻通变》"合散屈伸与体相乖"邢璹注:"……乾之初九,潜龙勿用。初九身虽潜屈,情无忧闷,其志则申,故曰屈伸。"

《文心雕龙》中的例子如:

25.《征圣》:"夫子文章,可得而闻,则圣人之情,见乎文辞矣。""圣人之情",在刘勰心目中当然是关乎政教的,但他用的是"情"字不是"志"字。此例可与第14例"圣人之情见乎辞"参看。

26.《明诗》:"人禀七情,应物斯感,感物吟志,莫非自然。"情、志并用,很难说有何区别。按《左传》昭公二十五年载子产之言曰:"民有好恶喜怒哀乐,生于六气,是故审则宜类,以制六志。""好恶喜怒哀乐",《荀子·正名》、《白虎通·性情》均称之为"情",但子产称为"六志"。因此孔颖达《正义》说得很明白:"在己为情,情动为志,情、志一也。"刘勰这几句话中的情、志也正是"一也"。又《明诗》赞曰:"民生而志,咏歌所含。"志也就是情。还可与沈约《宋书·谢灵运传论》的话合而观之:"民禀天地之灵,含五常之德,刚柔迭用,喜愠分情。夫志动于中,则歌咏外发。""喜愠分情"之"情",也就是"志动于中"之"志"。沈约的话,又是用《礼记·乐记》、《诗大序》"情动于中而形于言"之意。彼言情而此言志,意思并无什么改变,"情、志一也"。

27.《养气》:"率志委和,则理融而情畅。……率志以方竭情,劳逸差于万里。"这里志、情都指构想时的意思而言,率志即任意。下文又云"从容率情","率情"与"率志"并无区别。

28.《物色》:"是以献岁发春,悦豫之情畅;滔滔孟夏,郁陶之心凝;天高气清,阴沉之志远;霰雪无垠,矜肃之虑深。"这里情、志、心、虑四字意思无甚差别,只是为避免重复而变文而已。

总之,说"志"字与政教有关而"情"字指无关政教的情感,是不妥当的。还有一种说法,认为"志"偏于理性,多指思想而言,"情"则偏于感性,多指情感而言。这种说法亦未必然。《孟子·公孙丑上》:"夫志,气之帅也。气,体之充也。"赵岐注:"志,心所念虑也。气,所以充存形体为喜怒也。志帅气而行之,度其可否也。"这里所谓志指人之神志、意念、思维,它对情感有判断、制约的作用,确是偏于理智。但孟子这里强调理智的作用而用"志"字,不等于"志"字用在任何语言环境都强调理智。观察体会上文所举诸例即可知晓。庄子梦为蝴蝶,栩栩然"适志",楚襄王梦醒之后,"怅尔失志",有何理智、思想可强调? 何况子产明言"好恶喜怒哀乐"为"六志"。同理,"情"字用于表示自发的情欲、情感时可说偏于感性,但"圣人之情见乎辞"、鲁庄公察狱"必以情",能说卦爻辞中少有圣人的理性思维吗? 能说庄公察狱单凭感情用事不用理智吗? 志、情都有心之念虑、心之所存的意义,在很多情况下是同义的;至于有没有区别,须根据语言环境仔细判别,不可一见"志"字便说偏于理性或有关政教,一见"情"字便说偏于感性或无关政教。何况王逸明言"志愿为情"、"情,志也"。

结论就是:"《骚经》、《九章》,朗丽以哀志;《九歌》、《九辩》,绮靡以伤情",称赞《楚辞》中的篇章抒发哀伤之情,写得美丽动人。"哀志"就是"伤情",并无区别。读《文心雕龙》其他篇目,遇到"情"、"志"字样,也应注意,避免误解。

(二) 绮靡　"《九歌》、《九辩》,绮靡以伤情",有的注释将"绮靡"释为"绮丽细致"。其实"绮"、"靡"都是美丽之意(为省篇幅,其例略),合在一起也仍是此意。举例如下。

1.《艺文类聚》卷四四(上海古籍出版社出版汪绍楹校点本)阮瑀《筝赋》形容筝乐声云:"浮沉抑扬,升降绮靡。"

2.《广宏明集》卷二三(《四部丛刊》影印明刊本)谢灵运《昙隆法师诔》形容乐声云:"繁弦绮靡。"

3.《艺文类聚》卷七四(版本同例1)刘邵《飞白书势》形容书法:"繁节参谭(连续不绝貌),绮靡循杀。"

4.《艺文类聚》卷三三(版本同例1)张翰《周小史诗》形容姿态:"转侧绮靡,顾眄便妍。"

5.《古文苑》卷三(《四部丛刊》影宋本)班婕妤《捣素赋》形容衣着:"曳罗裙之绮靡。"(《艺文类聚》卷八五同)

6.《三国志·吴志·华覈传》形容衣饰:"妇人为绮靡之饰。"

7. 陆机《文赋》形容诗歌:"诗缘情而绮靡"。

以上7例中,5、6形容衣着,其"靡"字或许还可被当作训为"细致"之据,(其实仍应释为美丽。)其他形容音乐、书法以至人的姿态,都难以作"细"

解。出现比"绮靡"早的,有"猗靡"一语,可用于形容女子的姿态、衣着,形容花草、音乐以至于男女情爱等(例略)。"绮靡"正与之相同。形容的对象各各不同,但都是优美动人之意。而且"猗"、"绮"二字音形皆相近,因此"绮靡"应就是从"猗靡"来。还有,古书中颇可见到因版本或出处不同而或作"猗靡"或作"绮靡"的情况。如曹植《洛神赋》"扬轻袿之猗靡",《文选》李善注本作"猗靡",而《文选》六臣注本、宋刊本《曹子建文集》作"绮靡";又阮籍《咏怀》"猗靡情欢爱",《文选》、《玉台新咏》均作"猗靡",而《艺文类聚》卷一八引作"绮靡";又索靖《草书状》"纷扰扰以猗靡,中持疑而犹豫",《晋书》本传、《册府元龟》卷八六一作"猗靡",而《艺文类聚》卷七四作"绮靡"。此种情况,虽应视为流传过程中产生的异文,却很难说有正讹之分,因为"猗靡"、"绮靡"其实义同。"猗"、"绮"、"靡"皆叠韵字,皆训为美丽,"猗靡"、"绮靡"都是王念孙所说"上下同义不可分训"的"连语"(见《读书杂志·汉书十六》)。"猗靡"、"绮靡"实即"旖旎"、"婀娜"、"阿那"、"猗那"、"猗傩",皆美盛之意,古音一声之转耳。

第四讲

《明诗》——论历代诗歌

《明诗》是《文心雕龙》的第六篇，也是论诸种文体的二十篇中的首篇。我们阅读此篇，可以此为代表了解这二十篇的结构，更可从中探讨刘勰关于诗歌的思想、趣味。

一、释名以章义

　　大舜云："诗言志，歌永言。"圣谟所析，义已明矣。是以"在心为志，发言为诗"，舒文载实，其在兹乎！故诗者，持也，持人情性；三百之蔽，义归"无邪"，持之为训，有符焉尔。

　　[讲解]　这是《明诗》的第一段。《文心雕龙》论文体的二十篇，都有"释名以章义"一项内容，其位置多在论述的开头部分，《明诗》首段便是解释"诗"的含义。

　　刘勰首先引《尚书·尧典》"诗言志，歌永言"之句，说"圣谟所析，义已明矣"，意谓诗与歌不同，要区分开来。《明诗》之后是《乐府》，该篇也说："凡乐辞曰诗，咏声曰歌。"又说："昔子政品文，诗与歌别。"刘勰认为诗与歌有密切关系，但又不是一回事。诗是歌之辞，歌是歌咏其辞。之所以《明诗》、《乐府》分列，便是基于这种认识。其论诗，是专就其辞而论；论乐府，则兼论其声。

　　"诗言志"一语，出于《尚书·尧典》(伪古文《尚书》在《舜典》)，是舜命夔时所言。舜命夔掌管音乐，教育统治者的子弟。其言有云："诗言志，歌永言，声依永，律和声。八音克谐，无相夺伦，神人以和。""诗言志"一语为后人所崇奉，故朱自清先生《诗言志辨序》曾称之为中国诗论的"开山的纲领"。

不过这句话的时代和内涵都有些问题。从时代言,《尧典》当然不是尧舜时代的作品,而很可能是后人掇拾旧闻编缀而成。是什么时代的人编的呢?迄无定论,有的说是周朝史官编的,有的认为是战国时儒家学者编的等等。既是后人编缀旧闻,那么即使其中有许多符合史实的内容,也并不能保证每一处记载都合乎史实。易言之,“诗言志”这句话究竟产生于什么时代、舜的时代是否已有这样的观念,都还是问题。从其内涵言,“诗言志”的意义,是说诗表述心中所想、心之所存。志就是意的意思,因此司马迁《史记·五帝本纪》径记作“诗言意”。但究竟是说自己作诗来表述心意呢,还是说借用、引用他人作的现成的诗来表达自己的意思呢?就不大好判断了。须知春秋时代借用、引用现成诗篇来表述己意的情况是很不少的,《尧典》里的这个观念会不会是受那种情况影响而形成的呢?不过,到了后代,诗歌创作发达了,“诗言志”这句话,一般是被理解为制作诗歌以述己志的,刘勰这里也是这样。“在心为志,发言为诗,舒文载实”,都是就作诗而言的。“舒文载实”的“舒文”,指舒布文采,运用言辞作诗;实,则指诗人内心的情志。

　　“诗者,持也”,刘勰用了声训的方法,将诗释为持,然后与持人性情、义归无邪联系起来,突出了诗的教化功能。这当然体现了儒家诗教观的影响。但是,这并不等于说刘勰的诗学思想就有浓厚的儒家色彩。因为看一位论者的思想观点,要全面地看;观察一位批评家的文学思想,要结合他对具体作家作品的评价来看。这种具体评价,往往比其理论表述更为重要。

[备参]

　　诗者,持也　这是《诗》纬《含神雾》中的话。这种以音同、音近的词进行训释的方法,称为声训。《文心雕龙》的“释名以章义”,常用此法。其法起源很早,如《论语·颜渊》:“季康子问政于孔子。孔子对曰:政者,正也。子帅以正,孰敢不正?”《孟子·尽心下》论征伐云:“征之为言正也。”又:“仁也者,人也。”《韩非子·解老》:“义者,谓其宜也。”这种训释方法,汉代盛行,集其大成而编成字典的,是刘熙的《释名》,其书今日尚存。

二、原始以表末,选文以定篇

人禀七情,应物斯感,感物吟志,莫非自然。昔葛天乐辞,《玄鸟》在曲;黄帝《云门》,理不空弦。至尧有《大唐》之歌,舜造《南风》之诗,观其二文,辞达而已。及大禹成功,九序惟歌;太康败德,五子咸讽:顺美匡恶,其来久矣。自商暨周,《雅》《颂》圆备,四始彪炳,六义环深。子夏鉴绚素之章,子贡悟琢磨之句,故商、赐二子,可与言《诗》。自王泽殄竭,风人辍采,春秋观志,讽诵旧章,酬酢以为宾荣,吐纳而成身文。逮楚国讽怨,则《离骚》为刺。秦皇灭典,亦造仙诗。

汉初四言,韦孟首唱,匡谏之义,继轨周人。孝武爱文,柏梁列韵,严、马之徒,属辞无方。至成帝品录,三百余篇,朝章国采,亦云周备;而辞人遗翰,莫见五言,所以李陵、班婕妤,见疑于后代也。按《召南·行露》,始肇半章;孺子《沧浪》,亦有全曲;"暇豫"优歌,远见春秋;"邪径"童谣,近在成世:阅时取征,则五言久矣。又《古诗》佳丽,或称枚叔,其"孤竹"一篇,则傅毅之词,比采而推,固两汉之作乎?观其结体散文,直而不野,婉转附物,怊怅切情,实五言之冠冕也。至于张衡《怨篇》,清典可味;仙诗缓歌,雅有新声。

暨建安之初,五言腾跃。文帝、陈思,纵辔以骋节;王、徐、应、刘,望路而争驱。并怜风月,狎池苑,述恩荣,叙酣宴,慷慨以任气,磊落以使才;造怀指事,不求纤密之巧;驱辞逐貌,唯取昭晰之能:此其所同也。及正始明道,诗杂仙心,何晏之徒,率多浮浅。唯嵇志清峻,阮旨遥深,故能标焉。若乃应璩《百一》,独立不惧,辞谲义贞,亦魏之遗直也。

晋世群才,稍入轻绮,张、左、潘、陆,比肩诗衢,采缛于正始,力柔于建安,或析文以为妙,或流靡以自妍,此其大略也。江左篇制,溺乎玄风,嗤笑徇务之志,崇盛忘机之谈。袁、孙已下,虽各有雕采,而辞趣一揆,莫与争雄,所以景纯仙篇,挺拔而为俊矣。

宋初文咏,体有因革,庄、老告退,而山水方滋;俪采百字之偶,争价一句之奇,情必极貌以写物,辞必穷力而追新:此近世之所竞也。

[讲解]　这一大段是"原始以表末"和"选文以定篇",即叙述诗的源流发展,列举历代名篇并作出评价。《文心雕龙》书中这两项往往合在一起,《明诗》就是这样。这一大段,可说是一篇先秦至刘宋的诗歌简史,我们认为它是本篇最重要、最有意义的部分。

既是"原始以表末",则要说到诗的发生。刘勰说:"人禀七情,应物斯感,感物吟志,莫非自然",是说人生而有情,为外物所感动,则自然要发之吟咏,抒发心中之所思所想(这儿既说"七情",又说"吟志",情、志在此都是心之所存的意思,不需强生分别。参第三讲论《辨骚》的"备参")。我们知道,先秦汉代的诗、乐理论早就说"感物而动"、"情动于中而形于言"、"诗言志"、"吟咏情性"等,刘勰继承了这种理论。而"莫非自然"一语,突出了"自然"即非关外力自己就这样、本来如此、必然如此的意思,则具有道家、玄学的色彩。《明诗》赞语云:"神理共契",意谓人生而有情志,必然发为咏歌,这样的事实与"神理"相契合,是"神理"的表现。"神理"即"道",也就是"自然"(参看第二讲)。这种观点,可说体现了当时人的一种思维定势。沈约《宋书·谢灵运传论》曾说:"夫志动于中,则歌咏外发。……升降讴谣,纷披风什。虽虞夏以前,遗文不睹,禀气怀灵,理无或异。然则歌咏所兴,宜自生民始也。"视诗歌为人的本性的自然表现,发源于生民之初。《宋书·乐志》也说:"夫喜怒哀乐之情,好得恶失之性,不学而能,不知所以然而然者也。怒则争斗,喜则咏歌。"也是说人有性情,乃自然之理;而性情必外发而为歌咏。沈约的观点,可与刘勰"莫非自然"之说互相印证。

论历代诗作,刘勰从上古葛天氏《玄鸟》、黄帝《云门》说起,这不过是从文献中寻找时代最早的诗歌以证诗发源之早罢了。相传为尧、舜时的两首诗,虽为圣人所作,但刘勰认为它们甚为简质,故只说"观其二文,辞达而已",评价并不高。论夏代诗作,说"顺美匡恶,其来久矣",强调了诗的美刺作用。商、周逮于战国、秦朝,《诗经》《楚辞》当然是这一阶段最为重要的作品。刘勰对二者评价都很高,但前者已列为经,后者有《辨骚》专篇论述,故《明诗》中并不详论,只是指出了《诗三百》的启迪修身和外交场合借以言志的功能以及《离骚》的讽刺作用。总的看来,刘勰评述先秦诗,较多提到的是诗的美刺教化功能。

汉代作品,刘勰提到了四言诗(汉初韦孟的讽刺诗和东汉张衡的《怨诗》)、七言诗(汉武帝时的《柏梁台诗》),而作较详细论述的则是五言诗。他说五言早已有之,肯定《古诗》为两汉作品。《古诗》的作者,西晋时已不知为谁。刘勰根据传说,认为其中有傅毅所作,或许还有枚乘所作,总之是汉人所为。他对这些不知主名的作品给予很高评价,且多有独特的见解。他评其风格云"直而不野",可说是一语中的。《古诗》多为下层文士所作,直抒胸臆,字句之间不甚雕琢,然而毕竟是文人作品,因此又显得有书卷气。这只要与采自民间的汉代乐府诗比较一下,便很清楚。唐宋以后,对《古诗》的评价一直很高。明人谢榛《四溟诗话》卷三说它们"平平道出,且无用工字面,若秀才对朋友说家常话,略不作意"。"平平道出"便是"直",秀才说话便是"不野"。在历代评论《古诗》的话语中,谢榛之语是很有代表性的,常被人们引用,而其实与刘勰"直而不野"之评一脉相承。刘勰早已准确地点明了《古诗》的这个风格特征。他是颇有眼力的。刘勰又称《古诗》"婉转附物,怊怅切情",是说它们写景真切,情感动人。《古诗》所表现的不外游子思妇之情、生命短促之悲、及时行乐之志、立登要津之想,亦即文人日常生活中的一般情感,与政治教化并没有直接关联。而刘勰极力称赞。他认为《古诗》抒发那样的情感,具有惆怅动人的力量。"婉转附物",是说所写物象与自然界的真景物非常贴近。除抒情外,刘勰还注意到诗中的写景成分。这也是诗创作发展、山水写景诗发达之后人们的欣赏眼光进步的反映。汉代《古诗》,在南朝人心目中地位都很高,不仅刘勰如此。钟嵘誉为"一字千金",昭明《文选》亦录入十九首。刘勰的评价略早于钟嵘和萧统,而且"直而不野"、"婉转附物"的评价颇有独到之处。

　　刘勰论汉末建安诗也十分精彩。他说其诗"慷慨以任气",是指诗人们具有强烈鲜明的情感,一任其情感倾泻于诗中。又说"造怀指事,不求纤密之巧;驱辞逐貌,唯取昭晰之能",是说建安诗无论抒怀、叙事还是描写物态,都但求明朗,运笔较粗放而不作细密刻画。此外在《时序》篇中,也曾说建安作家"志深而笔长"、"梗概而多气",即怀抱深沉,情感力量强大,富有气势。此种风貌,其实就是后人所艳称的"建安风骨"。其影响甚为深远。盛唐诗坛明朗刚健、自然浑成的诗风,所谓盛唐风骨,其形成即与其时诗人自觉学习建安诗歌有很大关系①。南朝时其他论者也已经认识到建安诗的特色所在,例如与刘勰同时的裴子野,就曾说过"曹(植)刘(桢)伟其风力"的话,稍后钟嵘《诗品》则称赞"建安风力",又说曹植"骨气奇高"。所谓有风力,就是"任气"、"多气",就是富于情感力量,当然也就富于感染力。这是南朝论者对于建安作品的共同特点亦即其时代风格的认识。不过刘勰的论述比其他论者较为具体、细致。

　　在刘勰对建安诗的评述中,有一点值得注意,即言及建安诗的内容时,提出"怜风月,狎池苑,述恩荣,叙酣宴"四句话,亦即相当于《文选》中公宴诗的内容。后人(包括今人)重视建安诗反映汉末战乱、社会动荡和人民生活痛苦的内容,如曹操《薤露行》、《蒿里行》、曹植《送应氏》之一、王粲《七哀》、蔡琰《悲愤诗》等所表现的,刘勰并没有言及。这表明此类内容并未在刘勰心目中占据重要地位。

　　关于魏晋诗歌,刘勰说得比较简略,但颇为准确,有值得注意之处。如说西晋诗"采缛于正始,力柔于建安",将藻采、风力二者并提,这便反映出南朝人的审美观念。他们重视风力、风骨,即作品的情感力量、感动读者的力量,同时也重视文辞的美丽。他们最欣赏二者兼具的作品,即钟嵘《诗品》所谓"干之以风力,润之以丹彩"。又如论及道家、玄学思想对诗创作的影响,说曹魏正始年间诗已"杂仙心",即向往超脱尘凡的神仙境界(何晏、嵇康、阮籍诗都有此类内容),而东晋诗更变其本而加厉。这些论述,都以简练的语言概括了诗史上的重要事实。关于东晋的所谓玄言诗,在《时序》、《才略》篇中也曾论及。刘勰对那些作品是不满意的。《才略》即批评东晋著名玄言诗

---

① 参见王运熙先生《从〈文心雕龙·风骨〉谈到建安风骨》,载《文心雕龙探索》。

人孙绰之作"规旋以矩步,故伦序而寡状",又说殷仲文、谢混诗"解散辞体,缥缈浮音,虽滔滔风流,而大浇文意"。此种态度,也是时代风气的反映,沈约《宋书·谢灵运传论》、钟嵘《诗品》、萧统《文选》的态度都与刘勰相一致。

刘勰对刘宋诗歌的论述颇值得注意。《文心》全书于他所说的"近代"(即指刘宋)作家作品都不予以个别的评述,但对整个时代文坛风气的概括却颇为准确、精彩。除《明诗》外,《物色》篇也有颇为准确的描述,可以互相参看。刘勰指出刘宋诗坛风气,在于诗人们竭尽所能,致力于体察自然物的形貌,加以逼真细致的描绘。这是指当时兴起和发达的山水诗创作。谢灵运是这种诗风的开创者,并以此而获得盛名,人们纷纷仿效。在《物色》篇中,刘勰特别指出其描绘物象,在语言运用上具有"不加雕削"的特点。《明诗》所谓"争价一句之奇",就是指这种以自然明朗的语言刻画山水形貌的"秀句"而言。看来,刘勰对刘宋诗歌以自然而不加雕饰的语言精细地描绘景物这一倾向,还是表示赞赏的。至于当时诗作在语言表现上的特点,刘勰说是"俪采百字之偶",即大量运用对偶句式。诗中运用对偶,自建安以来逐渐加多,刘宋时更甚。明人陆时雍云:"诗至于宋,古之终而律之始也。体制一变,便觉声色俱开。"(《诗镜总论》)清人沈德潜云:"谢(灵运)诗胜人正在排。"(《说诗晬语》卷上)都指出了刘宋诗排偶成分大量增加的现象,而刘勰早已言及此点。

以上介绍了刘勰对历代诗歌的评论。从中可以看出,刘勰对于历代诗歌特点的论述十分精彩,对后世颇有影响,显示了他在审美鉴赏、评论方面的眼光和理论概括功力。当然那也是整个时代审美观点的体现。他对历代诗人及其作品的评价,与同时代批评家如沈约、钟嵘、萧统等大体一致。而他所论较具体、深入、细致。从时间上说,他的评论较钟嵘、萧统要早一些,因此可以说是具有独创性的。

从《明诗》还可以看出刘勰关于诗的观念,我们总结为以下两点。

第一,按照传统的理论,诗是感物言志的产物,是用来抒发情志的。这种观点在漫长的历史时期中,深入人心,被认为是天经地义的。它虽由儒家典籍所提出,但不论何种流派,即使是违离儒家传统诗教者,也莫不沿袭这一观点(例如梁代萧纲作宫体诗,描绘女子形貌神情之美,却也说那样的诗是表现"性情"的,见其《答新渝侯和诗书》)。诗歌是表现内心世界的,这成了我国诗论中一以贯之的命题。刘勰说"感物吟志,莫非自然",他也是这样看待诗歌的。但是他也看到了诗歌还有描绘物象的一面,这从《明诗》称赞汉代《古诗》"婉转附物"和概括刘宋山水诗"极貌以写物"的特点,便可以见出。这样的认识,当然是诗歌创作实际状况的反映(特别是刘宋山水诗、齐代咏物诗的兴起和发达的反映),也是文学理论发展的体现。可以说,刘勰对诗歌审美特性的认识,即在于抒情和状物两个方面。他对于诗歌的情感力量颇为敏感。称赞汉代《古诗》"诏怅切情",强调建安诗慷慨任气(即抒情言志富于力度),评西晋诗云"力柔于建安",都体现了这种敏感。至于描绘物象这一面,他对于既"极貌以写物"、"婉转附物",又能做到"不加雕削"、有如英华辉耀于草木那样的自然、真切的表现表示赞赏。

第二,儒家文艺思想强调诗歌的美刺讽喻、道德教化的功能,强调发乎情而止乎礼义。刘勰也说诗应"持人情性",也说到《五子之歌》、《诗经》、《离骚》以及韦孟、应璩诗的讽喻教化作用,那当然是受到儒家理论的影响。作为一位儒教的崇奉者,这是必然的(事实上在刘勰的时代,一般人在理论上都会接受儒家"止乎礼义"、"思无邪"之类说教的,绝少可能有离经叛道的言论。即使被人们视为违背诗教的宫体文学作者如萧纲、萧绎等人,其离经叛道也是体现在创作中,在理论上则除了萧纲《戒当阳公大心书》有"文章且须放荡"一语或可说是不自觉地流露出一些脱离儒家轨范的意思外,也并没有公然反对儒家诗学观的言论。他们只是不热心、不言及儒家诗论罢了)。而且刘勰著书的态度是"弥纶群言",那么前人论及诗歌的一些重要的资料,当然都被他吸纳入本篇之中,而这些资料有许多是体现儒家功利性的诗学观念的。试看《明诗》篇中,关于《诗三百》用于修身和外交场合的论述,系采自《论语》和《左传》;关于屈原作《离骚》是为了讽谏怀王,是汉代学者普遍的看法;关于韦孟讽谏诗,见于班固《汉书》;关于应璩《百一诗》,见于多种晋人著述。可知《明诗》的这些有关评述,都不过是吸取人们所习知的一些资料而已。刘勰除了表示赞同之外,在这方面并没有什么新见。

刘勰论诗实际上决不如汉代儒生那样狭隘拘执。可以说,虽然他赞同"持人情性"、"义归无邪"之类教训,但他对这些教训的理解相当宽泛。只要不显然违背封建道德,便是"无邪"。他并不认为诗中的情感必须与政治教化有明显的、直接的联系,并不主张在诗中作道德的说教。

《明诗》篇中作为重点论述的,有时还给予热情的赞美的,是汉代《古诗》、建安诗和刘宋山水诗。那些作品都不是美刺讽喻、道德教化之作。刘勰理解、评论诗歌,也并未如汉儒释《诗经》、《楚辞》那样,牵强附会地与政教相联系。他对汉代以来的诗歌,基本上是用审美的眼光加以评量,并且发表了十分精彩的、具有首创意义的意见。

总之,《明诗》篇既反映了儒家主张政教的功利主义诗学观的影响,又充分反映了魏晋南北朝文学自觉时代人们欣赏诗歌的审美的眼光。在今人看来具有对立性质的两个方面,在刘勰那里却兼收并蓄,熔于一炉,形成一种调和折中的倾向。而其主要方面是审美的,非功利的。这与同时人裴子野一概贬斥审美的文学的保守观点大相径庭。刘勰生活在人们的文学审美眼光已取得高度发展的时代,他是顺应了这一历史潮流的。

《明诗》之后是《乐府》篇。在该篇中,刘勰主要是从音乐的角度进行论述的,而他的音乐观颇为保守,这就影响到他对一些乐府歌诗的评价,那些评价也显得保守,甚至有与《明诗》所说有不一致的地方。那是另一个问题,这里暂且不论,将在下一讲详说。

[备参]

(一)**婉转附物** 谓描写景物贴切逼真。即《物色》篇"随物以宛转"之意。婉转、宛转,屈曲随顺,此处有紧相依附不离违意。《淮南子·精神训》:"屈伸俯仰,抱命而婉转。"高诱注:"抱天命而婉转不离违也。"《文选》潘岳《射雉赋》:"婉转轻利。"(指捕雉之具)徐爱注:"绸缪轻利也。婉转,绸缪之称。"绸缪乃缠束、结缚之意。《尔雅·释器》:"弓有缘者谓之弓。"郭璞注:"缘者,缴缠之,即今宛转也。"亦可证宛转有缠束意。附,贴近,即《诠赋》"象其物宜,理贵侧附"、《才略》"(《洞箫赋》)附声测貌"以及《物色》"体物为妙,功在密附"之"附"。注家多释"婉转"为委婉。那便是就手法、风格而言,恐怕不是。有的更以比兴之比释"附",将"附物"理解为诗人之情比附于物,说"附物"的意思是说古诗善用比喻,"婉转附物"是说委婉曲折地比附事物,也不对。

（二）析文以为妙　谓以精巧地组字成句为佳妙。析文,意谓在字句之间剖析钻研。《文心雕龙》有析句、析辞等语,意思大致相同。如《丽辞》:"至魏晋群才,析句弥密,联字合趣,剖毫析厘。"析句弥密,谓用字造句更加精密(在《丽辞》篇中系指运用对偶而言)。又《风骨》云"练于骨者,析辞必精",《物色》云"物色虽繁,而析辞尚简",均指遣字造句言。又《定势》:"或好离言辨句,分毫析厘。"离言亦即析句、析辞。至于《炼字》言司马相如、杨雄作品用字艰深,"读者非师传不能析其辞"。则不是言写作,而是言阅读,谓不能读懂其字句。按《荀子·解蔽》:"析辞而为察,言物而为辨,君子贱之。"析辞谓剖析、玩弄字句。《礼记·王制》:"析言破律,乱名改作,执左道以乱政,杀。"郑玄注:"析言破律,巧卖法令者也。"析言当指在字句之间钻空子。《隋书·经籍志》论名家云:"苛察缴绕,滞于析辞而失大体。"析辞也是说在字句之间斤斤计较。沈约《南齐竟陵王发讲疏》言佛藏翻译,有"分条散叶,离文析句"之语,"离文"即"析句",都指翻译时斟酌字句而言。僧祐《出三藏记集》卷二:"安清、朔佛之俦,支谶、严调之属,翻译转梵,万里一契,离文合义,炳焕相接矣。"离文即《丽辞》之"析句",合义即《丽辞》之"合趣",均指用字造句而言。总之,"析文以为妙"之析文,应是字斟句酌的意思。

三、敷理以举统

故铺观列代,而情变之数可鉴;撮举同异,而纲领之要可明矣。若夫四言正体,则雅润为本;五言流调,则清丽居宗;华实异用,惟才所安。故平子得其雅,叔夜含其润,茂先凝其清,景阳振其丽;兼善则子建、仲宣,偏美则太冲、公幹。然诗有恒裁,思无定位,随性适分,鲜能圆通。若妙识所难,其易也将至;忽以为易,其难也方来。至于三六杂言,则出自篇什;离合之发,则萌于图谶;回文所兴,则道原肇始;联句共韵,则柏梁余制:巨细或殊,情理同致,总归诗囿,故不繁云。

　　赞曰：民生而志，咏歌所含。兴发皇世，风流二《南》。神理共契，政序相参。英华弥缛，万代永耽。

　　[讲解]　《明诗》的最后一段是"敷理以举统"，指出所谓"纲领之要"，即简要说明诗这种文体的体制特色和规格要求、写作时应注意之点。

　　"敷理以举统"部分，本是刘勰论文体各篇的结穴所在。但《明诗》的这个部分，只是说了一下四言诗、五言诗应有不同的风格，有人偏美，有人兼善；又说作诗是知难行易的。总之关于诗的体制特点以及如何才能作好诗、应注意什么，刘勰说得相当空泛。相比之下，论应用文体的各篇，便说得具体明白。想来这是由于作诗最需要灵感和天才，需要高度发达的审美能力和表达能力，而这些是难于如论应用文那样概括出要点的。因此虽然刘勰说"情变之数可鉴"，"纲领之要可明"，但实际上只能泛泛带过了。

　　[备参]

　　情变之数　情，情况，此指有关诗歌写作的种种情况。数在这里有规律、必然性之意。"铺观列代，而情变之数可鉴"，谓观览列代诗歌，则诗歌写作的规律便可以察照。不必将"情"字解释为作者之情志。《风骨》："洞晓情变，曲昭文体。"《总术》："况文体多术，共相弥纶；一物携贰，莫不解体。所以列在一篇，备总情变。"其"情变"均指写作时的各种情况而言。又，或释"情变之数"为历代诗歌发展变化的规律。但此二句连下二句"撮举同异，而纲领之要可明"皆承上启下，依文意脉络，应解为指诗歌写作的规律较好。刘勰这里并未论及历代诗发展规律问题。

第五讲

《乐府》——论乐府诗的歌词与声乐

所谓乐府,原是朝廷所设音乐官署的名称。朝廷之所以需要音乐机构,大致有两方面的用途。一是举行祭祀、朝会等重大典礼时需要演奏乐曲,二是君臣宴乐时需要奏乐助兴。人们多称前者为雅乐,一般而言应该比较庄重严肃,后者则比较活泼,可能比较接近当时的流行音乐。由于所奏乐曲一般都配合着歌词演唱,于是渐渐地人们便把配合乐曲的歌词称作乐府诗,或径称为乐府。而且虽然乐府作为官署的名称,始见于秦汉时期,但既用乐府这个名称指说配合乐曲的诗歌,推而广之,则凡与乐曲相配合的诗歌,不论是秦汉以前远古时代的诗,还是后世的词曲,也不论是朝廷音乐机构曾采用的,还是只流行于民间的,都可被笼而统之地称作乐府。本篇篇名"乐府",也是泛指合乐演唱的歌曲。篇中既溯源于传说中远古的歌乐,亦论及《诗经》中的作品,还说到"艳歌"、"宛诗"即民间谣俗之曲,就是那种广义宽泛的用法。

一、观乐以知兴废,慎乐以行教化

乐府者,"声依永,律和声"也。钧天九奏,既其上帝,葛天八阕,爰乃皇时。自《咸》、《英》以降,亦无得而论矣。至于涂山歌于"候人",始为南音;有娀谣乎"飞燕",始为北声;夏甲叹于东阳,东音以发;殷整思于西河,西音以兴。心声推移,亦不一概矣。

及匹夫庶妇,讴吟土风,诗官采言,乐胥被律。志感丝篁,气变金石。是以师旷觇风于盛衰,季札鉴微于兴废,精之至也。夫乐本心术,故响浃肌髓,先王慎焉,务塞淫滥。敷训胄子,必歌九德。故能情感七始,化动八风。

[讲解]　以上是《乐府》篇第一段。在这一段中,刘勰列举一些传说中的事例,以说明歌与乐曲相配合的情形起源非常之早,也就是说"乐府"的源头是非常久远的。然后说到古代有从民间采诗、配上乐曲演唱让天子观风俗、了解民情的制度(按:这是汉朝学者的说法,见刘歆《与杨雄书》、《汉书·食货志》、《汉书·艺文志》、《公羊传》宣公十五年何休注等)。由此而说到乐(包括歌词和乐曲)的双向作用:一方面,乐是人心、人的情志的反映,因此观乐可以了解人心,可以了解盛衰兴废;另一方面,乐对于人心有巨大作用,因此先王对于乐的运用极其慎重,要尽力抑止邪僻流荡、使人心淫乱的乐,而用雅正的乐来施行教育感化。刘勰认为这双向作用都是十分重大的。从前一方面说,不但季札能从各国的乐中了解该地的风俗人情和政治状况,而且师旷能从声音的强弱中预觇交战双方的胜负。从后一方面说,好的乐不但能感化人心,而且还能对天地四时、八方之风发生作用。这种说法并非刘勰首创,他只是引用古代成说罢了。这些成说在今人看来言过其实,甚至显得荒诞,但正显示出古人对乐的作用之巨大和重要的认识。

刘勰此种关于乐的双问作用的议论,是典型的儒家音乐思想的表现。先秦、汉代儒家非常重视乐,特别强调乐的感化作用。据说孔子就说过:"移风易俗,莫善于乐;安上治民,莫善于礼。"(《孝经·广要道章》)主张礼、乐并用。礼是外加的规则,使人肃敬;乐是内在的审美,使人和悦。兼而用之,确实是很高明的。因此凡施行礼仪时,总要奏乐以相配合。《荀子》中专设《乐论》一篇。篇中指出,"人之道,声音动静,性术之变"都反映在乐中,因此从乐中可以看出时代、社会的面貌。例如"声乐险",便是一种"乱世之征",是风俗败坏的一种表现;而"治世反是",治世的声乐是中正平和的。又指出不同的乐会激起不同的心理反应,造成不同的社会效果,因此圣人、君子非常慎重地对待乐,要以中正平和的乐感化人民,使人民"和而不流","齐而不乱",形成良好的社会秩序。相反,如果乐"姚冶(意同妖冶)以险",摇荡人心,奇邪不正,则人民便"流僈鄙贱",便会形成纷乱争斗的风气,那是国家危亡之道。荀子是将乐与政治教化紧密联系在一起的。他还指出,"声乐之入人也深,其化人也速",其作用特别巨大。在《礼记·乐记》中,对乐的论述更为丰富深入。该篇同样十分强调乐与社会、政治的关系。一方面,"凡音者,生人心者也。……是故治世之音安以乐,其政和;乱世之音怨以怒,其政乖;亡国之音哀以思,其民困",因此圣人可以"审乐以知政";另一方面,也非常重视以中正之乐进行教化,感动人之善心,移风易俗。甚至说雅正的音乐具有"与天地同和"、感动鬼神的作用。总之,刘勰关于乐本于人的情志、乐具有反映现实和感动人心的双向作用以及圣人利用乐施行教化的观点,都来自儒家的音乐理论。

二、秦汉以来,雅声不复

自雅声浸微,溺音腾沸。秦燔《乐经》,汉初绍复,制氏纪其铿锵,叔孙定其容典,于是《武德》兴乎高祖,《四时》广于孝文,虽摹《韶》、《夏》,而颇袭秦旧,中和之响,阒其不还。暨武帝崇礼,始立乐府。总赵、代之音,撮齐、楚之气。延年以曼声协律,朱、马以骚体制歌。《桂华》杂曲,丽而不经;《赤雁》群篇,靡而非典。河间荐雅而罕御,故汲黯致讥于《天马》也。至宣帝雅诗,颇效《鹿鸣》。逮及元、成,稍广淫乐。正音乖俗,其难也如此。暨后汉郊庙,惟杂雅章,辞虽典文,而律非夔、旷。

至于魏之三祖,气爽才丽,宰割辞调,音靡节平。观其"北上"众引,"秋风"列篇,或述酣宴,或伤羁戍,志不出于滔荡,辞不离于哀思,虽三调之正声,实《韶》、《夏》之郑曲也。

逮于晋世,则傅玄晓音,创定雅歌,以咏祖宗。张华新篇,亦充庭《万》。然杜夔调律,音奏舒雅;荀勖改悬,声节哀急。故阮咸讥其离磬,后人验其铜尺。和声之精妙,固表里而相资矣。

故知诗为乐心,声为乐体。乐体在声,瞽师务调其器;乐心在诗,君子宜正其文。"好乐无荒",晋风所以称远;"伊其相谑",郑国所以云亡。故知季札观乐,不直听声而已。若夫艳歌婉娈,宛诗诀

绝，淫辞在曲，正响焉生？然俗听飞驰，职竞新异。雅咏温恭，必欠
伸鱼睨；奇辞切至，则扺髀雀跃。诗声俱郑，自此阶矣。

[讲解]　这一大段叙述秦汉以后乐府的发展。刘勰慨叹周代的"雅声"
消亡，再也不能恢复，而"溺音"即流俗乐歌却盛行不衰。

　　关于汉代乐府，刘勰主要叙述朝廷郊庙祭祀时演奏乐歌的情况。西汉
初年有制氏家族，供职于太乐官署，世代相传，他们能记得一些雅乐的旋律
（古代没有完善的记乐方法，乐曲的保存、流传全靠乐工演奏，手耳相传）。
所谓雅乐，指周代流传下来的古乐。但制氏也只是记得一些旋律而已，至于
那些旋律有怎样的意义，在什么样的场合、如何配合礼仪演奏，就全然不知
了。至于叔孙通制定宗庙祭祀的礼乐仪式，虽然说是模仿周代保存、行用的
古代雅乐，实际上主要采用秦朝旧法，并非真能用雅。汉武帝时很重视礼
乐。他创立了一个新的音乐官署，负责收集各地的音乐歌诗，令精通音乐的
李延年为朱买臣、司马相如等人写作的诗歌配上乐曲，用于郊祀和宗庙祭祀
（即载于《汉书·礼乐志》的《郊祀歌》十九章）。但是，这些用于庄严典礼的
乐曲歌诗，在曲和词两方面都是不符合雅正要求的。在曲的方面，如《汉
书·礼乐志》所批评的，"皆非雅声"，"不协于钟律"。很可能其中是掺杂了
采集来的地方谣讴的成分的。当时周代遗声并未完全泯灭，武帝的兄弟河
间献王刘德好古，就曾收集雅声进献，无奈武帝虽也命乐工操练备数，但并
不真拿来派用场。在词的方面，《郊祀歌》多歌颂武帝的功德，没有颂扬祖宗
的内容，还颇有向神灵祈求长生的语句，其迎神曲中还描绘供神女乐的美
丽。这些也都是不雅正的。相传《诗经》中的《周颂》、《商颂》和《大雅》中的
部分诗篇是用于祭祀的，其中多歌颂祖宗先王之辞，而不是颂扬当代。《郊
祀歌》显然是违背这一传统的。因此当日大臣汲黯就批评武帝道："凡王者
作乐，上以承祖宗，下以化兆民。今陛下得马，诗以为歌，协于宗庙（按：指
《郊祀歌》中的《天马歌》，歌武帝远征西域得马之事）。先帝、百姓岂能知其
音邪？"（《史记·乐书》）《汉书·礼乐志》也批评道："今汉郊庙诗歌，未有祖
宗之事。"到了武帝孙子宣帝时期，倒是有过益州刺史令人作诗、用相传是周
代遗声《鹿鸣》曲调歌唱的事，但只是地方上的一个小小插曲，根本不可能改

变"溺音腾沸"的局面。整个社会,从朝廷到民间,都爱好俗乐。宣帝子元帝即爱好新声俗曲,自己就会鼓瑟吹箫,制作新曲。至成帝时,所谓郑声淫声尤为兴盛,擅长俗乐的倡人富显于世,贵族外戚家中养着乐队,时时演奏,甚至与皇帝争夺女乐。至于东汉的郊庙乐歌,虽然有些歌词合乎雅正,但其乐曲却仍然不是周代古雅的音乐。

关于汉末曹魏,刘勰叙述曹氏三代(曹操、曹丕、曹睿)对于乐歌的爱好。曹氏父子祖孙都喜爱音乐和诗歌,他们自己便写作了不少诗篇,在当时或后世被配入乐曲歌唱。他们所爱好的乐曲,是汉代流行的民间乐曲相和歌。其诗作所配合的乐曲,也是相和歌曲(包括所谓清商三调,即清调、平调、瑟调)。刘勰这里举出的"北上",即曹操所作"北上太行山,艰哉何巍巍"一篇,西晋和南朝宋、齐时便都是配上清调中的《苦寒行》演唱的。至于曹丕"秋风",即七言"秋风萧瑟天气凉",晋、宋、齐时是配上平调曲中的《燕歌行》演唱的。清商三调出自民间,是俗曲,为何刘勰说是"三调之正声",以"正声"称之呢?原来这是用了当时一般人的说法。在一般人心目中,音乐的雅正或流俗原不是恒久不变的。前一时代的俗乐,到了后一时代,由于隔开了一长段历史的距离,心理上就会觉得古雅,特别是与新起的俗曲相比,就更显得古气盎然。再说原先的俗乐,被士大夫阶层所喜爱之后,也往往就被他们所加工改造,旋律、节奏变得相对平和一些,就显得雅了。刘勰说曹氏祖孙所作乐歌"音靡节平",就是说他所听到的那些乐曲声音美丽(靡,丽也),节奏平和。南朝宋齐之时,清商三调正是被称为"正声"的。当时一些酷好古乐的人,如宋末的王僧虔和萧惠基,就十分赏悦魏三祖曲和相和歌,称道这些曲子"典正","中庸和雅,莫复于斯"(《宋书·乐志》,又《南齐书·王僧虔传》)。当时新起的俗曲即吴声、西曲蓬勃发展,为朝野人士所爱好,而清商三调却被冷落,政府的音乐机构也不大演奏,于是才十来年的工夫,这些旧曲就"亡者将半"了。王僧虔因此而上表给皇帝,要乐队好好排练,抢救遗产。皇帝应允了,即由萧惠基主持其事。总之,刘勰说魏三祖曲是"正声",反映了当时人以这些曲子为雅音的情况。而刘勰虽也觉得它们"音靡节平",比较雅正,但认为它们原本却是汉代俗曲,与周代保存和使用的真正的"雅乐"相比,就只能说是"郑声"了。他从周代雅乐一去不返的角度立论,便慨叹曹氏父子祖孙的音乐趣味,也是只知随波逐流,爱好俗乐而并不雅正的。

从这样的角度出发,刘勰对曹操等人所作歌词也加以批评。说它们"或述酣宴,或伤羁戍,志不出于滔荡,辞不离于哀思"。滔荡,即动荡、激荡之意。"志不出于滔荡,辞不离于哀思",就是说那些歌词情感激动,充满哀伤的气氛。即以所举"北上"、"秋风"之例而言,前者写行军的艰辛,后者写思妇的悲思,确是情感强烈、令人悲苦。刘勰认为,这种强烈的情感表现,不符合中正平和的要求。尽管清商三调的旋律已经雅化,"音靡节平",但歌词仍非和雅。所谓"《韶》、《夏》之郑曲"的评价,当也与此有关。但这样的评价,颇令人感到困惑,因为与刘勰在其他地方评论诗歌时的观点不一致。《明诗》对汉代古诗评价很高,说它们"怊怅切情"。汉代古诗写游子思妇之情,词多哀怨,同样是抒发一种悲剧性的情感,为何刘勰却高度评价呢?《明诗》、《时序》以肯定的语气概括建安诗的特点,说是"慷慨以任气"、"梗概而多气",那也就是直抒胸臆、抒情富于力度之意,与本篇所说"滔荡"、"哀思"意思相通。为何彼扬而此抑呢?《才略》称赞"魏文之才,洋洋清绮",并且特别指出其"乐府清越"。而本篇所说的"秋风"一篇,正是曹丕乐府诗的代表作。为何互相矛盾呢?即使就本篇来说,"魏之三祖,气爽才丽"应是褒辞。所谓"气爽",也就是抒情明朗,富有感染力。下文却又批评其志气"滔荡"。还有,三祖之作被认为是"郑曲",但曹植、陆机之作却被评为"佳篇"(见下文)。试读子建、士衡之作,一样是情感激荡,多诉悲情,何以抑扬不同?这样的矛盾现象,如何解释?关键就在于《乐府》篇具有特殊性。本篇所论述的不是一般的诗作,而是配乐演唱的歌词,它们是附丽于乐的。而传统的儒家音乐思想,特别显得保守。崇雅黜郑的观点,一以贯之地占据统治地位,即使六朝亦然,至少在理论上是如此(欣赏实践中却往往相反)。由于要求音乐雅正平和,反对鼓荡人心,连带着也就要求配乐的歌词也中正和平。但是刘勰在脱离音乐、一般地评论诗歌时,却并不这样要求的,却是称赞动人的情感力量的(参见第四讲论《明诗》)。这样,就出现了上述矛盾现象。对于同一事物,在不同的场合,从不同的角度进行评述,就得出不同的,甚至似乎是矛盾的结论,这种情况在《文心雕龙》中多处出现,非止一端。

关于晋代乐府,刘勰叙述了荀勖改制而造成乐声偏高的事件。这也是音乐史上一个著名的事件。刘勰由此而发表议论，即欲求"和乐之精妙"，必须"表里相资"，意谓乐曲和歌词须互相配合，都很重要。乐曲是"表"，歌词是"里"。

然后刘勰笔锋一转，又由"表里相资"而强调歌词的重要，并进而批判民间歌曲由于歌词为"淫辞"，所以不可能成为"正响"，必然是"诗声俱郑"。然而因为此类郑卫之声既婉转动人，情感表现强烈、淋漓尽致（"切至"有直截了当、明畅淋漓意），又是新声变曲，因而为人们所热烈爱好。雅正平和、温润含蓄的乐曲，却叫一般人听了打瞌睡。刘勰为此而十分感慨，说郑卫之声之所以盛行，就是由人们这种审美趣味所决定的。这里所谓"婉变"而"切至"的艳歌宛诗，很大程度上是指南朝盛行的吴声、西曲而言的。吴声、西曲的内容以歌咏男女情爱为主，正是刘勰所谓"淫辞"。刘勰对于民歌是很轻视的。不光是吴声、西曲，即使汉代民歌，有的抒发男女之情，有的反映一些社会问题，后人（包括今日的我们）给予很高的评价，刘勰却是一字不提①。

[备参]

（一）关于汉武帝"始立乐府" 《汉书·礼乐志》云："至武帝定郊祀之礼……乃立乐府，采诗夜诵，有赵代秦楚之讴。以李延年为协律都尉，多举司马相如等数十人造为诗赋，略论律吕，以合八音之调，作十九章之歌。"《艺文志·诗赋略》亦云："自孝武立乐府而采歌谣，于是有代赵之讴、秦楚之风。"是乐府始置于汉武帝时。但同是《礼乐志》，在上述引文之前却又有"孝惠二年，使乐府令夏侯宽备其箫管"的话，似乎前后矛盾。对此学者有种种解释。王运熙先生《汉武始立乐府说》②认为"乐府令夏侯宽"的"乐府"其实是泛称，指的是另一音乐官署太乐，"乐府令"其实是指太乐令。也就是说，汉初原本有音乐机构太乐，也可称为乐府。至汉武帝时另外又设立一个机构，定名为乐府。从此太乐是太乐，乐府是乐府。前者一向是归奉常（后改名太常）管辖，后者则归少府管辖；前者掌管雅乐，后者主要掌管俗乐。各有

---

① 参见王运熙先生《从〈乐府〉、〈谐讔〉看刘勰对民间文学和通俗文学的态度》，收入作者《文心雕龙探索》。

② 收入作者《乐府诗论丛》（上海：古典文学出版社，1958年），后又收入作者《乐府诗述论》（上海：上海古籍出版社，1996年）。

所属,各有所掌。不过即使乐府已建之后,人们在称呼太乐、太乐令时,有时仍称乐府、乐府令,于是便出现了上述《汉书·礼乐志》那样令后人困惑的记载。陈直先生《汉封泥考略》①考证汉"齐乐府印"时则说:"少府属官有乐府令丞,太常属官有太乐令丞。'乐府'疑即'太乐'之初名。"二位先生所说有所不同,但都认为汉武所建的乐府与太乐是两个机构,而"乐府"之称,有时其实指的是太乐。1976年春,文物考古工作者发现秦始皇陵出土文物中有编钟一件,纽上刻有"乐府"二字。又上世纪90年代于西安市北郊汉长安城遗址出土大量封泥实物,被认为是秦代之物,内有"乐府丞印"、"左乐丞印"。于是颇有学者认为秦时已设乐府,并非汉武帝时始设乐府。其实这些新的发现未必就能推翻《汉书》汉武始设乐府的记载。因为问题不在于武帝之前的汉初以至秦代有无"乐府"之称,而在于那时是只有一个音乐官署,还是已如汉武帝那样,同时并设不同归属、不同执掌的两个官署。如果只有一个,那么或称乐府,或称太乐,或二者混称,实质上是一回事。秦代的所谓"乐府",很可能也就是"太乐"。有学者指出,秦钟既然出土于始皇陵,当是由太乐所掌,因为宗庙礼仪之事是由奉常所管理,太乐正是奉常的属下。那么钟纽上的"乐府"二字或许指的是太乐令管理的乐器库和乐人教习之所。秦封泥的"乐府令"可能也就是"太乐令"的别称。因为那乐器库和乐人教习之所"乐府"是由太乐令管理的,于是就将太乐令称作乐府令了②。这当然只是一种推测,但至少说明秦钟、秦封泥上的"乐府"字样并不见得能推翻《汉书》关于汉武帝始立乐府的记载。

(二)三调之正声 三调指清调、平调、瑟调,它们属于汉代的民间歌曲相和歌系统③。西晋荀勖整理国家音乐机构的曲目时,将许多"旧词"包括曹氏三祖和曹植所作的歌词以及不少无名氏古辞配入三调演唱。东晋时这些曲目很受重视(刘宋时王僧虔上表云"江左弥重",见《宋书·乐志一》、《南齐书·王僧虔传》)。南朝宋、齐时国家音乐机关仍保留三调的诸多曲目,不过就在刘宋时,却日渐凋落,以至王僧虔上表请求整理抢救,而由萧惠基主持

---

① 收入作者《文史考古论丛》(天津:天津古籍出版社,1988年)。
② 见周天游《秦乐府新议》,《西北大学学报》1997年第1期。
③ 参王运熙先生《相和歌、清商调、清商曲》,载《乐府诗述论》。

其事。宋、齐时都称相和歌曲(包括三调曲)为正声。如刘宋张永就著有《元嘉正声技录》,著录相和歌曲。又如《南齐书·武帝纪》载,齐武帝萧赜病重时,为安定人心,乃"召乐府奏正声伎"。所谓正声伎即指清商三调等相和歌。(《资治通鉴》卷一三八载此事,胡三省注云:"江左以清商为正声伎。"胡氏所谓清商,当指汉魏旧曲即清商三调等。)又《宋书·隐逸传》载,宋文帝刘义隆赏赐戴颙一支乐队:"长给正声伎一部。颙合《何尝》、《白鹄》二声,以为一调,号为清旷。"据《宋书》语意,《何尝》、《白鹄》是"正声伎"中的两支曲目,而这两曲都是属于清商三调中的瑟调的(据《宋书·乐志》),可见"正声伎"即指清商三调(或者说包括清商三调)。唐代张彦远著《历代名画记》,卷六所录刘宋袁倩的作品,有《正声伎图》。总之以"正声"指称包括清商三调的汉魏相和歌,应是宋、齐时的习用之语。

(三)《韶》、《夏》之郑声 意谓三调曲与真正的雅乐——周代朝廷所用的乐相比,乃是流俗之曲。《韶》是舜乐,《夏》是禹乐。相传周王朝保存并使用"六代之乐",这里《韶》、《夏》即代指那"六代之乐"。《周礼·大司乐》:"以乐舞教国子,舞《云门》、《大卷》、《大咸》、《大磬(即'韶')》、《大夏》、《大濩》、《大武》。"郑玄注:"此周所存六代之乐。黄帝曰《云门》、《大卷》。……《大咸》,《咸池》,尧乐也。……《大磬》,舜乐也。……《大夏》,禹乐也。……《大濩》,汤乐也。……《大武》,武王乐也。……"周王朝所用的乐曲,到秦汉时还有些残留的,也有少数人热心于保存(如上文"讲解"中说到的河间献王),可是最高统治者不放在心上,一般人也都追逐新变而不好古,因此终究消亡,连那些残存者也散失了。刘勰为此而感叹不已。

(四)艳歌婉娈,宛诗诀绝 艳歌,当指描写女性、抒写男女之情的歌谣类作品,如吴声、西曲等。徐陵《玉台新咏序》:"撰录艳歌,凡为十卷。"其"艳歌"即指此种内容的诗歌。宛诗,据唐写本。学者多疑应作"怨诗",或作"怨志"。但南朝实有"宛诗"之名。《宋书·律历志上》载荀勖所作十二律笛之制,其黄钟之笛云:"清角之调,以姑洗为宫。"原注云:"唯得为宛诗谣俗之曲,不合雅乐也。"(《晋书·律历志》同)因清角之调声高,故不合雅乐。此处"宛诗"不会是"怨诗"之误,而正是指谣俗之曲,与刘勰意同。又《文选》卷二七魏文帝乐府《燕歌行》题下李善注引《歌录》:"燕,地名。犹楚宛之类。"

"宛"似指地域名。"宛诗"犹如"燕歌",原是地方性的歌谣。

三、余论

凡乐辞曰诗,咏声曰歌。声来被辞,辞繁难节。故陈思称左延年闲于增损古辞,多者则宜减之,明贵约也。观高祖之咏"大风",孝武之叹"来迟",歌童被声,莫敢不协。子建、士衡,咸有佳篇,并无诏伶人,故事谢丝管,俗称乖调,盖未思也。

至于轩、岐鼓吹,汉世铙、挽,虽戎丧殊事,而总入乐府。缪、韦所改,亦有可算焉。

昔子政品文,诗与歌别,故略序乐篇,以标区界也。

赞曰:八音摛文,树辞为体。讴吟坰野,金石云陛。《韶》响难追,郑声易启。岂惟观乐,于焉识礼。

[讲解]　这是《乐府》篇的最后部分。刘勰对有关乐府的一些具体情况作补充说明。

主要是说声、辞关系。歌词配曲,有种种不同情况。一种情况是先有诗篇或徒歌,拿来配上曲子(包括器乐)。汉代相和歌原是里巷歌谣,被采集后,由乐工配以器乐,就是此种情况。刘邦的《大风歌》,刘彻怀念李夫人的"偏何姗姗其来迟"歌诗,被配曲歌唱,也是此种情形。又一种情况是已有曲子在,但不欲用旧词,于是或另外创作新词,或取现成的某首诗篇来配上去。这种情况大量存在。《宋书·乐志》载清商三调歌辞,有小字注曰:"荀勖撰旧词施用者。"就是取曹魏三祖、曹植和无名氏古辞配入三调的各首曲子。刘勰所谓"左延年闲于增损古辞",大约也包括这种情况,即取古辞配入已有的曲子。由于该曲本来不是为"古辞"度身定做的,故须增字或减字才能配得协调。乐工送样做时,往往不顾那现成的诗篇在内容上与旧曲有无关系,也不顾及诗篇的完整性,可以随意剪截或取别一首诗中的一部分拼凑起来,这就是所谓重声不重辞①。

"子建、士衡,咸有佳篇,并无诏伶人,故事谢丝管",是说曹植、陆机屡有优秀的乐府诗作,但当时未曾配入器乐曲歌唱。这里涉及乐府诗有词而无曲的问题。所谓乐府诗,原以配乐演唱为其本质特征。但后来文人沿用乐府旧题写作歌词,却可能由于种种原因,不曾入乐歌唱。刘勰这里说的"无诏伶人,故事谢丝管"就是这种情况。但因为用了乐府旧题,人们便也称之为乐府。其实只是一般的诗作罢了。当然,其内容可能与旧题和原先的歌词有某种联系,其艺术表现可能采用某些常见于乐府诗的因素(如有叙事成分,写入人物对话,语言比较质朴等)。送种情况后世也非常之多,作者们可能本不打算写了配乐,只是作为一种诗歌形式进行创作而已。再往后面,索性抛开旧题,自拟新题,那主要是唐代以后的事。杜甫就有不少这样的作品,李绅、元稹、白居易的新题乐府也是著名作品。宋代郭茂倩编《乐府诗集》,将此类作品都归入《新乐府辞》中。

[备参]

子政品文,诗与歌别 这两句有些费解。注家多据《汉书·艺文志》(其前身为刘向校书所成的《七略》)将《诗经》归入《六艺略》,将汉人所作、所采集的歌诗归入《诗赋略》加以解释。但此说似嫌牵强。"诗与歌别"的"诗",不应仅指诗三百。按《艺文志·六艺略》《诗》家后序(出自刘向《七略》中的《辑略》)有云:"诵其言谓之诗,咏其声谓之歌。"明白地区分诗与歌。所谓"子政品文,诗与歌别"当指刘向此语而言。又《诗赋略》既已著录《河南周歌诗》七篇,另又著录《河南周歌诗声曲折》七篇;既已著录《周谣歌诗》七十五篇,另又著录《周谣歌诗声曲折》七十五篇。"歌诗"指歌词,"歌诗声曲折"指所配的唱腔之类,那也是"诗与歌别"的反映吧。

---

① 参见余冠英先生《乐府歌辞的拼凑和分割》,载作者《古代文学杂论》(北京:中华书局,1987年)。

第六讲

《诠赋》——论历代赋

《诠赋》为《文心雕龙》的第八篇，论历代赋和赋的写作。

一、释名义

《诗》有六义，其二曰赋。赋者，铺也。铺采摛文，体物写志也。昔邵公称公卿献诗，师箴瞍赋。《传》云登高能赋，可为大夫。《诗序》则同义，传说则异体。总其归途，实相枝干。故刘向明"不歌而颂"，班固称"古诗之流"也。

[讲解] 与《明诗》一样，《诠赋》的第一段也是"释名以章义"。也是用了声训的方法，说赋的得名在于"铺"，即铺陈文采。按以铺释赋，原是汉儒的话。《周礼·春官·大师》"教六诗"郑玄注曰："赋之言铺，直铺陈今之政教善恶。"郑玄是强调政教作用的。刘勰这里却说"铺采摛文，体物写志"，没有直接说到政教。郑玄将《诗经》中作品都联系于政教，刘勰却是指汉以后历代赋作而言，他没有强调那些作品的政教作用。又，陆机《文赋》说"赋体物以浏亮"，历代赋作确实以体物即描述事物情态为主要特色，但也有主要是抒发情志的，汉赋中贾谊的《吊屈原赋》、《鵩鸟赋》、董仲舒的《士不遇赋》、司马迁的《悲士不遇赋》以及班固的《幽通赋》、张衡的《思玄赋》等等，就都以抒发情志为主。《汉书·艺文志·诗赋略》著录有"杂中(忠)贤失意赋十二篇"、"杂思慕悲哀死赋十六篇"，应也都是抒情之作。故刘勰这里说"体物写志"，是符合实际情况的。但陆机的说法也对，因为赋究竟以体物为主要职能。

关于赋与诗的关系，刘勰回顾了前人的说法，其结论是"总其归途，实相枝干",意谓赋为诗之枝条,出于诗又与诗别流。这样说有其合理处。作为文体的赋,其产生晚于诗。诗中六义之一的赋,是指铺陈的写法;作为一种文体的赋,其写法主要是铺陈:二者在这一点上是相通的。

二、论历代赋作

至如郑庄之赋"大隧",士蒍之赋"狐裘",结言短韵,词自己作,虽合赋体,明而未融。及灵均唱《骚》,始广声貌。然则赋也者,受命于诗人,而拓宇于《楚辞》也。于是荀况《礼》、《智》,宋玉《风》、《钓》,爰锡名号,与诗画境,六义附庸,蔚成大国。述客主以首引,极声貌以穷文,斯盖别诗之原始,命赋之厥初也。秦世不文,颇有杂赋。汉初辞人,循流而作。陆贾扣其端,贾谊振其绪,枚、马播其风,王、杨骋其势;皋、朔已下,品物毕图。繁积于宣时,校阅于成世,进御之赋,千有余首。讨其源流,信兴楚而盛汉矣。

若夫京殿苑猎,述行叙志,并体国经野,义尚光大。既履端于唱序,亦归余于总乱。序以建言,首引情本;乱以理篇,写送文势。按《那》之卒章,闵马称"乱",故知殷人缉《颂》,楚人理赋,斯并鸿裁之寰域,雅文之枢辖也。至于草区禽族,庶品杂类,则触兴致情,因变取会。拟诸形容,则言务纤密;象其物宜,则理贵侧附。斯又小制之区畛,奇巧之机要也。

观夫荀结隐语,事数自环;宋发夸谈,实始淫丽。枚乘《菟园》,举要以会新;相如《上林》,繁类以成艳。贾谊《鵩鸟》,致辨于情理;子渊《洞箫》,穷变于声貌。孟坚《两都》,明绚以雅赡;张衡《二京》,迅拔以宏富。子云《甘泉》,构深玮之风;延寿《灵光》,含飞动之势。凡此十家,并辞赋之英杰也。及仲宣靡密,发篇必遒;伟长博通,时逢壮采。太冲、安仁,策勋于鸿规;士衡、子安,底绩于流制。景纯绮巧,缛理有余;彦伯梗概,情韵不匮。亦魏晋之赋首也。

[**讲解**] 《诠赋》的大部分篇幅,仍是"原始以表末"、"选文以定篇"。

关于赋的形成,刘勰首先讲到《左传》所载郑庄公赋"大隧之中,其乐也融融"和晋士蒍所赋"狐裘龙茸,一国三公,吾谁适从"。二人所赋,其实是诗。刘勰举此二篇,或许是因为《左传》有"赋"字样,且认为它们是"不歌而诵"的。不过他也并不真将它们视为赋作。刘勰认为屈原所作《离骚》等作品"始广声貌",为后世赋作之"极声貌以穷文"、铺张宏厉导夫先路,在赋形成过程中起了重要作用。事实上汉朝人是将屈原作品称为赋的。《汉书·艺文志·诗赋略》便首列"屈原赋二十五篇"。刘勰认为荀况、宋玉之作是真正的赋的开端。因为荀、宋所作正式名为赋了;而且在写法上往往采用客主问答的形式,又刻意描述声貌,那正是后世赋作中常见的、具有典型意义的写法。

刘勰将历代赋作分为"鸿裁"(大赋)和"小制"(小赋)。大赋的内容主要是描写京都、宫殿、苑囿、行猎以及述行程、抒情志,小赋则主要是描绘动植杂类,抒写一时的感触情兴。这样概括全面而合乎实际。同时刘勰指出了大赋结构上常有序有乱、小赋重在细密贴切地体物的特点。

在"选文以定篇"部分,刘勰举出楚汉十家、魏晋八家,称之为"辞赋之英杰"、"魏晋之赋首"。其中如评宋玉时说"实始淫丽",有不满之意,但大体上还是都加以肯定的。

三、论作赋大要

原夫登高之旨,盖睹物兴情。情以物兴,故义必明雅;物以情睹,故词必巧丽。丽词雅义,符采相胜,如组织之品朱紫,画绘之着玄黄,文虽杂而有质,色虽糅而有仪,此立赋之大体也。然逐末之俦,蔑弃其本,虽读千赋,愈惑体要。遂使繁华损枝,膏腴害骨,无实风轨,莫益劝戒。此杨子所以追悔于雕虫,贻诮于雾縠者也。

　　赞曰:赋自《诗》出,分歧异派。写物图貌,蔚似雕画。抑滞必扬,言旷无隘。风归丽则,辞剪荑稗。

　　[讲解]　这是《诠赋》末段,所谓"敷理以举统"部分。

　　刘勰强调:赋的特点在于文辞富丽,由于这一特点,最容易失去法度,让文辞遮盖了内容。因此作者必须头脑清醒,文辞虽富,色彩虽丰,但仍要做到内容表现得明朗,风貌雅正,法度不乱。("文虽杂而有质"的"质",犹绘画设色的质地、底子、本体,喻赋的内容;"色虽糅而有仪"的"仪",谓准则、法度。)总之,要做到"丽以则",不可失之于"丽以淫"。不然的话,一味追逐富丽,便会"繁华损枝,膏腴害骨,无实风轨,莫益劝戒"。"繁华损枝,膏腴害骨"是就作品风貌而言,是说过分涂饰,没有风骨;"无实风轨,莫益劝戒"是就赋的功能而言,汉代学者强调赋的讽谏作用,刘勰受其影响,所以这么说。下文"杨子所以追悔于雕虫"云云,也是承此而言。杨雄晚年觉悟到赋起不到讽谏作用,故悔其少作。那么,刘勰是不是强调赋必须讽谏,否则就不应该作呢? 其实并非如此。详见下文。

　　本篇赞语八句,相当全面地概括了全篇内容,而且重点突出。开头两句,说赋的起源;中间四句,说赋在艺术上的特点;最后两句,指出写作赋时应注意的地方。关于赋的艺术特点,刘勰这里举出两点:一是写物如画,也就是说赋以体物为主;二是气势生动宏大。这两条都说得准确。至于"风归丽则,辞剪荑稗",是说赋要起到讽喻作用,就必须注意美丽而不失法度;赋的文辞不可繁芜。这是针对作赋易犯的毛病说的。

　　在这最后一段中,"睹物兴情"、"情以物兴"、"物以情睹"这几句话也是常常被今天的学者们所议论的,因为它们说到了情与物、主观与客观的关系。刘勰这里所说的"物",不是统称客观世界,而主要是指自然风物和可见可闻的具体的物如宫殿之类(参见本书第八讲论《神思》之"备参")。"睹物兴情",既是传统的儒家文艺理论所提出来的物感说的延伸;又体现了对自然景物的重视,可说是魏晋文学自觉的一种表现(参见第二十讲论《物色》)。而"情以物兴"和"物以情睹",可以理解为说出了人们对于"物"的审美关系中的两种情况:前者是说原本平静的心灵,因物的刺激而感动,兴起情感;后者则是说心中原已存在某种情感,然后带着这种情感去观物。前者可能是以物为主,在兴起的情感中较多地看到物的影响;后者则较多地将某种强烈的情感色彩"外射"到物上。前者可能接近于王国维《人间词话》所说的"无我之境",后者则往往形成"有我之境"。这两种情形,魏晋以来人们都已有所自觉,他们的言论对于中国古代诗学"情景交融"这一重要命题的研究,对于美学、心理学的研究,应不无参考价值,故虽与《诠赋》主旨无大关系,我们也在下面"备参"中列出,供有兴趣的读者参阅。

[备参]

魏晋南北朝时期关于情、物关系的若干言论 《诠赋》云"情以物兴",其中当包括《物色》所谓"情以物迁"的情况。关于情感因四季物候而不同,古人早已论述,可参见《物色》篇"讲解"与"备参"。这里举两例,是说不同的环境气氛,会引起不同的心理反应。如东晋孙绰《三月三日兰亭诗序》云:"情因所习而迁移,物触所遇而兴感。故振辔于朝市,则充屈(喜悦放纵貌)之心生;闲步于林野,则辽落(空阔旷远貌)之志兴。"又北齐刘昼《刘子·激通》云:"墟墓之间使情哀,清庙之中使心敬。此处无心而情为之发者,地势使之然也。"外境乃无心、无情之物,但因它们与人们生活中不同活动内容相联系,遂唤起不同的情绪反应。

《诠赋》云"物以情睹"。晋以来人们已自觉到人在强烈情感中,其情并不随物而迁,却因物而加深。如陆机《悲哉行》:"游客芳春林,春芳伤客心。……伤哉游客士,忧思一何深!目感随气草,耳悲咏时禽。"言游子思乡心切,春日明媚,反使其忧思难禁。又谢灵运《道路忆山中》:"怀故叵新欢,含悲忘春暖。"因怀旧而悲,故不能感受新的欢乐;明知春暖可喜,但高兴不起来。诗人对自己的心理状态颇为自觉。其《庐陵王诔》怀念故主,云:"自君王之冥漠,历弥稔于此春。聆鸣禽之响谷,视乔木之陵云。咸感节而兴悦,独怀悲而莫申。"也自觉到一己之情与节候相违背。萧衍《孝思赋》亦云,因悲悼亲人,虽春秋佳日,也"对乐时而无饮,乃触目而感伤";感叹春燕秋鸿"去来候于节物,飞鸣应于阴阳,何在我而不尔,与二气而乖张"。此种情与物乖的自觉,又加深了原已存在于心中的悲感。此种心理,实乃后人所谓"以乐景写哀"的心理基础。

尤可注意者,是还有人说到:外物未曾改变,因人之情感不同,遂似有不同的气氛色彩;物本无情,而因观物者有情,遂使物亦似乎有情。如潘岳《哀永逝文》写送葬情景:"视天日兮苍茫,面邑里兮萧散。非外物兮忽改,固欢哀兮情换。"又庾信《拟连珠》:"盖闻性灵屈折,郁抑不扬,乍感无情,或伤非类。是以嗟怨之水,特结愤泉;感哀之云,偏含愁气。"云水本自无情,与人异类,不相交通,但由于人心怀郁闷,却因此无情之物而兴感,并觉得它们结愤含愁。此种表述,实与今人所谓情感外射、移情等说法甚为相近。唯六朝人多就悲情而言,因悲情之力量最为强烈。

四、从刘勰论赋看他的文学思想

赋是我国古代文学作品中的重要体裁。它"兴楚而盛汉",在刘勰的时代仍然很受重视。《文心雕龙》除了《诠赋》专论赋作之外,还有其他不少篇说到这一体裁。下面拟以《诠赋》篇为主,结合其他篇章,分析刘勰对历代赋作的评论,从中窥探其文学思想。着重探讨如下问题:刘勰是否强调赋的政教功利作用? 他对汉赋的批评是否意味着强调赋的讽谏?

关于赋的功能,汉人是持功利观点的,他们强调赋应该发挥讽谏的作用。不论对赋持肯定还是否定的态度(前者如司马迁、班固,后者如晚期的杨雄),其实都着眼于此,只不过肯定者认为赋起到了这样的作用,否定者则以为赋劝百讽一,达不到讽喻目的而已。刘勰的态度如何呢?

《诠赋》篇末说"繁华损枝,膏腴害骨,无实风轨,莫益劝戒"。此外《比兴》篇曾说到汉代赋家缺少直谏的精神,讽刺道丧。又《杂文》批评诸家"七"篇,"虽始之以淫侈,而终之以居正,然讽一劝百,势不自反"。"七"虽被另列入《杂文》,其实可视为赋的一类。从这几处言论看,刘勰比较倾向于杨雄的观点,即认为赋应该讽谏,而汉赋大多并未能起到这样的作用。

　　但实际上,对这些话还该作进一步的分析。它们固然承袭了传统的以讽谏论赋的说法,但实际上在某种程度上发生了转变,包含了新的内容,即从艺术表现方面对汉赋的缺点进行批评。"无实风轨,莫益劝戒"之语,若结合上文"丽词雅义,符采相胜。如组织之品朱紫,画绘之着玄黄,文虽杂而有质,色虽糅而有仪。……遂使繁华损枝,膏腴害骨……"全面地看,应该说这段话的重点,其实不是批判赋之缺少讽谏,而是说赋重在铺陈,如铺锦列绣,似浓墨重彩,但仍须注意不能让华辞丽采太过分了,以致涂饰堆垛得掩没了内容,使得主旨不明,臃肿杂乱,暗昧而无力。作赋者最易犯的弊病正在于此,故刘勰加以强调。他要求赋表现得明朗,这实际上与陆机《文赋》"赋体物而浏亮"的意思相似。浏亮即有表现明朗之意。刘勰要求赋作"义必明雅","词必巧丽",词虽"丽"而不妨害义之"明"。这其实就是《情采》篇所说的内容与辞采的关系须做到"文不灭质,博不溺心"。任何内容的文章,不论讽谏与否,都得处理好二者关系。"文虽杂而有质","质"只是指赋的内容而言;至于这内容是否在于讽谏,刘勰实际上却并未强调。因此这里虽借用了杨雄的话,其实意思已有所不同。杨雄既否定司马相如等人的赋,也否定他自己的赋。在杨雄那里,赋简直是一种该否定的文体。《诠赋》却将包括二人在内的楚汉赋家都称为"辞赋之英杰",称赞杨雄《甘泉赋》"构深玮之风"。所谓"深玮",还是就其艺术风貌而言,不是表扬其讽谏的内容。《时序》有一节甚可注意,即称赞汉宣帝"集雕篆之轶材,发绮縠之高喻,于是王褒之伦,底禄待诏"。雕篆,即杨雄所追悔的"雕虫篆刻"。这几句话称颂汉宣帝优遇王褒等文人,让他们充当文学随从,制作赋颂。"发绮縠之高喻",反映了宣帝的文学思想。当时有人批评汉宣帝使王褒等作赋乃"淫靡不急"之务,宣帝引孔子"不有博弈者乎? 为之犹贤乎已"之语作答,并说:"辞赋大者与古诗同义,小者辩丽可喜。辟如女工有绮縠,音乐有郑、卫,今世俗犹皆以此虞说耳目;辞赋比之,尚有仁义风喻,鸟兽草木多闻之观,贤于倡优博弈远矣。"(《汉书·王褒传》)宣帝之时,儒家美刺讽喻的功利主义文艺观占统治地位,而他则公然肯定文艺作品娱悦耳目的作用,包括辞赋"辩丽可喜"的审美功能。虽然还以"仁义风喻"为言,实际上其用意很明白是在于其娱乐作用一边。刘勰对汉宣帝的话显然甚为欣赏,故称为"高喻"。他对于赋的肯定,其实也是意在此而不在彼的。

　　如果全面地看，就知道刘勰对于赋家的批评，确实主要不在于赋之讽谏，而在于赋的艺术表现方面。《宗经》云："楚艳汉侈，流弊不还。"《通变》云："楚汉侈而艳。"侈谓过度夸张铺陈。具体说来，如《诠赋》指出司马相如作品的特点是"繁类以成艳"。繁类，指堆砌同类事物。如《子虚赋》："其土则丹青赭垩，雌黄白坿，锡碧金银……其石则赤玉玫瑰，琳瑉昆吾，瑊玏玄厉，瑌石碔砆"；"其东则有……其南则有……其高燥则生……其埤湿则生……"如此堆垛成文，令人目不暇接。这种写法，对后来赋家颇有影响。因此后人甚至有讥汉赋不过是"排比类书"者①。又如《物色》说："长卿之徒，诡势瑰声，模山范水，字必鱼贯。"应是指大量地、连续地使用叠字、连绵字、同偏旁部首的字。如司马相如《上林赋》形容水势，连用"汹涌澎湃，滭弗宓汩，偪侧泌瀄"，《子虚赋》形容山形，则连用"盘纡岪郁，隆崇嵂崒，岑崟参差"等等。不仅写山水如此，形容其他物类亦然。又如在《夸饰》篇中，刘勰说："自宋玉、景差，夸饰始盛。相如凭风，诡滥愈甚。"接着就举例批评两汉赋作夸张失实，无中生有，甚至不伦不类。上述这些情形，就是刘勰所谓"侈而艳"的具体表现。批评汉赋"侈丽""夸艳"，是前人已有的看法，但刘勰说得比较细致。显然他主要是从艺术表现方面说的。《才略》批评司马相如道："师范屈宋，洞入夸艳，致名辞宗。然核取精意，理不胜辞，故杨子以为'文丽用寡者长卿'，诚哉是言也！"看来刘勰对司马相如的不满颇为明显，不过还是从"理"与"辞"即内容与文辞的关系上说的，认为其赋过分铺张夸饰，内容却并不丰富，文辞淹没了内容，当然也冲淡、掩盖了篇末那一点讽谏之意。但这并不表明刘勰认为赋的任务就是讽谏，认为赋的高下就在于有无讽谏。

　　尤为重要的是，刘勰尊重赋的发展历史，对于赋的艺术特色——"体物"即描绘物象的功能，充分理解并予肯定。陆机《文赋》说"赋体物而浏亮"，已对此种功能加以概括。沈约《宋书·谢灵运传论》说，司马相如"巧为形似之言"，亦指其赋作之"体物"而言。刘勰论赋，说"体物写志"，而其注意力主要还在"体物"一边。这是符合实际的，"体物"毕竟是汉魏六朝赋的主流和特征所在。刘勰对赋的特色作这样的概括，也是魏晋以来人们文学眼光发展

----

① 　参见钱锺书《管锥编》论《史记·司马相如列传》，《管锥编》第一册，第 361 页。

的体现。试看《诠赋》评历代赋所说:"灵均唱《骚》,始广声貌";荀况、宋玉,"极声貌以穷文";"(枚)皋、(东方)朔已下,品物毕图";"子渊《洞箫》,穷变于声貌";"延寿《灵光》,含飞动之势",都直接说到描绘物象(包括描写声音之美)。《才略》亦称王褒"附声测貌,泠然可观",指《洞箫赋》。《比兴》举出该赋的比喻"优柔温润,如慈父之畜子"。《才略》又称王延寿"瑰颖独标","善图物写貌"。可知刘勰于《洞箫赋》、《鲁灵光殿赋》之描写声音和宫殿之生动,甚为欣赏,深有会心。又《诠赋》论及咏物小赋,云:"拟诸形容,则言务纤密;象其物宜,则理贵侧附。"侧附,犹《才略》之"附声测貌",亦如《明诗》所说"宛转附物",是指描写物象逼真。又《比兴》举比喻之例,"或喻于声,或方于貌,或拟于心,或譬于事",从宋玉《高唐赋》至张衡《南都赋》凡六条,其中五条都是赋中"体物"的例子。《夸饰》也称赞赋家以夸张手法用于体物,"气貌山海,体势宫殿,嵯峨揭业,熠耀焜煌之状,光采炜炜而欲然,声貌岌岌其将动矣"。凡此都表明刘勰对赋这种文学样式"体物"的特点深有体会,并颇为欣赏。《诠赋》赞云"写物图貌,蔚似雕画",将赋的特点归结为体物之工。其论赋之关键,实在于此。这是刘勰总结历代赋作的艺术特色而得出的看法。

从以上的分析,应该说,刘勰论赋虽也见出传统的儒家重功利、重政教的文学观之影响,但主要方面,还是体现了魏晋以来文学自觉时代的审美眼光和观念。

第七讲

《史传》——论历代史书

《史传》是《文心雕龙》第十六篇,评述自上古至晋代的史书,讨论撰写史书应该注意的问题,是一篇重要的史学文献。

《文心雕龙》所论述的各种文体中,用今天的眼光看,诗、赋是最具有文学性,或者说最具有审美性质的。而刘勰所论文体,大多数是实用的文体。今天一般不把此类应用性的文字看作文学作品。不仅如此,《文心雕龙》中还包括《史传》、《诸子》两篇,所论的不是单篇文章,而是成部的学术性著作。凡此足可说明,"文心雕龙"之"文",决不等于今天所谓"文学"。凡是用文字写下来的东西,不论是偏于审美的,还是偏于应用的或学术的;不论是单篇的,还是成部的,都是"文"、"文章"。若按刘勰那个时代的图书分类来说,经、史、子、集四部,都是"文"、"文章"。这也不是刘勰个人的观点,而是很长历史时期中的共识。因此,《文心雕龙》论及史书和诸子书,完全是顺理成章的。这也表明我们不能把《文心雕龙》的性质看成今天文学概论一类的书。

一、论先秦史书

开辟草昧,岁纪绵邈,居今识古,其载籍乎?轩辕之世,史有仓颉,主文之职,其来久矣。《曲礼》曰:"史载笔。"史者,使也。执笔左右,使之记也。古者左史记言,右史书事。言经则《尚书》,事经则《春秋》。唐虞流于典谟,夏商被于诰誓。洎周命维新,姬公定法,绅三正以班历,贯四时以联事。诸侯建邦,各有国史,彰善瘅恶,树之风声。自平王微弱,政不及雅,宪章散紊,彝伦攸致。昔者夫子闵王道之缺,伤斯文之坠,静居以叹凤,临衢而泣麟。于是就大师以正《雅》、《颂》,因鲁史以修《春秋》,举得失以表黜陟,征存亡以标劝戒。

褒见一字,贵逾轩冕;贬在片言,诛深斧钺。然睿旨幽秘,经文婉约。丘明同时,实得微言,乃原始要终,创为传体。传者,转也。转受经旨,以授其后。实圣文之羽翮,记籍之冠冕也。及至纵横之世,史职犹存。秦并七王,而战国有《策》。盖录而弗叙,故即简而为名也。

[讲解]　此为第一段,概述上古至秦的史书。在叙述中,对史、传二字加以释名章义。

　　刘勰论历代史书,从尧、舜时说起。那是因为《尚书》中有记载尧、舜事迹的内容。在刘勰看来,《尚书》中的这些内容,应是来自尧、舜时的史官所记录。他依据旧说,认为黄帝时已有史官了。旧说是否可信,姑置勿论;我国史学起源甚早,乃是不争的事实。即使只从地下文物看,商代已有甲骨文字,也有史实的记录。《尚书》所载尧、舜事的来源无法确知,但学者们认为不可能是后人凭空捏造。而《尚书》中确已包含殷商时的作品,更有不少西周时的文献。到了周朝,中央王朝和诸侯列国的史事都有记录。现存的最早的一部编年史《春秋》,便是东周时鲁国的史书,而据说是经孔子修订过的,其中包含孔子褒贬善恶的微言大义①。刘勰说《春秋》的记事体例,是周公早已定下来的,那也是依据旧说。不过《春秋》记事实极为简略,《左传》则就《春秋》的纪事,详细地叙述其经过,故刘勰称之为"圣文之羽翮"。关于《左传》的作者,刘勰也据旧说,说是孔子同时人左丘明②。刘勰又说战国时仍有记事的史官,《战国策》就是当时的记录。这合乎事实。还可以补充一点:西晋初年汲县大冢中出土了许多简策,有一部《竹书纪年》,便是魏国的史书。

　　这一段中刘勰说到四部史书:《尚书》、《春秋》、《左传》、《战国策》。前三部都属于儒家经书。《春秋》、《左传》开创了我国史书编撰的编年体例;至于《尚书》,虽然包含着重要的历史资料,但基本上是一部史料汇编,并未按一

---

① 也有学者对孔子修《春秋》的传统说法表示怀疑。杨伯峻先生《春秋左传注·前言》云《春秋》乃鲁史本文,未经孔子修改(北京:中华书局,1995 年)。

② 现代学者对左丘明著《左传》的说法也有疑问。杨伯峻先生认为非左丘明著,其成书在孔子殁后的战国时期。见《春秋左传注·前言》。

定的体例加以编写。

二、论两汉史书

　　汉灭嬴、项,武功积年。陆贾稽古,作《楚汉春秋》。爰及太史谈,世惟执简。子长继志,甄序帝勣。比尧称典,则位杂中贤;法孔题经,则文非元圣。故取式《吕览》,通号曰纪。纪纲之号,亦宏称也。故本纪以述皇王,列传以总侯伯,八书以铺政体,十表以谱年爵。虽殊古式,而得事序焉。尔其实录无隐之旨,博雅弘辨之才,爱奇反经之尤,条例踳落之失,叔皮论之详矣。及班固述汉,因循前业,观司马迁之辞,思实过半。其十志该富,赞序弘丽,儒雅彬彬,信有遗味。至于宗经矩圣之典,端绪丰赡之功,遗亲攘美之罪,征贿鬻笔之愆,公理辨之究矣。观夫左氏缀事,附经间出,于文为约,而氏族难明。及史迁各传,人始区详而易览,述者宗焉。及孝惠委机,吕后摄政,史、班立纪,违经失实。何则?庖牺以来,未闻女帝者也。汉运所值,难为后法。牝鸡无晨,武王首誓;妇无与国,齐桓著盟;宣后乱秦,吕氏危汉。岂唯政事难假,亦名号宜慎矣。张衡司史,而惑同迁、固,元、平二后,欲为立纪,谬亦甚矣。寻子弘虽伪,要当孝惠之嗣;孺子诚微,实继平帝之体。二子可纪,何有于二后哉?至于后汉纪传,发源东观。袁、张所制,偏驳不伦。薛、谢之作,疏谬少信。若司马彪之详实,华峤之准当,则其冠也。

　　[讲解]　此段所述史籍,《史记》记事始于上古黄帝时,迄于汉武帝太初年间;班固《汉书》记西汉一代事;《东观汉纪》以及袁山松、张莹、薛莹、谢承、司马彪、华峤所著,乃记东汉事。若论作者时代,则司马迁、班固以及《东观汉纪》作者为汉朝人,袁、张以下则为三国、晋人(谢承为三国吴人,其他诸家

皆已入晋)。刘勰这里没有提到范晔《后汉书》。其实范书当时已经流传,且颇受重视。稍后于《文心雕龙》,萧统撰《文选》,即录入范书中序论多篇。《文心雕龙》不加论列,可能与其体例有关。《文心》全书,对于刘宋作家作品,除《时序》篇泛泛言及若干人外("何、范、张、沈之徒","范"指范泰、范晔父子),均不加论列。这大约是《史传》不提范晔《后汉书》的最主要的原因。

本段论述较多的是司马迁《史记》和班固《汉书》。

《史记》是纪传体史书的开创者,刘勰肯定它"虽殊古式,而得事序焉",并将此种体例与《左传》之编年体相比较,指出《左传》以事系年,可以做到文字比较简约,但从中难以完整地看出历史人物的活动踪迹。《史记》为历史人物立传,便可以克服此一缺点。二者互有短长,故纪传体在后世蔚为大国,如刘勰所说"述者宗焉",而编年体也仍然长期存在。记载同一朝代史事,往往既有纪传体史书,又有编年体。之所以如此,与编年体文字分量较小、方便读者的确有关系。如班固《汉书》既行,汉献帝嫌其繁重,乃命荀悦改编为编年体的《汉纪》。又如南朝齐末沈约《宋书》已经流行,裴子野却就其书"剪裁繁文,删撮事要"(《宋略总论》),撰成编年体的《宋略》。总之纪传、编年,各有所长。晋代干宝盛誉《左传》编年之体而深抑史迁纪传之作(见刘知幾《史通·二体》、《烦省》),实为片面;刘勰指出二者各有所长,比较全面客观。

关于《史记》的体例,班彪曾指出"司马迁序帝王则曰本纪,公侯传国则曰世家,卿士特起则曰列传",未言及书和表(见《后汉书·班彪传》)。其实书、表是十分重要的。刘勰则进一步说:"八书以铺政体,十表以谱年爵。"《史记》十表,主要是列表记录帝王、诸侯、功臣、将相的年代、世系、爵位和任免情况,少数也兼有大事记性质,故刘勰概括为"谱年爵"。至于八书,为《礼》、《乐》、《兵》、《历》、《天官》、《封禅》、《河渠》、《平准》八篇[①]。其《礼》、《乐》、《封禅》记历代典礼,《兵》记军政,《河渠》、《平准》言水利、食货、财政,都是治理国家的重要项目;而《历》、《天官》言历法、天象,也是自古以来为政者非常重视的内容,并非一般地介绍科学文化知识。因此,刘勰说"八书以

[①] 今本《史记》无《兵书》,有《律书》,说者颇为纷纭。或云《律书》即《兵书》。余嘉锡先生《太史公书亡篇考》认为《兵书》久佚,后人截割《历书》而冠以《律书》之名,以充其数。今从其说(《余嘉锡论学杂著》,中华书局,1963 年)。

铺政体",是深知史公用意的。重视史书中的书志,视之为有关治理国家的重要著述,这也不是刘勰个人的看法,而是人们的共识(如刘勰同时代人刘昭,注司马彪《续汉书》八志以补范晔《后汉书》之阙,其序称《史记》八书、《汉书》十志为"天人经纬,帝政纮维",称司马彪《续汉书》的八志为"王教之要,国典之源")。司马迁开创"书"这一体例,班固《汉书》承之,而改称为"志",后世撰史者继踵不绝。司马迁功不可没。同样,《史记》设表,对后世影响也很深远。刘勰重视书、表,显示了他的史学眼光。从现存资料看,他是第一位全面解释《史记》体例的论者①。刘勰评论《汉书》,可注意者有两点:一曰"十志该富",二曰"赞序弘丽"。《汉书》设有十志,系承司马迁八书的体例,而刑法、五行、地理、艺文等为其新创,内容大多都很重要。刘宋范晔有史才,自视甚高,少所推许,却也不能不称赞《汉书》十志"博赡不可及之"。至于《汉书》的赞序,南朝时也是很受人称许的。序在篇首,赞在篇末,作者往往在其中发表议论,对其文辞也加以精心结撰。萧统撰《文选》,认为史书是纪事的,不能讲求文辞华美,而史书中的序、论、赞则注重文辞,"事出于沉思",显示出作者运用文辞的能力,因此应"归乎翰藻",归属于讲求文辞之列。《文选》专设史论、史述赞两类以收载此类作品,班固《汉书》中的文字也收录多篇。刘勰对《汉书》赞序的推许,在颇大程度上是对其文辞"儒雅彬彬"的赞美,显示了当时重视文辞美丽的审美风尚。试将《汉书》中此类文字与《史记》的"太史公曰"等相比较,便觉前者的句式较整齐,骈偶成分较多,而《史记》则句式长短参差,不如《汉书》人为加工的气息浓厚。在南朝人看来,《汉书》中此类文字是更精致美丽一些的。

　　刘勰评论《史记》、《汉书》时,引用了前人(班彪、仲长统)的观点。此外他批评二家为吕氏立纪。今人看来,他为此大发议论,有些可笑。但他说"汉运所值,难为后法",也就是说吕后称制之事,不能让它成为后世效法的榜样。可见他是有鉴于母后临朝、外戚擅权的历史教训而这样说的。汉代、晋代都有这样的教训。范晔《后汉书·皇后纪序》对此也再三强调。刘勰用

---

① 《史传》"本纪以述皇王"云云,未言及世家;"列传以总侯伯"之语也不合事实,"总侯伯"应是世家的内容。其中应有讹脱,范文澜先生《文心雕龙注》、金毓黻先生《〈文心雕龙·史传篇〉疏证》都这样认为。金文作于1943年,载《中华文史论丛》1979年第1期。

意,当亦在于此。

三、论三国、晋代史书

　　及魏代三雄,记传互出。《阳秋》、《魏略》之属,《江表》、《吴录》之类,或激抗难征,或疏阔寡要。唯陈寿《三志》,文质辨洽。荀、张比之于迁、固,非妄誉也。至于晋代之书,系乎著作。陆机肇始而未备,王韶续末而不终。干宝述《纪》,以审正得序;孙盛《阳秋》,以约举为能。按《春秋》经传,举例发凡;自《史》、《汉》以下,莫有准的。至邓粲《晋纪》,始立条例。又摆落汉魏,宪章殷周。虽湘川曲学,亦有心典谟。及安国立例,乃邓氏之规焉。

　　[讲解]　此段述三国、晋代史书,比较简略。说到的几部史书,只有陈寿《三国志》至今尚存。诸书作者,都是晋时人。

　　刘勰认为编撰史书,应如《春秋》、《左传》那样,明白地标示凡例。所谓凡例,即贯穿全书的书写方法、体例。西晋杜预为《左传》作注,指出《左传》揭示了《春秋》书法。如《春秋》宣公十八年载:“秋七月,邾人戕鄫子于鄫。”《左传》释曰:“凡自虐其君曰弑,自外曰戕。”杜预认为传文中言“凡”者,都是在举例说明《春秋》的书法。杜预说此类写法都是周公定下来的。又如《春秋》隐公元年:“元年春,王正月。”并无隐公即位字样。《左传》释曰:“不书即位,摄也。”(杜预云隐公乃摄位,故不行即位之礼。)又闵公元年经文,也只写“元年春,王正月”,无即位字样。《左传》释曰:“不书即位,乱故也。”(杜云因鲁国内乱,未能行即位之礼。)杜预说,《左传》言“不书”、“先书”、“故书”、“不言”、“不称”等等,也是揭示经文书写体例。他称此类为“变例”。杜预还加以归纳,并作说明,编成《春秋释例》一书。刘勰认为这种统一运用于全书的条例,十分重要,可是《史》、《汉》在这方面做得不好,至晋人邓粲、孙盛,方才远绍《春秋》,明明白白地订立条例(据刘知幾《史通序例》,其实干宝《晋纪》

已有条例)。按《春秋》凡例,被认为是周公、孔子所立,且往往是微言大义,表明了对史事的褒贬态度,刘勰当然要加以称赏。再者从编撰方法、技巧而言,修史立例,可加强全书的统一性、条理性,刘勰思绪精密,故主张之。

其实评论史书而以条例为言者,也不止刘勰一人。班彪就曾批评《史记》"进项羽、陈涉,而黜淮南、衡山;细意委曲,条例不经"(《后汉书·班彪传》),意谓项羽未曾为皇帝,却立《项羽本纪》;陈涉起兵数月被杀,并无子孙相继,却立世家;而淮南王、衡山王为汉室帝胤,或父子相继,或兄弟相代,却不入世家而为列传,都是自坏其例。《文心雕龙·史传》概括班彪语,说《史记》有"条例踳落之失",即指此而言。刘宋范晔,曾批评《汉书》"任情无例"(《狱中与诸甥侄书》)。萧齐初年,初置史官,以檀超、江淹掌其职,乃"上表立条例",提出编写《齐史》时拟运用的一些写法,齐高帝即下诏百官议论。可见统治者对修史,包括运用条例,颇为重视(见《南齐书·檀超传》)。在刘勰同时,或略早、略迟,范晔、檀道鸾、沈约、萧子显、魏收,在修史时都是撰有一篇条例的(据《史通序例》)。看来史例意识的明确,实始于晋代。这是史学发达的一种表现。刘勰之重视史例,就是此种情况的反映,并非偶然。南朝以后,修史也多立条例。清代著名史学家章学诚撰修方志,创意甚多,乃先立其例,并一一加以说明。修史而先立条例,体现了作者对于全书编纂的通盘的深思熟虑,确实十分重要。

综观刘勰对历代史书的评述,对《春秋》、《左传》、《史记》、《汉书》说得较多。这是很自然的。这四部书正是编年、纪传两种体裁的开创者或具有代表性的著作。初唐刘知幾撰《史通》,首列《六家》、《二体》两篇。所谓六家,即以上四种加上《尚书》和《国语》。刘知幾认为这六家可以尽后世诸家史书之体式。但《尚书》如上文所说,只是史料的汇编;《国语》是国别史的代表,后世继者无多。余下的四家,概言之即编年、纪传二体,故刘知幾于"六家"后即论"二体"。刘勰论史书注重这四家二体,也可说具有开先河的意义吧。

四、论撰著史书必须注意之点

原夫载籍之作也,必贯乎百氏,被之千载,表征盛衰,殷鉴兴废。使一代之制,共日月而长存;王霸之迹,并天地而久大。是以在汉之初,史职为盛。郡国文计,先集太史之府,欲其详悉于体国也。阅石室,启金匮,绁裂帛,检残竹,欲其博练于稽古也。是立义选言,宜依经以树则;劝戒与夺,必附圣以居宗。然后铨评昭整,苛滥不作矣。

然纪传为式,编年缀事,文非泛论,按实而书。岁远则同异难密,事积则起讫易疏,斯固总会之为难也。或有同归一事,而数人分功,两记则失于复重,偏举则病于不周,此又铨配之未易也。故张衡摘史、班之舛滥,傅玄讥《后汉》之尤烦,皆此类也。

若夫追述远代,代远多伪。公羊高云"传闻异辞",荀况称"录远略近",盖文疑则阙,贵信史也。然俗皆爱奇,莫顾实理。传闻而欲伟其事,录远而欲详其迹。于是弃同即异,穿凿傍说,旧史所无,我书则博。此讹滥之本源,而述远之巨蠹也。至于记编同时,时同多诡。虽定、哀微辞,而世情利害。勋荣之家,虽庸夫而尽饰;迍贬之士,虽令德而嗤埋。吹霜煦露,寒暑笔端。此又同时之枉论,可为叹息者也。故述远则诬矫如彼,记近则回邪如此。析理居正,唯素心乎!若乃尊贤隐讳,固尼父之圣旨,盖纤瑕不能玷瑾瑜也;奸慝惩戒,实良史之直笔,农夫见莠,其必锄也。若斯之科,亦万代一准焉。

至于寻繁领杂之术,务信弃奇之要,明白头讫之序,品酌事例之条,晓其大纲,则众理可贯。然史之为任,乃弥纶一代,负海内之责,而赢是非之尤。秉笔荷担,莫此之劳。迁、固通矣,而历诋后世;若任情失正,文其殆哉!

赞曰:史肇轩黄,体备周、孔。世历斯编,善恶偕总。腾褒裁贬,万古魂动。辞宗丘明,直归南、董。

　　[讲解]　以上一大段,属于《史传》篇的"敷理以举统"部分。与《文心雕龙》论文体的其他各篇的"敷理以举统"相比,这一大段要详细得多。文中谈了撰写史书应注意的地方,从撰史者应有的思想修养,谈到具体的处理史料的方法。下面分几点加以介绍。

　　第一,须明确史书的作用、撰史的目的。

　　刘勰强调史书应具有让读者了解前代的认识作用,而了解前代是为了以古为鉴而有益于今,便于统治者吸取经验教训,即所谓"表征盛衰,殷鉴兴废"。故刘勰盛赞《春秋》能"举得失以表黜陟,征存亡以标劝戒"。本篇赞语云"世历斯编,善恶偕总。腾褒裁贬,万古魂动",就是说史书的黜陟褒贬应能具有永恒的劝戒效能。这当然是一种源远流长的传统观点。可以说在商代已有以史事为鉴的思想。《尚书·盘庚》屡称"先王"、"先后"如何如何,就包含学习先祖善政的意思。西周时此种想法应已成熟,故《诗经·大雅·荡》有"殷鉴不远,在夏后之世"的说法。春秋时期,诸侯国统治者都重视此点。《国语·楚语》载楚庄王时申叔时论如何教育太子,云:"教之《春秋》,而为之耸善而抑恶焉,以戒劝其心。"又《晋语》七载,司马侯对晋悼公说,作为君主,应该了解历史上诸侯的行为,"以其善行,以其恶戒",并推荐羊舌肸(叔向),说:"羊舌肸习于《春秋》。"于是晋悼公乃召叔向辅导太子。这两则记事的时代都在孔子之前,其中提到的《春秋》,不是儒家经典的《春秋》,是泛指史书("春秋"原是各国史书的共名)。至于据说是孔子修撰的《春秋》,更被儒家奉为"惩恶而劝善,非圣人,谁能修之"的经典(语见《左传》成公十四年"君子曰")。孟子说"孔子成《春秋》而乱臣贼子惧"(《孟子·尽心下》),认为《春秋》这部史书具有强大的现实作用。又经过汉代儒生的阐扬,所谓"载之空言,不如见之于行事之深切著明"(司马迁《太史公自序》)的观点,即空言义理的力量比不上通过载述史事以垂劝戒的观点,更加深入人心。总之,以古为鉴,劝善惩恶,是修史的根本目的。不过修史者要能做到这一点并不容易,故刘勰要加以强调。

　　关于修史的目的,刘勰还说:"使一代之制,共日月而长存;王霸之迹,并天地而久大。"这除了扬善垂范之外,还包含歌颂统治者功业的意思。在封建社会,这也是修史的一个重要目的。司马迁秉承父志写作《史记》,就有记述一代伟业、歌颂大汉之意。他的父亲司马谈临终时嘱咐道:"今汉兴,海内一统,明主贤君、忠臣死义之士,余为太史而弗论载,余甚惧焉!汝其念哉!"司马迁是牢牢记住先人的托付的。他曾对友人说:"《春秋》采善贬恶,推三代之德,褒周室,非独刺讥而已也。汉兴以来,至明天子(指汉武帝),获符瑞,建封禅,改正朔,易服色,受命于穆清,泽流罔极。海外殊俗,重译款塞,请来献见者,不可胜道。臣下百官力诵圣德,犹不能宣尽其意。且士贤能而不用,有国者之耻;主上明圣而德不布闻,有司之过也。且余尝掌其官,废明圣盛德不载,灭功臣世家贤大夫之业不述,堕先人所言,罪莫大焉!"(《史记·太史公自序》)司马迁固然是一代良史,不隐恶,不虚美,以至于被汉明帝斥为"微文刺讥,贬损当世,非谊(义)士"(见班固《典引》),王允也指《史记》为"谤书"。但太史公生当大汉隆盛之时,歌颂此一代之盛,的确也是他修史的一个重要动机。班固《汉书叙传》也说:"故虽尧舜之盛,必有《典》、《谟》之篇,然后扬名于后世,冠德于百王,故曰'巍巍乎其有成功','焕乎其有文章'。"意思是说凡盛业明德,必须要有典籍记述,方能传扬于后世。他之撰写《汉书》,也正有歌功颂德的动机。后世史家亦莫不如此。

第二,修史必须真实。

刘勰评论历代史书时即体现了重视记事真实的思想。如称赞司马彪《续汉书》"详实",批评孙盛《晋阳秋》等"激抗难征",批评薛莹、谢承所修后汉史"疏谬少信"等。《文心雕龙·宗经》曾提出"事信而不诞",这条标准用于史书是最为切合的。刘勰还分析了史书失实的原因。一是修史者有贪多好奇之心,尤其是追述远代之事,事实难明,便将一些传闻不实之词当作信史写入;二是碍于世情,牵于利害,尤其是记载同时代的人和事时,最易犯此病。刘勰强调:"析理居正,唯素心乎!"作为一个合格的史家,必须要有纯洁淡泊的心灵、公正客观的态度,既不能存哗众取宠、以著作夸耀之心,更不能受"时旨"、"世情"的牵掣,因个人利害而丧失公正的立场。还有,刘勰评孙盛时说到"激抗难征"。所谓激抗,即感情用事,"任情失正",陷于片面和极端。那虽然与牵于世情利害而有意邪曲不同,但也是造成史书失实的一个原因。总之刘勰强调撰史者应以冷静、平正的态度去看待、判断史事。

重视真实性是我国史学思想中具有悠久历史的一个优良传统。孔子曾说："吾犹及史之阙文也。"(《论语·卫灵公》)意思是称赞古代史官记事,遇到不详之处便空缺不书①。又说:"君子于其所不知,盖阙如也。"(同上)"多闻,阙疑,慎言其余。"(《论语·为政》)孔子主张这样一种"知之为知之,不知为不知"的实事求是的态度,可说是为后世学人树立了一个良好的榜样,是一个好的开端。不难看出,刘勰说"文疑则阙,贵信史也",正是继承了孔子的说法。孔子还曾称赞晋国大史董狐不畏权贵、秉笔直书的事迹(见《左传》宣公二年)。董狐与战国时齐国史臣南史氏,都以顶住压力、坚持写下事实真相而著称于后世。《史传》赞语云"直归南、董",就是强调要学习他们不顾利害关系的梗直精神。以上所说是先秦时的事实。汉代司马迁的《史记》,在史学史上有"实录"之称,被誉为"其文直,其事核,不虚美,不隐恶"(《汉书·司马迁传赞》),对后世影响也很大。为刘勰所称赞的华峤《汉后书》,当日也曾为张华、荀勖等称为"文质事核,有迁、固之规,实录之风"(《晋书·华峤传》)。又华峤评《汉书》云"不激诡,不抑抗",也包含撰史应力求平正、不杂个人意气的意思。齐永明中沈约批评刘宋史臣所撰《宋史》云:"事属当时,多非实录。又立传之方,取舍乖衷,进由时旨,退傍世情。垂之方来,难以取信。"(《上宋书表》)也强调"实录",并明白指出撰写当代史最易受牵掣而失实。《文心雕龙·史传》正是在继承前代史学家言论的基础上强调撰史的真实性问题。对这一问题他非常重视,花费了较多的笔墨加以论述。"史之为任,乃弥纶一代,负海内之责,而赢是非之尤,秉笔荷担,莫此之劳",刘勰是从史家任务之崇高、责任之重大的角度谈这一问题的。

刘勰强调史书的真实性,值得重视,但他同时又谈到"隐讳"的问题。他说"奸慝惩戒,实良史之直笔",对于奸邪应直书其恶,而"尊贤隐讳,固尼父之圣旨",对于尊者贤者,却应该隐讳其过失,因为其过失只是"纤瑕",小眚不足以掩大德。按《公羊传》闵公元年云:"《春秋》为尊者讳,为亲者讳,为贤者讳。"刘勰认为《春秋》是孔子所修,所以说是"尼父之圣旨"。这种"尊贤隐讳"的观点和做法,在我国史学领域中也是源远流长,根深蒂固,它其实与史

---

① 旧说"阙文"指可疑的字。此据杨伯峻先生《春秋左传注·前言》说。

笔真实的要求是相冲突的。儒家学者也看到了其间矛盾,并企图加以解决。如《白虎通·谏诤·论记过彻膳之义》说,王若失度,则史书之,不书则死;然后设问并回答道:"人臣之义,当掩恶扬美,所以记君过何? 各有所缘也。掩恶者,谓广德宣礼之臣。"意谓掩恶与书过,都是必要的,而各有所司,史官之任,自当书过而非掩恶。但这也只是一种理想化的理论罢了。刘勰在这个问题上,没有什么突出的见解。后来唐代刘知幾,则大胆地表示疑问。其所著《史通》的《疑古》、《惑经》篇,对于《春秋》和其他经书之动辄隐讳,加以尖锐的指斥,矛头直向周公、孔子。虽然刘知幾也还说什么"臣子所书,君父是党,虽事乖正直,而理合名教"(《惑经》),未能彻底否定为尊亲者讳的说法,但就总的倾向看,其摘举之尖锐,言辞之大胆,实令人叹服。他认为史官记事,应如明镜照物一般,妍媸毕露。"苟爱而知其丑,憎而知其善,善恶必书,斯为实录"(《惑经》)。其说法可谓淋漓痛快。刘勰在这方面的见解,还不能与二百年后的刘知幾并论。

第三,必须全面掌握、认真整理、精心编排史料。

刘勰认为,撰史者首先要全面地掌握史料。既要详细占有当今的资料,又要广泛研究古代的资料。了解当今,是为了"详悉于体国",掌握今日治理国家各方面的情况。刘勰认为史书的基本内容是记录统治者治国的各种事实,所以对撰史者提出这样的要求。研究古代,是为了"博练于稽古",具备广博的历史知识,提高考察、分析、综合史实的能力。凡此都是撰史者应有的基本修养。

刘勰说,撰写史书不是一般地发表议论,而是记载事实,"按实而书"。具体说来,就是"编年缀事",按事件发生的顺序加以连缀编排。因此,处理史料便特别重要。年岁久远,必有传闻异辞的情况,故不易做到考证精密;事多而杂,其发生、发展、结束的过程不易清理,故容易发生疏漏。然而考辨真伪、清理史实乃是撰史者最重要的基础工作。至于史料的编排,也有其难处。比如同一事件涉及数人,若每人传中都进行叙述,便嫌其重复;若只载于一人传中,又失之疏略。如何记叙得既简约又详明,也是撰史者必须认真考虑的问题。

除此之外,刘勰还认为应有统一的编纂和书写体例,而且应明白地标示出来。关于此点，上文已经言及，这里不再重复。

　　综观上述三点，论认识史书的作用，论修史必须真实，主要是从史家的思想修养方面而言；论掌握和处理史料，则主要是史书编纂学方面的问题。这三点之中，当以后两点较为重要。撰史应当力求真实，这是我国古代史学思想的精华。当代史学家对刘勰强调此点，给以很高评价。范文澜先生在《文心雕龙·史传》注中云"彦和见解高卓"，并以千余字发论，申言古史论事不实之由，以附和刘勰"时同多诡"之叹。金毓黻先生《〈文心雕龙·史传篇〉疏证》亦云："刘勰论史，慨乎言之，足以昭示准的矣。"至于刘勰论史料的掌握和编排，虽所言尚简略，然而确有心得，在史学史上可谓大辂椎论，自有其价值。刘勰说："至于寻繁领杂之术，务信弃奇之要，明白头讫之序，品酌事例之条，晓其大纲，则众理可贯。"这四者中，"务信弃奇"是说真实性，"寻繁领杂"、"明白头讫"、"品酌事例"都是指掌握、编排史料和确立条例而言。刘勰史学思想中较有价值的内容，就概括在这四句话中。唐代刘知幾《史通》中的不少论述都可说是刘勰观点的进一步发展。

[备参]

　　纪传为式，编年缀事　　纪传，泛指史籍，并非专指纪传体。《文心雕龙·事类》："刘歆《遂初赋》，历叙于纪传。"按该赋内容，多据《左传》。又《谐讔》："隐语之用，被于纪传。"谓隐语见载于《左传》、《战国策》、《史记》、《列女传》等。这两句的意思，是说史书连缀事实，按年代先后编排。有的注释将"纪传"理解为仅指纪传体，谓纪（本纪）用以编年，传（列传）用以缀事；有的则说"纪传为式"指纪传体，"编年缀事"指编年体。恐都不确。

第八讲

《神思》——论作家的思维活动

《神思》为《文心雕龙》之第二十五篇,论写作时的思维活动。执笔为文必始于运思,要写好文章首先必须做到思路通畅,故该篇列于"下篇"创作论之首,称之为"驭文之首术,谋篇之大端"。此外,《物色》、《养气》所论也与构思有关,可以参读。下面分三段解读《神思》。

一、描述思维活动的特点,论如何保证思路通畅

古人云:"形在江海之上,心存魏阙之下。"神思之谓也。文之思也,其神远矣!故寂然凝虑,思接千载;悄焉动容,视通万里;吟咏之间,吐纳珠玉之声;眉睫之前,卷舒风云之色:其思理之致乎!故思理为妙,神与物游。神居胸臆,而志气统其关键;物沿耳目,而辞令管其枢机。枢机方通,则物无隐貌;关键将塞,则神有遁心。是以陶钧文思,贵在虚静,疏瀹五藏,澡雪精神。积学以储宝,酌理以富才,研阅以穷照,驯致以绎辞。然后使玄解之宰,寻声律而定墨;独照之匠,窥意象而运斤。此盖驭文之首术,谋篇之大端。夫神思方运,万涂竞萌,规矩虚位,刻镂无形。登山则情满于山,观海则意溢于海,我才之多少,将与风云而并驱矣。方其搦翰,气倍辞前;暨乎篇成,半折心始。何则?意翻空而易奇,言征实而难巧也。是以意授于思,言授于意,密则无际,疏则千里。或理在方寸而求之域表,或义在咫尺而思隔山河。是以秉心养术,无务苦虑,含章司契,不必劳情也。

[讲解]　从这段文字中,可以概括出写作时思维活动的几个特点:第一,作者思考的内容在时间、空间上具有无限的广阔性。所谓"文之思也,其神远矣! 故寂然凝虑,思接千载;悄焉动容,视通万里"。第二,此种思维活动伴随着外物的形象。所谓"眉睫之前,卷舒风云之色"、"神与物游"、"物无隐貌",都说到了这一点。所谓"物",指外物,主要指自然风景和其他自然界的种种事物如禽鸟走兽草木之类;也指某些人工制造之物,如宫殿园池等。总之"物"是指有形色、有声容可以目睹耳闻的外界事物,不包含人们活动所构成的种种事情。人的活动所构成的事情,并非可以直接闻见,就不称之为"物"。刘勰和当时人的用语如此。第三,此种思维活动伴随着作家的情感活动,所谓"悄焉动容"、"登山则情满于山,观海则意溢于海"就说到了这一点。第四,作家的思维活动离不开语言。"辞令管其枢机"、"寻声律而定墨"、"吟咏之间,吐纳珠玉之声",反复提到语言文辞。说"声律",说"珠玉之声",表明了对作品声音之美的重视。读者欣赏作品时要大声朗读,作者构思写作时同样吟咏出声。语言在构思中的重要,在于思路能否通畅与作家运用语言文辞的能力大有关系,其思维活动本身很大程度上要凭借语言才能进行,因此说"辞令管其枢机"。刘勰又将构思概括为"意授于思,言授于意"的过程,即用语言将所想的东西表达出来的过程,并且说"意翻空而易奇,言征实而难巧",指出了文不逮意这一令作家苦恼的现象,也表明了语言的重要。这四个特点,第二、三点具有艺术的、审美的特点,是创作诗、赋等感性的、文学性强的作品时表现得特别明显的特点,若写作理性的、应用性的文字,便体现得少一些,或无所体现。第四点表现出文学创作、文章写作以语言为物质手段的特点。若是画家、音乐家的创作,其思维就不具有这一特点了。

《神思》篇所论及的作家思维活动的这些特点,并不是刘勰第一次说到。西晋陆机的《文赋》已经较全面地言及这几个方面。《文赋》云"精骛八极,心游万仞"、"观古今于须臾,抚四海于一瞬",是说思维的广阔性;"情曈昽而弥鲜,物昭晰而互进"、"思涉乐其必笑,方言哀而已叹",是说伴随着情感和形象;"沉辞怫悦,若游鱼衔钩而出重渊之深;浮藻联翩,若翰鸟缨缴而坠曾云之峻",是描绘词藻浮上脑际时或艰涩或迅利的情状,也就是说在作家的思维活动中,语言起着重要作用。陆机的精彩描述有首创的意义,刘勰写作《文心雕龙》,其实受《文赋》的影响是颇深的。

但刘勰论作家思维还是有他新的贡献,主要是他鲜明地提出了"神与物游"的命题,突出了作家之"神"即神思,亦即作家的思维活动,与外界之"物"的紧密联系。《神思》云:"故思理为妙,神与物游。神居胸臆,而志气统其关键;物沿耳目,而辞令管其枢机。枢机方通,则物无隐貌;关键将塞,则神有遁心。"一再将"神"与"物"相对提出。这说明什么呢?这表明在刘勰看来,在诗、赋等文学创作中,自然景物等可见可闻的外"物"居有十分重要的地位,此种外物的形象作为作家构思中的一个要素而存在,描写"物"之形貌是创作中一项重要的内容。《神思》赞语云:"物以貌求,心以理应。"意思是说作品既描绘物之形貌,又抒写内心的思想感情("理"这里指心中所思所想)与之相呼应。在刘勰看来,文学创作就是写物、写心两大事项。总之写物在作品中占据了十分重要的地位。《文心雕龙》中还特设《物色》一篇,专论自然景物与创作的关系,可见刘勰对这一问题的重视。在该篇中,谈到自然景物、物候变迁对于创作冲动发生的强大诱发作用,谈到创作过程既是"随物以宛转",也是"与心而徘徊",均可与《神思》篇所述相参看。此外如《明诗》说"人禀七情,应物斯感,感物吟志,莫非自然",《诠赋》说"原夫登高之旨,盖睹物兴情","情以物兴","物以情睹",都说到物在创作中的重要地位,也说到物与作家主观情志之间的密切关系。"神与物游",概括地指出了作家思维过程中主观与客观的紧密联系,只是这"客观"还局限于可见可闻的自然风物等的范围之内,并不包括纷纭复杂的人类活动、社会现象。刘勰所说的"物"与我们今日所谓"外界事物"是有差别的,这一点必须加以注意。

在这一段中还说到了怎样努力使创作思维通畅活跃的问题。

刘勰讨论这一问题,归纳到作家的"志气"和"辞令"两个方面。他说,在写作构思中,"志气统其关键","辞令管其枢机";"枢机方通,则物无隐貌;关键将塞,则神有遁心"。所谓志气,指作家临文之际的精神状态,也包括写作欲望在内。若精神健旺清朗,对于所欲表现的内容充满情感或自信,具有强烈的创作欲望,则易于做到思路通畅而明晰。气是生命力活跃的标志;而"志者,心之所之也"(《诗大序》),"志者,气之帅也"(《孟子·公孙丑下》)。

"志气"可理解为具有方向性、目的性的气,亦即在某种想法统帅下的健旺精神、情感、欲望。《养气》篇屡言"志盛"、"气衰"、"精气"、"神志"等,都是指临文之际的精神状态,本篇的"志气"亦然。至于"辞令",当然是指作者运用文辞的能力。如果写作时志气饱满,具有"我才之多少,将与风云而并驱"的昂扬的精神状态,但却语言能力薄弱,期期艾艾,那也是无法做到神思畅通的。语言是作家的工具,不但是表达情志、描绘物貌的手段,而且也是思维的手段。刘勰称之为"枢机",与"志气"并列,表明了他对于作家语言能力的高度重视。

刘勰提出解决文思通塞的办法,也就从这两个方面着手。

关于"志气",《神思》篇认为关键问题是要做到虚静:"陶钧文思,贵在虚静。疏瀹五藏,澡雪精神。"就是说临文之际须心思集中而不烦杂。此外刘勰还专设《养气》一篇加以讨论,可以参看。该篇说,写作时应该"从容率情,优柔适会",即处于从容、宽舒、自由而无所拘束的精神状态之中。所谓"适会",有听凭文思自然而至、不强求之意。若文思不来,则舍而勿为,"勿使壅滞"。写作是艰苦的劳动,须有所节制,要劳逸结合。总之构思时须"清和其心,调畅其气",心情平和清明而又舒畅,这样便可"常弄闲于才锋,贾余于文勇,使刃发如新,腠理无滞",常常处于一种创作欲望强烈、跃跃欲试、所向披靡的精神状态之中。《物色》云"入兴贵闲",意思也相通。既充分了解写作的艰辛,又强调须在和畅自如的情况下为之,可说具有辩证的因素。

强调临文之际必须做到虚静,这可说是我国文学理论中的一项重要内容。陆机《文赋》曾说构思时须"收视反听",即心思集中,不受外物干扰,亦即虚静之意。后世如唐代刘禹锡认为"方寸地(指心)虚,虚而万景入,入必有所泄,乃形乎词",又说"因定而得境,故翛然以清"(《秋日过鸿举法师寺院便送归江陵引》)。又如宋代苏轼说"欲令诗语妙,无厌空与静。静故了群动,空故纳万境"(《送参寥师》)。刘、苏二人专就诗言,认为心境虚静空明才能更好地进行审美观照和构思创作,与刘勰的说法也有相通之处。至于《文心雕龙·养气》说的精神健旺、不勉强硬写,也是我国古代文论所强调的。比刘勰稍后,萧子显言构思,说"应思悷来,勿先构聚"(《南齐书·文学传论》),"须其自来,不以力构"(《自序》),则与刘勰"优柔适会"之语有相通之处,不过刘勰的论述较为深入。总的说来,刘勰告诉作者,要等待灵感的来临而不可强求;而只有精神健旺时灵感才会来临。这比起《文赋》感叹"虽兹物之在我,非余力之所戮,故时抚空怀而自惋,吾未识夫开塞之所由"来,应该说是前进了一步。后来唐代王昌龄说:"凡神不安,令人不畅无兴。无兴即任睡,睡大养神。……兴来即录。"又说:"看兴稍歇,且如诗未成,待后有兴成,却必不得强伤神。"(《文镜秘府论·南卷·论文意》引)王氏反复言及此点,其说与刘勰在《养气》篇所说颇为一致。他专言诗,诗歌创作较之一般文章、应用性文字,更须凭仗灵感、兴会,须"伫兴而作"(王士源《孟浩然集序》)。皎然《诗式》云:"有时意静神王(旺),佳句纵横,若不可遏,宛如神助。不然,盖由先积精思,因神王而得乎?"则进一步将"先积精思"与因精神健旺而得二者统一起来,就更全面、更切合实际了。观察从陆机、刘勰到唐代诗人关于灵感、关于文思通塞的探讨,颇有意思。他们的论述,主要都来于自己的创作实践,来于亲身体会。

当然,从刘勰所说,也看得出前人关于认识、心理活动的一些论述的影响和启发,主要是先秦诸子的影响。先秦诸子言虚静者甚多。道家典籍中,《老子》有"致虚极,守静笃"之语。虚和静是《老子》关于宇宙、自然、社会、人生的根本观念,并且常与统治者治国御人之术相关连,其中也具有认识论方面的意义:要虚心不执成见,摒除杂念干扰,方能正确认识事物。不过其中也包含神秘主义的直觉,欲以此种直觉体认"道"的意义。《庄子·天道》也强调虚静的重要,认为"水静犹明,而况精神",认为圣人之心静,则万物不能扰乱之,犹如天地万物的镜子。也就是说圣人因心静而能了解、包容万物。《管子》书中亦言虚静,主张去除好憎嗜欲,不抱成见,冷静而不浮躁地观察外物,处理事情,所谓"彼心之情,利安以宁,勿烦勿乱,和乃自成"(《管子·内业》)。至战国后期,《荀子·解蔽》说:"心何以知?曰:虚壹而静。"虚指不执成见,不以已知害未知;壹指专一凝神,不受他事牵引干扰;静谓不烦嚣杂乱。又说:"虚壹而静,谓之大清明。……坐于室而见四海,处于今而论(一作闻)久远,疏观万物而知其情,参稽治乱而通其度,经纬天地而材官万物,制割大理而宇宙里(杨倞注:当作理)矣。"总之,先秦诸子多言虚静,既以"虚静"描述"道",又用以论社会、人事,常与人君治国相联系,而其中也包含认识方面的意义。虚静乃是古代哲学、认识论的重要概念。刘勰论创作思维，强调虚静，可以说是受到诸子影响。其"疏瀹五藏，澡雪精神"二语本也是借用《庄子·知北游》中的话。但也应看到，诸子所说，是广泛地、一般地论述认识、把握事物应掌握的原则，而刘勰则是专论写作，而且主要是论行文之际的思维活动，其观点主要还是来自创作实践。如果没有实践中的亲切体会，虽然前人已经说过相似的话，也不可能从中得到启发的。

　　刘勰为解决文思通塞问题而提出的又一观点，是要作者广泛阅读、认真学习古人的著作文章，以提高写作能力，包括驱驾文辞的能力。也就是《神思》所说的"积学以储宝，酌理以富才，研阅以穷照，驯致以绎辞"[①]。"积学"句意谓平时广泛地读书学习，包括积累词语、典故等。"酌理"指研究种种事理和思想观点。在刘勰看来，典籍中包含许多事理、观点，故"酌理"主要也还是从书本中学习。如《奏启》云"博见足以穷理"，又云"酌古御今"。臣下奏事，所论者是当时政治、经济、社会生活中所需要解决的各种事情，而要发表正确的意见，提出正确的处理办法，则仍需从典籍中看古人是如何处理的，参酌而用之于今日，故须"博见"，也就是要广泛研讨古代典籍所载各种事情。"积学"、"酌理"两句都是说学习典籍，"积学"句重在记诵、积累材料、典故、语辞，"酌理"句则重在思考、融会贯通，二者之间，可谓有"学而不思则罔，思而不学则殆"（《论语·为政》）那样的关系。"研阅"句是说阅览、观摩古今文章著述，学习其写作艺术，掌握写作规律。"穷照"，犹如《知音》所说"圆照之象，务先博观"，通过博览精阅，以增广见识，提高鉴赏、分析、批判能力，懂得写作法则。"驯致"句指从容地寻绎、玩味文辞。"研阅"、"驯致"两句都是指观览他人作品以掌握写作法则。"研阅"句重在理性分析，"驯致"句则重在欣赏玩味。刘勰认为，通过这几方面的学习、观摩，可以大大提高作者的写作能力，包括驱遣文辞的本领，于是执笔为文之际，便能汩汩滔滔，枢机圆运，文思通畅。所谓"辞令管其枢机"，"枢机方通，则物无隐貌"，便是与此相呼应的。

　　读者可能发生疑问：照这样解释，刘勰所指示的提高写作能力、保证思路通畅的办法，说来说去都停留在博览精阅、寻绎玩味前人作品这一方面，

---

① 　以下所论，参见王运熙先生《读〈文心雕龙·神思〉札记》，载《文心雕龙探索》。

一点不提生活阅历、在实际生活中学习的问题,他指示的路径不够宽广吧。有一种解释,将"研阅以穷照"的"研阅"释为"研究生活阅历"之意,那不是很好吗?我们说,研读古代文献,首先要正确理解原文并尊重古人的原意,这是做到实事求是的一项基本的、先决的条件。若将阅字理解为阅历、生活经历,那是不符合古汉语词语运用习惯的。事实上,在刘勰的时代以及刘勰以后很长的历史时期内,人们谈到学习写作诗文,首先就是提向前人学习。强调多读书,多揣摩,不但是刘勰一人的主张,而且可说在我国古代文论中是一以贯之的。刘勰之前,杨雄已说过:"能读千赋,则善为之矣。"(见《文选》卷一七《文赋》注引《新论》)陆机自述其学习写作的体会,亦云"余每观才士之所作,窃有以得其用心"(《文赋》),他是通过观摩文章而掌握为文之用心的。刘勰之后,发表类似意见者更是不胜枚举。要到唐宋之后,才有人鲜明地提出要写好诗文必须重视生活积累的问题。文学理论的发展,也同其他理论一样,有其自身的规律,有一个历史的过程,我们不能用后来的标准去要求前人。

如何保证思路畅达,是常常困扰文人的一个问题。陆机《文赋》云:"虽兹物之在我,非余力之所戮。故时抚空怀而自惋,吾未识夫开塞之所由。"便反映了这样的苦恼。刘勰从临文之际的精神状态和平日的积学揣摩两方面说,比较切实可行。他说:"秉心养术,无务苦虑;含章司契,不必劳情也。"秉心即操持其心,亦即注意保持良好的精神状态。养术即自觉地掌握各种写作方法、要领。刘勰是非常重视文术的,他写作《文心雕龙》,就是要传授文术。他认为自觉地掌握文术之与盲目地写作,相去不可以道里计。而保持思路通畅,乃是"驭文之首术",尽管这个问题不易把握,但还是有路可循的。《神思》篇的重点,就是要指示其路径。努力将玄妙精微之处化为实在的、可以掌握的东西,这也是刘勰论创作思维较之前人有所发展的地方吧。同时这也是《文心雕龙》理论与实践结合、重视指导写作的体现。

[备参]

(一)**物** 诗文写作与外界事物的关系,是我国古代文论中的一个重要问题。《礼记·乐记》已提出物感说,那是音乐理论上的重大贡献,后来诗歌理论也深受其影响。其言云:"凡音之生,由人心生也。人心之动,物使之然也。感于物而动,故形于声。"又云:"乐者,音之所由生也。其本在人心之感于物也。"从这些话的语言环境、从《乐记》全文看,所强调的乃是社会环境对人心的感触。按三国魏王肃解释云:"物,事也。谓哀乐喜怒和敬之事感人而动,见于声。"(《史记·乐书》集解引)唐孔颖达《礼记正义》释云:"心若感死丧之物而兴动于口,则形见于悲戚之声。心若感福庆而兴动于口,则形见于欢乐之声也。"又云:"物,外境也。言乐初所起,在于人心之感外境也。""若外境痛苦,则其心哀。""忽遇恶事而心恚怒。""若外境亲属死亡,心起爱情。"可知所谓"感于物"之物,乃泛指外界事物,而且主要是指社会性的各种事情,主要不是指自然景物。但到了魏晋南北朝时期,由于人们对自然景物日益敏感,于是在说起"感物"时,其"物"便渐渐地以指自然风物为主了。这是一个重要的转变,反映了审美观念、文艺理论的微妙变化。陆机《文赋》云"物昭晰以互进",其"物"就是指有形貌可见可闻的具体的物,主要是自然物,而不是指"事"。《文心雕龙》说到的"物",同样如此。关于这个问题,学界已有专文研究。王元化先生《释〈物色篇〉心物交融说》之附录《心物交融说"物"字解》①云:"《文心雕龙》一书,用物字凡四十八处……除极少数外,都具有同一涵义。……作为代表外境或自然景物的称谓。"该文强调其"物"指的是感官对象,不是抽象的事理。王运熙先生《读文心雕龙〈神思〉札记》②云:"这个为耳目所接触的物,是不是指客观外界广泛的事物呢? 不是。物仅指有形貌有声响、可以耳闻目睹之物。由人们活动所构成的事实,并无形貌,就不属于物。《神思》篇所谓物,首先指自然风景……还有一些外界之物,有些是人工制造之物(如宫殿),有些虽是自然之物,但不一定作为风景对象来描绘,也属于《神思》所谓物的范围。"

(二)意象　今人论诗文,常用"意象"一词,指说"作者头脑中浮现的形象"、"作品中的形象"、"融会着作者情意的形象"等。而古代典籍中也有意象之语,其见于文论者,以《文心雕龙·神思》"窥意象而运斤"一句为最早,故刘勰此语特别受到今日学者的注意,而且人们往往认为刘勰这里所说的

---

① 载作者《文心雕龙创作论》。
② 载作者《文心雕龙探索》。

意象就是指形象而言,与今人的用法一样。可是钱锺书先生曾提出不同的看法。他说:"刘勰用'意象'二字,为行文故,即是'意'的偶词,不比我们所谓'image',广义得多。"也就是说,他认为刘勰所用的"意象"一语就是"意"。而此"意"可能包含形象,也可能不包含形象。他举例说,"盈盈一水间,脉脉不得语",是有形象的好诗;"良时不再至,离别在须臾","人生不满百,长怀千岁忧","前不见古人,后不见来者"等,也是好诗,但形象似乎没有,而"意"却无穷①。我们赞同钱先生的说法。刘勰这里所谓"意象"只是指"意"。意的范围大于"形象",作家的感受、情志等等,即使不以形象的形式出现,也都属于意。《神思》篇下文有云:"意翻空而易奇,言征实而难巧也。"又云:"意授于思,言授于意。""庸事或萌于新意。"都还是以"意"统指构思中所产生、将要用文字表达出来的意思。其中当然可能有形象,但也未必都是形象化的东西。陆机《文赋序》云:"恒患意不称物,文不逮意",其"意",就相当于《文心·神思》所说的"意"或"意象"。

应该注意的是:我们不要一见"象"字就理解为今日所谓"形象"。人们多以为刘勰铸成"意象"一语,乃出自《易·系辞上》中那段著名的论圣人立象系辞以尽意的话:"子曰:书不尽言,言不尽意。然则圣人之意,其不可见乎? 子曰:圣人立象以尽意,设卦以尽情伪,系辞焉以尽言……"那么,须知这段话中的"象"本来就不是"形象"的意思。这段话是说:天地万物、社会生活的种种情况纷纭复杂,面对这复杂的情况应该如何正确对待、正确处理?那便是圣人所欲言之"意"。但是一般的、普通的言辞实在难以说清这些复杂的内容,于是圣人乃采取设立卦象、并在卦下系以言辞加以说明的办法,便可以将所欲言者说清。很清楚,这里的象是指卦爻之象,立象是尽意的手段。那么为何称卦爻为象?《系辞下》云:"是故易者,象也;象也者,像也。"原来所谓"象",并不是今日所谓形象之义,而是象似、拟象、象征之意。卦爻之象,乃是对自然界和人类社会万事万物的拟象、象征;它们以阳爻(—)和阴爻(− −)这两种基本符号的排列,去拟象万事万物。这样的象征性符号,当然不是今日所谓"形象"。它们所代表的事物,包括甚广。其中一些自然事物、自然现象,给人的印象比较具体,也可以说有一定的形象性。比如八纯

---

① 见敏泽《钱锺书先生谈"意象"》,《文学遗产》2002 年第 2 期。

卦之分别代表天、地、雷、风、水、火、山、泽。但是,须知八纯卦、五十六别卦所代表的,绝不仅仅是这样一些具体的事物,它们还代表许多概括性很强的事物,还代表事物的抽象性质。比如八纯卦分别代表君子、小人、刑法、教令、民众、明察、贵族、平民等等,又代表刚、柔、动、逊退、险阻、附丽、止、喜悦等等。这些概括、抽象的意义在《周易》中是被大量运用的。又,解释六十四卦有《象传》,有《彖传》。《象传》常常比较具体,如《贲·象》云"山下有火",象征光明文饰,象征君子内含文明。这"山下有火"使人想象山火熊熊燃烧的画面,可说具有一定的形象性,但《彖传》解释卦象却大多是从抽象性质方面着眼的。如《贲·彖》云:"刚柔交错,天文也。"即着眼于该卦六爻之阴阳刚柔性质;又云:"文明以止,人文也。"(用文德而不用武力去裁止于人,是人之文)乃着眼于下卦《离》之代表"文明",上卦《艮》之代表"止"。《彖传》大多如此,从抽象方面解释卦象,无形象性可言。总之,《易》之卦象,是象征性的符号;它们象征自然、社会中各种各样纷纭复杂的事物、道理。既象征具体的,也象征概括、抽象的;古人既从比较具体的角度看它们,更从抽象的角度看它们。因此不能说"立象以尽意"的象,就等同或接近于今日所谓"形象"。以上是在《周易》语境内分析"象"字的含义。其实,即使脱离《周易》语境,象字也并不都具有今日"形象"之意。"象"字的基本意义,一是借作"像",用为象似、拟象之义;一是泛指所有形而下的、属于经验层面的事物、事理,其中包括具体的、具有形象性的,也更包括并无形象性的。比如《书·说命上》云殷高宗梦见傅说,"乃审厥象,俾以形旁求于天下",嵇康《琴赋》云琴身上"有龙凤之象,古人之形",那"象"当然可译为今之"形象"。但如陆机《文赋》论文章作用说"俯贻则于来叶,仰观象乎古人",那"象"便指法则而言;孙绰《登天台山赋》说"浑万象以冥观,兀同体于自然",其"万象"宜理解为泛指各种情形、事情。再看看《文心雕龙》中用"象"字的情况。《比兴》云:"且何谓为比? 盖写物以附意,飏言以切事者也。故金锡以喻明德,珪璋以譬秀民,螟蛉以类教诲,蜩螗以写号呼,浣衣以拟心忧,卷席以方志固,凡斯切象,皆比义也。""切象"谓切近于事,亦即上文所说"附意"、"切事","象"乃泛指,这里就是指明德、秀民、教诲、号呼、心忧、志固诸项。又《情采》云:"综述性灵,敷写器象。"是说文章的用处,一是写作者的内心情志,二是写外界的各种事物。"敷写器象"是泛指,不专指描写物之形象。又《物色》云:"流连万象之际,沉吟视听之区。""万象"本泛指万事万物,但《物色》是专论景物描绘的,故这里"万象"可理解为指种种有具体形象的物。但《养气》中"纷哉万象,劳矣千想"的万象,便还是该理解为泛指自然、社会的万事万物,因为刘勰这里是说万事万物都是作家构思的对象,并不仅指描绘形貌而言。总之,《文心雕龙》用"象"字,并无明确地指今日所谓"形象"的意思。刘勰指说物之形貌时,用的是"物"字而不是"象"字。"象"字包含的内容大得多,其范围大大超过有形貌的"物",超过今人所说的"image"。从外界事物的角度说,是"象";而若从作者所欲表达的角度言,这大范围的事物、事情、事理,也就是"意"。因此不妨说《神思》的"意象"也就是"意"。若理解为今日所谓 image 即有形貌有声响、可以耳闻目睹者,那是不确切的。刘勰是注重外物形象(还主要是自然物、景物,还没有自觉意识到人物形象等等)的描绘的,《神思》篇强调"神与物游",就体现出这种重视,但篇中使用"意象"一语,则与此无干。

二、构思有迟速之异,并资博练

　　人之禀才,迟速异分;文之制体,大小殊功:相如含笔而腐毫,杨雄辍翰而惊梦,桓谭疾感于苦思,王充气竭于沉虑,张衡研《京》以十年,左思练《都》以一纪。虽有巨文,亦思之缓也。淮南崇朝而赋《骚》,枚皋应诏而成赋,子建援牍如口诵,仲宣举笔似宿构,阮瑀据鞍而制书,祢衡当食而草奏。虽有短篇,亦思之速也。若夫骏发之士,心总要术,敏在虑前,应机立断;覃思之人,情饶歧路,鉴在疑后,研虑方定。机敏故造次而成功,虑疑故愈久而致绩。难易虽殊,并资博练。若学浅而空迟,才疏而徒速,以斯成器,未之前闻。是以临篇缀虑,必有二患:理郁者苦贫,辞溺者伤乱。然则博闻为馈贫之粮,贯一为拯乱之药,博而能一,亦有助乎心力矣。

[讲解]　这是《神思》的第二段。在这一段中，刘勰观察历史上作家写作的事实，指出不论是才思敏捷、摇笔即来，还是深思熟虑、历久方成，都需要既博学兼收，又能对所欲表达的内容加以提炼和组织。因为如若见闻狭隘，临文之际便会觉得枯窘，想不出该写些什么、用什么词语表达；如若虽能博见但缺少对材料进行提炼的能力，便会沉溺于大堆的事实、语词之中而主旨不明确，伤于杂乱。这还是在教导学习写作者怎样才能构思得好。上文已说要构思得好，必须注重平时的学习，做到"积学以储宝，酌理以富才，研阅以穷照，驯致以绎辞"；这里又从另一角度，即兼重博（博见）、练（贯一）两方面，来强调学习问题。既要博学，多多积累，又须勤于思考，提高提炼的能力。

　　"理郁者苦贫，辞溺者伤乱。"理、辞分别指内容方面和文辞方面。陆机《文赋》云："理扶质以立干，文垂条而结繁。"理即泛指内容，文则指文采、文辞。《文心雕龙·情采》云："故情者文之经，辞者理之纬。经正而后纬成，理定而后辞畅。"情、理指内容而与文、辞对言。今天我们往往见到"理"字便觉得是指抽象的道理、理论，但在古人看来，理在事中，没有无理之事，他们往往不将二者截然分开，故理即事。文章是写各种各样事理的，故理字也就可泛指文章内容而言。又，文章中所说的"理"必定是通过"辞"表达出来的，"辞"总是表示"理"的，因此这两句可视为互文，即"辞、理郁者苦贫，辞、理溺者伤乱"。

三、构思之功极为重要，其微妙处却难以言传

　　若情数诡杂，体变迁贸。拙辞或孕于巧义，庸事或萌于新意；视布于麻，虽云未费，杼轴献功，焕然乃珍。至于思表纤旨，文外曲致，言所不追，笔固知止。至精而后阐其妙，至变而后通其数，伊挚不能言鼎，轮扁不能语斤，其微矣乎！

[讲解] 这是《神思》的第三段,是全文的结束。刘勰说作者所想(情)和文章形貌(体)都变化多端,构思中会出现种种复杂的情况。运用平平常常的语词、事例、典故,却也可能通过构思从中发掘、萌发出新巧的意思来。因此作者的思维实在非常重要。又说神思之事太微妙了,有些东西是语言所不能表述的,我也只能说到这儿为止了。但是写作高手是能够掌握、发挥其中妙处和规律的。

"拙辞或孕于巧义,庸事或萌于新意"二句不能理解为拙辞、庸事从巧义、新意中孕育萌发,而是相反,拙辞、庸事孕育萌发出巧义、新意。

刘勰说"言所不追,笔固知止","伊挚不能言鼎,轮扁不能语斤",不是就一般写作而言,而是就自己论神思而言。"至精而后阐其妙,至变而后通其数"乃是就写作者而言。意谓高明的作者能在写作实践中阐而通之,但那些微妙之处,虽然能够做到,但却是难以用语言说明白的(阐,《说文解字》云:"开也。"乃开通、发明之意,非今言阐述、述说之谓)。

四、深思默运,制胜之宝

赞曰:神用象通,情变所孕。物以貌求,心以理应。刻镂声律,萌芽比兴。结虑司契,垂帷制胜。

[讲解] "神用象通,情变所孕"二句,是借用《周易》的观念谈作家构思。

"神用象通"之"象"指卦象、爻象。"通"即通变,即变化不穷、流通不滞之意。通变是《周易》的基本的、重要的思想。《周易》认为万事万物都是阴阳变化所生;《乾》为纯阳,《坤》为纯阴,乾坤为万物之母,它们交感而化生万物。《系辞上》说:"阖户谓之坤,辟户谓之乾(据韩康伯的解释,坤道包藏万物,乾道吐生万物,故以阖户、辟户为喻)。一阖一辟谓之变,往来不穷谓之通。"因此所谓通变就是乾坤交感、阴阳变化不穷之意。《系辞上》又说:"通变之谓事。"韩康伯注云："物穷则变,变而通之,事之所由生也。"明确地说万事万物都产生于通变。这种通变的过程,在《周易》中是以卦象、爻象的种种变化来表示、来象征的。在解《易》者看来,六十四卦、三百八十四爻的卦象、爻象,不是静止的,其间充满了变化,变而通之,周流不滞;而这种"象"的变化,乃象征着万事万物的复杂变化。"神用象通"的"象通",可作如是解释。而"神用象通"的"神用",意谓神显示作用。"神用"与"象通",是两个并列的主谓结构。神所显示的作用,便是象的通流不滞;或者反过来说,象的流通不滞显示了神的作用。《系辞上》云："阴阳不测之谓神。"韩康伯注："神也者,变化之极,妙万物而为言,不可以形诘者也。……原夫两仪之运,万物之动,岂有使之然哉?……故不知所以然,而况之神。"孔颖达疏："天下万物,皆由阴阳,或生或成。本其所由之理、不可测量之谓神也。"《说卦》云："神也者,妙万物而为言者也。"韩注："于此言神者,明八卦运动,变化推移,莫有使之然者。神则无物、妙万物而为言者。"卦象、爻象的变动,都是自然而然、不知所以然而然,神妙莫测,故以"神"的作用作一比况。这是用道家思想解释《周易》,认为卦爻之变通象征着天地万物的变化发展均为自然而然,这自然而然便是"道"。

刘勰说"神用象通",乃是借用《周易》的观念为喻而谈作家构思。就构思而言,神指神思,即作家的思维活动;象即"意象",即上文所说构思中的意,亦即浮现于脑海中有关自然、社会的各种各样事物、事情、事理。由于作家思维的展开,其头脑中各种事物、事情、事理遂纷纭变化,层出不穷。神思之不可闻见、不可言说却微妙莫测,正有似于《周易》之"神",也有似于宇宙之"道"。下句"情变所孕"的"情变",指通过构思产生的种种复杂多变的情况,亦即构思孕育出来的各种内容("情变所孕"的"所"作"所以"解。见吴昌莹《经词衍释》卷九。所孕,所以孕、所由孕)。二句连在一起,是说作家展开神思,意念纷至沓来,那便是作品丰富内容产生的缘由。

"物以貌求,心以理应",是说构思中一方面力求描写物之形貌,一方面以作者的情志、作者心中所有事("理")应和之。这里虽然还没有说到情景交融之类,但应该可以推论:作品中抒写情志与描绘物象,二者是互相应和、合拍的。《论赋》说"情以物兴",又说"物以情睹",刘勰是认识到二者的密切关系的。

"刻镂声律,萌芽比兴",是说通过神思对于声音(也就是语言文辞)进行加工,通过神思构想、运用比兴手法。声律、比兴是写作中两种重要的手法,这里举一反三,用它们涵盖各种各样手法。又,声律、比兴为《文心雕龙》下半部分的两个篇名,故"刻镂声律,萌芽比兴"两句也有预示、勾连书中内容的作用,由此也可以见出刘勰著书思维之细密。

"结虑司契,垂帷制胜",强调神思乃写作之关键。作家思维畅达,便胜券在握,犹如掌握了制胜的法宝。垂帷,即下帷,放下帷幕。《史记·董仲舒传》:"下帷讲诵,弟子以久次相受业,或莫见其面。盖三年,董仲舒不观于舍园。其精如此。"又《汉书·叙传》称董仲舒:"下帷覃思,论道属书。"(参杨明照先生《文心雕龙校注拾遗》)故下帷隐含深思默运、不为人知之意,刘勰这里也是指作家运思而言。

五、本讲小结

在刘勰以前,陆机《文赋》对于创作思维已有精彩的描述,刘勰实深受其影响。《文心雕龙·神思》中论及创作思维在时间、空间上的广阔性,论及此种思维之伴随语言和物象,也说到创作过程中情感的充盈与活跃。这些都是《文赋》已经讲到过的。《神思》中新的、值得注意的地方,可以说有以下几点。

(一) 鲜明地提出了"神与物游"的命题,论及作家思维与外物的关系,亦即创作中主观与客观的关系。这是颇具有理论意义的。当然,刘勰这儿所说的"物"是有限定的,它并不等于今日所谓客观事物。它只限于感性事物,首先指自然景物,也包括人工制造而有形貌声色之物,如宫殿等等。刘勰论创作思维中的心物关系,实偏重于自然景物与作家情志之间的关系。这反映了魏晋以来人们对于创作中的自然风物的重视。

(二)《神思》探讨了如何保证创作思维的通畅活跃的问题,从"志气"和

"辞令"两方面论述这一问题,即认为临文之际的精神状态和运用文辞的能力,是思维畅通与否的关键。然后就从这两方面着手加以解决,强调"虚静",强调通过广泛阅读、研味前人的著作文章,以提高语言能力。作家的思维活动本是一个相当微妙的问题,作家们往往感叹文思通塞的问题不易解决,如陆机《文赋》就是那样。而刘勰则力求切切实实地解决这一问题,是颇有实践意义的。

(三) 本篇首次将"意象"一语用于文论。后世(主要是宋代以后)论文艺(诗文、绘画、书法等)时经常使用"意象",今人论艺事又颇重视此语,因此刘勰此举引人注目。不过刘勰使用此语,其含意就是"意",并不像今人那样强调"形象"。这是应该加以注意的。

第九讲

《体性》——论作家个人因素与文章风貌的关系

《体性》是《文心雕龙》的第二十六篇。体指文章的总体风貌,其义近于今日所说的"风格"。凡事物具有了一定的形体,便必定呈现出某种风貌;文章既已写成,也必有某种风格。故以"体"指说风貌、风格。性则指作者之性,刘勰这里用它指说作家的个人因素。个人因素不仅仅是先天之性,还包括后天的东西,但刘勰认为先天之性是基本的,故用性来涵盖各种个人因素。我国传统的文学批评和理论,对于作家的创作个性,甚为重视。东汉末年曹丕作《典论·论文》,主要就是评说当时作家的创作个性。《文心雕龙》于论述创作思维之后,接着就以《体性》篇论述作家之"性"与文章体貌之间的关系,也充分反映了这种重视。刘勰不仅从理论上较深刻、细致地分析了"性"与"体"的关系,而且从写作实践的角度,指出学习写作者应如何培养创作个性,以适应多方面的需要。

一、"性"析为四,"体"总为八

夫情动而言形,理发而文见,盖沿隐以至显,因内而符外者也。然才有庸俊,气有刚柔,学有浅深,习有雅郑,并情性所铄,陶染所凝,是以笔区云谲,文苑波诡者矣。故辞理庸俊,莫能翻其才;风趣刚柔,宁或改其气;事义浅深,未闻乖其学;体式雅郑,鲜有反其习:各师成心,其异如面。若总其归涂,则数穷八体:一曰典雅,二曰远奥,三曰精约,四曰显附,五曰繁缛,六曰壮丽,七曰新奇,八曰轻靡。典雅者,镕式经诰,方轨儒门者也;远奥者,复采曲文,经理玄宗者也;精约者,核字省句,剖析毫厘者也;显附者,辞直义畅,切理厌心者也;繁缛者,博喻酿采,炜烨枝派者也;壮丽者,高论宏裁,卓烁异采者也;新奇者,摈古竞今,危侧趣诡者也;轻靡者,浮文弱植,缥缈附俗者也。故雅与奇反,奥与显殊,繁与约舛,壮与轻乖,文辞根叶,苑囿其中矣。

[讲解] 以上是《体性》篇第一段。开头四句,说明文章写作是一个由内而外的过程:情、理即作者所想、所欲表达者,在其心中隐而未见,为内;言、文即发表显露于外者,为外。"因内而符外",一个符字,已暗示体与性是相一致的。接下来就对作者之"性"与作品之"体"加以分析。

所谓作者之性,其实包含了先天、后天两个方面。"性"字本指先天而言,所谓"天命之谓性"(《礼记·中庸》),"性,生而然者也"(《论衡·本性》)。但本篇题目借用这个字指说作者的个人因素,既包括先天的,也包括后天的,这可说是借代的用法。刘勰将此个人因素分为才、气、学、习四个方面。才指创作才能,包括构思和驱遣材料、文辞的能力等等。刘勰说"才有庸俊",是一种简略概括的说法,其实除了平庸、俊异之分外,他在其他篇中还说到才有不同的表现形式。如《神思》说"人之禀才,迟速异分":有的人能应机立断,显得才思敏捷;有的人则深思熟虑,从多方面加以研求,便显得迟缓。那并不意味着庸俊之分。在《才略》篇中,他也说曹丕、曹植都具有很高的创作才能,但曹植思路敏捷,显得才情富溢,曹丕则思虑周详,表面看来不是那么才思横溢、踔厉风发,实际上其才也是"洋洋清绮"的。因此,同为俊上之才,但表现形式并不相同。气指作家气质。我国古代文论常常使用"气"这个语词,含意不尽相同。有时指作家写作时的精神状态,如本书《风骨》、《养气》诸篇;而《体性》篇所说的气,乃是指作家的气质。先秦、西汉著作中已有以"气"解释人的性质者,至汉末时,评论具体人物也往往使用"气"的概念。如蔡邕说申屠蟠"禀气玄妙,性敏心通"(《后汉书·申屠蟠传》),孙权称孙虑"气志休懿"(孙权《诏孙虑假节开府治半州》),等等。而曹丕《典论·论文》则首次以"气"评论作家,如说"徐幹时有齐气"、"孔融体气高妙"、刘桢"有逸气"等。《文心·体性》篇所说的气,就是承曹丕而来。《体性》说"气有刚柔",用刚柔来概括人的气质。刚柔这一对立的概念古人早已运用(如《周易》),也用来概括人的气质特征,如《盐铁论·殊路》便有"性有刚柔"

之语。刘勰又说:"风趣刚柔,宁或改其气?"(《定势》也说"势有刚柔""刚柔虽殊,必随时而适用"),则是由论人进而论文,以刚柔两大类别来概括作品风格。这在文学批评史上却是首次。清代文学家姚鼐《复鲁絜非书》将文章风格分为阳刚、阴柔两大类,并加以描述论说,那是文论史上一篇有名的作品。读《文心雕龙》,可以知道一千多年前的刘勰已发其嚆矢了。才和气指作家先天因素的两个方面,刘勰这样分析比前人更进了一步。曹丕《典论·论文》以气论文,其"气"是包含气质和才能两方面意义的(《典论·论文》说:"文以气为主。气之清浊有体,不可力强而致。譬诸音乐,曲度虽均,节奏同检,至于引气不齐,巧拙有素,虽在父兄,不能以移子弟。"那分清分浊的气,即指写作才能而言)。刘勰则将才和气分开来谈,更细致,更明白。至于后天因素,刘勰提出学和习两方面。学主要指积累学问。学问之多寡,决定了文章中词藻、典故的运用。在刘勰看来,那是作文时非常重要的一个方面。习谓习染,对于作者审美趣味、审美习惯的形成有重要作用。

将作品风格之形成与作家个人因素联系起来,认为前者取决于后者,这是我国古人早已具有的观点。曹丕《典论·论文》所说的"齐气"、"逸气"等,就兼指作者气质、个性与作品风貌二者,曹丕认为二者是一致的。陆机《文赋》则从作家审美爱好的角度言及这一问题,他说:"夸目者尚奢,惬心者贵当,言穷者无隘,论达者唯旷。"意谓追求炫耀心目之美的作家,其作品多崇尚侈大宏丽;以切理餍心为快的作家,所作贵乎谨严贴切;喜文辞简约的,其作品或有窘迫局促之感;爱说得畅达的,作品使人感到旷荡无拘束。刘勰的贡献,主要在于将作家的个人因素加以细致的分析;尤其是指出其中还有后天的因素,那是前人未曾道及的。

在分析了作者的主观因素之后,即"若总其归途"以下,是对作品的风貌加以归纳。刘勰将作品风貌归为典雅、远奥、精约、显附、繁缛、壮丽、新奇、轻靡共八种类型。其中所谓"典雅",释曰"镕式经诰,方轨儒门",但那并不是说宣扬儒家教义者方能称为典雅。"雅与奇反",使我们体会到,典雅作品属于构思用意、语言表现都比较平正那一类。尤其是在语言文辞方面,若模仿经书,最易显示出典雅的风貌。如汉末潘勖作《册魏公九锡文》,其遣词造句有意规仿经典,刘勰称之为"典雅逸群"(《文心雕龙·诏策》)。所谓"远奥"，刘勰释之曰"复采曲文，经理玄宗"。谈论玄理，超脱俗趣，故称为"远"；多用《老》、《庄》、《周易》话头，义理渊深，故称为"奥"。对于"新奇"、"轻靡"两体，尤应加以说明。刘勰的解释，所谓"摈古竞今，危侧趣诡"和"浮文弱植，缥缈附俗"带有贬意。但"新奇"、"轻靡"这两个名目本身并非贬辞。不能说刘勰对这两体一概持贬斥态度。他承认这两体是客观存在，而且在一定条件下也是需要的，是可以并且应该与其他风格类型相融合的，所以下文说"八体虽殊，会通合数。得其环中，则辐凑相成"。"八体"当然包括新奇、轻靡在内。故黄侃先生《文心雕龙札记》云："八体并陈，文状不同，而皆能成体，了无轻重之见存于其间。"刘勰只是认为对这两体若把握不当，则易形成不良文风。刘宋以来文章的讹变不正之风，即与此点有关，故他特为指出，当具有提醒作者注意分寸、防止过滥过甚的用意。刘勰说"总其归涂，数穷八体"，并非说一切作品的风格只有这八种。其意大约是说，从众多繁复的风格中，可以"提纯"、"抽取"出此八种，实际上此八种互相融合、错综，犹如数种单纯的色彩可以互相调和而变幻为无数间色，而且其比例不同，色泽即异。正如刘永济先生《文心雕龙校释》所说："虽约为八体，而变乃无穷。但雅者必不奇，奥者必不显，繁者必不约，壮者必不轻。除极相反者外，类多错综。即一人之作，或典而不丽，或奥而且壮，或繁而兼丽，或密而能雅，其异已多。又或一篇之内，或意朗而文丽，或辞雅而气壮，或思密而篇遒，或情靡而体清。体性参午，变乃逾众。"从这个角度理解，单纯的新奇、轻靡，即一味追求新奇、轻靡，固易形成不良文风；但若作为一种成分间入其他成分之中，却可能成为适合需要的、动人的风格。刘勰对于风格类型的概括，并非任意的，而是在鉴赏、品评大量作家作品的基础上作出的。这样的工作，在他之前未见有人认真做过。这也是他的风格论的贡献之一。

[备参]

轻靡　"轻靡"二字，犹言轻丽、轻绮，并非贬辞。先说"轻"字。"壮与轻乖"，轻与壮大有力相反，但未必就属于该排斥之列。《明诗》云："晋世群才，稍入轻绮。……采缛于正始，力柔于建安。"西晋诗歌不像建安诗歌那样慷慨有力，但仍属优秀。刘勰以"轻绮"二字形容其风格，并无否定之意。又

《哀吊》称赞祢衡《吊张平子文》"缛丽而轻清",缛丽轻清,亦即轻丽、轻绮。又《奏启》说启的特点,应当"促其音节,辩要轻清"。轻与篇幅短小简约有关。简约则不宏大,故谓之轻。而且应该注意,"轻"常与"清"相联系。因为轻有轻便、轻快之意,文辞轻便,即读来流畅而不重脑艰涩,所谓"轻唇利吻"(萧子显《南齐书·文学传论》语),那就与表情达意之明快有关,亦即与"清"有关。那当然不是缺点,对于诗赋一类作品而言,尤其是一种应该具备的优点,即《明诗》所云"五言流调,则清丽居宗"之清。下面再说"靡"字。今人往往联想到"靡靡之音",遂以为含有贬意,其实不然。《汉书·司马相如传》:"相如见上好仙,因曰:上林之事未足美也,尚有靡者。"师古注:"靡,丽也。"又陆机《文赋》:"言徒靡而不华。"李善注:"靡,美也。"靡即美丽之意。《文心雕龙》诸篇中靡字,均非贬辞。如《辨骚》云《九歌》、《九辩》,绮靡以伤情"。"绮靡"为汉魏以来常用语,最为人所知的用例即陆机《文赋》的"诗缘情而绮靡",其绮、靡二字皆美丽之意。又《明诗》言西晋诗人"流靡以自妍",流靡即流美(颜延之《庭诰》:"至于五言流靡,则刘桢、张华。"可以参考)。又《文心雕龙·乐府》云魏氏三祖所作乐府"音靡节平",谓音调美丽,节奏和平。又言《郊祀歌》"靡而非典",谓文辞美丽,但其内容则不合经典。又《诔碑》称赞傅毅等人所作诔文"辞靡律调"。又《章表》云:"魏初章表,指事造实,求其靡丽,则未足美矣。"说魏初表文内容质实而文辞不美丽。此例中靡丽即美丽,至为明显。又《杂文》云文人"负文余力,飞靡弄巧",其靡字亦美丽、美妙之意。又《封禅》引班固语云司马相如《封禅文》"丽而不典"。按班氏《典引》原文实作"靡而不典",足证丽、靡同义。又《练字》云"字靡易流,文阻难运",言字形美丽则易于流传。其他如《章句》"歌声靡曼",《时序》"流韵绮靡",《才略》"清靡于长篇",其靡字都是美丽之意。其实"靡靡之乐",其原意也是说非常美丽动人的音乐,语出《韩非子·十过》。师旷说有德之君才有资格听美妙的音乐;德薄者如商纣王,沉溺于"靡靡之乐",适足以亡国。靡靡二字,仍是美丽之意。晋傅玄《历九秋篇》:"穷八音兮异伦,奇声靡靡每新。"就是用"靡靡"形容新声之美妙的。

二、体之与性,表里必符

　　若夫八体屡迁,功以学成,才力居中,肇自血气。气以实志,志以定言,吐纳英华,莫非情性。是以贾生俊发,故文洁而体清;长卿傲诞,故理侈而辞溢;子云沉寂,故志隐而味深;子政简易,故趣昭而事博;孟坚雅懿,故裁密而思靡;平子淹通,故虑周而藻密;仲宣躁竞,故颖出而才果;公幹气褊,故言壮而情骇;嗣宗俶傥,故响逸而调远;叔夜俊侠,故兴高而采烈;安仁轻敏,故锋发而韵流;士衡矜重,故情繁而辞隐。触类以推,表里必符。岂非自然之恒资,才气之大略哉!

　　[讲解]　这一段着重谈作者情性与作品体貌的一致性。一开头说"若夫八体屡迁,功以学成",乃承上一段"数穷八体"而言,是承上启下的过渡之语,其实要突出的是下文所说"才力居中,肇自血气"。上面一段的讲解说过,曹丕《典论·论文》所说的"气",除了指作家气质、性格之外,还包括写作才能在内,刘勰却将才和气分开来说,更为明晰。而在这一段中,我们看到刘勰说"才力居中,肇自血气",原来他虽将"才"另列,但还是认为才来自于气。他只是将"才"从"气"中拎出来加以说明,并不否定才在气中。"气"方是最根本的。

　　刘勰举了贾谊、司马相如等自汉至晋十二位著名作者为例,说明内在之情性与外现之文章体貌的一致性,认为"触类以推,表里必符",此种一致性乃必然的规律。这种内外相应的观点出现甚早,有悠久的传统。《周易·系辞下》已有"吉人之辞寡,躁人之辞多"等语,涉及说话者性行与其言辞之间的对应关系。不过真正形成一种理论观点、用于评论作家作品,则始于魏晋。首见于曹丕的《典论·论文》所谓"徐幹时有齐气"、"孔融体气高妙"、"公幹有逸气"等,其"气"既指作家的气质、个性,也指其作品风貌。在曹丕看来,二者是一致的。刘勰正是继承了曹丕的观点,而说得更加明确。

曹丕此种观点的形成,也不是偶然的。一方面是他观察文人性格与文章风貌的结果,一方面也是受到当时学术风气的影响。我国古人早已注意到人的个性各各不同,而且可以归纳为若干类型。《尚书·皋陶谟》已言及人之性有九德,即宽弘而能坚确、柔顺而能树立、诚悫少文而能谦恭、治事多能而能敬慎、驯顺而能果毅、梗直而能温和、简率而能收敛、刚断而能充实、坚强而能良善九种品格。《荀子·修身》、《礼记·乐记》等都有这方面的论述。汉代适应察举选士的需要,人物评论之风渐盛;魏时行九品中正制,亦需鉴识人伦。因此对人物性情的认识日益深化、细致,并逐渐形成理论。魏时刘劭《人物志》便是其中的代表性著作。刘劭认为不同的个性,必然反映于外,可以识别:"故其刚柔、明畅、贞固之征,著乎形容,见乎声色,发乎情味,各如其象。"(见《九征》篇)这种内外相符的观点不仅是刘劭个人的认识,而且是时代风气的反映。曹丕只是将其用之于论作家作品而已。

刘勰说情性表现于作品乃是"自然之恒资,才气之大略",也就是说,这是必然的,本来如此、自己便这样的,是无须解释也不可能解释其原因的。这里面也包含着这样的意思:写作才能最终取决于天资。这与传统的理论是一致的。王充《论衡·自纪》说祖辈并非文士,而自己却"更禀于元,故能著文",意思就是说写作才能乃天赋元气所致,是天生的。《典论·论文》说"气之清浊有体,不可力强而致","虽在父兄,不能以移子弟",更明确地说此种才能是勉强不来的。在刘勰稍后,颜之推《颜氏家训·文章》也说"若无天才,勿强操笔"。但刘勰不止于此。他更明确地指出了后天因素学和习对于写作的重要性。本篇第三段就专讲这个问题。

三、学慎始习

夫才有天资,学慎始习。斲梓染丝,功在初化,器成彩定,难可翻移。故童子雕琢,必先雅制,沿根讨叶,思转自圆,八体虽殊,会通合数,得其环中,则辐凑相成。故宜摹体以定习,因性以练才,文之司南,用此道也。

赞曰:才性异区,文体繁诡。辞为肌肤,志实骨髓。雅丽黼黻,淫巧朱紫。习亦凝真,功沿渐靡。

[讲解]　这是《体性》的第三段。刘勰指出两点:首先,入门须正。初学者必须以雅正的作品为典范,培养自己雅正的审美趣味。所谓雅,如第一段讲解所说,固然首先与学习儒家经典有关,但并不是说表现儒家的义理,而是指一种平正的风格。具有此种风格的作品,当然在语言运用上必定是规范性强,与故意违反常规以求奇的“讹势”是相反的。刘勰强调宗经,正是以经书为典型,强调须以此种端正的文风为基础。“必先雅制”,就是要坚持以“正”为主。然后,对于“八体”都应该有所掌握,包括新奇、轻靡二者。因为实际写作时,在不同场合、不同条件下,为了表现不同的内容,适应不同的体裁,便需要不同的风格,那就并非典雅一体就足够的。因此本段说“八体虽殊,会通合数”,并未将新奇、轻靡排除在外。《定势》篇也说,深于写作之道者,“并总群势:奇正虽反,必兼解以俱通;刚柔虽殊,必随时而适用。若爱典而恶华,则兼通之理偏。……是以括囊杂体,功在铨别,宫商朱紫,随势各配”。更明白地说光是爱好典正,是不敷应用的。《通变》也说“櫽括乎雅俗之际”,俗的一面也是需要了解、掌握,加以运用的。所谓俗,就是指偏于新奇、轻靡的一面,为后世文人所追求的一面(新奇者“摈古竞今”,轻靡者“缥缈附俗”,都有“俗”的因子)。总之,学习写作者应该在学习雅正的基础上,也学习其他各种风格;为了正确地掌握多种风格,必须首先学习雅正。其间的关系是辩证的。打个比方,这正如学习写字,首先要学好正楷,然后再学行草;如果躐等,一上来就想龙飞凤舞、任意挥洒,那必定要失败。刘勰认为,风格的学习是通过摹仿、练习来进行的。经过大量的摹仿、练习,自然而然地交融会通。由于作者各有自己的气质、情趣、爱好,这样交融会通的结果,最后仍会形成作者自己独特的风格。

总的说来,在如何掌握风格的问题上,刘勰非常强调后天的学习。他说“因性以练才”,就是说,才虽来自先天禀赋,但也还需要练,并且可以通过练习而得到提高,或形成某种类型的才能。刘勰对于才的理解是具体的。比如《附会》篇说,作者"才分不同,思绪各异"。有的人作文时从通篇考虑,便统筹全局,写开端部分时已想到如何结尾;有的人则"尺接以寸附",写一点算一点。刘勰认为大多数人属于后者。那样易使文章失去驾驭。这便是"才之庸俊"的一种具体表现。写作才能之高下具体表现于写作的各个环节、作品的各个方面。由于对"才"作这样具体的分析,那么当然会得出通过"练"以提高才能的结论。本篇赞语也说"习亦凝真"。"习"是后天的因素,"真"指先天的方面。习亦凝真,犹如说习惯成自然。通过长期的练习,沉浸其中,从而掌握某种风格,也可以做到如先天禀受某种气质而具有某种风格一样。在这里,刘勰实际上已在一定程度上突破了"天才"决定的观点。这是难能可贵的。这也是刘勰注重写作实践的表现。

从哲学的意义上说,古代讨论人性,已有类似于"习亦凝真"的观点。"少成若天性,习惯如自然"这句话,据说就是孔子所说(见贾谊《新书·保傅》、《大戴礼记·保傅》)。荀子主张以圣人之教变易人的本性。他所谓"蓬生麻中,不扶而直;白沙在涅,与之俱黑"(《荀子·劝学》),实际已包含后天因素几乎与本性同样重要之意。王充也屡屡言及于此,认为"所习善恶",可以"变易质性"(《论衡·程材》);学问日多,可以"简练其性,雕琢其材",可以"反情治性,尽材成德"(《论衡·量知》)。又如郭象注《庄子·大宗师》云:"夫自然之理,有积习而成者。"葛洪《抱朴子外篇·勖学》云:"故修学务早,及其精专,习与性成,不异自然也。"甚至佛徒言修习,亦云"假修以凝神,积习以移性"(慧远《念佛三昧诗集序》)。以上这些言论,都是就性情、道德修养而言。刘勰则首先将这种观点用于文章写作,用于对风格的把握、学习。

作家个人风格问题与创作思维问题一样,相当微妙。刘勰以前,曹丕等谈到了这一问题,但未作深入探讨。刘勰不但从理论上作了细致的分析,而且更从写作实践的角度作切实的指导。这不能不说是他的一个重要贡献。当然从中也可看出他的局限。在如何学习、形成风格的问题上,他强调的也只是学习典籍、揣摩前人范作。他还没有意识到一个作者应该在生活实践中培养或改造自己的性格、情趣和审美爱好这一问题。这当然是时代的局限,我们完全不必也不应该以此苛求刘勰。

[备参]

习亦凝真，功沿渐靡　上句谓学习所得也能成为天性一般，即习惯成自然之意。凝，成。真，指自然天性。下句谓良好风格是由于经常的学习逐渐形成的。沿，由于。渐，浸润。靡，通"摩"，研摩，磨砺。王念孙《读书杂志》卷四之九有"渐靡"条，今录以备考："(《汉书·淮南衡山济北传》)亦其俗薄，臣下渐靡使然也。又《枚乘传》：泰山之溜穿石，单极之绠断干，渐靡使之然也。念孙案：渐，读渐渍之渐；靡，与摩同。(《学记》曰：相观而善之谓摩。郑注：摩，相切磋也。《荀子·性恶篇》曰：择良友而友之，得贤师而事之，身日进于仁义而不自知也者，靡使然也。靡即摩字。《庄子·马蹄篇》：马喜而交颈相靡。李颐曰：靡，摩也。靡字古读若摩，故与摩通。说见《唐韵正》。)渐靡，即渐摩。《董仲舒传》曰渐民以仁，摩民以谊是也。师古于渐字无音；于靡字则前训为相随从，后训为尽。皆失之。"渐渍与研磨，都是微小的动作，其效果是要长期积累方才显现的，故渐摩也就是潜移默化的意思(参见杨宝忠《古代汉语词语考证》)。王念孙说到的《唐韵正》，是清人顾炎武的著作，为其《音学五书》之四。其卷八上声四纸靡字下注曰："古音摩"，引先秦汉代二十余例以证之。又曰：《说文》：靡，从非，麻声。麻字古本音摩。"但刘勰时代靡字已音亡彼切，故与诡、髓、紫压韵(《广韵》同在上声纸部)。

四、本讲小结

《体性》可以说是我国文学批评史上第一篇风格专论。在刘勰之前，曹丕已经谈到了这一问题，但未作深入探讨。刘勰则不但从理论上作了细致的分析，而且还从写作实践方面作切实的指导。在我国古代风格论的发展中，刘勰是有重要贡献的。

刘勰继承了曹丕的观点，认为作品的风貌与作家的主观因素相一致，而且说得更为明确。他说性与体的关系是"因内而符外"的，有怎样的主观因素，便形成怎样的文章体貌，"表里必符"，乃"自然之恒资"。也就是说，这种内外相应的现象是自然而然的,是必然的。

刘勰的论述深刻丰富,我们可从三个方面加以说明。

第一,刘勰将繁复的风格概括为八种类型,即典雅、远奥、精约、显附、繁缛、壮丽、新奇、轻靡。他又说作者"气有刚柔",因此作品的"风趣"(即风格的大致趋向)也相应地有刚有柔。后世以刚柔论文者不少,刘勰应是第一次。

第二,刘勰首次对作者的创作个性,即形成风格的主观方面的因素,作了细致的分析。他将这些因素归纳为才、气、学、习四者。才、气属于先天资质,学、习属于后天陶染。这样比较细致的分析,尤其是指出风格的形成还与后天的因素密切相关,是前人未曾道及的。

第三,刘勰颇为切实地谈了作者应该如何正确地掌握各种风格。他指出应该全面掌握各种风格,以适应不同的需要。而为了做到这一点,又首先须以雅正的作品为典范,培养雅正的审美趣味。在此基础上,再把握多种多样的风格。除了阐明掌握多种风格的重要性之外,非常值得注意的是刘勰很强调后天的学习。他主张通过大量的摹仿、练习,做到"习亦凝真",获得如先天资质一样的风貌。对于后天因素的强调,是刘勰的写作理论富于实践性的表现。

第十讲

《风骨》——论优良的文风：
鲜明有力，准确精健

《风骨》是《文心雕龙》的第二十八篇。关于"风骨"一语的含义,学界曾有过热烈的讨论。我们认为刘勰使用此语是指一种优良的文风。所谓文风,不是指《体性》篇所论述的作家个人风格,也不是指某种体裁所要求的文体风格,而是指普遍的、一般的文章作风。刘勰认为,所有体裁、所有作者的一切作品,都应具有一种优良的、端正的文风,他以"风骨"这个语词来概括此种文风的特征。

一、什么是风骨

　　《诗》总六义,风冠其首,斯乃化感之本源,志气之符契也。是以怊怅述情,必始乎风,沉吟铺辞,莫先于骨。故辞之待骨,如体之树骸;情之含风,犹形之包气。结言端直,则文骨成焉;意气骏爽,则文风清焉。若丰藻克赡,风骨不飞,则振采失鲜,负声无力。是以缀虑裁篇,务盈守气,刚健既实,辉光乃新,其为文用,譬征鸟之使翼也。故练于骨者,析辞必精;深乎风者,述情必显。捶字坚而难移,结响凝而不滞,此风骨之力也。若瘠义肥辞,繁杂失统,则无骨之征也;思不环周,牵课乏气,则无风之验也。若潘勖锡魏,思摹经典,群才韬笔,乃其骨鲠峻也;相如赋仙,气号凌云,蔚为辞宗,乃其风力遒也。能鉴斯要,可以定文;兹术或违,无务繁采。

　　[讲解]　这是《风骨》的第一段。刘勰从风和骨两方面加以阐释,告诉读者他所谓风、骨的含义是什么。

　　开头四句从风说起。"化感之本源",其"化感"泛指作品对读者的作用,既包括偏于情感的感染力,也包括偏于理性的说服力。应该注意的是,虽然刘勰从《诗经》的六义说起,但这里只是一般地指对于读者的作用力,并非如儒家学者所强调的仅指政教意义上的感化。"志气之符契",意谓作品的风力是作者内在的情志、才气的外现,能从中看出其写作时的精神状态如何。

刘勰接着就从风和骨两方面并列地进行论说。为了方便,我们这里则先集中讲风,然后再集中讲骨。

刘勰说:"怊怅述情,必始乎风","情之含风,犹形之包气"。这里风与"情"是紧密联系在一起的,但风并不是指情志本身,而是指表现情志时的最重要的因素。正如同"形之包气",气并不等于形体本身,但却是决定形体有无生命力、生命力强还是弱的最重要因素。人体中须有生气,方是活生生的人;抒发情志须有"风",才能表现得生动有力,打动读者。因此下文说"牵课乏气,则无风之验也",风就是作品中情志表达的生动性、活跃性。刘勰又说:"深乎风者,述情必显。"所谓显,就是表达的鲜明、爽朗。若情志表达得暗昧不明朗,当然谈不上生动有力。总之,表达的鲜明和生动,乃是"化感"即打动读者的必要条件,刘勰用"风"加以概括。那么,怎样才能做到有"风"呢?刘勰说:"意气骏爽,则文风清(一作生)焉。"骏者洪大,爽者明畅,作者写作时必须情思饱满,精神健旺,还须思路明白畅达,情志贯通周流于整个作品;相反,若"思不环周,牵课乏气",思路断断续续而不贯通畅达,写得很勉强,没有充盈饱满的情思,则文章也必然无生气,无活力。总之,风并不是指情志本身,而是指情志表达得明朗、生动,因而具有感染、说服读者的力量;并不是指说些什么,而是指说得怎么样。

以上是讲风,下面讲骨。

刘勰说:"沉吟铺辞,莫先于骨";"辞之待骨,如体之树骸。"骨与文辞有密切关系,但并非指文辞本身,而是指结撰文辞中的首要条件,如同人体必须有骨骼一般。就人体而言,其骨骼一是贵在端正,一是贵在挺拔有力,这样人体才不致歪邪和臃肿;就文章的语言运用而言,也是贵在端直和精健。"结言端直,则文骨成焉","练于骨者,析辞必精"。就是说,文章的骨之有无,取决于"结言"即遣词造句之是否端正、确切;骨的特征,在于运辞之精炼,即简约而切当。精的反面是繁杂:若"瘠义肥辞,繁杂失统,则无骨之征也"。若堆砌不必要的词藻,冗长而不精炼,便容易显得繁杂,意旨不突出,那就是无骨的征象了。总之,骨就运用文辞而言,要求用词造句端正精当,使作品显得精干挺拔。

除了将风和骨分开来分别加以阐释之外,刘勰还将风和骨二者合在一起说。他说:"若丰藻克赡,风骨不飞,则振采失鲜,负声无力。是以缀虑裁篇,务盈守气,刚健既实,辉光乃新,其为文用,譬征鸟之使翼也。"又说:"捶字坚而难移,结响凝而不滞,此风骨之力也。"下面加以简释。

"若丰藻克赡"云云,是用飞鸟作为比喻。如若词藻富盛,却缺少风骨,那就像鸟儿的色彩不鲜亮,鸣声无力量,也就是说鸟儿恹恹地缺少生气、活力。"缀虑裁篇,务盈守气",强调"气"的重要,亦即作者情志充实、精神饱满之重要。有了充实的情志和临文之际饱满的精神状态(包括强烈的写作冲动、对所述内容的强烈情感、坚定自信等等),才能有风骨,才能如鸟儿振翅高飞一般。这几句话所值得注意的,一是将"丰藻"和风骨相对提出,二是强调"气"是风骨的根本。

"捶字坚而难移"云云,指出风骨与文章遣字造句即语言运用的关系。谓用字造句确切不移(上文"结言端直"即含此意),诵读时即有凝重而流畅之感(若用字造句不合正规,便会佶屈聱牙)。古人论文重声音,重朗读,故以"结响"言之。遣字造句,主要是"骨"的问题,但骨与风当然有密切关系,若语言运用不端直准确,不精练,必然妨碍表达的明朗有力,必然使文风暗昧,谈不上给读者强大的感染力或说服力。

刘勰还举出他认为具备风或骨的名篇各一为例,以帮助读者明白风、骨的含义。风力遒劲的典型,他举出司马相如的《大人赋》。该赋描述神仙生活情景,汉武帝读后深受感染,"飘飘有凌云之气、似游天地之间意"(《史记·司马相如传》)。这表明该赋写得有生气,富于"化感"的力量。骨鲠端整的典型,则举出潘勖的《册魏公(曹操)九锡文》。该文用语规摹经典,尤其是模仿《尚书》,显得典正精严,在南朝时是一篇很有名的文章。

上面已经讲了刘勰所谓风骨的含义。下面再强调几点理解其含义时应该注意的地方。

(一) 风和骨都是就作品写得怎么样而言,不是就写些什么而言;也就是说,是从艺术表现方面而言,不是从思想内容方面而言。这从刘勰举的两个例子《大人赋》和《册魏公九锡文》即可见出。司马相如作《大人赋》的本意,是不满于汉武帝好神仙,故作赋以委婉地进行讽谏。但他的目的并未达到,武帝读后反倒想入非非,"似游天地之间"了。因此若从思想内容方面、从作品的效用方面说,毋宁说《大人赋》是失败的。但刘勰这里并不顾及这些,而是盛赞该赋风力遒劲。再说《册魏公九锡文》,那是为篡夺汉朝皇帝大权的"乱世之奸雄"曹操歌功颂德的文章,从思想内容说,未见有何可取之处,但刘勰仍作为"骨鲠峻"的典型加以称赞。总之刘勰称许这两篇作品,是称赞它们艺术表现方面的优长,不是表扬它们的思想内容。

(二)风骨指一种优良的文风,不限于指诗、赋一类文学性强的作品,也包括各种实用性的文章;风之"化感"力量,不仅指情感上的打动,也包括理性的说服。风骨是对各体文章、各种作品的普遍要求,它是指一般的文风,不是专就抒情性作品而言。当然抒情性作品容易表现出"风力"即打动读者的力量,但非抒情的作品也必须对读者产生效应。所谓风力,就是作品对于读者的效应,对于读者的作用力。这种力固然常常是诉诸情感,是一种感染力,但也可以是偏于理性,是一种说服力。总之是要给读者十分鲜明的印象,要能深入其心中。风是如此,骨同样也是就各种文体而言。《风骨》称赞潘勖《九锡文》"骨鲠峻",《诔碑》称赞蔡邕《杨赐碑》"骨鲠训典",《封禅》说封禅文应"树骨于训典之区",都是说它们的语言因模拟经书,故具有骨,即端正而精要。那些都是应用性文章。《文心雕龙》书中屡次提到陆机才力雄厚,词藻富丽,但却因此而容易形成繁冗之弊,给人不够精健的感觉,那也就是批评陆机文章在"骨"的方面做得不够好,如《议对》篇批评陆的《晋书限断议》"腴辞弗剪,颇累文骨",议也是实用性文体。

(三)虽然《风骨》篇有"文明以健"、"刚健笃实,辉光乃新"、"骨劲而气猛"之语,但我们不认为风骨只是指阳刚那一类型的风格,只是指那种气势壮大雄强的风貌。慷慨激昂、喷薄而出、充满阳刚之气的作品,固然容易显得有风骨,但并不是说风骨就只是指那一类作品的风貌。司马相如的《大人赋》被称为"风力遒",只是指明朗生动,感染力强,不是指风格雄强。潘勖《册魏公九锡文》被认为"骨鲠峻",该文也不能说是慷慨雄强之作(《诏册》称赞潘勖此文,用的是"典雅"一词)。又如《诏策》说帝王褒奖臣下、封建诸侯的"优文封策"应做到"气含风雨之润",也就是应具有风力("气"与"风"关系密切,文章多气、气畅,也就是多风、有风力)。那是说优文诏册应该把皇帝的恩奖之意表现得明朗生动,让读者鲜明地获得如沐春风春雨般的润泽温和之感。显然这也并不是要求把优文诏册写得豪放雄壮。又如《诸子》篇说《列子》"气伟而采奇",是说书中的寓言故事给读者非常鲜明的奇特不常的感受。但那些故事并不都是雄强慷慨的。有风骨的作品,就是内容表达得明朗生动、语言运用得正确精约、干净利落的作品。那样的文章,比起思路不连贯、文气断断续续、用语不确、堆砌词藻、臃肿拖沓的作品来,当然是显得刚健的。就好像人物有活力而体态正直挺拔,比之于恹恹乏气或骨架歪斜或体态臃肿,当然是前者来得健康有力,但这样的人未必都是猛士壮汉。应该从这个角度理解"刚健"和"劲"、"健",未必要理解成一种风格。至于"气猛",犹如上文引用过的"风力遒",只是形容感染力(或说服力、折服力)强大而已。

[备参]

(一)风骨一语的由来 风骨原是人物评论用语。魏晋以来,品藻人物已不局限于对人物的道德、才能等的评价,而常常是从审美角度加以品评。风骨便是其用语之一。如王羲之被称为"风骨清举"(《世说新语·赏誉》注引《晋安帝纪》),宋武帝刘裕被称为"风骨不恒"(《宋书·武帝纪》),蔡撙被称为"风骨梗正"(《南史·蔡撙传》)等。大体说来,风指人物爽朗、富于生命力,给人一种性格鲜明、清朗生动的美感。风与气关系密切。气之流通畅达便形成风。以人体而言,气向来被认为是生命力的征象。因此,王羲之又被称为"高爽有风气"(《世说新语·赏誉》引《文章志》),就是说他风度昂扬爽朗,生气勃勃。《世说新语·品藻》云:"时人道阮思旷骨气不及右军(王羲之)。"骨气亦即风骨。看来王羲之当日颇以富有风骨著称。又《世说新语·品藻》载,孙绰称桓温"高爽迈出",高爽犹云"高爽有风气",迈出指超越常流。又《世说新语·豪爽》也说桓氏"素有雄情爽气"。桓温也是以富有风力著称的。《品藻》又载:"庾道季云:'廉颇、蔺相如,虽千载上死人,懔懔恒如有生气;曹蜍、李志虽见在,厌厌如九泉下人。""有生气"就是有"风",风与生命力高扬有关。至于"骨",其原意当指人物骨相、体态端直,给人以精健有力的美感。《世说·赏誉》载:"王右军目陈玄伯垒块有正骨。"垒块原指众石错落突兀的样子,这里指陈玄伯骨相瘦硬挺拔。"正骨"即骨相端直。相反的例子,《世说·轻诋》云:"旧目韩康伯将肘无风骨。"将肘,据余嘉锡先生《世说新语笺疏》说即"壮肘","将"为"壮"之声转。肥胖得连肘部都显得粗壮,自无挺拔之风姿可言。刘孝标注引《说林》:"范启云韩康伯似肉鸭。"正可互参。肥胖臃肿的体态被认为是不美的。《品藻》亦载韩康伯"无骨干"。看来当时人所欣赏的是精干挺拔之美,这种美就是有"骨"。

绘画理论中也有风骨之论。六朝绘画以人物为主,山水画尚未发达,因此原用于品藻人物的"骨"、"气"、"风骨"一类概念,很自然就进入画论。顾恺之《论画》屡屡用骨法、奇骨、天骨、骨趣、骨俱、隽骨等语,指的是人物(或动物)的骨态体相。顾氏评画还曾有"不尽生气"之语,是批评画中人物不生动,缺乏生命力。至南齐谢赫《古画品录》提出著名的六法。一是"气韵生动",即相当于"风",要求画中人物栩栩如生,似形体中有生气流注,鲜明生动。二是"骨法用笔",却不纯是指人物的骨相,而兼指画家用笔。古代以毛笔作画,注重线条之美。谢赫要求勾勒轮廓的线条挺拔有力。谢赫言骨法,似比顾恺之多了一层抽象的因素。

书法评论中也有类似观念。书法作品并非描画具体的人或物的形象,而是由其字形结构和用笔,使观赏者感受到不同类型的美,因此书论中的有关用语就显得更抽象些。书法艺术注重笔触有力,即以"骨"称之。传为晋代卫夫人所作《笔阵图》云:"善笔力者多骨,不善笔力者多肉。多骨微肉者谓之筋书,多肉微骨者谓之墨猪。多力丰筋者圣,无力无筋者病。"这使我们联想到《世说新语》所载对韩康伯的评论,"墨猪"、"肉鸭",相映成趣。南朝人论书屡用"骨"、"骨势"、"骨力"等语以指笔力。也用"风"、"气"等语评书法。萧衍《又答陶弘景书》说书法作品当"棱棱凛凛,常有生气",庾肩吾《书品》说"风彩带字欲飞",都是要求作品生动活跃,有感染力,其意与人物评论用"风"相通。袁昂《古今书评》更直接以人为喻,说"王右军书,如谢家子弟,纵复不端正者,爽爽有一种风气",这与上文所举《世说》中称道王羲之、桓温的语言极为相似。《古今书评》又评蔡邕书云："骨气洞达，爽爽有神。""骨气"即相当于风骨。

总之，晋宋以来，风骨或类似的用语，由人物品评进而移用于书画艺术领域，其含义亦多相通，均有明朗、富于生气、挺拔精健之意。由品评人物到评画再到评书法，其比喻、抽象的意味逐渐浓重，须观赏者细细品味、想象、揣摩，反映了我国古代艺术评论分析较少而偏于整体审美感受的特点。

南朝时那样的用语也见之于文学评论。与刘勰同时的裴子野，曾说"曹、刘伟其风力"（《通典》卷一六引，《文苑英华》卷七四二题为《雕虫论》），指建安作家曹植、刘桢的作品慷慨动人。比《文心》成书略后，钟嵘《诗品》多次运用"风力"、"骨气"等语。裴、钟都不曾对那些概念作解释、说明，刘勰则专立《风骨》一篇，对他自己运用这个语词的含义，加以比较细致的说明、分析，但也还是多用描述性的语言。

上述资料，当有助于理解刘勰风骨一语的含义，且可略知此语之由来，故举出以备参考。

（二）风骨是指普遍的文风　上文解释刘勰"风骨"用语的含义时，已强调它不是专就抒情性作品而言，而是对各种文体的普遍要求；不是专指雄强刚健的风格，而是对各种风格作品的普遍要求。这里还想说明，即使现代文章，也是有普遍的文风方面的要求的，而且这种要求也与刘勰所说的"风骨"有相通之处。试举两个例子。

例一：1946 年，朱自清先生发表一篇题为《什么是文学》的文章。朱先生说，新文学运动初期胡适先生也写过一篇短文《什么是文学》，并引述胡氏之意云："他说文字的作用不外达意表情，达意达得好，表情表得妙，就是文学。他说文学有三种性：一是懂得性，就是要明白；二是逼人性，要动人；三是美，上面两种性联合起来就是美。这里并不特别强调文学的表情作用，却将达意和表情并列，将文学看作和一般文章一样，文学只是'好'的文章，'妙'的文章，'美'的文章罢了。而所谓'美'，就是明白与动人，所谓三种性，其实只是两种性。"我们可以看到，胡适持一种宽泛的文学观念。《文心雕龙》所论的"文"，包括了各种文体，可以说与胡氏所说的是宽泛的文学相当。我们这里且不讨论"文学"的概念问题。我们感兴趣的是，胡适将做到明白、动人视为一切文学作品、一切文章应该具有的品质,这与刘勰所要求的实有共同之点。刘勰所谓"风"、"风力"也就是明白、动人。刘勰强调风必须"清",必须"明",那岂不就是明白,就是"懂得性"?明白才谈得上"逼人"、"动人"。"表情"的文字要动人,"达意"的文字也要动人。就议论性、说明性文字而言,道理、事情讲得明明白白,那本身就是动人。正如朱自清先生所说:"使人感固然是动人,使人信也未尝不是动人。"诉诸情感是动人,诉诸理性也是动人。对于刘勰所说的"风"、"风力",就该这样理解。那"力",可以是感染力,也可以是说服力。凡是能给读者鲜明印象、能深入读者内心的,就是有"风力"。明白与动人是对所有文章的要求,风、风骨也是这样。

例二:1958 年,毛泽东因为对某些文件、报告的文风深为不满,提出了"三性"的问题。他在《工作方法六十条(草案)》(1958 年 1 月)的第三十七条说:"文章和文件都应该具有这样三种性质:准确性、鲜明性、生动性。"三性当然是对于所有作者、各种文体的普遍要求,首先是对文件、报告等"公家之文"的要求。鲜明性和生动性,特别是鲜明性,可说与"风"相通。至于准确性,其形成的因素是多方面的,而语言运用的准确则是首要条件。也就是说,准确性可说与刘勰所谓"骨"有关。刘勰论骨,一是要精("练于骨者,析辞必精";"瘠义肥辞,繁杂失统,则无骨之征也"),二是要正("结言端直,则文骨成焉")。精而正,如上文所说,就像一个人体态精干,骨架端直,显得刚健有力。而所谓正、端直,应包含语言规范的意义在内,那便与准确性紧密联系。

毛泽东发表文风三性的指示之后,新闻、文艺、教育各界都加以讨论,有的着重从思想、作风角度谈,有的则着重谈文章写作方面。其中有些话,也可以说与"风骨"的含意相通,足以帮助我们理解风骨的含义。例如在《文艺报》编辑部 1958 年 2 月 15 日举行的文风座谈会上,老舍发言说文风不好的原因之一是有的人"专爱写别扭文章","是那么艰涩、隐晦"。别扭、艰涩,当指生造语词、造句不合语法规律之类,也就是说用语不"端直"。其后果是隐晦,文风不清明。老舍又说,"要养成说话干干脆脆、结结实实的风气"。干干脆脆、结结实实的说话,可以说与《文心雕龙·风骨》所谓"捶字坚而难移,结响凝而不滞"有相通之处。那样的文字就有一种风清骨峻的刚健之感。

冰心的发言强调精练,又说"写文章最要紧的是清楚、有力、美"。精练包括语言的精练,与"析辞必精"相通;而清楚、有力,就是胡适说的"懂得性"和"逼人性",就是文风清明,有"风力"。还有,宗白华举例说,《诗经》里的作品,"作者的思想、感情都是表达得很鲜明的,文字都是很简练的",又说《公羊传》的文字"简洁、生动、准确"。他说:"这说明我们古典文学中也是注重准确性、生动性的。"①他这话说出了优良文风的普遍性。古今文章在内容、体貌等方面可以有很大的不同,但在文风的要求上有共同点。而《文心雕龙·风骨》就是古典文学重文风在理论上的反映。又1958年3月21日郭沫若答记者问"怎样才能使文章写得准确、鲜明、生动"时,特别强调要"老实一点":"老实一点,是做到准确的好办法。……加不恰当的修饰,反而不准确了。""句法构成要老实一点,要合乎中国话的一般规律。用字有个秘诀,就是选现成的概念明确的字,不要找太偏僻的字。"他说:"汉朝的杨雄就是以'艰深文浅陋'见称。明明很简单的话,他要用孤僻的字眼写出来。现代中国也有这一派。这一派的文章很不值得欢迎。"②所谓"老实一点",其实就是要求用字造句准确,合乎规范,那就与刘勰要求"结言端直"相通。

当然,现代人谈论"三性",比刘勰论风骨要明确、丰富得多,但存在着相通之处也是客观的事实。这说明刘勰所说的"风骨",乃是对于文章的一种普遍的、也是基本的要求。文章不论古今,都首先要具备"风骨",具备明朗、动人、精炼准确的文风。

(三)刚健笃实,辉光乃新 《周易·大畜·彖传》:"大畜。刚健笃实,辉光日新。其德刚上而尚贤。"(按王弼读作"辉光日新其德",此从郑玄、虞翻。)按《大畜》(䷙)为乾下艮上,乾有刚健之德,艮有止意。言能使刚健止而蓄之,则为大畜(蓄),其辉光乃日新。刘勰借用其语,言"缀虑裁篇"之时,"务盈守气";若能守气,使气力充盈,则文章乃鲜明有光彩。其所谓刚健,指作者写作时精神饱满、思维清明连贯而言,具有此种状态,则其文明朗动人,亦即有风力;非就文章风格而言,非专指壮言慷慨之阳刚风格。

---

① 上述材料见《反对党八股,文风要解放!》,载《文艺报》1958年第4期。
② 《郭沫若同志关于文风问题答本刊记者问》,载《新观察》1958年第7期。

二、刘勰心目中的理想文风

故魏文称"文以气为主,气之清浊有体,不可力强而致"。故其论孔融,则云"体气高妙";论徐幹,则云"时有齐气";论刘桢,则云"有逸气"。公幹亦云:"孔氏卓卓,信含异气,笔墨之性,殆不可胜。"并重气之旨也。夫翚翟备色,而翾翥百步,肌丰而力沉也;鹰隼无采,而翰飞戾天,骨劲而气猛也。文章才力,有似于此。若风骨乏采,则鸷集翰林;采乏风骨,则雉窜文囿。唯藻耀而高翔,固文笔之鸣凤也。

[讲解]　这是《风骨》的第二段。又可分为两层。

第一层引曹丕《典论·论文》和《与吴质书》中的话,再次说明"气"的重要。刘勰认为作者"气"的状态如何是决定文章有无风力的关键,故反复予以强调。这样重视气,颇使我们想起后来唐代韩愈的"气盛言宜"之说。当然二者有所不同,韩愈说的是句子长短参差的"古文",刘勰说的是句子整齐的骈体。然而不无内在的相通之处。

第二层以鸟为喻,表述对于理想文风的看法。本篇第一段已用"征鸟之使翼"比喻风骨,这里再次以鸟为喻。第一段"若丰藻克赡,风骨不飞"已将藻采与风骨作为相对的两端提出,这里也再次加以说明。"若风骨乏采,则鸷集翰林;采乏风骨,则雉窜文囿。唯藻耀而高翔,固文笔之鸣凤也。"在刘勰心目中,具备风骨当然非常重要,但还不够,还应在此基础上加以美丽的文采,方合乎理想。此种观点,充分体现了南朝的时代风气,那是一个非常重视文辞美丽的时代。刘勰决不曾脱离他所处的时代,他本人写的文字就是十分美丽的。不过他明白在风骨与采二者之中,必须以风骨即文风端正为基础。不然的话,尽管采藻富丽,却会视之不鲜明,诵之不铿锵,"振采失鲜,负声无力"。其实这可说是任何时代、任何体裁、任何作者的作品都必须遵循的一条规律,哪有情志表现得暗昧不清、对读者没有感染力说服力、语言拖沓而不准确的作品,却能让人欣赏其文采的美丽呢!

风骨是刘勰对于文章总体风貌的审美要求,其实质是要求文风端正。在此基础上,再加上适当的文采,那便最为理想。但当时一般人却往往醉心于追逐藻采,以致失去了风骨。这是违背了写作规律的。该怎样克服此种不良倾向呢?那便是下一段所要谈的。

三、“确乎正式”:通过学习,提高对于风骨的自觉性

若夫镕冶经典之范,翔集子史之术,洞晓情变,曲昭文体,然后能莩甲新意,雕画奇辞。昭体故意新而不乱,晓变故辞奇而不黩。若骨采未圆,风辞未练,而跨略旧规,驰骛新作,虽获巧意,危败亦多,岂空结奇字,纰缪而成经矣。《周书》云:“辞尚体要,弗惟好异。”盖防文滥也。然文术多门,各适所好,明者弗授,学者弗师,于是习华随侈,流遁忘反。若能确乎正式,使文明以健,则风清骨峻,篇体光华。能研诸虑,何远之有哉?

赞曰:情与气偕,辞共体并。文明以健,珪璋乃聘。蔚彼风力,严此骨鲠。才锋峻立,符采克炳。

[讲解]　这是本篇的最后一段。刘勰论文注重实践,因此最后要告诉读者如何掌握好风骨与采的关系。但他的方法却讲得颇为笼统、概括,那就是必须在思想上提高自觉性,必须十分明确以风骨为基础、为前提,然后才谈得上追求藻采。还有就是要通过广泛地研习前代典籍(所谓“镕铸经典之范,翔集子史之术”,由于行文关系未言集部,其实是包括四部书的),深刻详尽地懂得写作中种种复杂的情况,明白文章的多样的体制样态,然后再去求新求奇。总之,刘勰认为,若不掌握写作的各种规律,一味追求词藻的美丽新奇,那必然要失败。

　　刘勰这里说到新和奇，要求作者构思之意、所用之辞(意指具体的意，即一个个物象、概念等；其外现即辞，即语词、句子等)，虽新奇却不杂乱繁滥。他反对"空结奇字"。奇字，当指冷僻生硬、故意违背常规用法的字。刘勰认为此种过分的、不恰当地追求新奇的做法，也是"习华随侈"的一种表现。刘勰关于写作的基本思想是"酌奇而不失其贞，玩华而不坠其实"(《辨骚》)，其中就包括了处理好风骨与辞采关系这一方面。在刘勰看来，当时人的一大弊病就是过于求奇、求华。追求新奇本是写作者的普遍心理，也是应该这样的，所谓"文章之道，弥患凡旧，若无新变，不能代雄"(萧子显《南齐书·文学传论》)。但有各种各样的新奇，有在整体的构思立意上求新奇的，有在形象描绘上求新奇的，有在遣字造句上求新奇的。如果仅仅在字句上求新奇，而又运用不当，以故意违背通常用法为奇，那就很容易成为刘勰在《定势》篇中所批判的刘宋以来文坛上的"讹势"。《定势》云：

　　　　自近代辞人，率好诡巧。原其为体，讹势所变。厌黩旧式，故穿凿取新。察其讹意，似难而实无他术也：反正而已。故文反"正"为"乏"，辞反正为奇。效奇之法，必颠倒文句，上字而抑下，中辞而出外，回互不常，则新色耳。……正文明白，而常务反言者，适俗故也。……苟异者以失体成怪。旧练之才，则执正以驭奇；新学之锐，则逐奇而失正。势流不反，则文体遂弊。

所谓讹势，就是故意违背常用的、也是正常的语言规律而产生的一种面貌。"颠倒文句，上字而抑下，中辞而出外，回互不常"，即遣字造句时故意违反正常的、规范的顺序。这与《风骨》所说"空结奇字"一样，都是想要创新出奇，却不懂得正常的词汇、语法规律是不能违反的。"结言端直，则文骨成焉"。违背正常语言规律的文辞当然是不端直的。《风骨》提出"结言端直"，该是具有反对讹势的用心的。"讹势"既谈不上文骨峻健，当然也谈不上风力。因为让读者疙疙瘩瘩地读不下去，文意当然不可能明朗生动，那还有什么感染力、说服力可言呢！这种"讹势"，其实也就是上文[备参]中所说老舍所批评的别扭、艰涩、隐晦，就是郭沫若批评的"不老实"的文风。

在这一段中有"文明以健"、"风清骨峻"之语,赞中也再次说"文明以健"。这是借用《周易·同人·象》的话。刘勰用明、清来形容风,表明风的特征是要求表现得明朗;用健、峻来形容骨,表明骨的特征是要求语言精健严整。赞中还说"蔚彼风力,严此骨鲠",蔚是旺盛,严是整肃不苟。这些用语都可帮助我们体会风骨的含意。至于赞中"情与气偕,辞共体并"二句,是回应篇首"辞之待骨,如体之树骸;情之含风,犹形之包气"数句,言情志表达得如何,犹如人之有无生气、是气强还是气弱;而文辞运用得如何,则犹如人之体态,是端直精健还是歪斜臃肿。

[备参]

诡势 刘勰对于"近代"(指刘宋)文坛的批评,说得最明确的就是反对诡势。他之提倡风骨,虽不能说是专对诡势而发,但我们认为在相当大的程度上是与不满诡势有关的,但是刘勰并没有举出所谓诡势的实例。为了对此种不正文风有较具体的了解,下面举出刘宋和齐前期作家的一些文例,以供参考。

孙德谦《六朝丽指》、范文澜《文心雕龙注》、刘永济《文心雕龙校释》曾举出若干例子加以说明。如鲍照《石帆铭》"君子彼想,祗心载惕",按正常语序应是"想彼君子"。江淹《恨赋》"孤臣危涕,孽子坠心",本该是"孤臣坠涕,孽子危心"。又其《别赋》"意夺神骇,心折骨惊",本该是"骨折心惊"(用"骨折"形容离别的痛苦,似已夸张太甚,而又强改为"骨惊")。这些都可说是颠倒文句。孙德谦又举出用字之诡的例子。如孔稚珪《北山移文》"道帙长殡",殡葬之殡,被用作弃置、埋没之意。又江淹《为萧拜太尉扬州牧表》"心魂战栗,若殒若殡",按殒义为死,又为坠落,用以夸张地形容恐惧之状,尚有可说;殡义为敛尸入棺以待葬,用以形容,实为无理。当是行文所需,连类而及,而不顾辞义乖刺。这两例近于《风骨》所谓"空结奇字"。这些例子,都是宋齐时代的作品。此种情况,在当时并非偶然、个别现象,而是成为一种倾向。为了证明这一点,下面再举一些例子。

鲍照《观漏赋》:"佩流叹于驰年,缨华思于奔月。"意谓对于岁月的奔驰不息,长叹不止,忧思不已。用佩、缨二字,表示叹与思不离其身,无时或止,读来颇觉生硬。本是忧思之意,为了字面漂亮,用一"华(美丽)"字,亦觉不伦。

同上篇:"抚凝肌于迁滞,鉴雕容于仿佛。""凝肌"造语生新。《诗经·卫风·硕人》有"肤如凝脂"之句,形容肌肤之细洁润泽。今为避熟就新改为凝肌,实为不词。"迁滞"费解。似应作迁化,言肌肤随时光流逝而枯槁销落。或许是故意作"迁滞"以求新而仅取其迁意。

鲍照《吴兴黄浦亭庾中郎别》:"温念终不渝,藻志远存追。""温念"言温暖的思念,"藻志"言美好的心意,造语都较生新。黄节《鲍参军诗注》评此处的"藻志"及其他作品中的"藻性"、"藻质"、"藻思"云:"皆明远自造词。"

又《发后渚》:"华志分驰年,韶颜惨惊节。"谓美好的心志随岁月奔驰而减损,少年美貌因时节飞逝而惨悴。黄节云:"华志,犹《庾中郎别诗》所云藻志,皆明远自造之词。"

又《岐阳守风》:"尘衣孰挥浣?蓬思乱光发。"飞蓬乃乱草,以"蓬思"指称纷乱的思绪。《诗经·卫风·伯兮》云:"首如飞蓬。"鲍照构思实受其影响,言头发本光洁整齐,因思绪纷乱无心梳理而乱似飞蓬。而"蓬思"造语亦颇为生新。

不仅诗赋如此,即使实用性很强的公家之文也是这样常见生硬之处。例如:

鲍照《为柳令让骠骑表》:"翰起云飞,拂翼虹路。""拂翼"句谓升迁登朝。按陆机有"拊翼云霄,双飞天路"之语(《吴贞献处士陆君诔》),天路指朝廷之上。以天指朝廷,是常见的比喻,不难理解。鲍照为了避熟就新,改天为虹,便觉生涩。

又《谢永安令解禁止启》:"臣田茅下第,质非谢品。"因东晋谢氏为大族,遂生造"谢品"为高门之意。

同上篇:"迄无犬马,孤惭星岁。""犬马"乃"犬马之效"的省略。"星岁"即岁月,用星字以求生新。又:"不悟乾陶弥运,复垂埏饰。""乾陶"意为天的陶冶、造就,"乾陶弥运"犹言皇恩普照。"埏饰"以匠人制陶埏埴为喻,亦指皇帝垂降恩泽。又:"琐族易灰,脆漏已迫。"形容细族寒门容易摧灭,而生命脆弱,晚景已迫。漏本是计时之器,这里似代指时光,又引为生命晚景之意。

"脆"与"漏"连缀成语,也较为费解。这些句子对字词的运用,都相当生涩。

又《奉始兴王白纻舞曲启》:"识方洿悴,思涂猥局。"洿,洿忍,乃垢浊意;悴有枯槁意。今以洿悴表示见识污下贫乏。思涂,犹言思路。局谓局促。"识方"、"思涂"相对,都指见识、思想。总之这两句不过是说识见低下、思路不畅,而用语僻涩如此。应用性文字,本该晓畅平正,而如此刻意求新,也就谈不上文风的清明了。

以上为鲍照作品,下面再举江淹之例。

《侍晋安王石头》:"绪官承盛世,逢恩侍英王。结剑从深景,抚袖逐曾光。"绪,业也,此处做动词用。绪官谓以仕宦为业。深景、曾光,都是以光明指代晋安王,而以深、曾(高也)形容光之强烈。造语都颇生硬。

同上篇:"揽镜照愁色,从坐引忧方。"按曹丕《善哉行》云:"忧来无方。"犹今言忧愁不打一处来,其语平易。而江淹云"引忧方",便觉费解。

《学魏文帝》:"少年歌且止,歌声断客子。"按曹丕《杂诗》之二:"断绝我中肠。"江淹将客子肠断,凝缩为"断客子",甚为不词。

又《还故国》:"汉臣泣长沙,楚客悲辰阳。古今虽不举,兹理亦宜伤。"不举,言自己不能与古人(屈原、贾谊)并提,亦觉生硬。

又《迁阳亭》:"剑径羞前检,岷山惭旧名。"意谓以险峻著称的剑阁栈道和岷山都比不上此地。"检"有法式之意,前检犹言遗范、典型。前检、旧名其实同意,为了避复而造此生新之语。而其构想大约受常用的"名检"一语影响。

又《伤内弟刘常侍》:"注欷东郊外,流涕北山垧。"欷,原义为啜泣声,此处似用为涕泪之意。则注欷即流涕,也是为了避免重复而生造。

其应用文亦复如此。例如:

《萧太傅东耕教》:"夫宝农贱货,彩照周縢;巡耕去贩,光炎汉篆。故能业滋都野,产殷纮县。"周縢、汉篆指周、汉典籍。《尚书·金縢》:"以启金縢之书。"金縢,谓以金线束扎之。江氏乃生造"周縢"之语。"故能"二句,谓自都城郊野至极远之处,都能农业发达,物产丰富。古有"八纮九野"之语,八纮谓八极(或谓天之八维),江淹乃生造"纮县"之语,表示极远处。

同上篇:"便当躬速绀耜,道先列辟。"谓当躬行籍田之礼,早于农夫之耦耕,且为天下诸侯之先。绀,深青透红之色。此处当是指农夫。旧有"黔首"、"黔庶"、"黔细"等语,指平民百姓。黔,黑色。为了求新,遂以绀字代之(佛家谓如来头发为绀发,江淹构思或也受其语影响)。

又《始安王拜征虏将军丹阳尹章》:"爽泗胹默。"爽泗犹失涕,即流泪。又:"毓采上霄,抟华中汉。"谓长育、培养美名令闻于朝廷。均颇为生新。

又《建平王庆少帝登阼章》:"方绚声金图,腾华玉历。"金图、玉历,谶纬符瑞之类。绚原为文采美丽貌,属视觉方面,而江淹偏说绚声。或可说这是"通感",但实际上还是为了求新而生造。"腾声"原是当时人习用之语,(如《后汉书·马援传论》:"腾声三辅。"鲍照《河清颂》:"海北腾声。"《宋书·谢灵运传论》:"颜谢腾声。"孔觊《辞衡阳王义季笺》:"腾声之日,飞藻之辰。"《文心雕龙·序志》:"腾声飞实。")江淹却偏要说"腾华"。本来说"绚华""腾声"较顺,但故意颠之倒之。其情形与《别赋》之"心折骨惊"相类。

又《拜正员外郎表》:"猥枉青腰,增光空质。"青腰犹丹青,此处喻美化、奖饰。空质犹薄质,自谦之语。亦避熟就新。

以上所举鲍照、江淹之作,或是随意紧缩、歇后,或是用生僻字,或是用同义、近义字替代原字,或是任意借代、生造语词,或是取生硬的搭配方式,甚至故意颠倒词序。总之为了避陈熟,求新异,即使令人感到僻涩费解也在所不惜。它们都是"反正"即违反语言常规的一种表现。《文心雕龙·风骨》所说"空结奇字",大概就包括这种种情况吧。江、鲍集中,此类情况非常之多,以上不过是举部分例子而已。它们鲜明地反映出"厌黩旧式,故穿凿取新"的"诡巧"倾向。除江、鲍之外,宋齐之际的张融,自称"文体英绝,变而屡奇",不肯"因循寄人篱下"(见《南齐书》本传)。其文辞甚为诡激。如其名作《海赋》(并序):"分浑始地,判气初天。"意为浑沌元气始分为天地。"东西无里,南北如天,反复悬乌,表里菟色。"谓大海东西南北不可以道里计,如天之辽阔无边;日("悬乌")、月("菟色",月中有兔,菟即兔)出没映照于海之内外。"既烈太山与昆仑相压而共溃,又盛雷车震汉破天以折毂。"谓海浪汹涌猛烈,如泰山、昆仑相倾压而崩坏,声如雷车震破天汉而摧折倾覆。其想象奇特,但用语尖新,造句不合一般规律。其作品中类似于此者甚多。他永明中遇疾,作文垂教子弟,名为《门律》,其名亦生新。《门律》序云:"吾文章之体,多为世人所惊。汝可师耳以心,不可使耳为心师也。"意谓当以心为耳之师,不可使耳为心之师,亦即当师心自用,以己之心为主宰,不可人云亦云。其造句亦颇生硬。张融也是一个刻意求新以致文风诡异的典型例子。

这种在字句间追求新奇的现象,早已有之。刘勰就曾指出,《尚书大传》有"别风淮雨"之语,其实是"列(烈)风淫雨"的误字。但文人将错就错,偏偏喜欢用"别风淮雨",如东汉著名作家傅毅《北海靖王兴诔》就说"淮雨杳冥"。为什么这样做呢? 刘勰说,"淫、列义当而不奇,淮、别理乖而新异","固知爱奇之心,古今一也"。指出其原因在于文人爱奇的心理(见《练字》篇)。刘勰又曾说,晋世文人用字,有时不顾原来字义,滥加引申。他认为这是"情讹之所变,文浇之致弊",也是一种文风不正的表现。这种用字不规范的情况,实也与爱奇的心理有关。

而此种作风,虽然古已有之,但确实至刘宋时表现得特别集中、明显,成为相当普遍的风气。上举鲍照、江淹都是富有才华、成就卓著的作家。鲍照是刘宋三大家之一,江淹历仕宋、齐、梁三朝,而其创作高峰乃在宋齐之际(上文所举其作品均作于刘宋或齐初)。正因为他们成就高,名声大,模仿者也就大有人在。江、鲍富有才气,还不至于只靠此种讹势穿凿取新,仿效者就未必然了。《文心雕龙·通变》说"宋初讹而新",《定势》说"自近代辞人,率好诡巧",刘勰对刘宋文风的不满,其中一定在颇大程度上包括"讹势"在内。

第十一讲

《通变》——论正确地求新求变

《通变》是《文心雕龙》的第二十九篇。该篇肯定写作必须求新求变,论述如何正确地求新求变。"通变"一语,出自《周易》。《周易·系辞上》云:"通其变,遂成天地之文。"据三国吴虞翻的解释,"通其变"之意即"变而通之"。《系辞上》又云:"化而财(裁)之谓之变,推而行之谓之通。"又《系辞下》云:"通其变,使民不倦。……易穷则变,变则通,通则久。"晋人韩康伯注云:"通变则无穷,故可久也。"可知通变是《周易》的一个重要思想。古人认为,事物发展到了极端,就须变化;变化方能流通不滞。古人认为这是万事万物的普遍规律。刘勰以为文章也是如此,因此他用"通变"一语指说文章的创新求变。这里通是流动、发展而不停滞之意,变是变化之意。通变就是以变求通、因变而通的意思;如若一成不变,就停滞了,没有发展了。

一、设文之体有常,变文之数无方

夫设文之体有常,变文之数无方,何以明其然耶?凡诗赋书记,名理相因,此有常之体也;文辞气力,通变则久,此无方之数也。名理有常,体必资于故实;通变无方,数必酌于新声:故能骋无穷之路,饮不竭之源。然绠短者衔渴,足疲者辍涂,非文理之数尽,乃通变之术疏耳。故论文之方,譬诸草木,根干丽土而同性,臭味晞阳而异品矣。

[讲解] 这是《通变》的第一段。

刘勰指出,各种文体应有的特征,是比较固定的,不能任意变化的,即所谓"名理相因"。名,指文体的名称;理,指各种文体的用途、特征等等,也就是《序志》"敷理以举统"之理。名理相因,亦即名实相符。而如何运用文辞,以及由此而带给读者的感受("气力"),却是变化多端,不能限定的。也正因为其变化无方,文章才有发展,才显得丰富多彩。所谓"通变则久","臭味晞阳而异品"。这里所谓"文辞",含义广泛,不是仅指词藻,而是指整个儿的文辞结撰。古人论文,往往从两大方面、或云两个角度加以观察和分析,一是意,一是辞。辞包括了表现方面的各种因素。

刘勰又从有常之体、无方之数二者,说到沿袭和创新问题。他认为各种文体的特征,必须"资乎故实",是要通过学习前代范文加以体会、沿袭的;而结撰文辞,则应"酌乎新声",即要创新,要斟酌考虑文坛新变,吸取新的技巧等等。

由上述阐释可知,刘勰对于文章创新问题,不是笼统地说新变,而是取分析的态度,明确地指出变些什么,在怎样的前提下求新变。这和《文心雕龙》中许多地方的论述一样,显示了刘勰思想的周到、精密。

保持各种体裁文章应有的特征(包括其风格特征)和求新求变,这二者都是论文者所注重的。问题是在写作实践中有时不易处理好二者的关系,人们往往为了追求新变而忽视了文体特征,那就是"失体成怪"。这里举一个例子:帝王诏命,本应典雅正大,但如南朝梁元帝萧绎所作《耕种令》云:"……况三农务业,尚看夭桃敷水;四民有令,犹及落杏飞花。……岂直燕垂寒谷,积黍自温,宁可堕此玄苗,坐飡红粒,不植燕颔,空候蝉鸣?"用了好些描写物色、点缀色彩的词语典故,便显得轻丽,实与帝王之命所要求的风格不符。钱锺书先生讥之云:"直似士女相约游春小简,官样文章而佻浮失体。"[①]刘勰生活的时期,文人们多追求词藻华丽新颖、别出心裁,是容易犯此类失体成怪的毛病的,故刘勰特地加以提醒。

---

① 《管锥编》第四册,第 1379 页(北京:中华书局,1979 年)。

二、斟酌乎质文之间,檃括乎雅俗之际

是以九代咏歌,志合文则。黄歌"断竹",质之至也;唐歌"在昔",则广于黄世;虞歌《卿云》,则文于唐时;夏歌"雕墙",缛于虞代;商周篇什,丽于夏年:至于序志述时,其揆一也。暨楚之骚文,矩式周人;汉之赋颂,影写楚世;魏之篇制,顾慕汉风;晋之辞章,瞻望魏采。摧而论之,则黄唐淳而质,虞夏质而辨,商周丽而雅,楚汉侈而艳,魏晋浅而绮,宋初讹而新。从质及讹,弥近弥淡。何则?竞今疏古,风末气衰也。今才颖之士,刻意学文,多略汉篇,师范宋集,虽古今备阅,然近附而远疏矣。夫青生于蓝,绛生于蒨,虽逾本色,不能复化。桓君山云:"予见新进丽文,美而无采;及见刘、杨言辞,常辄有得。"此其验也。故练青濯绛,必归蓝蒨,矫讹翻浅,还宗经诰。斯斟酌乎质文之间,而檃括乎雅俗之际,可与言通变矣。

[讲解] 这是《通变》的第二段。刘勰认为论新变,必然要涉及一个重要问题,即学习、模仿前代作品的问题。因为学习写作,必从规模前人入手,那就要对前代作品有所分析,知道哪些是好的、应该学的,哪些是不好的倾向,不该模仿的。尤其是他认为刘宋以来,作者们为了求新变而醉心于一种不良的文风,那是必须引以为戒的。对此一定要有自觉、清醒的认识。于是《通变》篇首先概述前代作品的发展演进过程,总结自黄帝、唐尧至刘宋时文章风貌的变化。他认为由古到今文章发展总的趋势是由质趋文,即由质朴简单趋于美丽繁缛。其中"商、周丽而雅",其文风最为理想;以后便出现"文"的方面过甚的倾向,到了刘宋,终于走到"讹而新"的地步,即故意违反正常的用词造句规律以求新奇,这就形成了刘勰称为"讹势"的不良文风。因此,必须回过头去学习商、周之雅丽,也就是要"还宗经诰"。(《五经》文字

被认为大多产生于商、周时期。)这也就是说,刘勰认为文章发展已经到了"不能复化",应该穷而思变、"贲象穷白"(《情采》)的时候。但当时许多作者却不懂得此点,而是"龌龊于偏解,矜激乎一致",盲目地"师范宋集"。刘勰对此甚为不满,加以批评。这也是《通变》篇的一个重要观点。

不过,刘勰提倡宗经,是为了纠正"讹而新"的不良文风,并不排斥学习自《楚辞》以来的各代优秀作品。事实上,综观《文心雕龙》全书,刘勰对楚汉、魏晋的优秀作家作品有全面深刻的了解,即使对刘宋诗文,也还是肯定其描写景物自然真切的优点(参看本书第三讲论《明诗》、第十九讲论《物色》)。《通变》云:"斯斟酌乎质文之间,而櫽括乎雅俗之际,可与言通变矣。"并不一味反对"文"与"俗"(这里所谓"俗"不是一般意义上的通俗,而是指合于流俗之所好,亦即合于近代、当代一般作者的审美趣味),相反,倒是要求正确地、恰当地吸取文和俗的因素。这是应该加以注意的。这与《辨骚》篇中提出的基本思想"酌奇而不失其贞,玩华而不坠其实"相一致。

关于自古及今文章发展的总趋势,六朝某些论者已曾有过论述。如东晋葛洪《抱朴子外篇·钧世》就说近代文人所作诗赋诏策奏议军书等等都比《五经》中同类性质的文章来得"清富赡丽"。而且葛洪认为此种现象不是偶然的,而是整个社会生活由质而文发展趋势的一个组成部分。他说:"且夫古者事事醇素,今则莫不雕饰,时移世改,理自然也。"与刘勰同时的萧统,也在《文选序》中说:"若夫椎轮为大辂之始,大辂宁有椎轮之质?增冰为积水所成,积水曾微增冰之凛。何哉? 盖踵其事而增华,变其本而加厉。物既有之,文亦宜然;随时变改,难可详悉。"总之文章与社会生活一样,由质趋文,这是当时人们的普遍认识。而且人们是肯定此种趋势的,正如刘宋时虞龢论书法时所说:"夫古质而今妍,数之常也;爱妍而薄质,人之情也。"(《上宋明帝论书表》)而刘勰所论,则在指出由质趋文的前提下,对各朝各代的文章风貌分析得更细致一些,尤为重要的是他对此种趋势的态度,不是笼统地全盘肯定,而是有所分析和批判。他把商周经书的文章誉为"丽而雅",作为典范。这无疑与他对近世文章的批评有关,与他企图以"宗经"为手段来纠正时弊有关。但是,实际上他并不是要求人们完全回到经书文风,只是以"宗经"为旗帜、希望人们在经书之典雅与后世文章之美丽文饰之间斟酌折中而已。他是肯定新变的,但要求人们自觉地纠正、提防追求新变过程中产生的流弊。他提醒人们不可一味趋新,而要瞻前顾后,取法乎上。

[备参]

练青濯绛,必归蓝蒨 意谓洗汰、除去青绛之色,必定就回归蓝草、蒨草之原色。喻矫正、改变浅讹的文风,必须以经诰为宗。与上文"青生于蓝,绛生于蒨,虽逾本色,不能复化"相承。上文云青色生于蓝草,绛色生于蒨草,其色虽超过原来的草色,但已到达极点,不能再向前变化。意谓自黄唐至晋宋,文章沿着由质趋文的方向,变化已穷。言外之意,应当返本。故此云"练青濯绛,必归蓝蒨"。练、濯二字,往往被释为提炼或染的意思,不确。因为上文说青、绛之色"虽逾本色,不能复化",是含有否定意味的。如果将"练青濯绛,必归蓝蒨"释为"提炼或染青、绛之色,必定要用蓝草、蒨草",则与那种否定意味无法呼应承接。之所以那样解释,是由于对"练"字理解不确。按:此处练也是洗濯、淘汰之意。《战国策·秦策一》"简练以为揣摩",高诱注:"简,汰也。练,濯。"又《文选·七发》"洒练五藏",李善注:"练,犹汰也。"蔡邕《释诲》:"练余心兮浸太清,涤秽浊兮存正灵。"其"练"字亦洗濯意。

三、博览精阅以求通变

夫夸张声貌,则汉初已极;自兹厥后,循环相因,虽轩翥出辙,而终入笼内。枚乘《七发》云:"通望兮东海,虹洞兮苍天。"相如《上林》云:"视之无端,察之无涯,日出东沼,入乎西陂。"马融《广成》云:"天地虹洞,固无端涯,大明出东,月生西陂。"杨雄《校猎》云:"出入日月,天与地杳。"张衡《西京》云:"日月于是乎出入,象扶桑与蒙汜。"此并广寓极状,而五家如一。诸如此类,莫不相循,参伍因革,通变之数也。是以规略文统,宜宏大体。先博览以精阅,总纲纪而摄契;然后拓衢路,置关键,长辔远驭,从容按节。凭情以会通,负气以适变,采如宛虹之奋鬐,光若长离之振翼,乃颖脱之文矣。若乃龌龊于偏解,矜激乎一致,此庭间之回骤,岂万里之逸步哉?

　　赞曰:文律运周,日新其业。变则可久,通则不乏。趋时必果,乘机无怯。望今制奇,参古定法。

　　[讲解]　这是本篇的最后一段,刘勰强调必须在博览而精阅、广泛吸取前人成果的基础上才有可能创新求变。他先举出枚乘、司马相如、杨雄、张衡、马融五家夸张声貌的写法为例,说他们虽然具体的文辞有变化,但关键的意象、写法却相因袭。这么说大约是想说明求新变不可能离开对前人的学习继承。那么作者为文,当然首先要博览精阅,细心揣摩,对前人种种写法、种种因袭革新之处都了然而且烂熟于胸,犹如抓住了纲绳,将一个个细目都看得清清楚楚,然后便能从容不迫地凭自己的想法、才气加以新创。总之,刘勰论写作强调博览和研阅,强调在此基础上掌握文术,反对盲目性,这里论通变也贯彻了这一思想。

　　刘勰这里所举出的枚乘等人夸张境界辽阔的例子,并不涉及整篇作品的立意、构思,而仅仅是个别的意象、语句。今天的读者可能感到这样来论新变,眼光太狭,陈义不高。其实古人论文,在许多时候就是着眼于具体的意象、词句。这样也是有道理的,因为作品毕竟是由具体的、看似细小的“部件”构成的。对于一位执笔从事于写作实践的作者而言,常常是一个意象、一字一句令他呕心沥血,“拈断数茎须”,他论文也就不可能不常常着眼于一字一句之微。西晋大作家陆机,因多有模拟古人之作而被后代有的论者加以诟病,被认为“束身奉古,亦步亦趋”(清陈祚明《采菽堂古诗选》卷十)。但他却是力主创新的,其《文赋》强调“谢朝花之已披,启夕秀于未振”,即使是自己苦心构思所得,若与前人暗合,也“虽爱而必捐”。是不是其眼高手低、创作跟不上理论呢?不是。他所谓的创新原是就具体的意象和遣词造句而言。若以此衡量其创作,则新颖独到之处正复不少。如以“京洛多风尘,素衣化为缁”形容离家远宦的厌倦心情(《为顾彦先赠妇》),以“秀色若可餐”形容女子美貌(《日出东南隅行》),都可谓别出心裁,颇为后人所沿袭。刘勰所言通变,想来在颇大程度上亦指此类。后人可以指出其不足,但却应给以充分的理解。陆机还有些构思有所承袭,但已浑化无迹。如以"逝矣经天日,悲哉带地川"形容光阴飞逝(《长歌行》),颇觉情思慷慨,其语可能是受到田邑《报冯衍书》"日月之经天,河海之带地"的启发。田邑原意,是以此比喻事情的昭灼明白,陆机化用其语而赋予新意。又如以"照之有余晖,揽之不盈手"形容月光空明(《拟明月何皎皎》),也颇有意趣,其语当是受《淮南子·览冥训》"手微忽悦(惚恍),不能览(通揽)其光"①的启发。凡此之类,正是《文赋》所谓"袭故而弥新"者。这也让我们明白,刘勰说"参伍因革,通变之数",必须"先博览以精阅",才谈得上创新,的确是经验之谈。

《通变》最后,赞语云:"文律运周,日新其业。"从文章发展规律的高度来说明新变的重要。又云:"趋时必果,乘机无怯。"要作者果断、大胆地进行创新。刘勰对新变的重视由此可见。与刘勰同时的萧子显,在《南齐书·文学传论》中说:"在乎文章,弥患凡旧。若无新变,不能代雄。"创新本是作者、读者永恒的欣赏要求,刘勰同样如此,但他要求遵循正确的法则,力戒为刻意创新而形成不良的文风,《通变》的意义正在于此。

---

① "手微忽悦,不能览其光",许慎注云:"言手虽览得微物,不能得其光。"一本作"手征忽悦",解云"天道广大,手虽能征其忽悦无形者,不能览得日月之光也"。参见杨树达《淮南子证闻》(上海:上海古籍出版社,1985 年)。

第十二讲 《情采》——论内容与辞采的关系

《情采》是《文心雕龙》的第三十一篇，论文章内容与辞采的关系。情也就是文章的内容。(本篇有时还用"理"字表示内容。)至于"采"，是指辞采。辞采属于作品的形式。今日我们的文学理论往往将作品的内容和形式并列，所谓形式，一般指结构、语言和体裁等。而刘勰在本篇所论的，大体上限于语言，"采"即文辞的美丽。刘勰那个时代，最重视的、谈得最多的就是辞采的运用问题。对于体裁，当时人(包括刘勰)也十分重视，要求一定的内容用相应的一定的体裁去表述，但那不在本篇所论范围之内。关于主旨的提炼、材料的剪裁、章句的安排等，刘勰也另设篇目加以论述。总之，本篇要论的是内容与辞采的关系问题。

一、情理为经，辞采为纬

圣贤书辞，总称文章，非采而何？夫水性虚而沦漪结，木体实而华萼振，文附质也。虎豹无文，则鞟同犬羊，犀兕有皮，而色资丹漆，质待文也。若乃综述性灵，敷写器象，镂心鸟迹之中，织辞鱼网之上，其为彪炳，缛采名矣。故立文之道，其理有三：一曰形文，五色是也；二曰声文，五音是也；三曰情文，五性是也。五色杂而成黼黻，五音比而成《韶》《夏》，五性发而为辞章，神理之数也。《孝经》垂典，丧言不文，故知君子常言未尝质也。老子疾伪，故称"美言不信"，而五千精妙，则非弃美矣。庄周云"辩雕万物"，谓藻饰也。韩非云"艳乎辩说"，谓绮丽也。绮丽以艳说，藻饰以辩雕，文辞之变，于斯极矣。研味《孝》、《老》，则知文质附乎性情；详览《庄》、《韩》，则见华实过乎淫侈。若择源于泾渭之流，按辔于邪正之路，亦可以驭文采矣。

夫铅黛所以饰容,而盼倩生于淑姿;文采所以饰言,而辩丽本于情性。故情者文之经,辞者理之纬;经正而后纬成,理定而后辞畅。此立文之本源也。

[讲解]　以上为《情采》篇的第一段。大意是说文章的言辞必须美化,必须富有辞采;而美化又不能过分,在辞采与内容二者之间,须以内容为基础。一开头便标举经典以立论,说"圣贤书辞,总称文章,非采而何"。这是强调辞采的重要。"文章"一语双关,既指写下来的东西,又指文采美盛鲜明。接着用一连串的比喻说明文质关系:质是事物的本体,文则是本体外现的美,或者是对本体的修饰美化,二者有内外之别,却是缺一不可,文并不是可有可无的。这里既是比喻,也寓有凡物均有质有文、质文关系乃"自然之道"的意思。正像《原道》篇以天地万物说明凡物皆有文的道理一样,本篇以水、树、虎豹为喻也使人领会到万物都是文附质、质待文的。这里的文、质还都是就各种事物而言,还没有论及文章。下面以"若乃"领起,承上而言,说既然万物都是文附质而质待文,文不可或缺,那么"综述性灵,敷写器象"的文章,运用文辞,当然也必定是文采斐然,"缛采名矣"。这样,就论证了文章必须要有藻采的观点,与一开头的"圣贤书辞,总称文章,非采而何"相呼应。下面"故立文之道,其理有三"至"神理之数也"一层,可说是一个小结:天地间的"文",可以归纳为形文、声文、情文三者。人文(文章)自然是属于情文,是人的内在的性情的表现。"神理之数",是说"五性发而为辞章",乃是"神理"的体现,是自然如此、必然如此的。这与《原道》说"心生而言立,言立而文明"乃"自然之道",是一个意思,不过这里说"五性发而为辞章",具有以五性为质、辞章为文的一层意思,与文附质、质待文的观点有联系。

下面从"《孝经》垂典,丧言不文"到"此立文之本源也",是说人文(即文章)既必须具有藻采,又应该恰当,不要过分。上面一节已含有文章应有藻采之意,本节便承上而言,以《孝经》、《老子》为依据,再次说明文辞该美丽有文采。然后又论到事情的另一面,即藻采不可过分。总之应懂得怎样正确地运用、驾驭文采。最后以美人铅黛饰容和美目巧笑之天生丽质二者的关系为譬喻、为衬托,强调文辞美丽的根本,还在于所表现的情性(亦即文章的内容)。文辞的藻采美化是必须的,但须以表现内容为根本。接着又以织布时的经纬关系为喻,将情、理(内容)与文采藻丽的本末关系说得更加明白。

[备参]

(一)情、理 情即意,即心中之所存、心之所念虑,包括今日所谓偏于情感方面的,也包括偏于理智方面的。在一般的情况下,在许多具体的场合,情感与理智是浑然难以区别的,古代文献中绝不是一用情字就表示那种强烈震撼或缠绵不已的情感。在《文心雕龙》中,如《辨骚》所谓“《九歌》、《九辩》,绮靡以伤情”、“叙情怨则郁伊而易感”,《明诗》所谓“怊怅切情”,其情字当然可理解为相当于今日“情感”之意。但还有很多情况只是一般地指“意”,下面举若干例加以说明:(1)《征圣》云:“夫子文章,可得而闻,则圣人之情见乎辞矣。”“圣人”句借用《周易·系辞下》“圣人之情见乎辞”,原是说圣人的想法、观点见之于卦爻辞,刘勰这里则泛指圣人述作。但无论原句还是刘勰借用,其“情”字,用今天的眼光来看,毋宁说是偏于理智方面的吧。(2)《征圣》云儒家经书有多种表现,“或简言以达旨,或博文以该情”。“博文以该情”的例子,如《邠诗》(按指《七月》篇)联章以积句,《儒行》缛说以繁辞”。《七月》和《礼记·儒行》篇幅颇长,故曰“博文以该情”。情就是“旨”,指书中包含的圣人之意旨而言,这里也并无强调情感因素之意。(3)《明诗》介绍“近代”(刘宋)以来诗坛状况云:“情必极貌以写物,辞必穷力而造新。”“情必极貌以写物”是说山水诗的内容为描摹风景,“情”字并非强调抒发情感。刘勰在许多地方都用情、辞分别指作品的内容与文辞而相对举出(如《征圣》“情信而辞巧”,《体性》“士衡矜重,故情繁而辞隐”,《镕裁》“万趣会文,不离辞情”,又“情周而不繁,辞运而不滥”,《知音》“缀文者情动而辞发”等。有时则以情与文,或情与言对举,正如《情采》篇之情与采。其“情”字可以包括但并不强调今日所谓情感因素。(4)《诸子》云:“情辨以泽,《文子》擅其能。”《论说》云:“及班彪《王命》,严尤《三将》,敷述昭情,善入史体。”《章表》云:“恳恻者辞为心使,浮侈者情为文屈。”《议对》云:“(公孙弘之策对)总要以约文,事切而情举。”《书记》云:“笺者表也,表识其情也。”又云:“陆机《自理》,情周而巧。”所举到的作品,或是说理,或是议政,或是述说事情、剖陈心迹,情字也都只是泛指所说所想而已,并不强调感情。(5)《神思》云:"是以秉心养术,无务苦虑,含章司契,不必劳情也。"又云:"若夫骏发之士,心总要术……覃思之人,情饶歧路……"又《熔裁》:"(陆机)识非不鉴,乃情苦芟繁也。"诸"情"字乃心思、思虑、心意之意,也不是指感情而言。总之,《情采》篇之情,乃泛指作者心之所存,形诸文字,便是作品的内容。慎勿一见此字,便得出《情采》重视、强调感情因素的结论。《文心雕龙》并非专论抒情性作品,其所论尚包括许多应用性、学术性作品在内,《情采》是包举各类作品而言的。

理字在本篇也是泛指文章内容,并不如今日道理、理论之类词语那样给人以比较抽象之感。理即事理,包括具体的"事"和较抽象的"理",古人并不如今日这样明显地区分"事"与"理"。《礼记·乐记》:"礼也者,理之不可易者也。"郑玄注:"理,犹事也。"《列子·杨朱》:"方其荒于酒也,不知世道之安危、人理之悔吝。""人理"即人事。左思《蜀都赋》:"若乃卓荦奇谲,倜傥罔已,一经神怪,一纬人理。""人理"指司马相如、严君平、王褒、杨雄等人之卓荦不凡而言,亦人事之意。晋愍怀太子《遗妃书》详述其被诬陷之经过,最后说:"事理如此,实为见诬,想众人见明也。""事理"即被诬之事实、事情。又谢灵运《庐陵王墓下作》:"理感深情恸。""理感"即感于事,非谓被某种道理所感动。谢朓《敬亭山诗》:"要欲追奇趣,即此陵丹梯。皇恩竟已矣,兹理庶无睽。""兹理"即指追奇趣、陵丹梯之"事"而言。骈文中往往"事"、"理"对举,"理"亦即"事"。如陆厥《与沈约书》:"率意寡尤,则事促乎一日;翳翳愈伏,而理赊乎七步。"意谓文思有迟有速。其"事"、"理"二字,若互易位置,亦无不可。下面再举《文心雕龙》若干例为证:(1)《史传》云:"然俗皆爱奇,莫顾实理,传闻而欲伟其事,录远而欲详其迹。"莫顾实理,谓不顾历史事实,无须解为真实的道理。同篇云:"晓其大纲,则众理可贯。"谓作者明晓撰述史书应有的要求,则众多的历史事实便可连贯会通,集为一书。(2)《神思》云:"或理在方寸而求之域表。"又:"理郁者苦贫,辞溺者伤乱。"其"理"均谓要写的具体内容、事义,乃泛指写作各类作品而言,并非专就论说性文字言。(3)《体性》:"长卿傲诞,故理侈而辞溢。"理亦泛指所写内容,司马相如赋主要是敷陈事实,描写物象,而不是论说道理。理、辞对举,犹情、辞对举。

(4)《情采》:"立文之道,其理有三。"犹言其事有三,即形文、声文、情文。

(5)《比兴》云:"故比者,附也。……附理者,切类以指事;……附理,故比例以生。"附理,谓贴近被比喻的事物,这些事物可以是具体的,如"麻衣如雪"的麻衣、"两骖如舞"的两骖、"声似竽籁"的风声等等。(6)《夸饰》云:"至《西都》之比目,《西京》之海若,验理则理无可验。"亦言其事不实,无可检验。

(7)《附会》云:"使众理虽繁,而无倒置之乖;群言虽多,而无棼丝之乱。""众理"亦言作品中众多的事理、内容。"理"字指作品内容的用法,在六朝时甚为普遍。如皇甫谧《三都赋序》:"是以孙卿、屈原之属……皆因文以寄其心,托理以全其制。"陆机《文赋》:"理扶质以立干,文垂条而结繁。"又:"要辞达而理举,故无取乎冗长。"又:"理翳翳而愈伏,思轧轧其若抽。"又:"伊兹文之为用,固众理之所因。"

总之,"情"和"理"在本篇中都是泛指文章内容。从作者心中想要写什么的角度而言,是"情";从写出来的事理而言,是"理"。在本篇中,无须推究其差别,不应将情释为感情、将理释为道理,不必将全篇理解为从抒情、说理两方面立论。

(二)文、质 文的含义是修饰、美化,质则指未经雕饰的事物本体,犹如器物的毛坯、绘画的底子。本段以水、树、虎豹、犀甲为喻,说文附质、质待文,其质就是指这些事物的本体,文则指这些本体的美丽的外表。这还是比喻,还没有直接用文、质指说文章,不过若联系到文章的话,可说是用质指说文章的内容、作者的情志,文则指美丽的藻采。质指内容,这是从"事物本体"的意义引申出来的。本篇末还有"使文不灭质"的话,也可理解为质指内容,文指藻采。但本段《孝经》垂典,丧言不文;故知君子常言未尝质也"中的"质",则应理解为质朴、不加修饰。质朴这一涵义,也是从"事物本体"的意义引申的——未加雕饰的本体当然是质朴的。在古代文论中,用文、质这对词语分指作品的华美和质朴,是经常的、大量的。如《文心雕龙·通变》云:"黄歌'断竹',质之至也;唐歌'在昔',则广于黄世;虞歌《卿云》,则文于唐时;夏歌'雕墙',缛于虞代;商周篇什,丽于夏年……黄唐淳而质,虞夏质而辨,商周丽而雅,楚汉侈而艳……"又云:"斟酌乎质文之间,而櫽括乎雅俗之际。"这里的"质"就都应理解为质朴、不加修饰,而不能解释为内容。刘勰说"斟酌乎质文之间",他要求作品既必须修饰美化,富有文采,却又不可过分涂饰,应该将质朴、华丽两个方面调节得恰到好处,做到文质彬彬。总之,对古代文论中的文、质二字,应结合具体语境,正确理解。大致说来,在大多数情况下,是用这两个字分别指作品的华丽、质朴两个方面。文与质,是古代文论中的一对重要概念①。

（三）刘勰以前关于内容与文辞关系的论述　关于内容与文辞之间的关系,我国古人很早就有所论述。先秦诸子中,道家、墨家、法家著作在一定场合下都有轻视文采的话(实际上其著作本身未必缺乏文采)。《老子》说"美言不信,信言不美";《韩非子·外储说左上》云墨子之说多质直无文,为的是怕听者买椟还珠,徒赏其文辞之美而忽略其内容。而儒家的一些言论,虽是片言只语,但联系起来看,则对于内容与文辞修饰之间的关系,是认识得比较全面的。比如《论语·卫灵公》载孔子之言:"辞达而已矣",意谓能把要表达的意思说清楚就行了,不必过事华辞。但孔子又说过:"《志》有之:'言以足志,文以足言。'……言之无文,行而不远。……非文辞不为功"(见《左传》襄公二十五年)。为了取得好的效果,为了能传之久远,还是应注意对言辞加以修饰。孔子对于一些重要文件的修辞是十分重视的。《论语·宪问》载,郑国对于诸侯国之间的盟会之辞甚为慎重,要经过起草、讨论、修饰增损、加以润色等步骤,经由数位大夫之手,方才定稿。孔子对此深为叹美。据《礼记·表记》,孔子还说过"情欲信,辞欲巧"的话,将情、辞相对待提出而并重二者。当然,这里的"情"是指与人交往时的思想感情,还不是直接指写作而言,但实质是相通的。孔子这些论言辞的话,对后世影响非常深远,刘勰就深受其影响。《征圣》篇云:"然则志足而言文,情信而辞巧,乃含章之玉牒,秉文之金科矣。"《情采》篇赞语云:"言以文远,诚哉斯验。"都是引孔子的话。到了汉代,杨雄《法言·吾子》说:"事胜辞则伉(过于质直之意),辞胜事则赋(如辞人之赋那样过于铺张),事辞称则经。"也从内容(事)、文辞两方面说,认为二者应该相称,而经书就是典范。这种内容、文辞应该相称的观点,晋、宋人也有所表述。陆机《文赋》说:"理扶质以立干,文垂条而结繁。"以树

① 　参考王运熙先生《中国文学批评史上的文质论》、《魏晋南北朝和唐代文学批评中的文质论》、《文质论与中国中古文学批评》,载《中国古代文论管窥(增补本)》(上海:上海古籍出版社,2006年)。

的主干和扶疏的枝叶比喻内容与辞采的关系,生动而精练地说明了二者互相依存又有主次的关系。《文赋》还说:"或遗理以存异,徒寻虚以逐微;言寡情而鲜爱,辞浮漂而不归。"这是批评某些作者忽略内容的充实,只在细枝末节上求新逐异;没有充沛的情感,文辞就显得浮泛、轻漂而无着落。这是一位富有才华作家的深有体会之言,充分肯定了内容的主导作用,刘勰的论述实颇受其影响。范晔《狱中与诸甥侄书》也说:"常谓情志所托,故当以意为主,以文传意。以意为主,则其旨必见;以文传意,则其词不流(不流荡泛滥而无归)。然后抽其芬芳,振其金石耳。"内容与文辞的关系,确实是写作的金科玉律、普遍规律。凡是有成就的作家都于此有较深切的体会。刘勰在这方面举起征圣、宗经的大旗,引用孔子的话,当然也还是以他自己写作和鉴赏的丰富实践为基础的。

二、要求为情而造文,反对为文而造情

昔诗人篇什,为情而造文;辞人赋颂,为文而造情。何以明其然? 盖《风》、《雅》之兴,志思蓄愤,而吟咏情性,以讽其上,此为情而造文也;诸子之徒,心非郁陶,苟驰夸饰,鬻声钓世,此为文而造情也。故为情者要约而写真,为文者淫丽而烦滥。而后之作者,采滥忽真,远弃《风》、《雅》,近师辞赋,故体情之制日疏,逐文之篇愈盛。故有志深轩冕,而泛咏皋壤;心缠机务,而虚述人外。真宰弗存,翩其反矣。夫桃李不言而成蹊,有实存也;男子树兰而不芳,无其情也。夫以草木之微,依情待实;况乎文章,述志为本,言与志反,文岂足征!

[讲解] 这是《情采》篇的第二段。在这一段中,刘勰以《诗经》与后世辞赋作为对比,提出了为情而造文和为文而造情的问题,要求坚持前者而反对后者。

　　上一段已说明了内容与辞采相互依存而必须以内容为本的道理,那么结合文学史的实际来看,哪些作品对此二者的关系处理得好,哪些处理得不好呢?刘勰分别举出《诗经》和赋(主要当指汉赋)为其典型。除了汉赋之外,刘勰还着重批评近世"志深轩冕,而泛咏皋壤;心缠机务,而虚述人外"的创作风气,那应是指晋宋以来山水诗赋的写作而言。晋宋之际,士大夫以宅心事外为高尚,作品之中,也就以表现此种"高情远致"为风尚,以至范晔临刑之际,给甥侄辈的遗书中,还以一生作品"少于事外远致"为恨(见其《狱中与诸甥侄书》)。东晋时的玄言诗赋,便充满此种情调。至刘宋时山水诗勃起,谢灵运兴多才高,创作了大量清新喜人的模山范水的诗歌,表现其不事王侯、高尚其志的情怀,一时间令人耳目一新。于是仿效者蜂起,形成流派。其风至齐梁间犹盛。然而谢氏天才,"巧不可阶"(萧纲《与湘东王书》),能仿效得好的毕竟是少数,充斥于诗坛的,是大量千篇一律的平庸之作,令人昏睡。刘勰对此颇为不满,故予以讥评。谢灵运本非忘情于功名之人,那些效颦者其实也多为"志深轩冕"、"心缠机务"之徒,他们创作既无成绩,偏又高唱远离世间的高调。刘勰写作《文心雕龙》,却正当志在入仕、功名之念颇为强烈之时,当然对那种风气甚为不满了。

　　这里应该稍加说明的是,刘勰虽然批评了汉赋和近世山水诗,但若统观《文心雕龙》全书,便可知他对这两类作品并不全盘否定。这里暂不详论。

　　"为情者要约而写真,为文者淫丽而烦滥",说明作者是否将表现情志放在第一位,是否以内容为本辞采为末,乃是决定作品"要约"还是"淫丽而烦滥"的根本原因。也就是说,写作态度会决定文风的好坏。或者说,怎样才能处理好内容与文辞的关系呢,关键在于写作的目的、态度。胸中有所郁积,有丰富、充实的思想感情,不得不吐,是一种态度;心中并无那样的情思,仅是为了博取文名,为了沽名钓誉而写作,那又是一种态度。这样,刘勰就指出了处理好情、采问题的关键,在于要有充实、真实的思想感情。如果说内容与辞采的主从关系是前人早已指出过的,那么要求作者具有充实、真实的情志,则是刘勰在这个问题上的新贡献。

三、恶文太章,贵乎反本

　　是以联辞结采,将欲明理,采滥辞诡,则心理愈翳。固知翠纶桂饵,反所以失鱼。言隐荣华,殆谓此也。是以"衣锦褧衣",恶文太章;《贲》象穷白,贵乎反本。夫能设模以位理,拟地以置心,心定而后结音,理正而后摛藻,使文不灭质,博不溺心,正采耀乎朱蓝,间色屏于红紫,乃可谓雕琢其章,彬彬君子矣。

　　赞曰:言以文远,诚哉斯验。心术既形,英华乃赡。吴锦好渝,舜英徒艳。繁采寡情,味之必厌。

　　[**讲解**]　这是全文的第三段,是全文的总结。

　　在这一段中,刘勰承上文反对为文而造情的观点,这一步提出:运用辞采的目的本是为了表现内容,因此必须用得恰到好处;如果过分追求辞采,运用得不当,那内容反而被淹没了。因此他说:"'衣锦褧衣',恶文太章;《贲》象穷白,贵乎反本。"所谓"反本",就是指向事物的本来面貌回归,也就是向质素的、不加修饰的面貌回归。就写文章而言,就是提倡质朴。当然刘勰不是说作文不要辞采修饰,而是说当"采滥辞诡"之际,应当提倡素朴。接着,刘勰正面提出写作时处理内容与辞采关系的正确态度,也可以说是处理这一关系的基本法则:"设模以位理,拟地以置心,心定而后结音,理正而后摛藻,使文不灭质,博不溺心。"即构思时先考虑如何安排好内容;内容安排停当了,然后才考虑怎样将辞采敷设得更美一些。这一先后关系决不可颠倒。心、理、质都是泛指内容,结音、摛藻指运用辞采(词藻必有声音,古人作文注重声音之美,故曰"结音"。类似的例子在《文心雕龙》中屡见)。"博不溺心"的"博",指文采富盛。这几句话,与第一段末已提出的"经正而后纬成,理定而后辞畅,此立文之本源"相互呼应,只是第一段单从理论上说,这里的语气,则强调安排内容和敷设辞采的先后关系,指导写作的意味较强。

还应该注意的是,刘勰在"使文不灭质,博不溺心"之后,还有"正采耀乎朱蓝,间色屏于红紫"两句话。他的意思是说辞采本身还有正与不正之别。而其正或不正,是与能否正确处理内容、辞采关系密切相关的。换句话说,如果醉心于玩弄辞采,不但将淹没内容,而且辞采本身也将显出讹滥而不雅正的色调。这是刘勰深有体会之言,将问题深入了一步。

这一段与第二段的重点,都在于批判过分追逐辞采这一边,这是有针对性的。刘勰决不是不重辞采,本篇开宗明义第一句"圣贤书辞,总称文章,非采而何"就说得很明白了。但为了批判时弊,为了针对一般人易犯的毛病,当然就有所侧重。最后的赞语,前四句说文采的重要,后四句说文采不可过分,则相当全面、均衡。"繁采寡情,味之必厌",说得非常之精警。

[备参]

(一)《贲》象穷白,贵乎反本　《周易》有《贲(bì)》卦。贲为文饰之意。该卦的卦象为离下艮上(䷕)。其上九爻辞曰:"白贲无咎。"王弼注:"处饰之终,饰终反素。故任其质素、不劳文饰而无咎也。"上九为《贲》卦六爻的最后一爻,为《贲》之终,故刘勰说"穷白"(穷则白),"穷"即终了之意,白即质素之意。事物发展到最后、最高,就要回归本始;文饰到极点,就应回归质素。质素为文饰之本,故曰反本。

(二)雕琢其章　《诗经·大雅·棫朴》:"追琢其章,金玉其相。"追,雕。相,质。是说在金玉美质上雕琢成文。刘勰说"雕琢其章",实兼有"金玉其相"意。意谓施雕琢于金玉之上,也就是比喻在内容充实的基础之上施以藻采。不必说出下句而已包含下句之意,这就是用典的妙处。《诗经》在刘勰时代是一般文人烂熟于胸的经典,因此刘勰这样用典是不会造成语意的隐晦的。

(三)彬彬君子　刘勰这里是以人喻文。《论语·雍也》:"子曰:质胜文则野,文胜质则史。文质彬彬,然后君子。"《集解》引包咸曰:"彬彬,文质相半之貌。"这里"质"指质朴,"文"指文华。其具体内容,应是就人的言谈举止、礼仪节文而言。孔子认为,若一个人言辞朴拙,举止粗鲁,不讲礼仪,显得缺少文化修养,便如同草野之人;而若过分地文饰言谈,过分讲究繁文缛礼,就如同那些专掌文辞礼仪的史官了。孔子认为君子应是文华与质朴相半,配合得恰到好处。后世常常借用孔子文质之语形容文辞。如班彪称赞《太史公书》"辩而不华,质而不俚,文质相称"(《后汉书·班彪传》),"文质相称"就相当于"文质彬彬"。本篇所谓"彬彬君子",也就是借孔子的话称说文辞,指文辞既有文采又不过分、润色得恰到好处那样一种优良风貌。《文心雕龙》其他各篇运用文、质这对词语时,含义也往往如此(参上文第一段"备参")。

第十三讲

《丽辞》——论对偶

《丽辞》是《文心雕龙》的第三十五篇，论对偶、排比的运用。丽，篆文作

，是一个象形字。《说文解字·鹿部》云："丽，旅行也。"所谓旅行，即俱行、
相伴而行。引申为耦并、相并、成双作对之义。

　　《文心雕龙》对于写作中的种种技巧、手法，如章句的裁断、结构的安排，
以及声律、对偶、比兴、夸张、用典等等修辞手段，都设专篇予以论述。这充
分体现出《文心雕龙》指导写作的性质，也反映出刘勰对于文辞藻采之美的
重视。刘勰强调要正确地施加藻采，但决不是反对藻采。他并没有脱离当
时文坛的风气——南朝正是一个非常重视骈文文辞之美的时代。所谓骈文
文辞之美，主要包括句子的整齐和对偶、词藻的富丽、典故的运用、声律的讲
求等。对偶乃是骈俪文体（包括诗歌）的最基本的因素。

一、对偶的必然性和历代对偶的发展

　　造化赋形，支体必双；神理为用，事不孤立。夫心生文辞，运裁
百虑，高下相须，自然成对。唐虞之世，辞未极文，而皋陶赞云："罪
疑惟轻，功疑惟重。"益陈谟云："满招损，谦受益。"岂营丽辞？率然
对尔。《易》之《文》、《系》，圣人之妙思也。序《乾》四德，则句句相
衔；龙虎类感，则字字相俪；乾坤易简，则宛转相承；日月往来，则隔
行悬合：虽句字或殊，而偶意一也。至于诗人偶章，大夫联辞，奇偶
适变，不劳经营。自杨、马、张、蔡，崇盛丽辞，如宋画吴冶，刻形镂
法，丽句与深采并流，偶意共逸韵俱发。至魏晋群才，析句弥密，联
字合趣，剖毫析厘。然契机者入巧，浮假者无功。

[讲解]　这是《丽辞》的第一段。在这一段中,刘勰说明了文辞运用对偶的合理性,还简略地叙述了自尧舜至魏晋时代对偶的发展。

刘勰说凡事物都不是孤立的,都是成双作对的,这乃是"神理"的表现,因此作家构思,也必定文辞对偶,那也是"自然"如此的。他把文辞的对偶,说成是天造地设的普遍规律的体现。这样的逻辑,使我们想起他在《原道》篇中关于人文必然性的论证。《原道》说天地万物有文,因而人也必定有文,那是"自然之道","亦神理而已"。所谓"自然"、"神理",意思就是自己如此、非外力作用,而其事理不可究诘,不可解释。那也就是所谓"道"。因此,刘勰是说,文辞中之所以运用对偶,与人之所以有文一样,乃是"道"的体现,是"道之文也"(对偶本就是"人文"的一种表现)。这种思维逻辑,其实与事实是反过来的:事实上是先肯定了对偶的必然性,然后为这种必然性寻找理由而找到了"道",刘勰却说成是"道"决定了对偶,将"道"作为出发点。实际上刘勰是为其审美趣味、审美观点所左右而肯定对偶,其审美趣味、审美观点才是真正的出发点。这种论证逻辑,在当时是具有普遍性的。凡是所要肯定、要强调的事物,便说是"天理"、"神理",是"自然"。我们想起晋代玄学家郭象在注《庄子·齐物论》时所说的:"故知君臣上下,手足内外,乃天理自然。"刘勰的逻辑,不是与郭象相似吗? 就连以人的肢体作为比喻这一点也颇相像。只不过郭象说的是尊卑上下的人伦关系天然合理,而刘勰要论证的是文辞对偶的必然性罢了。刘勰的论证,也是玄风熏染的结果吧。

为了说明文辞对偶是合乎"自然"的,刘勰举出了《尚书》中的例子。他说唐尧、虞舜之世,文风还是非常质朴的,却已经有对偶了,可见对偶不是人工经营的产物,而是"神理""自然"的体现。

接着刘勰举出传为孔子所作的《易·文言》和《系辞》,说其中已有许多对偶,形式多样。以圣人制作为例,当然更提高了对偶的地位。不过也并不是凡对偶就好。刘勰认为从春秋、西汉到魏晋,对偶越来越多,越来越精密,人工经营的气息也就越来越浓。对人工经营对偶,刘勰是肯定的(所谓"率然对尔"、"不劳经营",只是客观陈说《书》、《诗》、《左传》中某些对偶的情况,不应理解为刘勰反对后世人工经营的精密的对偶),不过他指出"契机者入巧,浮假者无功",也就是说要用得合适,不应在不需要的时候滥用。对偶虽是必然的、重要的,但也须为表现内容服务,不能是空泛无益的,不能为对偶而对偶。

由于汉语(特别是书面语)具有单音词多、句法灵活等特点,容易形成对偶,因此在古代典籍中确实很早就有如刘勰所举出的"满招损,谦受益"、"罪疑惟轻,功疑惟重"那样的偶句,似乎是不劳经营,出于自然。从这个角度而言,可以说汉语运用对偶,确实有其必然性。但就一般情况而言,对偶毕竟是需要"经营"的;到了刘勰的时代,文章中大量运用对偶,刻意讲求,人工气息更为浓重,包括刘勰自己的文章也是这样。因此,不能理解为刘勰是反对人工经营,反对雕琢的。他说"自然成对",虽然用了"自然"那个词,但只是自己如此、必定如此的意思,是为大量运用对偶这种人工雕琢的文学现象寻找理论根据而已;并不是后世文论家所谓俯拾即是、不见雕琢痕迹、如行云流水般平易的那种"自然"。虽然都用"自然"一语,含义是不一样的。对《原道》篇的"自然",同样也应这样理解。因此,如清人纪昀评《原道》所谓"齐梁文藻,日竞雕华,标自然以为宗,是彦和吃紧为人处",或如有的学者所说刘勰主张文章的"自然美",实在是大可商榷的。

[备参]

(一)**序《乾》四德,则句句相衔** 《易·乾》卦辞:"乾,元亨利贞。"即所谓四德。《文言》云:"元者善之长也,亨者嘉之会也,利者义之和也,贞者事之干也。君子体仁足以长人,嘉会足以合礼,利物足以和义,贞固足以干事。"其句式不但排偶,而且第二层("君子体仁"四句)与第一层("元者"四句),各句之间意思分别相衔接。所谓"句句相衔",即指此而言。若以公式表示,可写成 $A_1—B_1—C_1—D_1$;$A_2—B_2—C_2—D_2$(—表示排偶;A_1 与 A_2 表示相衔接,B_1 与 B_2、C_1 与 C_2、D_1 与 D_2 同)。

(二)**龙虎类感,则字字相俪** 《易·乾·文言》:"水流湿,火就燥。云从龙,风从虎。"上下句间,每个字都两两偶对,故曰"字字相俪"。以公式表示,可写成 $A—B$;$C—D$。

(三)**乾坤易简,则宛转相承** 《易·系辞上》:"乾以易知,坤以简能。易则易知,简则易从。易知则有亲,易从则有功。有亲则可久,有功则可大。

可久则贤人之德,可大则贤人之业。"此段话共五层;每层两句,互相对偶。每层的两句,分别与前一层的两句对应承接。以公式表示,可写成 A_1—B_1; A_2—B_2; A_3—B_3; A_4—B_4; A_5—B_5(—表示对偶; A_1 与 A_2、A_3、A_4、A_5 表示相承,B_1 至 B_5 同)。

(四)日月往来,则隔行悬合　《易·系辞下》:"日往则月来,月往则日来,日月相推则明生焉。寒往则暑来,暑往则寒来,寒暑相推而岁成焉。""日往"句与"寒往"句、"月往"句与"暑往"句、"日月"句与"寒暑"句分别隔行相对,故曰"悬合"。这种情况,即后世所谓长对。以公式表示,可写成 A、B、C—D、E、F(其中 A—D, B—E, C—F)。

(五)宋画吴冶,刻形镂法　《淮南子·修务训》:"夫宋画吴冶,刻刑镂法,乱修曲出,其为微妙,尧舜之圣不能及。"高诱注:"宋人之画,吴人之冶,刻镂刑法,乱理之文,修饰之巧,曲出于不意也。"其中"刻刑镂法",诸家译注云对作品施以精细的雕饰,固然不错,但"刑"、"法"二字何解?有的学者解为形象和法则、法式、图样,则待商榷。按杨树达《淮南子证闻》卷七:"刑当读为型,故与法为对文。"杨先生说是。型、法皆模型、范型之意。《说文解字》木部:"模,法也。"又竹部:"笵(范),法也。"又土部:"型,铸器之灋(法)也。"以木为之曰模,以竹曰范,以土曰型,三者皆谓之法,即今之所谓模型。刻刑镂法,即刻镂铸造刀剑器具的模型,乃承"吴冶"而言。刑,型的假借字。《淮南子》及注中的"乱"字,当解作"治"。《论语·泰伯》:"武王曰:予有乱臣十人。"《集解》引马融:"乱,治也。"此亦其例。

二、丽辞之体,凡有四对

故丽辞之体,凡有四对:言对为易,事对为难,反对为优,正对为劣。言对者,双比空辞者也;事对者,并举人验者也;反对者,理殊趣合者也;正对者,事异义同者也。长卿《上林赋》云:"修容乎礼园,翱翔乎书圃。"此言对之类也。宋玉《神女赋》云:"毛嫱鄣袂,不足程

序;西施掩面,比之无色。"此事对之类也。仲宣《登楼》云:"钟仪幽
而楚奏,庄舄显而越吟。"此反对之类也。孟阳《七哀》云:"汉祖想枌
榆,光武思白水。"此正对之类也。凡偶辞胸臆,言对所以为易也;征
人之学,事对所以为难也;幽显同志,反对所以为优也;并贵共心,正
对所以为劣也。又言对事对,各有反正,指类而求,万条自昭然矣。
张华诗称"游雁比翼翔,归鸿知接翮";刘琨诗言"宣尼悲获麟,西狩
涕孔丘"。若斯重出,即对句之骈枝也。

[讲解] 这一段中刘勰从众多的对偶中概括出言对和事对、反对和正
对四种情形。言对和事对是从用不用典故的角度说,反对和正对是从意义
的相对还是一致角度说,故四对其实是两组,两组的角度不同,所以并非并
列关系,而是互相交叉,所谓"言对事对,各有反正"。应该说,并不是所有的
对偶都可以被这样的概括所包容(以正对、反对而言,大量对偶其实处于二
者之间);刘勰只是说,对偶中存在这样四种值得注意的情形。

刘勰认为反对为优,正对为劣,这休现了在整齐中求变化、通过变化追
求和谐一致的审美趣味。对偶的双方,句式整齐对应,本有一种整齐的美、
对称的美,但又容易给人缺少变化、单调划一的感觉。反对则在此种整齐对
称之中寓以意义上的相反的因素,使读者心理上以内容的变化调剂了形式
上的单调(对偶的双方往往在形式上也要有变化,那主要是采取变化声音的
手段,后世的平仄相对就是此种手段的表现。刘勰的时代文人们已经有意
识地采取此种手段了,但刘勰这里没有论及此点)。反对的双方,在意义上
有相反之处,但双方合起来又表达一种相通、相映衬、互相配合协调的意趣,
即刘勰说的"理殊而趣合"。这样就又通过变化而达到了统一。正对则只是
同方向的叠加,虽然可以增强读者的印象,却缺少上述错综变化之致,容易
带来单调的感觉,因此刘勰认为正对不如反对。如果对偶的双方不但意思
一样,而且连所用的事实也一样,即不是"事异义同",而是"事同义同",那就
是重复多余,就是"对句之骈枝"了。

[备参]

（一）**理殊趣合与事异义同**　"殊"与"异"、"合"与"同"，意思似无甚区别。但细味之，觉其用字颇有斟酌。"异"之本义为分，引申为不同、不一样；至于"殊"字，《说文》云："死也，一曰断也。"《汉令》曰："蛮夷长有罪当殊之。"所谓"殊之"，谓断绝往来（段玉裁说）。古代斩首、腰斩称殊死（见《匡谬正俗》），亦以身体断绝之故。总之"殊"原为断绝、隔绝义，虽也引申训为异，为分离，但在某些时候，其语意更强烈、程度更甚。如《汉书·昌邑王传》："骨肉之亲，析而不殊。"颜师古注："析，分也；殊，绝也。"谓虽分析而并不断绝。又嵇康《琴赋》："或相离而不殊。"谓琴声虽若分离不一致，但仍相互联系，并不隔绝。此句之前，有"或曲而不屈，或直而不倨，或相凌而不乱"数句，曲与屈、直与倨、凌与乱，义皆相近而后者为甚，离与殊亦然。总之，正对之"事异"，可理解为仅言事理不同、非同一件事，如刘邦之思念枌榆、刘秀之思念白水，虽都是皇帝思乡，但毕竟不是同一件事；而反对之"理殊"，如"钟仪幽而楚奏，庄舄显而越吟"，不但不是同一件事，而且一幽一显，其事恰正相反。总之，异与殊，都是不同，而殊的程度更甚。至于"趣合"、"义同"之合与同，也可体会其区别：合者可以是不一样的事物因某种条件而会聚和洽，同者谓等同、完全一样。古汉语中有时可见此种意义相近或相同、但又并举而见其细微差别的语例。如《左传》襄公二十九年季札观乐，其评论之语有"直而不倨"、"曲而不屈"（上引嵇康《琴赋》语即出于此），又有"迩而不偪（逼）"、"哀而不愁"、"处而不底（处者不动，底者停止）"、"行而不流"等语。直与倨、曲与屈、迩与逼、哀与愁、处与底、行与流义皆相近。又如《论语·子路》云："君子和而不同，小人同而不和。"《左传》昭公二十年也有"和而不同"语。和与同本也意义相近，但《论语》《左传》则强调其区别。刘勰言"理殊趣合"、"事异义同"之合与同，似也可这样理解。

（二）**偶辞胸臆**　即偶辞于胸臆，谓对偶其辞于胸臆之中，不必凭借学问。偶为动词。南北朝时称直接抒写、不用典故者为胸臆语。如魏收《魏书·文苑传序》："辞罕渊源，言多胸臆。"（见《文镜秘府论·天卷·四声论》引，今本《魏书》脱落此语）又《颜氏家训·文章》："邢子才常曰：'沈侯文章，用事不使人觉，若胸臆语也。'"

三、运用对偶应该注意什么

是以言对为美,贵在精巧;事对所先,务在允当。若两事相配,而优劣不均,是骥在左骖,驽为右服也。若夫事或孤立,莫与相偶,是夔之一足,踸踔而行也。若气无奇类,文乏异采,碌碌丽辞,则昏睡耳目。必使理圆事密,联璧其章,迭用奇偶,节以杂佩,乃其贵耳。类此而思,理斯见也。

赞曰:体植必两,辞动有配。左提右挈,精味兼载。炳烁联华,镜静含态。玉润双流,如彼珩佩。

[**讲解**]　本篇的最后一段,告诉读者运用对偶应该注意些什么。

刘勰认为对偶是十分重要的一种修辞手法,但并非用了对偶一定就是成功的辞章。第一段中说"契机者入巧,浮假者无功",已经说到这种手法应该用得适宜、应该包含充实的内容而不应徒具形式。那种"对句之骈枝",就是徒具形式,就是"浮假"、空洞。本段说"若气无奇类,文乏异采,碌碌丽辞,则昏睡耳目",则是说对偶句还应力求出众、使读者眼前一亮。

刘勰认为事对引用典实,必须恰当。而且上下句用事都要用得好,若一句优一句劣,就给人不均衡的感觉。如果一句用事一句不用,则简直成了跛子,一脚高一脚低,那是绝对不行的。这体现了追求均衡、对称的审美趣味。

刘勰还认为一篇之中,可以偶句与散句相配,所谓"迭用奇偶"。这也是为了在整齐对称之中求变化。不过从刘勰所处时代的风气看,从刘勰自己的写作看,他应是说在骈偶占全篇大部分的情况下适当用一些散句,而不是主张骈散交错、平分秋色。

[**备参**]

(一)**骥在左骖,驽为右服**　拉车的四匹马,若分言之,居中夹辕者名为服,在两旁者名为骖(又称骓)。但若泛言之,在两旁者亦可称为服。《说文解字·舟部》:"服,……一曰车右骓,所以舟(周)旋。"段玉裁注:"古者夹辕曰服马,其旁曰骖马,此析言之。许意谓浑言皆得名服马也。独言右骓者,谓将右旋,则必策取右之马先向右,左旋亦同,举右以晐(赅)左也。"刘勰此处为避用字重复,故云右服。

(二) **玉润双流,如彼珩佩**   玉的手感圆润,其光彩并不强烈炫目,故给人温和滋润之感。《礼记·聘义》:"君子比德于玉焉:温润而泽,仁也。"珩(héng),佩玉最上之横者。《礼记·玉藻》:"古之君子必佩玉,右徵角,左宫羽。"《文心雕龙·声律》曾引此语:"古之佩玉,左宫右徵。"古人佩玉于两侧,故曰"双流",以喻对偶、对称。

第十四讲

《比兴》——论比喻和『兴』

《比兴》是《文心雕龙》的第三十六篇。《毛诗大序》提出《诗》有六义,为风、赋、比、兴、雅、颂。此六者在《周礼·春官·大师》中称为"六诗"。自汉儒以来,都认为赋、比、兴三者是指《诗经》中作品的三种写作手法。刘勰也是这样认为的,《比兴》篇便专论比和兴两种手法。

一、以汉儒解释《诗经》为据,说明什么是比和兴

《诗》文弘奥,包韫六义,毛公述传,独标兴体。岂不以风通而赋同,比显而兴隐哉? 故比者,附也;兴者,起也。附理者,切类以指事;起情者,依微以拟议。起情故兴体以立,附理故比例以生。比则蓄愤以斥言,兴则环譬以托讽。盖随时之义不一,故诗人之志有二也。观夫兴之托喻,婉而成章,称名也小,取类也大。关雎有别,故后妃方德;尸鸠贞一,故夫人象义。义取其贞,无从于夷禽;德贵其别,不嫌于鸷鸟。明而未融,故发注而后见也。且何谓为比? 盖写物以附意,飏言以切事者也。故金锡以喻明德,珪璋以譬秀民,螟蛉以类教诲,蜩螗以写号呼,浣衣以拟心忧,卷席以方志固。凡斯切象,皆比义也。至如"麻衣如雪","两骖如舞",若斯之类,皆比类者也。

[讲解] 关于比和兴的解释,最早见于汉儒之注经。《周礼·春官·大师》郑玄注引郑众语曰:"比者,比方于物也;兴者,托事于物。"这就是我们今日见到的最早的对于比和兴的解释。关于比,容易理解,就相当于今日所谓比喻、打比方;关于兴却历代多有歧说,以致被认为是一个夹缠不清的问题。

各种歧说之中,今人最感兴趣的似乎是南宋朱熹所说的"先言他物以引起所咏之词"(见朱氏《诗集传·关雎》注)和李仲蒙所说的"索物以托情谓之比,情附物者也;触物以起情谓之兴,物动情者也"(见胡寅《与李叔易书》引),因为这些说法较有文学审美的眼光而不像汉儒所释那样显得牵强附会。但是从文学批评史、理论史的角度说,我们要关注的不仅是《诗三百》中所谓"兴"究竟是何含意的问题,不仅是被称为"兴"者究竟是怎么样的写作手法的问题,而且必须关注历代解释《诗经》者对此种手法的理解,即使是在后人、今人看来是错误的、片面的理解。也就是说,我们不仅要从诗人创作的角度去关注"兴",而且要从历代阐释的角度加以关注。对于刘勰之论兴,也应该从这个角度去看。

刘勰论比、兴,将二者进行对比,主要是从显与隐的角度加以比较。我们下面即分别阐释之。

其论比曰:"比者,附也。""附理者,切类以指事。""附理故比例以生。""比则蓄愤以斥言。"又说:"且何谓为比?盖写物以附意,飏言以切事者也。""附"和"切"都是近、靠近、贴近、迫近之意。附理二句,谓比乃比附事物,是用某事物(用作比喻的事物)来切近同类、类似的事物(被比喻的事物)。理,泛指事物、事理,不专就抽象的"道理"言,这一点第十二讲的"备参"已经解释过。"附理"、"附意"、"切事"中的"理"、"意"、"事",都是指被比喻者。指事,意谓指着某事直接说,不绕弯子,不旁敲侧击。"蓄愤以斥言"一句,也是说比这种手法是心中有什么想法便指着说、直接说,不是曲曲折折绕着弯子说,与下文"飏言以切事"的"飏言"同一意思。"愤"指心中憋着要说的话,不专指今日所谓愤恨、愤怒之类;"斥言"与"指事"意义相通,意为直接说,指着说,并非今日所说驳斥、斥责之类。试看下文举比的例子,"金锡以喻明德"、"珪璋以譬秀民",还有"麻衣如雪"、"两骖如舞"等,都与愤怒、斥责毫无关系。刘勰说比是直说、明说,那是与兴相对而言的;如果与赋相比,则赋就更直接明白了。

刘勰以《诗经》中的例子为根据,将比分成两类:比义和比类。比类指被比者是具体的、有形貌可见的事物,如"麻衣如雪"中的麻衣,"两骖如舞"中的两骖。比义指被比者不是某具体事物,而是比较抽象、概括的(如"明德"、

"秀民"),或是某种行为(教诲),或是非视觉形象(如号呼声),或是心理活动("心忧"、"志固"),总之与比类是相对的。比类被比的事物较实,比义则被比事物较虚。这样加以区别,也显示出《文心雕龙》注重分析、思维比较精密的特点。

刘勰论兴曰:"兴者,起也。""起情者,依微以拟议。起情故兴体以立。""兴则环譬以托讽。""观夫兴之托喻,婉而成章,称名也小,取类也大。"起情,即兴起、引发诗人之情志。环譬句,谓不直接指说,而是将欲说之意寄托于"微物"中委婉地表达出来,也就是下文"兴之托喻,婉而成章"的意思。环,环绕。环譬,指不直接说,而是绕圈子让人明白(本书《议对》论"议"云:"事以明核为美,不以环隐为奇。""环"字的用法同)。譬和喻,都是晓喻、让人明白的意思。"托讽"的讽,并不仅是讽刺、讥讽之意,而是旁敲侧击、含蓄地说的意思。旁敲侧击、含蓄婉转固然适宜于讽刺,常见于讽刺,但也未必只用于讽刺,甚至颂美时,也可能"嫌于媚谀",故"取善事以喻劝之"(《周礼·春官·大师》"曰兴"郑玄注)。《诗大序》云:"风,风也,教也。风以动之,教以化之。"这个风字即与讽字通,故《广雅·释诂》便说:"讽,教也。"又说:"风,告也。"也就是说,讽字包含一般的告诉、教诲之意(参王念孙《广雅疏证》卷三上、卷四上)。至于"依微以拟议",即"称名也小,取类也大",意思是以小见大,说的是小事小物,寄托的却是大事大理。

为什么兴是不直接说、是"环譬"、"婉而成章",又是"称名也小,取类也大"呢?这只要看汉儒对诗经的具体解说便可知晓。这里就看本篇所举《周南·关雎》和《召南·鹊巢》吧。《关雎》一诗,今人都觉得是一首恋歌,写一位贵族男子对一位窈窕淑女的思慕。可汉儒却不是这样解释的。《关雎》序云:"后妃之德也。"说此诗是歌颂周文王的配偶太姒的。按照毛传、郑笺的解释,是歌颂太姒有德,又不嫉妒,苦心竭虑要求得淑女来帮助自己,一起辅助周文王,做贤内助。那"悠哉悠哉,辗转反侧"的是太姒,她为了替自己的丈夫寻求好女子而睡不着觉。诗的首章是"关关雎鸠,在河之洲。窈窕淑女,君子好逑",在"关关"二句之下,毛传云:"兴也。关关,和声也。雎鸠……鸟挚而有别。……后妃说乐君子之德,无不和谐,又不淫其色,慎固幽深,若关雎之有别焉,然后可以风化天下。夫妇有别则父子亲,父子亲则君臣敬,君臣敬则朝廷正,朝廷正则王化成。"原来在雎鸠这么个小鸟儿身上,寄托着后妃有德、辅佐君王、天下太平那么重要的大事大理。这就是郑众说的"托事(人事)于物(自然物)",就是刘勰说的"依微以拟议"、"称名也小,取类也大"。而这样的寄托,当然是"环譬以托讽"、"婉而成章"的。再看《鹊巢》。其诗曰:"维鹊有巢,维鸠居之。之子于归,百两(辆)御之。"《诗序》云:"夫人之德也。国君积行累功以致爵位,夫人起家而居有之,德如尸鸠,乃可以配焉。"从诗的本身看,只觉得像是一首迎娶的诗,怎么也看不出歌颂夫人(亦指太姒)之德的意思来。毛传于前二句下云:"兴也。"郑笺云:"鹊之作巢,冬至架之,至春乃成,犹国君积行累功,故以兴焉。兴者,尸鸠因鹊成巢而居有之,而有均壹之德(陆德明《经典释文》:'尸鸠有均一之德,饲其子,旦从上而下,暮从下而上,平均如一。'),犹国后夫人来嫁,居君子之室,德亦然。"原来开头两句写"物",是寄托着这样的"事"。这事关系着文王、太姒夫妇,关系着政教。可不是"称名也小,取类也大"吗? 含义这样隐曲,岂不是环譬托讽、婉而成章吗? 如此隐曲,光从诗的本文当然无从理解其深意,必须看汉儒的解释才行,因此刘勰说是"明而未融,故发注而后见"。汉儒释《诗》多如此,往往穿凿附会,将诗人写"物"牵强地与有关政治教化的"事"联系起来。但刘勰并不认为是牵强附会,他是遵奉汉儒的解说的。

　　刘勰说"兴者,起也",说兴是"起情",这也是接受前代学者的影响。晋代挚虞《文章流别论》曾说:"兴者,有感之言也。"他的说法并不是否定"托事于物"的旧说,但却比旧说进了一步。他说诗人有感于某些"物",受"物"的感触,从而联想到相应的人事。刘勰"起情"之说盖来于此,是说诗人之情志因物而兴起,从而产生有关人事的联想。挚虞和刘勰的说法,比"托事于物"的旧说增加了"物感"的因素,是一种进步。而刘勰的说法,又对后人发生影响,甚至被经学家所吸纳。《毛诗正义·关雎序》的孔颖达疏就说:"兴者,起也。取譬引类,起发己心。诗文诸举草木鸟兽以见意者,皆兴辞也。"所谓"兴者起也"是刘勰原话,"起发己心"就是"起情","引类"就是"取类"。此外,孔氏还说:"比之与兴,虽同是附托外物,比显而兴隐。"也显然是用刘勰的说法。刘勰在《文心雕龙·序志》中曾说自己原来想要注经,而且有"胜解";《比兴》篇的一些看法,就属于其"胜解"吧。

[备参]

（一）指事　谓直陈其事。《三国志·吴书·陆凯传》："表疏皆指事不饰。"《文心雕龙·章表》："曹公（曹操）称为表不过三让。又勿得浮华。所以魏初章表，指事造实，求其靡丽，则未足美矣。"都是说表文写得直接明白，不点缀华词。又《文心雕龙·诏策》："魏武称作戒敕，当指事而语，勿得依违。"意谓戒敕须直说、明说，不得含糊两可。刘勰认为比的手法与兴相比，是明明白白直说的，故云"切类以指事"。

（二）蓄愤　应注意"愤"乃胸中充满某种思想感情、欲求抒发而未得之意，并不限于愤怒、愤恨等。《论语·述而》："子曰：不愤不启，不悱不发。"《论语集解》引郑玄："孔子与人言，必待其人心愤愤，口悱悱，乃后启发为说之，如此，则识思之深也。"刘宝楠《正义》："《方言》：愤，盈也。《说文》：愤，懑也。二训义同。人于学有所不知不明，而仰而思之，则必兴其志气，作其精神，故其心愤愤然也。"此处"愤"乃求知求解之欲充满心中、百思不解、其气不舒之意。按：《说文解字·心部》既云"愤，懑也"，又云"闷，懑也"。又云："懑，烦也。"烦的本义为发热头痛，段玉裁注云："引申之，凡心闷皆为烦。"是愤即今言憋闷、烦闷之意。《述而》又云："其（孔子）为人也，发愤忘食，乐以忘忧，不知老之将至焉尔。"是说孔子嗜好学习，其追求知识之意憋闷于胸，获得了知识，其胸中之郁积乃得以舒畅，即"发愤"（按朱熹《论语集注》的解释，这里的"愤"是指积聚于胸的求知欲望）。《淮南子·修务训》："夫歌者乐之征也，哭者悲之效也，愤于中则应于外，故在所以感之也。"快乐与悲哀，皆可言"愤"。东方朔《非有先生论》："使（贤人）遇明王圣主，得赐清宴之闲、宽和之色，发愤毕诚，图画安危，揆度得失，上以安主体，下以便万民，则五帝三王之道可几而见也。"这里的"愤"是指憋闷于胸中的陈述治国安邦之道的夙愿。王褒《四子讲德论》有"舒先生之愤"语，其"愤"指的是浮游先生蓄积于胸中的欲歌颂大汉盛德的强烈愿望。浮游先生云："于是皇泽丰沛，主恩满溢，百姓欢欣，中和感发，是以作歌而咏之也。《传》曰：诗人感而后思，思而后积，积而后满，满而后作。言之不足故嗟叹之，嗟叹之不足故咏歌之，咏歌之不足，不知手之舞之足之蹈之也。此臣子于君父之常义，古今一也。""感而后思，思而后积，积而后满，满而后作"便是"发愤"的具体说明，而在这里，其"愤"指的乃是臣子歌颂君父的强烈愿望。两"满"字即"懑"字(桂馥《说文解字义证》说)。浮游先生又说:"感懑舒音而咏至德。""感懑"亦即"感愤",愤懑者也就是咏至德的强烈情感。班固《典引》序云:"窃作《典引》一篇,虽不足雍容明盛万分之一,犹启发愤懑,觉悟童蒙,光扬大汉,轶声前代。"其"愤懑"之意,亦与《四子讲德论》同。吴质《答东阿王书》有"愤积于胸臆,怀眷而悁邑"之语,其"愤"是指蒙受恩遇而无以报答的惭愧之情。陆机《吊魏武帝文》云"于是遂愤懑而献吊云尔",其"愤懑"是指因曹操临死之际"雄心摧于弱情,壮图终于哀志"而产生的哀伤感慨而言。凡此之类,例子颇多,不能备举。总之,"蓄愤"之"愤"并非在任何情况下都指愤怒、愤恨那一类情感。孔颖达解释《关雎序》"在心为志,发言为诗"时说:"言作诗者,所以舒心志愤懑,而卒成于歌咏。……言悦豫之志则和乐兴而颂声作,忧愁之志则哀伤起而怨刺生。《艺文志》云'哀乐之情感,歌咏之声发',此之谓也。"悦豫之与忧愁,哀之与乐,是都在"心志愤懑"之内的。又孔氏在解说《诗经》章旨重复而反复咏叹以尽其意的手法时说:"诗本畜志发愤,情寄于辞,故有意不尽,重章以申殷勤。"(见《卷耳》第三章《正义》)所谓"畜志发愤"的志和愤,是泛指各种念想,决不是单指恨怒之情。以《卷耳》而言,所蓄积而抒发的就是悯使臣劳苦、希望君子(指周文王)善待臣下的想法。

(三)斥言　直说,指明了说。斥者,指也,非斥责意。蔡邕《独断》卷上:"群臣与天子言,不敢指斥天子,故呼在陛下者而告之,因卑达尊之意也。"蔡氏又云:"朝廷者,不敢指斥君,故言朝廷。"(今本《独断》无此语,见《文选》卷四十一朱浮《为幽州牧与彭宠书》李善注引)其"指斥"并非今日所谓"斥责"之意,而是"直接称说"意。《诗经·关雎序》"先王之所以教"郑笺:"先王,斥大王、王季。"《诗经·周颂·雝》"假哉皇考"郑笺:"斥文王也。"斥即指也。《周南·汉广》"之子于归,言秣其马"郑笺:"谦不敢斥其适己;于是子之嫁,我愿秣其马,致礼饩,示有意焉。"郑玄之意,谓男子不敢直说愿女子归嫁于己,乃婉言当其出嫁时,我愿秣其马。斥乃直说之意。《诗谱序》"初古公亶父聿来相宇,爰及姜女……历世有贤妃之助以致其治"孔颖达《正义》:"《召南》夫人虽斥文王夫人,而先王夫人亦有是德。"《鹊巢》"百两御之"毛传"百两百乘也"孔疏:"此夫人斥大姒也。"其"斥"皆"指说"之意。

二、概说《楚辞》、汉赋使用比兴的情况

衰楚信谗,而三闾忠烈,依《诗》制《骚》,讽兼比兴。炎汉虽盛,而辞人夸毗,讽刺道丧,故兴义销亡。于是赋颂先鸣,故比体云构,纷纭杂沓,倍旧章矣。

[讲解] 刘勰说屈原作品尚学习《诗经》,兼用比兴;汉赋则兴废而比体大行。究其原因,是由于屈原意在讽刺楚王,汉赋作者却柔靡无骨气,故不用兴的手法。按兴原不止用于讽刺,如上文所举《关雎》、《鹊巢》都是颂美之作,但也用兴,可是在《诗经》中,这种所谓婉转曲折、意在言外的手法是较多见之于"刺诗"中的,因此刘勰这么说。汉赋重在铺叙描写;铺叙描写常常用到比喻,却不需要寄托,也就是无需用所谓兴。刘勰说汉赋"兴义消亡",是不错的。

事实上,汉儒所说的兴,即"托事于物",在写自然物中寄托人事,寄托政教意义,本来是难于普遍运用的。那种所谓的兴,曲折隐晦,如果没有注解的话,读者根本想不到,理解不了,那在日常的大量创作中怎么能普遍应用呢。因此此种手法在汉赋中固然很少用,即使在一般诗歌中,也不可能用得很多。而且在运用时,还应注意比较显豁些,让读者能体会出其中寄托的意思(钟嵘《诗品序》说专用兴则过于深隐,应该赋、比、兴三者参酌使用,就是此意)。

汉儒对《诗三百》"兴"的解说,其实充满了穿凿附会,是强加于《诗三百》的,《诗三百》的作者其实本不曾普遍使用那种寄托手法。实际上《诗三百》并不首首都是美刺。人们的生活本来不可能时时处处都是政治教化,其歌咏不可能都为政教而发。古人已经认识到这一点。朱熹就说:"大率古人作诗,与今人作诗一般,其间亦自有感物道情、吟咏情性,几时尽是讥刺他人?只缘序者立例,篇篇要作美刺说,将诗人意思尽穿凿坏了。且如今人,见人

才做事,便作一诗歌美之或讥刺之,是甚么道理!"(《朱子语类》卷八十)朱熹是一位经学家、理学家,他对汉儒的牵强的说法也提出质疑。但提出这种怀疑,是从宋朝开始的,在唐代以前,人们一般都遵奉汉儒之说而无所怀疑,刘勰也是这样。

刘勰说汉赋"讽刺道丧",其实有一些赋作,从其作者原意说,也还是想要进行讽刺的。但曲终奏雅,劝百讽一,一点点讽刺的意味被大量的铺陈、描写给淹没了。汉人论赋,如司马迁、班固还认同其讽刺之意,后期的杨雄则激烈批判其无讽刺之用。在这个问题上,刘勰是站在杨雄一边的。除本篇外,《诠赋》也说汉赋"无贵风轨,莫益劝戒"。但是,他又不像杨雄那样对汉赋全盘否定,而是对赋的艺术表现加以赞赏,其实也就是肯定赋的审美价值。这从本篇下文中也可看出。

关于《楚辞》的"依《诗》制《骚》",就是指运用"称名也小,取类也大"的兴的手法。那也是汉代学者原有的看法。司马迁《史记·屈原列传》已说:"(《离骚》)其称文小而其指极大。"王逸《楚辞章句·离骚经序》说得更明白:"《离骚》之文,依《诗》取兴,引类譬喻。故善鸟香草,以配忠贞;恶禽臭物,以比谗佞;灵修美人,以媲于君;宓妃佚女,以譬贤臣;虬龙鸾凤,以托君子;飘风云霓,以为小人。"后世有的学者另有说法,如朱熹《楚辞集注·离骚》云:"然《诗》之兴多而比、赋少,《骚》则兴少而比、赋多。"那是因为朱熹对兴的定义与汉人不同之故。朱熹认为《诗经》中那种先写几句自然物的做法,即所谓兴,是"先言他物以引起所咏之词也"(《诗集传·关雎》)。至于这"他物"中是否有所寄托,是否有深意? 朱熹认为有时候有,但经常是没有的。因此《楚辞集注·离骚》云:"兴则托物兴词,初不取义。"("托物"不是说在物中寄托意义,只是"借物"之意;"托物兴辞",即"先言他物以引起所咏之词")比如《九歌·湘夫人》:"沅有芷兮澧有兰,思公子兮未敢言",就是兴;而"沅有芷兮澧有兰"与"思公子兮未敢言"在意义上是没有什么关系的。朱熹这种说法对后世颇有影响。《楚辞》中香草恶物之类,刘勰认为其中寄托深意,是兴;朱熹则目之为比(在刘勰那里,兴其实也是一种比附,只是兴隐而比显罢了)。由于对兴的定义不同,故刘勰强调《楚辞》"依《诗》取兴",朱熹则说《楚辞》兴少而比多。

三、论比喻

夫比之为义,取类不常:或喻于声,或方于貌,或拟于心,或譬于事。宋玉《高唐》云:"纤条悲鸣,声似竽籁。"此比声之类也。枚乘《菟园》云:"焱焱纷纷,若尘埃之间白云。"此比貌之类也。贾生《鵩鸟》云:"祸之与福,何异纠缰。"此以物比理者也。王褒《洞箫》云:"优柔温润,如慈父之畜子也。"此以声比心者也。马融《长笛》云:"繁缛络绎,范、蔡之说也。"此以响比辩者也。张衡《南都》云:"起郑舞,茧曳绪。"此以容比物者也。若斯之类,辞赋所先,日用乎比,月忘乎兴,习小而弃大,所以文谢于周人也。至于杨、班之伦,曹、刘以下,图状山川,影写云物,莫不织综比义,以敷其华,惊听回视,资此效绩。又安仁《萤赋》云:"流金在沙。"季鹰《杂诗》云:"青条若总翠。"皆其义者也。故比类虽繁,以切至为贵;若刻鹄类鹜,则无所取焉。

赞曰:诗人比兴,触物圆览。物虽胡越,合则肝胆。拟容取心,断辞必敢。攒杂咏歌,如川之澹。

[讲解] 在这一段中,刘勰举了许多例子,对比的手法加以分析论述。

所举例子,从宋玉《高唐赋》到西晋潘岳、张翰的诗赋作品,但主要是汉代赋家的作品,凡枚乘、贾谊、王褒、马融、张衡五例。前一段说汉代赋家"赋颂先鸣,故比体云构",这一段便是承上而言。上一段批评赋家"讽刺道丧",这一段也说他们"日用乎比,月忘乎兴,习小而弃大,所以文谢于周人"。但是,刘勰对于他自己称为小道的比体,却仍作了细致的分析,反映出他对此种手法的充分理解。

他所举的例子,确实相当精彩,很有艺术性。如枚乘《菟园赋》,把远飞的群鸟比成"尘埃之间白云",非常形象真切。如贾谊《鵩鸟赋》,用绞合在一起的绳子喻祸福相倚,将抽象的道理具体化,使人感受深刻。特别是王褒《洞箫赋》用慈父爱抚儿子比喻箫声的柔和,马融《长笛赋》用战国辩士说客的滔滔不绝比喻笛声的繁复,尤为独出心裁。乐声是难以直言描述的,但父子之情、辩士之说,似乎更抽象一些。这两例却用这更抽象一些的事来作比喻。这与一般常用较熟悉具体的或眼前的事物来进行比喻,颇有不同,但奇妙的是,却产生了很好的效果。刘勰拈出它们作为例子,是颇有审美的眼光的。

刘勰指出,比喻用得好的话,便具有"惊听回视"、紧紧吸引读者的效果。尤可注意的是,他一方面指出用比"以切至为贵",即比喻事物和被比喻事物之间须有相似之处,二者要贴切;一方面又指出"诗人比兴,触物圆览,物虽胡越,合则肝胆",即比喻事物和被比喻事物之间可以相距很远,诗人可以从极为广泛的范围内,接触到什么、想到什么,都取来作比(这是就比兴二者而言,当然包括比)。陈望道先生《修辞学发凡》论譬喻(即比喻)道:"要用譬喻,约有两个重要点必须留神:第一,譬喻和被譬喻的两个事物必须有一点极相类似;第二,譬喻和被譬喻的两个事物必须本质上极为不同。"可以说,刘勰已经触及这两点。"物虽胡越,合则肝胆",说得很好。双方的距离越远,构成的比喻便越能给人出乎意外、"惊听回视"的新奇喜悦之感。

本篇是我国文学批评史、修辞学史上第一篇关于比和兴的专论。篇中特别推重《诗经》的比兴手法,批评汉赋丧失了讽喻政教的功能,这体现了刘勰崇奉儒家经书的思想,表现出儒家文学思想的一些影响。但是,刘勰对于汉赋和后代作品中运用比喻又有充分的理解,有很好的鉴赏眼光。在篇末的赞中,他完全是从艺术方面称赞比兴手法,一点不触及政教。可以认为,刘勰对历代作品运用比喻手法是从艺术表现方面加以肯定、表示欣赏的。总之,和《文心雕龙》书中其他不少地方一样,本篇也反映出刘勰在先秦、汉代儒家重功利政教的文学观点和魏晋南北朝文学自觉时代重审美的文学观点、趣味之间的调和折中倾向。

[备参]

拟容取心　拟容,指篇中所说"比类",如"麻衣如雪"、"两骖如舞",是比拟事物的外部形貌,比较具体,可以直接看见。取心,当指"兴"和"比义",或取其物象中所寄托的人事,或被比的事物比较概括、抽象、不是直接的视觉形象等(如"明德"、"秀民"、"教诲"、"号呼"、"心忧"、"志固")。

第十五讲

《夸饰》——论夸张

《夸饰》是《文心雕龙》第三十七篇，专论夸张的修辞手法。

一、夸张的合理性，儒家经典中的夸张

夫形而上者谓之道，形而下者谓之器。神道难摹，精言不能追其极；形器易写，壮辞可得喻其真；才非短长，理自难易耳。故自天地以降，豫入声貌，文辞所被，夸饰恒存。虽《诗》《书》雅言，风俗训世，事必宜广，文亦过焉。是以言峻则嵩高极天，论狭则河不容舠，说多则子孙千亿，称少则民靡孑遗，襄陵举滔天之目，倒戈立漂杵之论。辞虽已甚，其义无害也。且夫鸮音之丑，岂有泮林而变好；荼味之苦，宁以周原而成饴？并意深褒赞，故义成矫饰。大圣所录，以垂宪章。孟轲所云"说《诗》者不以文害辞，不以辞害意"也。

[讲解] 刘勰首先论述夸张这种手法的合理性。他说作为宇宙本体的道，是不可描述、不可言喻的；而天地间的万事万物，则都可以用语言文辞加以称说描述，在加以称说描述时，便要用到夸张。因此儒家经典中也有许多夸张之语。抬出儒家经典来，是为了论证夸张的合理性，同时也是按时代顺序述说这种手法的历史发展——儒经本是最早时期的文章著述的代表。

所举经书中的夸张之例，"言峻则嵩高极天"至"倒戈立漂杵之论"六条，若依照陈望道先生《修辞学发凡》"铺张"格的说法，可说是量的方面的夸张；鸮音变好和堇荼如饴，则是性状方面的夸张。刘勰说后两例"并意深褒赞，故义成矫饰"，指出了夸张这种手法产生于作者深刻强烈的情感，是很正确的。正如《修辞学发凡》说："所谓铺张，便是由于这等深切的感动而生。"

　　"倒戈立漂杵之论",出于《尚书·武成》,说周武王伐纣,战于牧野,殷军"前徒倒戈,攻于后,以北,血流漂杵"。《孟子·尽心下》曾论及此节:"尽信《书》,则不如无《书》。吾于《武成》,取二三册而已矣。仁人无敌于天下,以至仁伐不仁,而何其血之流杵也?"孟子大约是认为这么写夸张过度,把战斗写得那么激烈残酷,有损于武王"仁义之师"的形象。他认为以"至仁伐不仁",殷军当毫无斗志,战斗不可能那么激烈。王充《论衡·艺增》也曾论及这个例子。其言云:"夫《武成》之篇言武王伐纣,血流漂杵。助战者多,故至血流如此。皆欲纣之亡也,土崩瓦解,安肯战乎! 言'血流漂杵',亦太过焉。"这就是引申孟子"以至仁伐不仁"的说法。而接着又说:"死者血流,安能浮杵? 案武王伐纣于牧之野,河北地高壤,靡不干燥,兵顿血流,辄燥入土,安得杵浮? 且周殷士卒,皆赍盛粮,无杵臼之事,安得杵而浮之?"这番议论未免迂腐可笑,可说是以文害辞的典型表现,就如同宋人沈括讥刺杜甫所写古柏"霜皮溜雨四十围,黛色参天二千尺""无乃太细长"一样。而刘勰对"血流漂杵"的写法是肯定的,认为"辞虽已甚,其义无害"。

　　"称少则民靡孑遗",指《诗经·大雅·云汉》:"周馀黎民,靡有孑遗。"那是说周宣王时遇到大旱灾,人民死亡极多。"靡有孑遗",意为一个都不剩,乃夸张语。《孟子·万章上》曾说:"故说《诗》者,不以文害辞,不以辞害志。以意逆志,是为得之。如以辞而已矣,《云汉》之诗曰'周馀黎民,靡有孑遗',信斯言也,是周无遗民也。"孟子的理解是正确的,他指出不能停留于字面,要透过字面去体会诗人的意思。但后世有些学者却不能用这样通达的态度去理解。王充《论衡·艺增》虽承认这两句诗是夸张,但解释为"诗人伤旱之甚,民被其害,言无有孑遗一人不愁痛者。夫旱甚,则有之矣;言无孑遗一人,增之也。"王充的想象力有限,只能想到诗人说无一人不愁痛,就是想不到"无一人存活下来"上头去。他认为说无一人不愁痛,已经是很夸张的了。他说大旱之灾降临,人民贫困无蓄积者,当然会焦心苦虑,盼望甘霖;而若是富人素有积蓄,粮仓堆得满满的,则"口腹不饥,何愁之有"? 又说即使天旱,也不至于没有一处躲不过,山林之间还是会有水的,那儿的人民也不发愁。他的结论是:"山林之间,富贵之人,必有遗脱者矣,而言'靡有孑遗',增益其文,欲言旱甚也。"王充这样的理解,使人感到他总是用一种"征实"的眼光去看待文学作品。无独有偶,东汉末年的赵岐,在为《孟子》作注时,也不能正确理解。他释为"周民无孑然遗脱不遭灾害者",理解成"没有一人能逃脱灾害",也还是不敢想到"无一人存活"上头去。刘勰则与王充、赵岐不同,他的理解是正确的。他并且举出孟子"不以文害辞,不以辞害志"的话作为论据。确实,孟子的话虽然不多,但对于理解作品是很重要的。两千多年前就能提出这样的见解,在文学批评史上是值得注意的。

二、论汉赋中的夸张

自宋玉、景差,夸饰始盛。相如凭风,诡滥愈甚。故上林之馆,奔星与宛虹入轩;从禽之盛,飞廉与焦明俱获。及杨雄《甘泉》,酌其余波。语瑰奇则假珍于玉树,言峻极则颠坠于鬼神。至《东都》之比目,《西京》之海若,验理则理无可验,穷饰则饰犹未穷矣。又子云《校猎》,鞭宓妃以饷屈原;张衡《羽猎》,困玄冥于朔野。夸彼洛神,既非魑魅;惟此水师,亦非魍魉:而虚用滥形,不其疏乎! 此欲夸其威而饰其事,义暌剌也。至如气貌山海,体势宫殿,嵯峨揭业、熠耀焜煌之状,光采炜炜而欲然,声貌岌岌其将动矣。莫不因夸以成状,沿饰而得奇也。于是后进之才,奖气挟声,轩翥而欲奋飞,腾掷而羞跼步。辞入炜烨,春藻不能程其艳;言在萎绝,寒谷未足成其凋。谈欢则字与笑并,论戚则声共泣偕,信可以发蕴而飞滞,披瞽而骇聋矣。

[讲解] 对于汉赋中的夸张,刘勰有批评之意。而他首先从《楚辞》作家宋玉、景差说起。这与他将《楚辞》之"艳"当作后世不良文风的源头是相关的,所谓"楚艳汉侈,流弊不还"(《宗经》)。在《辨骚》篇中,刘勰对屈原作品也有所指摘,说其中有诡异谲怪之谈;本篇则不提屈原,只说宋玉、景差,

这表明刘勰对屈原毕竟还是相当尊重的。

刘勰对汉赋的批评有两个方面:一是他认为赋中写楼台之高峻、动植物之富盛,夸张得太过分了。楼台高得到了天上,鬼神都上不去;苑囿中竟有神话世界中才有的动植禽鱼。二是认为有些描写不伦不类,将洛神、水神那样的正面形象写成了被驱使、逼迫的对象。

刘勰认为那样的描写"验理则理无可验",就是说不合乎事实,谲怪荒诞。汉代大赋确实往往将皇家园囿写得具有奇幻色彩。刘勰对于经书中"嵩高极天"、"靡有孑遗"等等句子是认可的,那些句子虽然夸张,但并没有让人产生如入幻境之感;汉赋就不同了,因此受到刘勰的指责。刘勰的不满,与他在《辨骚》篇中批评《楚辞》是一致的,与《宗经》篇提出的要求文章"事信而不诞"、"义直而不回"相呼应。其实对于文学创作是不该用是否信实的标准去衡量的。刘勰的观点,还是以史家征实的眼光去看待文学作品。我国史学发达甚早,征实的传统源远流长,因此人们对远古的神话传说,往往不能理解,或者加以曲解。如"夔一足"被解释成"夔那样的贤臣有一个就足够了","黄帝四面"被解释成"黄帝对四面的情况都很了解"。也因为此,人们对作品中运用神话传说以至夸张手法,也往往表示不认同。史学家、思想家在这方面最为突出,而论文学者也受到影响。以对于赋的评论而言,司马迁早就批评汉赋"侈靡过其实"(《史记·司马相如传》)。西晋赋家左思甚至以所作《三都赋》——"稽之地图"、"验之方志"自诩,将赋当成了博物类的作品,要让读者通过读赋获得丰富而可信的知识。这种态度,显示出对文学创作虚构、夸张的不够理解。刘勰也受到此种态度的影响。

但是,另一方面,对于汉赋运用夸张将山海宫殿的形象写得鲜明生动、奇丽不凡,刘勰还是很赞赏的。他还说后人学习汉赋,纷纷运用夸张,不仅描写景物,还用来表现气氛,抒写情感,取得了很好的效果,"辞入炜烨,春藻不能程其艳;言在萎绝,寒谷未足成其凋。谈欢则字与笑并,论戚则声共泣偕",充满使人惊悚的艺术力量,振聋发聩。

总之,从刘勰对汉赋运用夸张的评论中,可以看出,他对于夸张手法的艺术效果还是颇有体会和认识的,但对于作品因夸饰而产生神话传说般的奇幻色彩,则认为过分,表示反对。

三、总结:如何运用好夸张手法

　　然饰穷其要,则心声锋起,夸过其理,则名实两乖。若能酌《诗》《书》之旷旨,剪杨、马之甚泰,使夸而有节,饰而不诬,亦可谓之懿也。

　　赞曰:夸饰在用,文岂循检?言必鹏运,气靡鸿渐。倒海探珠,倾昆取琰。旷而不溢,奢而无玷。

　　[讲解]　这是对全文的简短的小结。指出夸张是必要的,作家应该竭尽心力进行想象,作必要的夸张,但必须有节制而不诬妄失实。应该以儒家经典为最好的榜样,而不要如汉代赋家那样过分。

　　要求夸张有节制,不失实,从原则上说,当然是正确的。正如鲁迅所说,"燕山雪花大如席"(李白《北风行》诗句),虽然极度夸张,但总还有一点诚实在里边;如果说"广州雪花大如席",那就是胡说了。刘勰心目中的"实"而"不诬",有其具体的内容、标准,后人可以有不同看法。但他提出的原则,却无疑是值得作者注意的。

第十六讲

《时序》——论文章与时代的关系

《时序》为《文心雕龙》第四十五篇。该篇按时代顺序,简述自上古至南朝宋、齐时代的文章写作状况,并论及文章与时代的关系。

传统的儒家理论,是很重视文艺与时代的关系的,认为政治和社会状况会反映于作品之中,因此通过作品可以了解一时代的社会状况。《左传》襄公二十九年载吴公子季札出使鲁国观周乐,听了各国的音乐和诗歌,便从诗乐出发,议论该国的政治风俗。那便是一个著名的例子。《荀子·乐论》说,政治混乱的时代,社会风气中便出现种种不正常现象,包括"其声乐险,其文章匿(慝)而采",即音乐怪异,器物、衣裳上的各种图案都艳丽而不雅正。《礼记·乐记》和《诗大序》则概括地指出:"治世之音安以乐,其政和;乱世之音怨以怒,其政乖;亡国之音哀以思,其民困。"文艺产生于一定的时代条件之中,是社会现实通过作者头脑的一种反映,因此可能或多或少地反映该时代的某些方面。儒家理论的这种基本思路是正确的。但是这种反映是丰富多样的,而且往往是曲折的而不是直接的。而儒家学者,特别是汉代儒家学者,常常将文艺与时代的关系理解得十分狭隘和拘执,阐释具体作品时穿凿附会,生硬勉强地与时代、政治挂钩,置文艺的特点于不顾,甚至显得荒唐可笑。汉儒解释《诗经》、《楚辞》时就充分表现出这种弊病。

魏晋南北朝是文学自觉时代。人们多探讨文学的内部规律,对文学与时代的关系,论述不多。而刘勰则颇能认识这一关系,《时序》中的分析,比前人细致深入得多,而且可贵的是没有汉儒那种简单化的弊病。可以说刘勰吸取了儒家文论中的合理内容,而摒弃了其中的不合理因素。这种摒弃未必是理论上的自觉,而是因为刘勰毕竟生活在文学自觉时代,他尊重文学发展的现实,顺应了时代进步的潮流。

一、论上古、先秦文章

时运交移,质文代变,古今情理,如可言乎! 昔在陶唐,德盛化钧,野老吐"何力"之谈,郊童含"不识"之歌。有虞继作,政阜民暇,"薰风"诗于元后,"烂云"歌于列臣。尽其美者何? 乃心乐而声泰也。至大禹敷土,九序咏功;成汤圣敬,"猗欤"作颂。逮姬文之德盛,《周南》勤而不怨;太王之化淳,《邠风》乐而不淫。幽、厉昏而《板》、《荡》怒,平王微而《黍离》哀。故知歌谣文理,与世推移,风动于上,而波震于下者也。春秋以后,角战英雄,六经泥蟠,百家飙骇。方是时也,韩、魏力政,燕、赵任权,"五蠹""六虱",严于秦令,唯齐、楚两国,颇有文学。齐开庄衢之第,楚广兰台之宫,孟轲宾馆,荀卿宰邑,故稷下扇其清风,兰陵郁其茂俗,邹子以"谈天"飞誉,驺奭以"雕龙"驰响,屈平联藻于日月,宋玉交彩于风云。观其艳说,则笼罩《雅》、《颂》。故知暐烨之奇意,出乎纵横之诡俗也。

　　[讲解]　这是《时序》的第一段。刘勰开宗明义,指出时代在变化,有的时代表现出"文"的特征,有的时代则表现出"质"的特征,是互相交替的;文章写作(包括文学创作)也随时代而发生变化。

　　接着便评述唐、虞、夏、商、周五代的诗歌。刘勰说唐尧、虞舜时,政治清明,人民生活安定,因此其时歌谣显得"心乐而声泰"。夏禹治水,商汤圣明,其政绩也反映于诗歌中。周初太王居邠,风俗淳厚,泽被后世,故《邠风》之诗乐而不淫。文王为政以德,教化广被,故《周南》之诗勤而不怨。幽、厉昏乱,《板》、《荡》之诗便充满愤怒之情。平王时周的统治已经式微,《黍离》之诗乃悲伤哀叹。由此得出结论:"歌谣文理,与世推移,风动于上,而波震于下者也。"风行水上,必定激起波澜;统治者的政治,也必定反映于歌谣诗章之中。这样的论述,大体是来自汉代儒家学者的说法。

接下来论述战国时代。刘勰说七雄争霸,崇尚武力和权诈,秦国更是厉行法治,都不重视文章学术,只有"齐、楚两国,颇有文学"。然后便分述齐、楚的"文学"状况:齐有孟轲和稷下学者,邹衍、驺奭高谈阔论;楚有荀况开创好学的风气,有屈原、宋玉写作辞赋。刘勰说这些学者的谈论、文士的作品,表现出奇谲瑰丽的风貌,是《诗三百》所没有的;而此种新的风貌之形成,乃由于当时百家争鸣、纵横巧辩的风气。这一判断,显示出刘勰敏锐而独特的眼力。刘勰将屈、宋辞赋与邹、驺等学者的辩说并提,认为都具有奇崛炫耀的风貌,是战国纵横之世的产物(《辨骚》也说《楚辞》"风杂乎战国"),这一点颇值得注意。这一论断可能与下列事实有关:即刘勰沿袭旧说,将屈、宋的作品看作是对楚王的讽谏;宋玉的一些作品,原本作与楚王的问答之辞。这样,在刘勰看来,屈、宋作品在企图以奇谲巧妙、铺张扬厉的言辞打动人主这一点上,是与各家各派学者辩士相通的。但更重要的是,这一论断显示出刘勰的艺术感受力,显示出他对作品整体风貌的把握能力。确实,屈、宋身处战国,受当时风气、当时辩说言辞的陶染,自然而然地在作品中表现出时代的影响和特色。

[备参]

质文代变 质、文这对词语,古代运用颇广泛。可以用来指说人物,也可用以指说文章(参《情采》及该篇"备参"),此外还有一种用法,即概括地说明社会生活、统治措施、时代风气等。《礼记·表记》载,孔子曾说:"虞夏之质,殷周之文,至矣!虞夏之文,不胜其质;殷周之质,不胜其文。"汉代儒家经常议论质文互变。如《尚书大传》云:"王者一质一文,据天地之道。"(《白虎通义·三正》引)《春秋繁露·三代改制质文》云,王者之制"一商一夏,一质一文。商、质者主天,夏、文者主地。……主天法商而王,其道佚阳,亲亲而多仁朴。……主地法夏而王,其道进阴,尊尊而多义节。……主天法质而王,其道佚阳,亲亲而多质爱。……主地法文而王,其道进阴,尊尊而多礼文。……故四法如四时然,终而复始,穷则反本。"这里商、质是一类,效法商、质而王者,重在亲近亲属,多质朴仁爱。夏、文是一类,效法夏、文而王

者,重在尊敬尊者,多礼义节文。文中还说虞舜、夏禹、商汤、周文就是分别
法商、法夏、法质、法文而王的,也就是依照质—文—质—文的顺序递变的。
《说苑·修文》、《白虎通义·三正》、《公羊传》桓公十一年何休注等也都有类
似的议论。质与文的具体内容,除亲亲还是尊尊、多仁爱还是多礼义等区别
之外,还包括质朴与文华之别。凡兴办教育、学习典籍以至美化生活等都属
文的方面。总之,儒家学者认为社会、时代、统治措施都是质文互变的。就
统治而言,质弊则救之以文,文弊则救之以质。

这种质文代变的思想也被后人用来指说文章的变化。刘勰这里说"质
文代变",还有篇末赞语说"质文沿时",都是泛指文章学术随时代而变化
之意。

二、论两汉文章

爰至有汉,运接燔书,高祖尚武,戏儒简学。虽礼律草创,《诗》、
《书》未遑,然《大风》、《鸿鹄》之歌,亦天纵之英作也。施及孝惠,迄
于文、景,经术颇兴,而辞人勿用。贾谊抑而邹、枚沉,亦可知已。逮
孝武崇儒,润色鸿业,礼乐争辉,辞藻竞骛。柏梁展朝讌之诗,金堤
制恤民之咏;征枚乘以蒲轮,申主父以鼎食;擢公孙之对策,叹儿宽
之拟奏;买臣负薪而衣锦,相如涤器而被绣。于是史迁、寿王之徒,
严、终、枚皋之属,应对固无方,篇章亦不匮。遗风余采,莫与比盛。
越昭及宣,实继武绩。驰骋石渠,暇豫文会;集雕篆之轶材,发绮縠
之高喻,于是王褒之伦,底禄待诏。自元暨成,降意图籍;美玉屑之
谈,清金马之路,子云锐思于千首,子政雠校于六艺,亦已美矣。爰
自汉室,迄至成、哀,虽世渐百龄,辞人九变,而大抵所归,祖述《楚
辞》,灵均余影,于是乎在。

自哀、平陵替,光武中兴,深怀图谶,颇略文华。然杜笃献诔以

免刑,班彪参奏以补令。虽非旁求,亦不遗弃。及明、章叠耀,崇爱儒术,肄礼璧堂,讲文虎观。孟坚珥笔于国史,贾逵给札于瑞颂,东平擅其懿文,沛王振其《通论》。帝则藩仪,辉光相照矣。自安、和已下,迄至顺、桓,则有班、傅、三崔,王、马、张、蔡,磊落鸿儒,才不时乏,而文章之选,存而不论。然中兴之后,群才稍改前辙,华实所附,斟酌经辞,盖历政讲聚,故渐靡儒风者也。降及灵帝,时好辞制,造《皇羲》之书,开鸿都之赋,而乐松之徒,招集浅陋。故杨赐号为驩兜,蔡邕比之俳优。其余风遗文,盖蔑如也。

[讲解]　刘勰论西汉文章,对于汉武帝重视学术文章、优待文士,津津乐道。他认为这是该时期文章发展的重要原因。对于宣、元、成诸帝能继承武帝这方面的业绩,也甚为赞赏。这里"集雕篆之轶材,发绮縠之高喻"二句颇值得注意。按杨雄晚年自悔作赋,批评作赋乃童子雕虫篆刻,壮夫不为;而刘勰这里说善于作赋也是出众之材,并不轻视。据《汉书·王褒传》载,汉宣帝收罗了不少擅长作文以至长于音乐的人才在身边,王褒也是其中之一。每游幸宫馆,便令那些文人们作歌赋,还要评其优劣,排定名次。不少人议论说此乃淫靡不急之事,不该耗费精力于此。宣帝说:"'不有博弈者乎? 为之犹贤已。'辞赋大者与古诗同义,小者辩丽可喜。辟如女工有绮縠,音乐有郑、卫,今世俗犹皆以此虞说耳目,辞赋比之,尚有仁义风喻、鸟兽草木多闻之观,贤于倡优博弈远矣。"不久,又提拔王褒为谏大夫。后来太子身体不适,精神恍惚,情绪低落,宣帝便命王褒等人都去太子宫侍奉解闷,给太子诵读奇文,包括他们自己的作品。太子特别喜爱王褒所作《甘泉赋》和《洞箫赋》,令后宫贵人及左右都诵读之。汉宣帝及太子对待辞赋,乃是一种视为娱乐的态度。用今天的话说,可说是一种审美的态度。其实汉代帝王之所以喜好辞赋,在很大程度上就是因为可用来赏心悦目。只是当时儒家功利主义的文艺观占统治地位,娱乐的观点登不上大雅之堂罢了。汉代学者对待赋的态度,有的肯定(如司马迁、班固),有的否定(如晚年的杨雄)。但都是从功利的观点出发的。只是肯定者认为赋有讽谏功能,否定者认为赋劝百讽一、起不到讽谏作用罢了。在那样的背景下,汉宣帝以帝王之尊为赋辩

护,而且与博弈那样的娱乐活动、与美丽的织绣、动听的音乐并提,说赋即使无讽谏之义,但也"辩丽可喜",那也就是肯定了赋娱悦耳目的作用。这在文学批评史上应该说有相当重要的意义。而刘勰对此加以肯定,也是很值得我们注意的。他虽然也受到杨雄观点的影响,但毕竟对历代优秀的赋作(包括杨雄的作品)、对文学作品的审美功能作出了肯定的评价。

刘勰论东汉文章,有一点值得注意,即他指出当时文人写作多"斟酌经辞",多吸收、运用儒家经书中的语词,因而与前代文章呈现出不同的风貌。他还指出这与东汉的思想文化背景有关。由于历朝皇帝崇奉儒术,多次召集学者讲说、讨论经书,以至作者们潜移默化,文章遂出现了与以前不同的面貌。作文采撷经书中语,当然并非始于东汉,但确实至东汉时成为风气。从此引经据典,多用典故,成为作文的一项重要手段。刘勰对此颇为注意。《事类》篇云:"至于崔、班、张、蔡,遂捃摭经史,华实布濩,因书立功。"《才略》篇云:"然自卿、渊已前,多役才而不课学;雄、向已后,颇引书以助文:此取与之大际,其分不可乱者也。"都指出多用典故乃始于两汉之交、东汉时期。用典是写作,特别是骈文写作的重要修辞手法,因此刘勰十分重视。他的话让我们明白,即使是一项具体的写作手法,也可能与时代的学术文化背景密切相关。

三、论建安曹魏文章

自献帝播迁,文学蓬转,建安之末,区宇方辑。魏武以相王之尊,雅爱诗章;文帝以副君之重,妙善辞赋;陈思以公子之豪,下笔琳琅。并体貌英逸,故俊才云蒸。仲宣委质于汉南,孔璋归命于河北,伟长从宦于青土,公幹徇质于海隅,德琏综其斐然之思,元瑜展其翩翩之乐,文蔚、休伯之俦,子叔、德祖之侣,傲雅觞豆之前,雍容衽席之上,洒笔以成酣歌,和墨以藉谈笑,观其时文,雅好慷慨,良由世积乱离,风衰俗怨,并志深而笔长,故梗概而多气也。至明帝纂戎,制诗度曲,征篇章之士,置崇文之观,何、刘群才,迭相照耀。少主相仍,唯高贵英雅,顾眄含章,动言成论。于时正始余风,篇体轻澹,而嵇、阮、应、缪,并驰文路矣。

[讲解] 这一段论述汉末建安时期以及曹魏时的诗文写作。

关于建安时期的文学,首先,刘勰对曹氏祖孙,尤其是曹操、曹丕、曹植父子爱好写作、优遇文士十分赞赏。此种称许之情,当是南朝文士普遍的心态。正如《才略》篇所说:"宋来美谈,亦以建安为口实。"刘勰认为那是一个"崇文之盛世,招才之嘉会"。他以无限向往、歆羡的口气说:"嗟夫! 此古人所以贵乎时也。"这里面当然也有他个人的感慨在。

其次,刘勰对建安诗文的时代风格及其与社会现实的关系,作了准确的概括和说明。他以"雅好慷慨"四个字概括其风貌。这四个字原是曹植自述其审美爱好的话(见曹植《前录序》),刘勰认为曹植的审美趣向代表了整个时代。所谓慷慨,就是感情强烈而直抒胸臆。《明诗》篇称说建安作品道:"慷慨以任气,磊落以使才;造怀指事,不求纤密之巧;驱辞逐貌,唯取昭晰之能。"也是此意。因为是直抒胸臆,倾吐而出,故不作细致雕画而明朗动人。刘勰并且进一步指出此种风貌与现实的关系。他认为建安文人身处乱世,经历了颠沛流离,因此比起太平时代过着优游安定生活的人们来,自然思想感情较为丰富而深沉,发为诗文,也就慷慨多气。建安文人之遭逢离乱与其创作之间的关系,南朝的其他论者是也曾注意到的。如刘宋谢灵运在其组诗《拟魏太子邺中集》的短序中,就说王粲以贵公子孙而遭乱漂泊,故多自我伤悼之情;又说应场因流离而颇有飘落之叹,等等。但谢氏所说还很简单,且主要是就作品内容而言;刘勰则概括出作品的时代风貌,作了较细致的说明。

今天的读者,谈起建安作者的慷慨任气,往往会想到那些直接反映战乱和社会残破的作品。今人最重视的也是此类作品。但刘勰在本篇中概述当时作品的内容道:"傲雅觞豆之前,雍容衽席之上,洒笔以成酣歌,和墨以藉谈笑。"《明诗》说的也是"并怜风月,狎池苑,述恩荣,叙酣宴"。这大致上是指公宴、游览、赠答之类作品(《昭明文选》录建安诗歌,此三类也较多)。可见刘勰虽认为慷慨任气的风貌与"时积乱离,风衰俗怨"有很大关系,但并不认为此种风貌只表现于直接反映动乱的作品中。毋宁说他对直接反映社会动乱现实的作品并不很重视。这与后人、与今人是有所不同的。

所谓建安风骨,在文学史上非常著名。刘勰首先对它作了很好的概括和说明,值得重视。

[备参]

文学　本段有"献帝播迁,文学蓬转"之语,第一段亦有"唯齐、楚两国,颇有文学"语。应注意所谓"文学",与今日所说"文学"意义不同。今之所谓文学,指以语言文字为物质手段的具有审美性质的作品,古代则没有与之完全相当的词语。古之所谓文学,是一个宽泛的概念,泛指文教、文化修养等;而随时代不同,其具体的含义又有所偏重。先秦时代,文学主要指学问而言。如《论语·先进》:"德行:颜渊、闵子骞、冉伯牛、仲弓;言语:宰我、子贡;政事:冉有、季路;文学:子游、子夏。"这是举出孔门高弟四个方面的优秀人才,"文学:子游、子夏"是说子游、子夏在熟悉、掌握古代文献典籍方面最有成绩,而不是说他们擅长文学创作,写作诗文。《荀子·大略》:"人之于文学也,犹玉之于琢磨也:《诗》曰:'如切如磋,如琢如磨。'谓学问也。……子赣、季路,故鄙人也,被文学,服礼义,为天下列士。学问不厌,好士不倦,是天府也。"两处"文学",都是指从事于学问,提高文化修养。汉代"文学"含义依然如此。不过因儒学独尊,儒学是知识分子最重要的学问、修养,所以说到"文学"时往往给人偏指儒学的印象。如《史记·孝武本纪》:"上乡儒术,招贤良,赵绾、王臧等以文学为公卿。"到了魏晋南北朝,由于写作能力越来越显得重要,写作能力成了士人文化修养的一个重要组成部分,因此"文学"一语往往包含了文章写作之意。而学问当然仍是知识分子必备的修养,故"文学"常是兼有文章、学问两方面的含义。如《三国志·魏文帝纪》:"帝好文学,以著述为务,自所勒成垂百余篇,又使诸儒撰集经传,随类相从,凡千余篇,号曰《皇览》。""好文学"既包含爱好写作,也包含喜好学问博识。"以著述为务"即好文章,编撰《皇览》表明其好学问。当然,随着语境的不同,"文学"有时偏于学问之意,有时则偏于文章写作之意,但只是有所偏而已,总的还是泛言文化修养、博学能文。本篇云"唯齐、楚两国,颇有文学",是说唯此两国重视招徕有学问的人。虽然这些人中也颇有长于写作的,但"颇有文学"之文学并非专指作家而言。"献帝播迁,文学蓬转",是说汉末知识分子流离失所。当然那些人中不乏长于写作诗文者,如下文所说王粲、陈琳等人,但应注意他们同时也是读书甚多、有学问的人,曹丕、曹植与他们交往,并不仅是一同作诗文,而且也一同谈论学问。这里只举一个例子:应玚《公宴诗》描绘邺下文人聚会云:"巍巍主人德,佳会被四方。开馆延群士,置酒于斯堂。辩论释郁结,援笔兴文章。""援笔兴文章"是说吟诗作文,"辩论释郁结"则是说讨论学问。这两项活动都是当时知识分子精神生活中的重要节目,甚至成为一种娱乐。总之,"文学蓬转"之文学,若要说得准确,就不应仅理解为长于作者,而应理解为有文化的人、知识分子。

四、论晋代文章

逮晋宣始基,景、文克构,并迹沉儒雅,而务深方术。至武帝惟新,承平受命,而胶序篇章,弗简皇虑。降及怀、愍,缀旒而已。然晋虽不文,人才实盛。茂先摇笔而散珠,太冲动墨而横锦;岳、湛曜联璧之华,机、云标二俊之采,应、傅、三张之徒,孙、挚、成公之属,并结藻清英,流韵绮靡。前史以为运涉季世,人未尽才,诚哉斯谈,可为叹息! 元皇中兴,披文建学,刘、刁礼吏而宠荣,景纯文敏而优擢。逮明帝秉哲,雅好文会,升储御极,孳孳讲艺,练情于诰策,振采于辞赋。庾以笔才逾亲,温以文思益厚。揄扬风流,亦彼时之汉武也。及成、康促龄,穆、哀短祚,简文勃兴,渊乎清峻,微言精理,函满玄席,澹思酞采,时洒文囿。至孝武不嗣,安、恭已矣。其文史则有袁、殷之曹,孙、干之辈,虽才或浅深,珪璋足用。自中朝贵玄,江左弥盛,因谈余气,流成文体。是以世极迍邅,而辞意夷泰,诗必柱下之旨归,赋乃漆园之义疏。故知文变染乎世情,兴废系乎时序,原始以要终,虽百世可知也。

[讲解]　这一段论两晋的文章写作。关于西晋时情况,刘勰说当时的最高统治者都不重视文化,但著名的文人很多,写作了不少出色的作品,并为他们生当末世、未能尽才的命运而叹息。关于东晋时的诗文写作,刘勰指出,由于西晋玄学发达,东晋人士尤好清谈《老》《庄》玄理,影响及于诗文写作,便形成弥漫文坛的玄言风气。因此虽然东晋王朝势力不振,颇多动乱,而文人所作诗文对此并无反映,相反作品中却一派平和安泰之气。其时简文帝就是一位玄言诗文的热烈爱好者。刘勰说他"微言精理,函满玄席,澹思酞采,时洒文囿"。他曾称赞许询的五言诗"妙绝时人"(《世说新语·文学》),指的就是许氏的玄言诗。

关于东晋文坛的这一突出现象,刘勰在《明诗》中也曾说:"江左篇制,溺乎玄风,嗤笑徇务之志,崇盛忘机之谈。"此外,《明诗》还说:"正始明道,诗杂仙心。"本篇也说:"正始余风,篇体轻澹。"都是指玄言作品而言。曹魏正始年间,何晏、王弼等研究《老》《庄》之学,开启玄风,影响所及,诗文创作亦多高蹈出世之语。那些作品情思平和少风力,是被认为淡而寡味的。刘勰认为,文学创作受玄学影响,早在正始时已有所表现。

五、论宋齐文章

自宋武爱文,文帝彬雅,秉文之德,孝武多才,英采云构。自明帝以下,文理替矣。尔其缙绅之林,霞蔚而飙起;王、袁联宗以龙章,颜、谢重叶以凤采,何、范、张、沈之徒,亦不可胜也。盖闻之于世,故略举大较。

暨皇齐驭宝,运集休明。太祖以圣武膺箓,世祖以睿文纂业,文帝以贰离含章,高宗以上哲兴运,并文明自天,缉熙景祚。今圣历方兴,文思光被,海岳降神,才英秀发,驭飞龙于天衢,驾骐骥于万里,经典礼章,跨周轹汉,唐、虞之文,其鼎盛乎! 鸿风懿采,短笔敢陈?眇言赞时,请寄明哲。

赞曰:蔚映十代,辞采九变。枢中所动,环流无倦。质文沿时,崇替在选。终古虽远,暧焉如面。

[讲解] 刘勰此处论宋齐文章,十分笼统,并不作具体评述,那当是有所回避之故。《文心雕龙》撰写于齐末,对齐代情况更是泛然颂赞而已。值得注意的倒是篇末的赞,体现了文章不停地随时代变化的思想观点。上一段论晋代文章之后,说"文变染乎世情,兴废系乎时序,原始以要终,虽百世可知也",也是此意。这是刘勰对于文章发展的一个规律性的认识。

六、本讲小结

《文心雕龙》自《明诗》至《书记》二十篇,分体论述文章。其中"原始以表末"、"选文以定篇"的内容,可作分体文学史看。本篇《时序》概述各时代状况,则略具文学通史性质,当与《明诗》等二十篇参互阅读。又《文心雕龙》第四十七篇《才略》,也是按时代论述,不过重在列举、论述各代重要作家,也应并观。与《文心雕龙》的撰写大致同时的沈约《宋书·谢灵运传论》、略迟于《文心雕龙》的萧子显《南齐书·文学传论》,也都略具文学史意味,但都不过是史书中文人传记篇末的议论而已,篇幅不长;刘勰的论述当然丰富得多了。

《时序》之可贵,不仅在于论述较详,更在于反映了文学发展与时代条件密切相关的意识。刘勰的这一意识是十分自觉的。本讲开头处说过,汉代儒家的文论已重视文学与时代、与社会现实的关系,但所言尚简,特别是机械地、简单化地看待这一关系,过分地强调文学的政治、教化作用而抹杀文学的审美性质,乃是其根本性的、重大的缺陷。刘勰则不同。他一方面吸取了传统文论中的合理因素，一方面毕竟得到了文学自觉时代的熏陶，因此避免了简单化的弊病，所论相当合理。下面就从几个方面再小结一下。

第一，刘勰认为文章兴废，与统治者之好文与否、与统治者的文化政策很有关系。对于历史上重视文化建设、爱好文学的帝王，如汉武帝、曹氏父子以及西汉、东汉、东晋、刘宋的某些皇帝重文的表现，刘勰都津津乐道。特别是汉武及曹氏父子，刘勰对他们非常赞赏。所谓"兴废系乎时序"，主要就是指统治者的态度而言。

第二，刘勰指出政治的好坏、国家的兴衰，社会状况和时代风气，会影响到作品的内容以至风格特征。在这方面，刘勰接受了儒家理论的影响；可贵的是，刘勰还有不少独特的观察。如关于战国文章，包括屈、宋辞赋，《时序》概括其特点为具有"炜烨之奇意"，而此种"奇"的表现则与当时"纵横之诡俗"密切相关，这就独具只眼。又如关于建安文学与时代的关系，不但准确地概括出建安文学总的风貌特征，而且指明了动乱现实对建安风骨形成的作用。这比笼统地说"乱世之音怨以怒"，无疑更为具体深刻。

第三，《时序》论及学术风气对文章的影响。例如论东汉文人制作，指出其多引用儒家经书，形成与以前不同的风貌，那是由于皇帝崇爱儒术，"历政讲聚"，文士"渐靡儒风"的缘故。又如关于东晋文风，指出由于谈玄风气很盛，因而造成"世极迍邅，而辞意夷泰；诗必柱下之旨归，赋乃漆园之义疏"的状况，诗赋的内容和风格都与玄学发达密切相关。

刘勰从以上三方面指出了文学与时代条件之间的联系，而并不机械地看待这些联系。例如帝王好文固然可能有利于文学，但如西晋短祚，统治者不重学术，不好文学，然而"人才实盛"，文学创作兴盛。可见统治者的爱好、提倡与否，并非文章写作发达或不发达的唯一原因。又如建安时社会动乱成为诗文慷慨多气风貌形成的土壤；而东晋朝廷不振，矛盾重重，作品却"辞意夷泰"，一派平和景象。因此关于政治、社会环境对文学的影响，也不可作简单理解。总之，刘勰从分析历史事实出发，既总结出"文变染乎世情，兴废系乎时序"这一客观规律，并总结出文章与时代关系的几个重要方面，又并不企图以简单的公式囊括这种关系。他是实事求是地作具体分析的。

第十七讲

《物色》——论自然景物与文学创作的关系

《物色》是《文心雕龙》第四十六篇。前一篇《时序》论述历代文章与时代、与社会环境的关系,《物色》则论历代诗文写作中的景物描写。物色之物,不是泛指外物,而是指以自然物为主的可见可闻之物(参见《神思》篇"备参")。

一、风景物色感人至深

　　春秋代序,阴阳惨舒,物色之动,心亦摇焉。盖阳气萌而玄驹步,阴律凝而丹鸟羞,微虫犹或入感,四时之动物深矣。若夫珪璋挺其惠心,英华秀其清气,物色相召,人谁获安? 是以献岁发春,悦豫之情畅;滔滔孟夏,郁陶之心凝;天高气清,阴沉之志远;霰雪无垠,矜肃之虑深。岁有其物,物有其容;情以物迁,辞以情发。一叶且或迎意,虫声有足引心。况清风与明月同夜,白日与春林共朝哉!

　　[讲解]　这是《物色》篇第一段。刘勰认为,自然景物、季节变迁会触发作者的情感,引起创作冲动。他说连小小的昆虫都会被物候所动,何况于人? 也就是说这种触发是必然的,可说也是"自然之道"吧。而此种触发、感召的力量非常巨大,刘勰以美丽的形象鲜明的语言对此加以礼赞。

　　如此重视创作中自然风物的感发作用,乃是文学发展进入自觉时期之后的一种新现象。传统的儒家文艺理论原已提出了感而后作的观点。《礼记·乐记》说音乐是人心"感于物而动"的产物,说"其本在人心之感于物也"。但所强调者在于社会生活、政治状况对于情感的作用。《毛诗大序》将这种说法用之于诗歌,例如说"变风"、"变雅"之作,乃由于诗人"伤人伦之废,哀刑政之苛",因而"吟咏情性",发为诗章。又如《汉书·艺文志》说"哀乐之心感而歌咏之声发"。又汉代经学家何休的《公羊传解诂》说"饥者歌其食,劳者歌其事"(见宣公十五年解诂)。这些说法相当合理,对后世文论有深远影响,但它们都是强调社会生活状况对作者内心的感动,还没有说到自然环境的作用。而到了魏晋时期,情形便大为不同。魏晋时期的论者,一方面继承了前人物感的观点,一方面将注意力向自然风物方面倾斜。陆机《文赋》一开头就说,"伫中区以玄览","遵四时以叹逝,瞻万物而思纷,悲落叶于劲秋,喜柔条于芳春",说的就是观照自然景物而思绪纷纷、引起创作冲动的情形。不难看出,《文心雕龙·物色》开头的这一段话,几乎可说是对《文赋》那几句话的引申和发挥。汉末、魏晋作者的作品,经常表现出对于自然景物和四季推迁的敏感,足以证明陆机的观点并不仅仅是他个人的,而是体现了时代的审美倾向。到了南朝齐梁时期,像陆机、刘勰那样强调自然景物的感召引起强烈创作冲动的论点,已是屡见不鲜了。

[备参]

(一)阴阳惨舒   郁陶之心凝   所谓"阴阳惨舒",语出张衡《西京赋》:"夫人在阳时则舒,在阴时则惨。"薛综注:"阳谓春夏,阴谓秋冬。"舒谓舒泰松弛,惨谓不乐寡欢。古人早就体会到季节时令对于生理、心理的影响。宋玉《九辩》云:"悲哉,秋之为气也!"又云:"皇天平分四时兮,窃独悲此凛秋。"便是将秋与悲联系在一起。《庄子·大宗师》描写得道真人的情感云:"凄然似秋,暖然似春,喜怒通四时。"也用秋日之寒凉、春日之温暖形容人的态度、情感。此种感受本是来自日常生活,而又与阴阳之说相结合,便具有了某种理论的色彩。《庄子·在宥》已曾说:"人大喜邪? 毗(邻近之意)于阳;大怒邪? 毗于阴。"《淮南子·原道》则说:"人大怒破阴,大喜坠阳。"都将喜与阳、怒与阴相对应。至董仲舒鼓吹天人感应,更明确地说:"喜气取诸春,乐气取诸夏,怒气取诸秋,哀气取诸冬。"又云:"阴始于秋,阳始于春。春之为言犹偆偆也,秋之为言犹湫湫也。偆偆者喜乐之貌也,湫湫者忧悲之貌也。"(见《春秋繁露·阳尊阴卑》)总之,刘勰说"春秋代序,阴阳惨舒",寥寥八字,不仅仅是用典而已,细究之下,可知是包含着悠久的文化积累的。

所谓"郁陶之心凝",郁陶往往被解释成忧郁之意。若与上文"春秋代序,阴阳惨舒"相联系,似觉行文缺少对应。夏季为阳盛之时,为何反说是忧郁呢? 从"献岁发春"到"霰雪无垠",刘勰分写春夏秋冬四季,若只有春季之悦豫舒泰,其他三季都是阴郁严肃,似也觉不够匀称。其实郁陶在这里应理解为喜气充塞而未发之意。初夏时节,万物长育,草木扶疏,故心中充满喜悦。按:凡情思盈蓄于内而未发舒,无论是忧是喜,还是思念深切等,均可称郁陶。王念孙《广雅疏证》卷二下《释诂》言之甚详,可参看。《物色》此处上文有"阴阳惨舒"语,则此"郁陶之心"当指欣悦之情而言。《尔雅·释诂》:"郁陶、繇,喜也。"又《礼记·檀弓下》:"人喜则斯陶,陶斯咏。"郑玄注:"陶,郁陶也。"孔颖达疏:"郁陶者,心初悦而未畅之意也。言人若外竟(境)会心,则怀抱欣悦,但始发俄尔,则郁陶未畅。……郁陶情转畅,故口歌咏之也。"孔疏可供参考。本书《书记》篇说书信的作用,"所以散郁陶",其"郁陶"泛指心中郁积,虽然不是专指欣悦,但也不是专指忧郁。凝,结,与上文"悦豫之情畅"之"畅"相对。

(二)南朝人言自然景物感动心灵而引起创作冲动 齐梁人此类言论颇多,兹引数例,可与刘勰所言并参。

钟嵘《诗品序》:"若乃春风春鸟,秋月秋蝉,夏云暑雨,冬月祁寒,斯四候之感诸诗者也。"

萧统《答湘东王求文集及〈诗苑英华〉书》:"或日因春阳,其物韶丽,树花发,莺鸣和,春泉生,暄风至,陶嘉月而嬉游,藉芳草而眺瞩。或朱炎受谢,白藏纪时,玉露夕流,金风多扇,悟秋山之心,登高而远托。或夏条可结,倦於邑而属词;冬雪千里,睹纷霏而兴咏。"又《答晋安王书》:"炎凉始贸,触兴自高,睹物兴情,更向篇什。"

萧纲《答张缵谢示集书》:"至如春庭落景,转蕙承风;秋雨且晴,檐梧初下;浮云生野,明月入楼。……是以沉吟短翰,补缀庸音,寓目写心,因事而作。"

萧子显《自序》:"若夫登高目极,临水送归,风动春朝,月明秋夜,早雁初莺,开花落叶,有来斯应,每不能已也。……天监十六年,始预九日朝宴。稠人广坐,独受旨云:'今云物甚美,卿得不斐然赋诗?'"

观此数例,可知刘勰《物色》所云,实是时代风气的反映。

二、简论历代作品的景物描写

是以诗人感物,联类不穷,流连万象之际,沉吟视听之区;写气图貌,既随物以宛转;属采附声,亦与心而徘徊。故"灼灼"状桃花之鲜,"依依"尽杨柳之貌,"杲杲"为出日之容,"瀌瀌"拟雨雪之状,"喈喈"逐黄鸟之声,"喓喓"学草虫之韵。"皎"日"嘒"星,一言穷理;"参差""沃若",两字连形。并以少总多,情貌无遗矣。虽复思经千载,将何易夺?及《离骚》代兴,触类而长,物貌难尽,故重沓舒状,于是"嵯峨"之类聚,"葳蕤"之群积矣。及长卿之徒,诡势瑰声,模山范水,字必鱼贯,所谓诗人丽则而约言,辞人丽淫而繁句也。

至如《雅》咏棠华,"或黄或白";《骚》述秋兰,"绿叶""紫茎"。凡摘表五色,贵在时见,若青黄屡出,则繁而不珍。

自近代以来,文贵形似,窥情风景之上,钻貌草木之中。吟咏所发,志惟深远;体物为妙,功在密附。故巧言切状,如印之印泥,不加雕削,而曲写毫芥。故能瞻言而见貌,即字而知时也。

[讲解] 以上内容,是论《诗经》、《楚辞》、汉赋以至"近代"(指刘宋时期)作品中的物色描绘。论《诗经》和刘宋作品较详,论《楚辞》、汉赋较略。

论《诗经》时,刘勰说:"诗人感物,联类不穷。"类者,事也。刘勰之意,是说诗人见到自然物,受到感动,便产生许多相关的联想。联想到什么呢?看历来学者对《诗经》中作品的解释,便知是说联想到人事。例如见到河洲上雎鸠和鸣,便联想到夫妇和谐,联想到周文王夫人太姒的幽娴贞静、辅佐文王。见到桃花盛开,便联想到少女盛时出嫁,联想到这是文王和后妃的德化所致。这其实就是指兴的手法而言。汉儒说兴是"托事于物",物主要就是指自然物,在自然物中寄托人事。不过汉儒并没有说到这里有物感的因素。刘勰则强调其寄托产生于感物。其实刘勰之前,西晋挚虞《文章流别论》说"兴者,有感之辞也",就已经包含着这层意思,不过可以说是明而未融。刘勰则突出了受自然物感动这一点。对于《诗经》中各篇"兴"的含义,刘勰是信从汉儒的解释的,但却加进了自己的理解,而从其理解中又可窥见时代风气,窥见新的因子。

论《诗经》时所说"写气图貌,既随物以宛转;属采附声,亦与心而徘徊"几句话很值得注意。气、貌,指物之气势形貌。《夸饰》云"气貌山海",即描写山海之气貌。随物宛转,犹《明诗》所云"婉转附物",即笔下所写不离于物、与物相切合之意。采、声,指文采声音。此二者为文辞之美,故代指文辞。正如《原道》所说"声采靡追",即指上古圣人所作文辞无从追索。属、附,都是连缀之意。故"属采附声",意同"属文",是说写作文辞。又这几句话,应视为互文,意谓诗人描绘物色、属缀文辞,在贴切入微地描绘外物时,也必定会抒发内心的种种感触。这里尚未鲜明地提出情景交融的问题,但至少已肯定作品中常是既写物之形貌,又写作者观物时的情思。所抒写的情志,与所描绘的景物,二者当然是有联系的。

接着论《楚辞》和汉赋中的景物描写(这里说《离骚》,其实是代指《楚辞》,包括汉人模拟屈、宋的作品在内。所举"嵯峨"、"葳蕤"语见于淮南小山所作《招隐士》、王逸所作《九思·伤时》、东方朔所作《七谏·初放》。参见第三讲论《辨骚》)。"'嵯峨'之类聚,'葳蕤'之群积",用今天的话说,是指多用同偏旁的字,双声、叠韵字。下文说司马相如等人"字必鱼贯",应也是指多用此类字眼而言。如《上林赋》写水云"汹涌澎湃,滭弗宓汩,偪侧泌瀄"。刘勰认为这样写是由于"物貌难尽",是由于作者想要尽可能地穷形尽貌,但认为这样写不如《诗经》作者那样用字简约,"以少总多",来得高明。其实《楚辞》和后世作品写景,总体说来是超越《诗经》的。刘勰自己也曾在《辨骚》中称赞屈、宋所作"论山水,则循声而得貌;言节候,则披文而见时"。本篇也说屈原得"江山之助",可见对屈赋中的景物描写是很重视的。对于汉赋、汉代古诗中的景物描写,刘勰也曾加以称赞(见《明诗》、《诠赋》、《夸饰》)。这里又说《楚辞》、汉赋写物不如《诗经》,那一来是由于刘勰的宗经思想,二来是因为这里主要是就用字而言,不是全面地论景物描绘。看来刘勰是主张写物时用形容性的字眼不可重沓堆砌。他说凡表示色彩的字眼贵在偶一见之,若用得多了,便嫌泛滥,也是此意。这说法还是有道理的。即使是鲜明生动的形容字眼,也应珍惜使用,才能给读者新鲜感;堆砌得多了,徒然使人麻木,产生视觉疲劳,达不到好的效果。

这一段的最后,刘勰论述刘宋以来的山水诗作。他指出两点:一是写景的作品大量涌现,作者们都追求写物逼肖,而抒发的情志都是所谓超脱尘俗的高远之志。二是这些作品中的优秀之作,确实能做到"巧言切状"、写物细致逼真,而且"不加雕削",也就是文辞自然。这样的论述,符合刘宋谢灵运所开创的山水文学作品的特征,可与《文心雕龙》的《明诗》、《隐秀》等篇所论参看。《明诗》云:"宋初文咏,体有因革,庄老告退,而山水方滋;俪采百字之偶,争价一句之奇,情必极貌以写物,辞必穷力而追新:此近世之所竞也。"所谓"一句之奇",主要就是指不加雕削而曲写毫芥的写景物的句子。也就是《隐秀》篇所说的秀句。《隐秀》云:"篇章秀句,裁可百二。并思合而自逢,非研虑之所课也。或有雕削取巧,虽美非秀矣。故自然会妙,譬卉木之耀英华;润色取美,譬缯帛之染朱绿。朱绿染缯,深而繁鲜;英华曜树,浅而炜烨。秀句所以照文苑,盖以此也。"《隐秀》中大部分文字已经残佚,这里所引论秀句的话只强调其不加雕削,却没有说到秀句的内容,没有说到秀句是否写山水景物。但若结合《明诗》所谓"一句之奇",结合《物色》所谓"不加雕削,而曲写毫芥",再结合史籍中所载当时人摘句嗟赏的实例,我们不难判断刘勰心目中的所谓秀句,虽未必都是写风景,但在很大程度上应就是指写景的句子。确实,谢灵运等人对于山水风物之美深有会心,具有很强的审美感受能力,又能用明朗自然、不填塞典故、不堆砌华词丽藻的文辞将其美丽表现出来,使读者感到如在目前,近而不隔。对此种文辞自然之美,刘宋时人就已注意到了,并深加叹赏。他们将谢灵运与另一以词藻富丽、喜用典故的诗人颜延之加以比较,称谢诗为"芙蓉出水"、"初发芙蓉,自然可爱",而说颜诗是"错彩镂金",是"铺锦列绣,亦雕绘满眼"(见钟嵘《诗品》评颜延之条,又见《南史·颜延之传》)。这样的比喻很容易使人想起上引《隐秀》篇"自然会妙,譬卉木之耀英华;润色取美,譬缯帛之染朱绿"的话。此种"自然可爱"、

"自然会妙"之美也就是钟嵘《诗品序》所要求的"自然英旨"。总而言之，刘勰对刘宋山水诗的概述是中肯的，是对创作风气的总结，也反映了当时人的审美风尚。他对当时作品写景真切、不加雕琢的优点是肯定的。不过谢灵运的影响极大，起而仿效者大有人在，自然不乏东施效颦之辈，良莠不齐，刘勰也表示了不满。那主要是在《情采》篇中。《情采》批判有的作者"志深轩冕，而泛咏皋壤，心缠机务，而虚述人外"，应就含有指斥山水写作风气中的不良现象之意。《物色》所谓"吟咏所发，志惟深远"，虽未直接表示褒贬，但应是可与《情采》并观，体会到刘勰的不满的。

[备参]

晋宋齐梁人欣赏写景诗句　以下汇集晋宋齐梁时期人们嗟赏写景诗句的若干记载，或有助于对刘勰所说"秀句"、"争价一句之奇"的理解。

"郭景纯诗云：'林无静树，川无停流。'阮孚云：'泓峥萧瑟，实不可言。每读此文，辄觉神超形越。'"(《世说新语·文学》)

"至于先士茂制，讽高历赏，子建'函京'之作，仲宣'霸岸'之篇，子荆'零雨'之章，正长'朔风'之句，并直举胸情，非傍诗史。正以音律调韵，取高前式。"(沈约《宋书·谢灵运传论》)按：沈约所举为人们所欣赏的四例，为曹植《赠丁仪王粲》之"从军度函谷，驱马过西京"、王粲《七哀》之"南登霸陵岸，回首望长安"、孙楚《征西官属送于陟阳候作》之"晨风飘歧路，零雨被秋草"、王赞《杂诗》之"朔风动秋草，边马有归心"。其中孙楚、王赞所作为写景之句。沈约此处论声律，故说此四例皆以音律调韵而为人欣赏，其实其佳处不止于声律。此四例都不加雕削，明朗自然，这也应是被人传诵的一个重要原因。《文心雕龙·隐秀》云："'朔风动秋草，边马有归心'，气寒而事伤，此羁旅之怨曲也。"正是视之为自然会妙的秀句。

"宋孝武殷贵妃亡，灵鞠献《挽歌诗》三首，云：'云横广阶暗，霜深高殿寒。'帝摘句嗟赏。"(《南齐书·丘灵鞠传》)

"恽……少工篇什。始为诗曰：'亭皋木叶下，陇首秋云飞。'琅琊王元长见而嗟赏，因书斋壁。……尝奉和高祖《登景阳楼》中篇云：'太液沧波起，长杨高树秋。翠华承汉远，雕辇逐风游。'深为高祖所美，当时咸共称传。"(《梁

书·柳恽传》)

"《谢氏家录》云,康乐每对惠连,辄得佳语。后在永嘉西堂,思诗竟日不就。寤寐间,忽见惠连,即成'池塘生春草'。故常云:'此语有神助,非我语也。'"(《诗品中》评谢惠连)

"若乃经国文符,应资博古;撰德驳奏,宜穷往烈。至乎吟咏情性,亦何贵于用事?'思君如流水',既是即目;'高台多悲风',亦唯所见;'清晨登陇首',羌无故实;'明月照积雪',讵出经史?观古今胜语,多非补假,皆由直寻。"(钟嵘《诗品序》)按:所谓"直寻",亦含不加雕削之意。所举四例,分别见于徐幹《室思》、曹植《杂诗》、张华失题诗、谢灵运《岁暮》,多为写景之句。

"王籍《入若耶溪》诗云:'蝉噪林逾静,鸟鸣山更幽。'江南以为文外断绝,物无异议。简文吟咏,不能忘之。孝元讽味,以为不可复得,至《怀旧志》载于《籍传》。……《诗》云:'萧萧马鸣,悠悠旆旌。'《毛传》曰:'言不喧哗也。'吾每叹此解有情致。籍诗生于此耳。"(《颜氏家训·文章》)

"兰陵萧悫,梁室上黄侯之子,工于篇什。尝有《秋诗》云:'芙蓉露下落,杨柳月中疏。'……吾爱其萧散,宛然在目。"(《颜氏家训·文章》)

"谢贞……八岁尝为《春日闲居》五言诗,从舅尚书王筠奇其有佳致,谓所亲曰:'此儿方可大成。至如"风定花犹落",乃追步惠连矣。'由是名辈知之。"(《陈书·谢贞传》)

由以上诸例,可知东晋南朝人们对写景佳句的欣赏,他们还往往能体会诗句带来的悠远韵味。今举出供读《文心雕龙·物色》、《明诗》、《隐秀》时参考。

三、物色尽而情有余

然物有恒姿,而思无定检。或率尔造极,或精思愈疏。且《诗》、《骚》所标,并据要害,故后进锐笔,怯于争锋。莫不因方以借巧,即势以会奇,善于适要,则虽旧弥新矣。是以四序纷回,而入兴贵闲;

物色虽繁,而析辞尚简;使味飘飘而轻举,情晔晔而更新。古来辞人,异代接武,莫不参伍以相变,因革以为功,物色尽而情有余者,晓会通也。若乃山林皋壤,实文思之奥府,略语则阙,详说则繁。然屈平所以能洞监《风》、《骚》之情者,抑亦江山之助乎!

赞曰:山沓水匝,树杂云合。目既往还,心亦吐纳。春日迟迟,秋风飒飒。情往似赠,兴来如答。

[讲解]　《物色》篇的最后,提出了如何写好风景物色的问题。刘勰说自然物色是不变的,所谓"物色尽"、"物有恒姿",但作者的构思却各各不同,作品表现的情志、情趣也各有不同,因此还是可以做到"虽旧弥新",写出新生面,做到"物色尽而情有余"。总之,四季风物虽然亘古如斯,但作品表现的内容、情致却不会枯竭。刘勰说要做到这一点,一个重要的方面是"参伍以相变,因革以为功","因方以借巧,即势以会奇",即既学习前人的优秀之作,又不是因袭照搬,而是根据具体情况有所变化,以求巧妙出众。此外,刘勰还说到"入兴贵闲"和"析辞尚简"的问题。关于析辞尚简,上文已经说过《诗经》在这方面做得好,而汉赋的"字必鱼贯"不可取;关于入兴贵闲,是说作者要以虚静平和的心态去体味、感受物色之美,在自然而然地获得真切的审美感受的情况下,从容不迫地加以吟咏。刘勰在《养气》篇中曾说写作应"从容率情,优柔适会","意得则舒怀以命笔",那是就一般写作而言;至于描绘物色,需要对景物具有真切的审美感受,就更应从容不迫了。《隐秀》说秀句的获得,乃"思合而自逢,非研虑之所课"。刘勰认为冥思苦索是写不出描绘景物的佳句来的。

赞语中说"目既往还,心亦吐纳",又说"情往似赠,兴来如答"。刘勰强调心与物的关系。作者在观察、欣赏景物的同时,其内心世界也展开了积极的情感活动。作者是怀着深厚的情感去观照自然山水的,他热爱大自然,大自然也就以淋漓的创作兴会来回报他。正因为情与物交流而不是被动地、木然地观景写物,因此就如上文所说,在创作中,"写气图貌,既随物以宛转,属采附声,亦与心而徘徊",在观察、欣赏景物的同时,作者内心世界也展开了积极的情感活动。因此,在贴切入微地描绘外物时,也必定会抒发内心的种种感触。这与《神思》篇"物以貌求，心以理应"的意思相同。在《诠赋》中，也曾说"情以物兴"、"物以情观"，刘勰对于作者情感与景物之间的关系是十分自觉的。

《物色》篇体现了魏晋南北朝这个文学自觉时代的创作和理论批评中的一个应该充分重视的倾向，即对于自然景物之美的观照和表现。这里面包含许多重要的问题，如关于文学作品的功能问题——作品不仅抒写内心，而且也要很好地表现外境；又如关于抒写情志与描绘外境之间的关系问题，关于写景作品的余味问题，等等。这些问题，可说已包含着后世一些重要理论（如意境理论）的萌芽。《物色》充分体现了刘勰对描绘景物的重视。他认为描绘得好的话，便能做到"味飘飘而轻举，情晔晔而更新"。这个"味"，不是经由一般的咀嚼、思考所获得的对于作品涵义的体会，而是经由审美观照所感受到的、令人流连忘返的不尽之余味。

确实，在我国古代文学作品中，描写景物、借景抒情是一个重要的内容，也是一个被后人反复议论的话题。刘勰所感叹的"抑亦江山之助乎"，不仅是对前代作品的总结，也是对后世创作的预示。初唐四杰之一的骆宾王，作《初秋登司马楼宴诗序》，云："物色相召，江山助人，请振翰林，用濡笔海。""物色"二句，便是用刘勰语（《骆丞集》卷一）。武则天当政时，张说贬谪为岳州刺史，所作诗"益凄婉"，较以前更富有感染力，人们便说是"得江山助"（见《新唐书·张说传》）。宋人李纲论唐以来卓然以诗鸣者，也说他们往往"得江山之助"（见李纲《梁溪集》卷一三八《五峰居士文集序》）。陆游说起自己的创作，也说"挥毫当得江山助，不到潇湘岂有诗"（《剑南诗稿》卷六十《余使江西时，以诗投政府，丐湖湘一麾，会召还不果，偶读旧稿有感》）。"江山之助"一语，已经成了诗家口实了。

第十八讲

《知音》——论文章的鉴赏、批评

《知音》是《文心雕龙》第四十八篇，是关于文章鉴赏、批评的专论。

在刘勰之前，古代文论中已有一些有关文章鉴赏、批评的内容。例如曹丕《典论·论文》、曹植《与杨德祖书》以及与刘勰同时而年辈在前的江淹所作的《杂体诗序》，就都曾发表过一些重要的见解。但撰为专篇，加以较全面的论述，则《文心雕龙·知音》是第一篇。刘勰吸取了前人的意见，并融入了自己体会，不仅论述较为全面，也更为切实。

一、音实难知，知实难逢

知音其难哉！音实难知，知实难逢，逢其知音，千载其一乎！夫古来知音，多贱同而思古，所谓"日进前而不御，遥闻声而相思"也。昔《储说》始出，《子虚》初成，秦皇、汉武，恨不同时；既同时矣，则韩囚而马轻，岂不明鉴同时之贱哉？至于班固、傅毅，文在伯仲，而固嗤毅云"下笔不能自休"。及陈思论才，亦深排孔璋。敬礼请润色，叹以为美谈；季绪好诋诃，方之于田巴。意亦见矣。故魏文称"文人相轻"，非虚谈也。至如君卿唇舌，而谬欲论文，乃称"史迁著书，咨东方朔"；于是桓谭之徒，相顾嗤笑。彼实博徒，轻言负诮，况乎文士，可妄谈哉！故鉴照洞明，而贵古贱今者，二主是也；才实鸿懿，而崇己抑人者，班、曹是也；学不逮文，而信伪迷真者，楼护是也。酱瓿之议，岂多叹哉！

夫麟凤与麇雉悬绝，珠玉与砾石超殊，白日垂其照，青眸写其形。然鲁臣以麟为麇，楚人以雉为凤，魏民以夜光为怪石，宋客以燕砾为宝珠。形器易征,谬乃若是;文情难鉴,谁曰易分?

夫篇章杂沓,质文交加,知多偏好,人莫圆该。慷慨者逆声而击节,酝藉者见密而高蹈,浮慧者观绮而跃心,爱奇者闻诡而惊听。会己则嗟讽,异我则沮弃,各执一隅之解,欲拟万端之变。所谓东向而望,不见西墙也。

[讲解]　刘勰首先慨叹"知音"即正确的批评之不易。关于此点,前人也已说过。曹丕《典论·论文》就说人们往往"贵远贱近,向声背实",作者往往"暗于自见",只看到自己的长处,看不到自己文章的毛病,"文人相轻,自古而然"。刘勰这里所说班固嗤笑傅毅"下笔不能自休",就是转述《典论·论文》中的话。曹植《与杨德祖书》则说:"人各有好尚。兰茝荪蕙之芳,众人所好,而海畔有逐臭之夫;《咸池》、《六茎》之发,众人所共乐,而墨翟有非之之论。岂可同哉!"意思是说人们对文章的审美好尚各不相同,有的人嗜痂成癖,以丑为美。又江淹《杂体诗序》云:"世之诸贤,各滞所迷,莫不论甘而忌辛,好丹而非素,岂所谓通方广恕、好远兼爱者哉? ……又贵远贱近,人之常情;重耳轻目,俗之恒弊。"除发表与曹丕同样的感慨之外,还指出读者局于一隅,趣味偏狭,对于丰富多彩的作品不能兼收并蓄,也是知音难得的一个重要原因。

刘勰在前人基础上,加以归纳,首先指出了三种不利于鉴赏批评的错误态度:一是虽具有眼光,但贱同而思古,抱有轻视当代作者的偏见;二是虽有颇高的写作水平,却崇己抑人,文人相轻;三是根本不懂文章,却乱发议论。然后又从文章风貌和读者趣味、见解之繁复多样方面,慨叹人们往往目光狭隘,"会己则嗟讽,异我则沮弃;各执一隅之解,欲拟万端之变"。这样的慨叹,与江淹要求"兼爱",其精神是相通的。而且,他强调不应以个人爱好、一己之见去衡量众多风貌各异的作品,想来还与指导写作的用意有关。就一般读者而言,固然应该兼收并蓄,培养多样的、丰富的鉴赏趣味,但若偏于一隅,也还关系不大;而对于作者来说,则必须尽可能掌握多样化的风格、体裁,学习各种写作方法、技巧,因此也就必须广泛学习借鉴各种各样的作品。

二、如何提高鉴赏、批评能力

　　凡操千曲而后晓声,观千剑而后识器;故圆照之象,务先博观。阅乔岳以形培塿,酌沧波以喻畎浍,无私于轻重,不偏于憎爱,然后能平理若衡,照辞如镜矣。是以将阅文情,先标六观:一观位体,二观置辞,三观通变,四观奇正,五观事义,六观宫商。斯术既形,则优劣见矣。

　　[讲解]　刘勰撰写《文心雕龙》,意在指导写作,因此他处处都要告诉读者解决问题的途径、方法,论鉴赏、批评也同样如此。曹丕《典论·论文》在说了"文人相轻,自古而然"、作者们都自视甚高不肯佩服他人之后,说"盖君子审己以度人,故能免于斯累而作《论文》",意思是只有他自己才有资格、才能正确地进行批评。曹植《与杨德祖书》则说"有南威之容,乃可以论于淑媛;有龙渊之利,乃可以议于断割",意谓只有具有出众的写作才能的人,才有资格批评文章。他们都将正确的鉴赏、批评说成是只有少数人才能做的事情。刘勰则与他们有所不同。他既慨叹知音之不易,又不把此项工作神秘化,而是力求指出切实可行的提高鉴赏、批评能力的途径和方法。

　　刘勰首先提出两项重要的原则:广博阅读和进行比较。"圆照之象,务先博观","操千曲而后晓声,观千剑而后识器",强调"博观"的重要。而在博观之中还要进行比较:"阅乔岳以形培塿,酌沧波以喻畎浍"。这与《神思》所说"研阅以穷照",《通变》所说"博览以精阅"相通。博览和比较,说来简单,但确是提高鉴赏批评能力的必由之路。

　　其次,刘勰提出具体的鉴赏和批评方法,即所谓"六观",从六个方面去观察、评判作品。这六个方面中,观"位体"即看作者如何"规范本体"(《熔裁》),如何安排内容,表达得是否集中、简练、详略得当,是否"纲领昭畅",有条不紊;同时也看作品整体风貌是否符合内容、体裁的需要,即是否"得体"。

"得体"是古人非常重视的一项标准,刘勰也是如此。《文心雕龙》上半部分论文体的二十篇中,每篇都有"敷理以举统"的内容,指出各种体裁的规格要求、应有的风貌特点。观"置辞"是看语言运用是否精炼准确而不芜秽,运用辞采(对偶、夸饰、比喻等)是否得当。观位体、观置辞是对作品的整体考察,观"通变"、"奇正"、"事义"、"宫商"则是从中又提出一些刘勰所关注的要点加以考察。《文心雕龙》设有《通变》、《事类》、《声律》篇专论如何正确地推陈出新和使用事典、讲究声律等问题,"事义"、"宫商"本也属于"置辞"即辞采运用,刘勰再单独提出,可见对它们的重视。至于"奇正",是说文风是否雅正,是否恰当地参以新奇变化而又不失其正。这是刘勰的基本思想之一,在《辨骚》篇即已提出,《风骨》更是一篇文风专论,要求作者"确乎正式"、做到"辞奇而不黩"。提出六观,让鉴赏、批评者有径可循,用一种分析的态度去研究作品,而不仅仅停留在感性朦胧的印象上,力求避免因个人好恶而产生片面性,比较客观,也有利于研习文术。

这六观都属于写作艺术方面。这不等于刘勰不重视内容的充实。《情采》云"经正而后纬成,理定而后辞畅",反对繁采寡情、为文造情;《附会》云"必以情志为神明,事义为骨鲠,辞采为肌肤,宫商为声气"。都十分明确地指出内容是根本,文辞是表达内容的手段。这是写作一切文章的根本规律,刘勰当然非常重视,他很明白写作中的许多弊病都产生于对这一根本规律的忽视和违背。"六观"是在强调这一规律的前提下而言的。不过我们也应明白,这一关于内容与文辞关系的"金科玉律",其实仍属于写作艺术方面。强调这一规律,强调内容充实、不为辞彩所掩,并不等于对思想内容提出某种特定的要求。刘勰正是这样。他虽强调内容的充实、情志的真和"不诡",但综观《文心》全书,并不详论何种内容、何种情志才合乎要求。对于作品应表现何等样的内容、情志,他的态度较为笼统、宽泛,并不严苛。《文心雕龙》本以论写作艺术、写作规律为职志。因此在论鉴赏批评时,也着重从表现艺术方面谈,而不偏重于思想内容方面。

三、强调正确的鉴赏、批评之可能与必要

夫缀文者情动而辞发,观文者披文以入情,沿波讨源,虽幽必显。世远莫见其面,觇文辄见其心。岂成篇之足深,患识照之自浅耳。夫志在山水,琴表其情,况形之笔端,理将焉匿? 故心之照理,譬目之照形,目瞭则形无不分,心敏则理无不达。然而俗鉴之迷者,深废浅售,此庄周所以笑《折杨》,宋玉所以伤《白雪》也。昔屈平有言:"文质疏内,众不知余之异采。"见异唯知音耳。杨雄自称"心好沉博绝丽之文",其不事浮浅,亦可知矣。夫唯深识鉴奥,必欢然内怿,譬春台之熙众人,乐饵之止过客。盖闻兰为国香,服媚弥芬;书亦国华,玩绎方美。知音君子,其垂意焉。

赞曰:洪钟万钧,夔、旷所定。良书盈箧,妙鉴乃订。流郑淫人,无或失听。独有此律,不谬蹊径。

[讲解] 这是本篇的最后一段。本篇开头,慨叹知音之难;在指出正确地进行鉴赏、批评的途径、方法之后,又强调鉴赏、批评之可能与必要。这与《文心雕龙》全书许多地方一样,显示出刘勰思想中的辩证因素。

刘勰说,作者"情动而辞发",把自己的想法、自己的思想感情用文辞表述出来,读者则"披文以入情",通过咀嚼文辞,便能理解作者想要表达的内容,从而较好地进行鉴赏、批评。他举了俞伯牙鼓琴、钟子期知音的例子,说乐声尚且能传达内心所思,何况于文辞。这表明刘勰是肯定言能尽意的。(《神思》说"思表纤旨,文外曲致,言所不追,笔固知止",与本篇这里所说并不矛盾。因为那是说作者的思维之中有些极为微妙之处,是难以表述、无法教人的;这里说的是作者用文辞写出来的东西,读者都是可以理解、体会的。前者就文术言,后者就文情言。二者不是一回事。)他十分肯定地说:"沿波讨源,虽幽必显。世远莫见其面,觇文辄见其心。"关键是读者要有深刻的见

识,要能够潜心玩索。读者具备了这样的条件,那么即使作者表述得较为深隐,也还是可以做到"虽幽必显"的。

反过来说,如果读者见识浅薄,或者心浮气躁,那么不少深刻的作品就很可能不被理解,"深废浅售"了。那当然令人叹惋。因此刘勰呼吁:"知音君子,其垂意焉!"他强调了正确的鉴赏、批评之必要。

刘勰肯定鉴赏、批评之可能,强调作者之意能够为读者所知,这样的论断,应该说,大体符合实际。一般而言,读者与作者是应该能够沟通的。当然,从读者接受的角度来说,阅读时既要经过自己的思维、体会,那么他对于作品的认识和阐释也可能不完全符合作者原意。读者与作者相处的时代、环境或其主观条件相去悬绝时尤其如此。就某些文学作品而言,也完全可能有"作者用一致之思,读者各以其情而自得"(王夫之《诗绎》)和"作者之用心未必然,而读者之用心何必不然"(谭献《复堂词录序》)那样的复杂情况。不过在批评史上,讨论那种复杂情况,是在刘勰身后很长历史时期以后的事。刘勰所论的是一般情况,是包括对许多实用性、学术性的文章的阅读、理解而言的。阅读实用性、学术性的著作,当然与阅读某些文学作品容易产生上述那种复杂情况不同。文学作品,如果运用寄托、象征手法,或故意闪烁其词,有时是较难探得作者之意的。但到刘勰的时代为止,那样的作品虽然也有(如阮籍《咏怀》,南朝人已叹归趣难求),却并不多。《诗经》是个例外,其中许多篇章据汉儒说运用了兴的手法,被说成是有着深微的寄托,以至须"发注而后见"(《文心雕龙·比兴》),光读本文似乎很难读懂。但其难懂其实是由于汉儒硬注入了深微的寄托之意的缘故。总之,由先秦以迄南朝,虽然年代久远,社会环境、生活状况也有许多变化,但其基本方面并无根本性的巨变,人们的想法、心理也是继承、沿袭者多,因此在刘勰心目中,即使很久以前的作品,一般也不至于不能理解,还是"觇文辄见其心"的。

附　文心雕龙

目录

文心雕龙

原道第一（存目）

征圣第二

夫作者曰圣，述者曰明。陶铸性情，功在上哲。夫子文章，可得而闻，则圣人之情见乎辞矣。先王声教，布在方册；夫子风采，溢于格言。是以远称唐世，则焕乎为盛；近褒周代，则郁哉可从：此政化贵文之征也。郑伯入陈，以立辞为功；宋置折俎，以多文举礼：此事绩贵文之征也。褒美子产，则云"言以足志，文以足言"；泛论君子，则云"情欲信，辞欲巧"：此修身贵文之征也。然则志足以言文，情信而辞巧，乃含章之玉牒，秉文之金科矣。

夫鉴周日月，妙极机神；文成规矩，思合符契。或简言以达旨，或博文以该情，或明理以立体，或隐义以藏用。故《春秋》一字以褒贬，《丧服》举轻以包重：此简言以达旨也。《邠诗》联章以积句，《儒行》缛说以繁辞：此博文以该情也。书契断决以象《夬》，文章昭晰以效《离》：此明理以立体也。四象精义以曲隐，五例微辞以婉晦：此隐义以藏用也。故知繁略殊制，隐显异术，抑引随时，变通适会，征之周、孔，则文有师矣。

是以论文必征于圣，窥圣必宗于经。《易》称"辨物正言，断辞则备"，《书》云"辞尚体要，不惟好异"。故知正言所以立辨，体要所以成辞。辞成无好异之尤，辨立有断辞之美。虽精义曲隐，无伤其正言；微辞婉晦，不害其体要。体要与微辞偕通，正言共精义并用。圣人之文章，亦可见也。颜阖以为仲尼饰羽而画，徒事华辞，虽欲訾圣，弗可得也。然则圣文之雅丽，固衔华而佩实者也。天道难闻，犹或钻仰，文章可见，胡宁勿思？若征圣立言，则文其庶矣。

赞曰：妙极生知，睿哲惟宰。精理为文，秀气成采。鉴悬日月，辞富山海。百龄影徂，千载心在。

宗经第三

三极彝训，其书曰經。经也者，恒久之至道，不刊之鸿教也。故象天地，效鬼神，参物序，制人纪，洞性灵之奥区，极文章之骨髓者也。皇世《三坟》，帝代《五典》，重以《八索》，申以《九丘》，岁历绵暧，条流纷糅。自夫子删述，而大宝启耀。于是《易》张《十翼》，《书》标七观，《诗》列四始，《礼》正五经，《春秋》五例。义既埏乎性情，辞亦匠于文理，故能开学养正，昭明有融。然而道心惟微，圣谟卓绝，墙宇重峻，吐纳自深。譬万钧之洪钟，无铮铮之细响矣。

夫《易》惟谈天，入神致用。故《系》称旨远辞高，言中事隐。韦编三绝，固哲人之骊渊也。《书》实记言，而诂训茫昧，通乎《尔雅》，则文章晓然，故子夏叹《书》"昭昭若日月之代明，离离如星辰之错行"，言照灼也。《诗》主言志，诂训同《书》，摛风裁兴，藻辞谲喻，温柔在诵，最附深衷矣。《礼》以立体，据事制范，章条纤曲，执而后显，采掇片言，莫非宝也。《春秋》辨理，一字见义。"五石""六鹢"，以详略成文；"雉门""两观"，以先后显旨。其婉章志晦，谅已邃矣。《尚书》则览文如诡，而寻理即畅；《春秋》则观辞立晓，而访义方隐。此圣文之殊致，表里之异体者也。至于根柢槃固，枝叶峻茂，辞约而旨丰，事近而喻远，是以往者虽旧，余味日新，后进追取而非晚，前修久用而未先，可谓泰山遍雨，河润千里者也。

故论、说、辞、序，则《易》统其首；诏、策、章、奏，则《书》发其源；赋、颂、歌、赞，则《诗》立其本；铭、诔、箴、祝，则《礼》总其端；记、传、盟、檄，则《春秋》为根。并穷高以树表，极远以启疆，所以百家腾跃，终入环内者也。若禀经以制式，酌《雅》以富言，是即山而铸铜，煮海而为盐者也。故文能宗经，体有六义：一则情深而不诡，二则风清而不杂，三则事信而不诞，四则义贞而不回，五则体约而不芜，六则文丽而不淫。杨子比雕玉以作器，谓五经之含文也。夫文以行立，行以文传，四教所先，符采相济。迈德树声，莫不师圣，而建言修辞，鲜克宗经，是以楚艳汉侈，流弊不还。正末归本，不其懿欤！

赞曰：三极彝道，训深稽古。致化惟一，分教斯五。性灵镕匠，文章奥府。渊哉铄乎，群言之祖。

正纬第四

夫神道阐幽,天命微显。马龙出而大《易》兴,神龟见而《洪范》耀。故《系辞》称"河出图,洛出书,圣人则之",斯之谓也。但世夐文隐,好生矫诞,真虽存矣,伪亦凭焉。

夫六经彪炳,而纬候稠叠;《孝》《论》昭晰,而《钩》《谶》葳蕤。酌经验纬,其伪有四:盖纬之成经,其犹织综,丝麻不杂,布帛乃成。今经正纬奇,倍摘千里,其伪一矣。经显,圣训也;纬隐,神教也。圣训宜广,神教宜约,而今纬多于经,神理更繁,其伪二矣。有命自天,乃称符谶,而八十一篇,皆托于孔子。则是尧造绿图,昌制丹书,其伪三矣。商周以前,图箓频见,春秋之末,群经方备,先纬后经,体乖织综,其伪四矣。伪既倍摘,则义异自明,经足训矣,纬何预焉?

原夫图箓之见,乃昊天休命。事以瑞圣,义非配经。故河不出图,夫子有叹。如或可造,无劳喟然。昔康王河图,陈于东序,故知前世符命,历代宝传,仲尼所撰,序录而已。于是伎数之士,附以诡术,或说阴阳,或序灾异,若鸟鸣似语,虫叶成字,篇条滋蔓,必征孔氏。通儒讨核,谓起哀、平,东序秘宝,朱紫乱矣。至光武之世,笃信斯术,风化所靡,学者比肩。沛献集纬以通经,曹褒选谶以定礼,乖道谬典,亦已甚矣。是以桓谭疾其虚伪,尹敏戏其浮假,张衡发其僻谬,荀悦明其诡诞。四贤博练,论之精矣。

若乃羲、农、轩、皞之源,山渎钟律之要,白鱼赤雀之符,黄银紫玉之瑞,事丰奇伟,辞富膏腴,无益经典,而有助文章。是以古来辞人,捃摭英华。平子恐其迷学,奏令禁绝;仲豫惜其杂真,未许煨燔。前代配经,故详论焉。

赞曰:荣河温洛,是孕图纬。神宝藏用,理隐文贵。世历二汉,朱紫腾沸。芟夷谲诡,采其雕蔚。

辨骚第五(存目)

明诗第六(存目)

乐府第七(存目)

诠赋第八（存目）

颂赞第九（存目）

四始之至，颂居其极。颂者，容也，所以美盛德而述形容也。昔帝喾之世，咸黑为颂，以歌《九招》。自《商颂》已下，文理允备。夫化偃一国谓之风，风正四方谓之雅，雅容告神谓之颂。《风》《雅》序人，故事兼变正；《颂》主告神，故义必纯美。鲁以公旦次编，商以前王追録，斯乃宗庙之正歌，非飨宴之常咏也。《时迈》一篇，周公所制，哲人之颂，规式存焉。夫民各有心，勿壅惟口。晋舆之称原田，鲁民之刺裘鞸，直言不咏，短辞以讽，丘明、子顺，并谓为颂。斯则野颂之变体，浸被于人事矣。及三闾《橘颂》，情采芬芳，比类寓意，又覃及细物矣。至于秦政刻文，爰颂其德。汉之惠、景，亦有述容。沿世并作，相继于时矣。若夫子云之表充国，孟坚之序戴侯，武仲之美显宗，史岑之述熹后，或拟《清庙》，或范《駉》《那》，虽深浅不同，详略各异，其褒德显容，典章一也。至于班傅之《北征》《西征》，变为序引，岂不褒过而谬体哉！马融之《广成》《上林》，雅而似赋，何弄文而失质乎！又崔瑗《文学》，蔡邕《樊渠》，并致美于序，而简约乎篇。挚虞品藻，颇为精核，至云"杂以风雅"，而不辨旨趣，徒张虚论，有似黄白之伪说矣。及魏晋杂颂，鲜有出辙。陈思所缀，以《皇子》为标；陆机积篇，惟《功臣》最显，其褒贬杂居，固末代之讹体也。

原夫颂惟典懿，辞必清铄。敷写似赋，而不入华侈之区；敬慎如铭，而异乎规戒之域。揄扬以发藻，汪洋以树义。虽纤巧曲致，与情而变，其大体所弘，如斯而已。

赞者，明也，助也。昔虞舜之祀，乐正重赞，盖唱发之辞也。及益赞于禹，伊陟赞于巫咸，并扬言以明事，嗟叹以助辞也。故汉置鸿胪，以唱拜为赞，即古之遗语也。至相如属笔，始赞荆轲。及史、班因书，托赞褒贬，约文以总録，颂体而论辞。又纪、传后评，亦同其名，而仲治《流别》，谬称为述，失之远矣。及景纯注《尔雅》，动植赞之，义兼美恶，亦犹颂之变耳。然本其为义，事生奖叹，所以古来篇体，促而不广。必结言于四字之句，盘桓乎数韵之辞，约举以尽情，照灼以送文，此其体也。发源虽远，而致用盖寡，大抵所归，其颂家之细条乎？

赞曰：容德底颂，勋业垂赞。镂影摛声，文理有烂。年迹愈远，音徽如旦。降及品物，炫辞作玩。

祝盟第十

天地定位，祀遍群神。六宗既禋，三望咸秩，甘雨和风，是生稷黍。兆民所仰，美报兴焉。牺盛惟馨，本于明德，祝史陈信，资乎文辞。昔伊耆始蜡，以祭八神，其辞云："土反其宅，水归其壑，昆虫毋作，草木归其泽。"则上皇祝文，爰在兹矣。舜之祠田云："荷此长耜，耕彼南亩，四海俱有。"利民之志，颇形于言矣。至于商履，圣敬日跻。玄牡告天，以万方罪己，即郊禋之辞也；素车祷旱，以六事责躬，则雩禜之文也。及周之太祝，掌六祝之辞。是以"庶物咸生"，陈于天地之郊；"旁作穆穆"，唱于迎日之拜；"夙兴夜处"，言于祔庙之祀；"多福无疆"，布于少牢之馈。宜社类禡，莫不有文。所以寅虔于神祇，严恭于宗庙也。

自春秋已下，黩祀谄祭，祝币史辞，靡神不至。至于张老贺室，致美于歌哭之祷；蒯聩临战，获祐于筋骨之请：虽造次颠沛，必于祝矣。若夫《楚辞·招魂》，可谓祝辞之组丽也。逮汉之群祀，肃其百礼。既总硕儒之议，亦参方士之术。所以秘祝移过，异于成汤之心；侲子驱疫，同乎越巫之说。体失之渐也。至如黄帝有祝邪之文，东方朔有骂鬼之书，于是后之谴呪，务于善骂。惟陈思《诘咎》，裁以正义矣。若乃礼之祭祝，事止告飨，而中代祭文，兼赞言行。祭而兼赞，盖引申而作也。又汉代山陵，哀策流文。周丧盛姬，内史执策。然则策本书赗，因哀而为文也。是以义同于诔，而文实告神，诔首而哀末，颂体而祝仪。太祝所读，固祝之文者也。

凡群言务华，而降神务实。修辞立诚，在于无愧。祈祷之式，必诚以敬；祭奠之楷，宜恭且哀。此其大较也。班固之祀涿山，祈祷之诚敬也；潘岳之祭庾妇，祭奠之恭哀也。举汇而求，昭然可鉴矣。

盟者，明也。骍旄白马，珠盘玉敦，陈辞乎方明之下，祝告于神明者也。在昔三王，诅盟不及，时有要誓，结言而退。周衰屡盟，弊及要劫。始之以曹沫，终之以毛遂。及秦昭盟夷，设黄龙之诅；汉祖建侯，定山河之誓。然义存则克终，道废则渝始，崇替在人，祝何预焉。若夫臧洪歃血，辞截云蜺；刘琨铁誓,精贯霏霜。而无补汉晋,反为仇雠。故知信不由衷,盟无益也。

夫盟之大体,必序危机,奖忠孝,共存亡,戮心力,祈幽灵以取鉴,指九天以为正,感激以立诚,切至以敷辞,此其所同也。然非辞之难,处辞为难。后之君子,宜存殷鉴,忠信可矣,无恃神焉。

赞曰:毖祀钦明,祝史惟谈。立诚在肃,修辞必甘。季代弥饰,绚言朱蓝。神之来格,所贵无惭。

铭箴第十一

昔帝轩刻舆几以弼违,大禹勒笋簴而招谏,成汤盘盂,着日新之规,武王户席,题必戒之训,周公慎言于金人,仲尼革容于欹器:列圣鉴戒,其来久矣。铭者,名也,观器必名焉。正名审用,贵乎慎德。盖臧武仲之论铭也,曰天子令德,诸侯计功,大夫称伐。夏铸九牧之金鼎,周勒肃慎之楛矢,令德之事也。吕望铭功于昆吾,仲山镂绩于庸器,计功之义也。魏颗纪勋于景钟,孔悝表勤于卫鼎,称伐之类也。若乃飞廉有石椁之锡,灵公有夺里之谥,铭发幽石,吁可怪矣。赵灵勒迹于番吾,秦昭刻博于华山,夸诞示后,吁可笑也。详观众例,铭义见矣。

至于始皇勒岳,政暴而文泽,亦有疏通之美焉。若班固燕然之勒,张昶华阴之碣,序亦盛矣。蔡邕铭思,独冠古今;桥公之钺,吐纳典谟。朱穆之鼎,全成碑文,溺所长也。至如敬通杂器,准矱武铭,而事非其物,繁略违中。崔骃品物,赞多戒少。李尤积篇,义俭辞碎;蓍龟神物,而居博奕之下;衡斛嘉量,而在臼杵之末。曾名品之未暇,何事理之能闲哉!魏文九宝,器利辞钝。惟张载《剑阁》,其才清采,迅足骎骎,后发前至,诏勒岷汉,得其宜矣。

箴者,针也。所以攻疾防患,喻箴石也。斯文之兴,盛于三代。夏、商二箴,余句颇存。周之辛甲,百官箴阙,唯《虞箴》一篇,体义备焉。迄至春秋,微而未绝。故魏绛讽君于后羿,楚子训民于在勤。战代以来,弃德务功,铭辞代兴,箴文萎绝。至杨雄稽古,始范《虞箴》,作卿尹、州牧二十五篇。及崔、胡补缀,总称《百官》,指事配位,鞶鉴有征,可谓追清风于前古,攀辛甲于后代者也。至于潘勖《符节》,要而失浅;温峤《侍臣》,博而患繁;王济《国子》,引多而事寡;潘尼《乘舆》,义正而体芜。凡斯继作,鲜有克衷。至于王朗《杂箴》,乃置巾履,得其戒慎,而失其所施,观其约文举要,宪章武铭,而水火井灶,繁辞不已,志有偏也。

夫箴诵于官,铭题于器,名用虽异,而警戒实同。箴全御过,故文资确切;铭兼褒赞,故体贵弘润。其取事也必核以辨,其摛文也必简而深。此其大要也。然矢言之道盖阙,庸器之制久沦,所以箴铭寡用,罕施后代。惟秉文君子,宜酌其远大焉。

赞曰:铭实器表,箴惟德轨。有佩于言,无鉴于水。秉兹贞厉,警乎立履。义典则弘,文约为美。

诔碑第十二

周世盛德,有铭诔之文,大夫之才,临丧能诔。诔者,累也,累其德行,旌之不朽也。夏商以前,其词靡闻。周虽有诔,未被于士,又贱不诔贵,幼不诔长,其在万乘,则称天以诔之。读诔定谥,其节文大矣。自鲁庄战乘丘,始及于士。逮尼父之卒,哀公作诔,观其“愁遗”之辞,“呜呼”之叹,虽非睿作,古式存焉。至柳妻之诔惠子,则辞哀而韵长矣。暨乎汉世,承流而作。杨雄之诔元后,文实烦秽。“沙鹿”撮要,而挚疑成篇。安有累德述尊,而阔略四句乎?杜笃之诔,有誉前代。《吴诔》虽工,而他篇颇疏。岂以见称光武,而改眄千金哉?傅毅所制,文体伦序。苏顺、崔瑗,辨洁相参,观其序事如传,辞靡律调,固诔之才也。潘岳构意,专师孝山,巧于序悲,易入新切,所以隔代相望,能徽厥声者也。至如崔骃诔赵,刘陶诔黄,并得宪章,工在简要。陈思叩名,而体实繁缓。《文皇诔》末,百言自陈,其乖甚矣。

若夫殷臣咏汤,追褒玄鸟之祚;周史歌文,上阐后稷之烈。诔述祖宗,盖诗人之则也。至于序述哀情,则触类而长。傅毅之诔北海,云“白日幽光,雾雾杳冥”,始序致感,遂为后式。影而效者,弥取于工矣。详夫诔之为制,盖选言以录行,传体而颂文,荣始而哀终。论其人也,暧乎若可觌;道其哀也,凄焉如可伤。此其旨也。

碑者,埤也。上古帝王,纪号封禅,树石埤岳,故曰碑也。周穆纪迹于弇山之石,亦古碑之意也。又宗庙有碑,树之两楹,事止丽牲,未勒勋绩。而庸器渐阙,故后代用碑,以石代金,同乎不朽,自庙徂坟,犹封墓也。

自后汉以来,碑碣云起。才锋所断,莫高蔡邕。观《杨赐》之碑,骨鲠训典;《陈》《郭》二文,句无择言;《周》《胡》众碑,莫非清允。其叙事也该而要,其缀采也雅而泽,清词转而不穷,巧义出而卓立。察其为才,自然而至矣。孔融所创,有慕伯喈。《张》《陈》两文,辩给足采,亦其亚也。及孙绰为文,志在于碑。《温》《王》《郄》《庾》,辞多枝杂,《桓彝》一篇,最为辨裁矣。

夫属碑之体,资乎史才。其序则传,其文则铭。标序盛德,必见清风之华;昭纪鸿懿,必见峻伟之烈。此碑之致也。夫碑实铭器,铭实碑文,因器立名,事先于诔。是以勒器赞勋者,入铭之域;树碑述亡者,同诔之区焉。

赞曰:写远追虚,碑诔以立。铭德纂行,光彩允集。观风似面,听辞如泣。石墨镌华,颓影岂戢。

哀吊第十三

赋宪之谥,短折曰哀。哀者,依也。悲实依心,故曰哀也。以辞遣哀,盖下流之悼,故不在黄发,必施夭昏。昔三良殉秦,百夫莫赎,事均夭枉,《黄鸟》赋哀,抑亦诗人之哀辞乎?暨汉武封禅,而霍嬗暴亡,帝伤而作诗,亦哀辞之类矣。降及后汉,汝阳主亡,崔瑗哀辞,始变前式。然"腹突鬼门",怪而不辞;驾龙乘云,仙而不哀;又卒章五言,颇似歌谣,亦仿佛乎汉武也。至于苏顺、张升,并述哀文,虽发其情华,而未极其心实。建安哀辞,惟伟长差善。《行女》一篇,时有恻怛。及潘岳继作,实钟其美。观其虑赡辞变,情洞悲苦,叙事如传,结言摹《诗》,促节四言,鲜有缓句,故能义直而文婉,体旧而趣新。《金鹿》《泽兰》,莫之或继也。

原夫哀辞大体,情主于痛伤,而辞穷乎爱惜。幼未成德,故誉止于察惠;弱不胜务,故悼加乎肤色。隐心而结文则事惬,观文而属心则体奢。奢体为辞,则虽丽不哀。必使情往会悲,文来引泣,乃其贵耳。

吊者,至也。《诗》云"神之吊矣",言神之至也。君子令终定谥,事极理哀,故宾之慰主,以至到为言也。压溺乖道,所以不吊。又宋水郑火,行人奉辞,国灾民亡,故同吊也。及晋筑虒台,齐袭燕城,史赵、苏秦,翻贺为吊。虐民构敌,亦亡之道。凡斯之例,吊之所设也。或骄贵而殒身,或狷忿而乖道,或有志而无时,或行美而兼累,追而慰之,并名为吊。

自贾谊浮湘,发愤吊屈,体周而事核,辞清而理哀,盖首出之作也。及相如之吊二世,全为赋体,桓谭以为其言恻怆,读者叹息,及卒章要切,断而能悲也。杨雄吊屈,思积功寡,意深反《骚》,故辞韵沉膇。班彪、蔡邕,并敏于致诘,然影附贾氏,难为并驱耳。胡、阮之吊夷、齐,褒而无间。仲宣所制,讥呵实工。然则胡、阮嘉其清,王子伤其隘,各其志也。祢衡之吊平子,缛丽而轻清;陆机之吊魏武,序巧而文繁。降斯以下,未有可称者矣。

夫吊虽古义,而华辞末造,华过韵缓,则化而为赋。固宜正义以绳理,昭德而塞违,剖析褒贬,哀而有正,则无夺伦矣。

赞曰:辞之所哀,在彼弱弄。苗而不秀,自古斯恸。虽有通才,迷方失控。千载可伤,寓言以送。

杂文第十四

智术之子,博雅之人,藻溢于辞,辩盈乎气。苑囿文情,故日新而殊致。宋玉含才,颇亦负俗,始造《对问》,以申其志,放怀寥廓,气实使文。及枚乘摘艳,首制《七发》,腴辞云构,夸丽风骇。盖七窍所发,发乎嗜欲,始邪末正,所以戒膏粱之子也。杨雄覃思文阁,业深综述,碎文琐语,肇为《连珠》,其辞虽小而明润矣。凡此三者,文章之枝派,暇豫之末造也。

自《对问》以后,东方朔效而广之,名为《客难》,托古慰志,疏而有辨。杨雄《解嘲》,杂以谐调,回环自释,颇亦为工。班固《宾戏》,含懿采之华;崔骃《达旨》,吐典言之裁;张衡《应间》,密而兼雅;崔寔《答讥》,整而微质;蔡邕《释诲》,体奥而文炳;郭璞《客傲》,情见而采蔚。虽迭相祖述,然属篇之高者也。至于陈思《客问》,辞高而理疏;庾敳《客咨》,意荣而文悴。斯类甚众,无所取才矣。原夫兹文之设,乃发愤以表志,身挫凭乎道胜,时屯寄于情泰,莫不渊岳其心,麟凤其采,此立体之大要也。

自《七发》以下,作者继踵。观枚氏首唱,信独拔而伟丽矣。及傅毅《七激》,会清要之工;崔骃《七依》,入博雅之巧;张衡《七辨》,结采绵靡;崔瑗《七厉》,植义纯正;陈思《七启》,取美于宏壮;仲宣《七释》,致辨于事理。自桓麟《七说》以下,左思《七讽》以上,枝附影从,十有余家,或文丽而义暌,或理粹而辞驳。观其大抵所归,莫不高谈宫馆,壮语畋猎,穷瑰奇之服馔,极蛊媚之声色,甘意摇骨髓,艳词动魂识,虽始之以淫侈,终之以居正,然讽一劝百,势不自反。子云所谓"犹骋郑卫之声,曲终而奏雅"者也。唯《七厉》叙贤,归以儒道,虽文非拔群,而意实卓尔矣。

自《连珠》以下,拟者间出。杜笃、贾逵之曹,刘珍、潘勖之辈,欲穿明珠,多贯鱼目。可谓寿陵匍匐,非复邯郸之步;里丑捧心,不关西施之颦矣。惟士衡运思,理新文敏,而裁章置句,广于旧篇,岂慕朱仲四寸之瑶乎! 夫文小易周,思闲可赡,足使义明而辞净,事圆而音泽,磊磊自转,可称珠耳。

详夫汉来杂文,名号多品。或典、诰、誓、问,或览、略、篇、章,或曲、操、弄、引,或吟、讽、谣、咏。总括其名,并归杂文之区;甄别其义,各入讨论之域。类聚有贯,故不曲述也。

赞曰:伟矣前修,学坚才饱。负文余力,飞靡弄巧。枝辞攒映,嘒若参昴。慕颦之徒,心焉只搅。

谐讔第十五

芮良夫之诗云:"自有肺肠,俾民卒狂。"夫心险如山,口壅若川,怨怒之情不一,欢谑之言无方。昔华元弃甲,城者发"睅目"之讴;臧纥丧师,国人造"侏儒"之歌:并嗤戏形貌,内怨为俳也。又"蚕蟹"鄙谚,"貍首"淫哇,苟可箴戒,载于礼典。故知谐辞讔言,亦无弃矣。

谐之言皆也,辞浅会俗,皆悦笑也。昔齐威酣乐,而淳于说甘酒;楚襄宴集,而宋玉赋《好色》。意在微讽,有足观者。及优旃之讽漆城,优孟之谏葬马,并谲辞饰说,抑止昏暴。是以子长编史,列传滑稽,以其辞虽倾回,意归义正也。但本体不雅,其流易弊。于是东方、枚皋,餔糟啜醨,无所匡正,而祇嫚媟弄,故其自称为赋,乃亦俳也。见视如倡,亦有悔矣。至魏文因俳说以著笑书,薛综凭宴会而发嘲调,虽抃笑衽席,而无益时用矣。然而懿文之士,未免枉辔。潘岳《丑妇》之属,束皙《卖饼》之类,尤而效之,盖以百数。魏晋滑稽,盛相驱扇,遂乃应场之鼻,方于盗削卵,张华之形,比乎握舂杵。曾是莠言,有亏德音,岂非溺者之妄笑,胥靡之狂歌欤!

讔者,隐也。遁辞以隐意,谲譬以指事也。昔还社求拯于楚师,喻眢井而称麦曲;叔仪乞粮于鲁人,歌佩玉而呼庚癸;伍举刺荆王以大鸟;齐客讥薛公以海鱼;庄姬托辞于龙尾;臧文谬书于羊裘。隐语之用,被于纪传,大者兴治济身,其次弼违晓惑。盖意生于权谲,而事出于机急,与夫谐辞可相表里者也。汉世《隐书》,十有八篇,歆、固编文,录之赋末。昔楚庄、齐威,性好隐语。至东方曼倩,尤巧辞述,但谬辞诋戏,无益规补。自魏代以来,颇非俳优,而君子嘲隐,化为谜语。谜也者,回互其辞,使昏迷也。或体目文字,或图象品物,纤巧以弄思,浅察以衒辞。义欲婉而正,辞欲隐而显。荀卿《蚕赋》,已兆其体。至魏文、陈思,约而密之。高贵乡公博举品物,虽有小巧,用乖远大。观夫古之为隐,理周要务,岂为童稚之戏谑,搏髀而抃笑哉?然文辞之有谐讔,譬九流之有小说,盖稗官所采,以广视听,若效而不已,则髡祖而入室,旃、孟之石交乎!

　　赞曰:古之嘲隐,振危释惫。虽有丝麻,无弃菅蒯。会义适时,颇益讽诫。空戏滑稽,德音大坏。

史传第十六(存目)

诸子第十七

　　诸子者,入道见志之书。太上立德,其次立言。百姓之群居,苦纷杂而莫显;君子之处世,疾名德之不章。唯英才特达,则炳曜垂文,腾其姓氏,悬诸日月焉。

　　昔《风后》、《力牧》、《伊尹》,咸其流也。篇述者,盖上古遗语,而战代所记者也。至鬻熊知道,而文王咨询,馀文遗事,录为《鬻子》。子目肇始,莫先于兹。及伯阳识礼,而仲尼访问,爰序《道德》,以冠百氏。然则鬻惟文友,李实孔师,圣贤并世,而经子异流矣。逮及七国力政,俊乂蜂起。孟轲膺儒以磐折,庄周述道以翱翔。墨翟执俭确之教,尹文课名实之符,野老治国于地利,驺子养政于天文,申、商刀锯以制理,鬼谷唇吻以策勋,尸佼兼总于杂术,青史曲缀以街谈。承流而枝附者,不可胜算,并飞辩以驰术,餍禄而馀荣矣。暨于暴秦烈火,势炎昆冈,而烟燎之毒,不及诸子。逮汉成留思,子政雠校,于是《七略》芬菲,九流鳞萃,杀青所编,百有八十余家矣。迄至魏晋,作者间出,谰言兼存,琐语必录,类聚而求,亦充箱照轸矣。然繁辞虽积,而本体易总,述道言治,枝条五经。其纯粹者入矩,踳驳者出规。《礼记·月令》,取乎《吕氏》之纪;《三年问》丧,写乎《荀子》之书:此纯粹之类也。若乃汤之问棘,云蚊睫有雷霆之声;惠施对梁王,云蜗角有伏尸之战;《列子》有移山跨海之谈,《淮南》有倾天折地之说,此踳驳之类也。是以世疾诸子混洞虚诞。按《归藏》之经,大明迂怪,乃称羿毙十日,嫦娥奔月。殷《易》如兹,况诸子乎?至如商、韩,"六虱""五蠹",弃孝废仁,轘药之祸,非虚至也。公孙之"白马""孤犊",辞巧理拙,魏牟比之鸮鸟,非妄贬也。昔东平求诸子、《史记》,而汉朝不与,盖以《史记》多兵谋,而诸子杂诡术也。然洽闻之士,宜撮纲要,览华而食实,弃邪而采正,极睇参差,亦学家之壮观也。

研夫孟、荀所述,理懿而辞雅;管、晏属篇,事核而言练;列御寇之书,气伟而采奇;邹子之说,心奢而辞壮;墨翟、随巢,意显而语质;尸佼、尉缭,术通而文钝;《鹖冠》绵绵,亟发深言;《鬼谷》眇眇,每环奥义;情辨以泽,文子擅其能;辞约而精,尹文得其要;慎到析密理之巧,韩非著博喻之富;《吕氏》鉴远而体周,《淮南》泛采而文丽。斯则得百氏之华采,而辞气之大略也。若夫陆贾《新语》,贾谊《新书》,杨雄《法言》,刘向《说苑》,王符《潜夫》,崔寔《政论》,仲长《昌言》,杜夷《幽求》,或叙经典,或明政术,虽标论名,归乎诸子。何者?博明万事为子,适辨一理为论,彼皆蔓延杂说,故入诸子之流。夫自六国以前,去圣未远,故能越世高谈,自开户牖。两汉以后,体势浸弱,虽明乎坦途,而类多依采,此远近之渐变也。

嗟夫!身与时舛,志共道申,标心于万古之上,而送怀于千载之下,金石靡矣,声其销乎!

赞曰:丈夫处世,怀宝挺秀。辩雕万物,智周宇宙。立德何隐,含道必授。条流殊述,若有区囿。

论说第十八

圣哲彝训曰经,述经叙理曰论。论者,伦也,伦理无爽,则圣意不坠。昔仲尼微言,门人追记,故抑其经目,称为《论语》。盖群论立名,始于兹矣。自《论语》已前,经无"论"字。《六韬》二论,后人追题乎!详观论体,条流多品:陈政则与议说合契,释经则与传注参体,辨史则与赞评齐行,铨文则与叙引共纪。故议者宜言，说者说语，传者转师，注者主解，赞者明意，评者平理，序者次事，引者胤辞：八名区分，一揆宗论。论也者，弥纶群言，而研精一理者也。是以庄周《齐物》，以论为名；不韦《春秋》，六论昭列。至石渠论艺，白虎讲聚，述圣通经，论家之正体也。及班彪《王命》，严尤《三将》，敷述昭情，善入史体。魏之初霸，术兼名法。傅嘏、王粲，校练名理。迄至正始，务欲守文。何晏之徒，始盛玄论。于是聃、周当路，与尼父争途矣。详观兰石之《才性》，仲宣之《去伐》，叔夜之辨声，太初之《本无》，辅嗣之两《例》，平叔之二《论》，并师心独见，锋颖精密，盖论之英也。至如李康《运命》，同《论衡》而过之；陆机《辨亡》，效《过秦》而不及，然亦其美矣。次及宋岱、郭象，锐思于机神之区；夷甫、裴頠，交辨于有无之域。并独步当时，流声后代。然滞有者全系于形用，贵无者专守于寂寥，徒锐偏解，莫诣正理。动极神源，其般若之绝境乎？逮江左群谈，惟玄是务，虽有日新，而多抽前绪矣。至如张衡《讥世》，韵似俳说；孔融《孝廉》，但谈嘲戏；曹植《辨道》，体同书抄。才不持论，宁如其已。

　　原夫论之为体，所以辨正然否。穷于有数，追于无形，钻坚求通，钩深取极，乃百虑之筌蹄，万事之权衡也。故其义贵圆通，辞忌枝碎，必使心与理合，弥缝莫见其隙；辞共心密，敌人不知所乘：斯其要也。是以论如析薪，贵能破理。斤利者越理而横断，辞辨者反义而取通，览文虽巧，而检迹知妄。唯君子能通天下之志，安可以曲论哉？若夫注释为词，解散论体，杂文虽异，总会是同。若秦延君之注《尧典》，十余万字；朱普之解《尚书》，三十万言。所以通人恶烦，羞学章句。若毛公之训《诗》，安国之传《书》，郑君之释《礼》，王弼之解《易》，要约明畅，可为式矣。

　　说者，悦也。兑为口舌，故言资悦怿；过悦必伪，故舜惊谗说。说之善者：伊尹以论味隆殷，太公以辨钓兴周。及烛武行而纾郑，端木出而存鲁，亦其美也。暨战国争雄，辨士云涌；从横参谋，长短角势。《转丸》骋其巧辞，《飞钳》伏其精术。一人之辨，重于九鼎之宝；三寸之舌，强于百万之师。六印磊落以佩，五都隐赈而封。至汉定秦楚，辨士弭节。郦君既毙于齐镬，蒯子几入乎汉鼎；虽复陆贾籍甚，张释傅会，杜钦文辨，楼护唇舌，颉颃万乘之阶，抵巇公卿之席，并顺风以托势，莫能逆波而泝洄矣。夫说贵抚会，弛张相随,不专缓颊,亦在刀笔。范雎之言事,李斯之止逐客,并顺情入机,动言中务,虽批逆鳞,而功成计合,此上书之善说也。至于邹阳之说吴、梁,喻巧而理至,故虽危而无咎矣;敬通之说鲍、邓,事缓而文繁,所以历骋而罕遇也。

凡说之枢要,必使时利而义贞,进有契于成务,退无阻于荣身。自非谲敌,则唯忠与信。披肝胆以献主,飞文敏以济辞,此说之本也。而陆氏直称"说炜晔以谲诳",何哉?

赞曰:理形于言,叙理成论。词深人天,致远方寸。阴阳莫贰,鬼神靡遁。说尔飞钳,呼吸沮劝。

诏策第十九

皇帝御宇,其言也神。渊嘿负扆,而响盈四表,其唯诏策乎?昔轩辕唐虞,同称为"命"。命之为义,制性之本也。其在三代,事兼诰誓。誓以训戒,诰以敷政,命喻自天,故授官锡胤。《易》之《姤》象:"后以施命诰四方。"诰命动民,若天下之有风矣。降及七国,并称曰命。命者,使也。秦并天下,改命曰制。汉初定仪,则有四品:一曰策书,二曰制书,三曰诏书,四曰戒敕。敕戒州郡,诏告百官,制施赦命,策封王侯。策者,简也。制者,裁也。诏者,告也。敕者,正也。《诗》云"畏此简书",《易》称"君子以制数度",《礼》称"明神之诏",《书》称"敕天之命"。并本经典以立名目。远诏近命,习秦制也。

《记》称"丝纶",所以应接群后。虞重纳言,周贵喉舌。故两汉诏诰,职在尚书。王言之大,动入史策,其出如绰,不反若汗。是以淮南有英才,武帝使相如视草;陇右多文士,光武加意于书辞。岂直取美当时,亦敬慎来叶矣。观文、景以前,诏体浮杂,武帝崇儒,选言弘奥。策封三王,文同训典,劝戒渊雅,垂范后代。及制诏严助,即云"厌承明庐",盖宠才之恩也。孝宣玺书,责博于陈遂,亦故旧之厚也。逮光武拨乱,留意斯文,而造次喜怒,时或偏滥。诏赐邓禹,称司徒为尧;敕责侯霸,称"黄钺一下"。若斯之类,实乖宪章。暨明、章崇学,雅诏间出。和、安政弛,礼阁鲜才,每为诏敕,假手外请。建安之末,文理代兴。潘勖《九锡》,典雅逸群,卫觊《禅诰》,符采炳耀,弗可加也。自魏晋诰策,职在中书。刘放、张华,互管斯任,施令发号,洋洋盈耳。魏文下诏,辞义多伟。至于"作威作福",其万虑之一蔽乎?晋氏中兴,唯明帝崇才,以温峤文清,故引入中书。自斯以后,体宪风流矣。

夫王言崇秘,大观在上,所以百辟其刑,万邦作孚。故授官选贤,则义炳重离之辉;优文封策,则气含风雨之润;敕戒恒诰,则笔吐星汉之华;治戎燮伐,则声有洊雷之威;眚灾肆赦,则文有春露之滋;明罚敕法,则辞有秋霜之烈:此诏策之大略也。

戒敕为文,实诏之切者,周穆命郊父受敕宪,此其事也。魏武称作敕戒当指事而语,勿得依违,晓治要矣。及晋武敕戒,备告百官。敕都督以兵要,戒州牧以董司,警郡守以恤隐,勒牙门以御卫,有训典焉。戒者,慎也,禹称"戒之用休"。君父至尊,在三同极。汉高祖之敕太子,东方朔之戒子,亦顾命之作也。及马援以下,各贻家戒。班姬《女戒》,足称母师也。

教者,效也,言出而民效也。契敷五教,故王侯称教。昔郑弘之守南阳,条教为后所述,乃事绪明也;孔融之守北海,文教丽而罕施,乃治体乖也。若诸葛孔明之详约,庾稚恭之明断,并理得而辞中,教之善也。

自教以下,则又有命。《诗》云"有命自天",明命为重也;《周礼》曰"师氏诏王",明诏为轻也。今诏重而命轻者,古今之变也。

赞曰:皇王施令,寅严宗诰。我有丝言,兆民伊好。辉音峻举,鸿风远蹈。腾义飞辞,涣其大号。

檄移第二十

震雷始于曜电,出师先乎威声。故观电而惧雷壮,听声而惧兵威。兵先乎声,其来已久。昔有虞始戒于国,夏后初誓于军,殷誓军门之外,周将交刃而誓之。故知帝世戒兵,三王誓师,宣训我众,未及敌人也。至周穆西征,祭公谋父称古"有威让之令,有文告之辞",即檄之本源也。及春秋征伐自诸侯出,惧敌弗服,故兵出须名,振此威风,曝彼昏乱,刘献公所谓"告之以文辞,董之以武师"者也。齐桓征楚,诘菁茅之阙;晋厉伐秦,责箕郜之焚。管仲、吕相,奉辞先路,详其意义,即今之檄文。暨乎战国,始称为檄。檄者,皦也。宣布于外,皦然明白也。张仪檄楚,书以尺二。明白之文,或称露布。露布者,盖露板不封,布诸视听也。夫兵以定乱,莫敢自专,天子亲戎,则称恭行天罚;诸侯御师,则云肃将王诛。故分阃推毂,奉辞伐罪,非唯致果为毅,亦且厉辞为武。使声如冲风所击,气似欃枪所扫,奋其武怒,总其罪人,征其恶稔之时,显其贯盈之数,摇奸宄之胆,订信顺之心,使百尺之冲,摧折于咫书,万雉之城,颠坠于一檄者也。

观隗嚣之檄亡新,布其三逆,文不雕饰,而辞切事明。陇右文士,得檄之体矣。陈琳之檄豫州,壮有骨鲠。虽奸阉携养,章实太甚,发丘摸金,诬过其虐,然抗辞书衅,皦然曝露,敢矣指曹公之锋,幸哉免袁党之戮也。锺会檄蜀,征验甚明;桓温檄胡,观衅尤切:并壮笔也。

凡檄之大体,或述此休明,或叙彼苛虐。指天时,审人事,算强弱,角权势。标蓍龟于前验,悬鞶鉴于已然。虽本国信,实参兵诈。谲诡以驰旨,炜晔以腾说。凡此众条,莫之或违者也。故其植义扬辞,务在刚健。插羽以示迅,不可使辞缓;露板以宣众,不可使义隐。必事昭而理辨,气盛而辞断。此其要也。若曲趣密巧,无所取才矣。又州郡征吏,亦称为檄,固明举之义也。

移者,易也,移风易俗,令往而民随者也。相如之《难蜀老》,文晓而喻博,有移檄之骨焉。及刘歆之《移太常》,辞刚而义辨,文移之首也;陆机之《移百官》,言约而事显,武移之要者也。故檄移为用,事兼文武。其在金革,则逆党用檄,顺众资移,所以洗濯民心,坚明符契。意用小异,而体义大同,与檄参伍,故不重论也。

赞曰:三驱弛网,九伐先话。鞶鉴吉凶,蓍龟成败。摧压鲸鲵,抵落蜂虿。移实易俗,草偃风迈。

封禅第二十一

夫正位北辰,向明南面,所以运天枢、毓黎献者,何尝不经道纬德,以勒皇迹者哉?《绿图》曰:"潬潬噅噅,梦梦雊雊,万物尽化。"言至德所被也。《丹书》曰:"义胜欲则从,欲胜义则凶。"戒慎之至也。则戒慎以崇其德,至德以凝其化,七十有二君,所以封禅矣。

昔黄帝神灵,克膺鸿瑞,勒功乔岳,铸鼎荆山。大舜巡岳,显乎《虞典》。成、康封禅,闻之《乐纬》。及齐桓之霸,爰窥王迹,夷吾谲谏,距以怪物。固知玉牒金镂,专在帝皇也。然则西鹣东鲽,南茅北黍,空谈非征,勋德而已。是史迁八书,明述封禅者,固禋祀之殊礼,铭号之秘祝,祀天之壮观矣。秦皇铭岱,文自李斯,法家辞气,体乏弘润,然疏而能壮,亦彼时之绝采也。铺观两汉隆盛,孝武禅号于肃然,光武巡封于梁父,诵德铭勋,乃鸿笔耳。观相如《封禅》,蔚为唱首。尔其表权舆,序皇王,炳玄符,镜鸿业,驱前古于当今之下,腾休明于列圣之上,歌之以祯瑞,赞之以介丘,绝笔兹文,固维新之作也。及光武勒碑,则文自张纯。首胤典谟,末同祝辞,引钩谶,叙离乱,计武功,述文德,事核理举,华不足而实有余矣。凡此二家,并岱宗实迹也。及杨雄《剧秦》,班固《典引》,事非镌石,而体因纪禅。观《剧秦》为文,影写长卿,诡言遁辞,故兼包神怪。然骨掣靡密,辞贯圆通,自称极思,无遗力矣。《典引》所叙,雅有懿采,历鉴前作,能执厥中,其致义会文,斐然余巧。故称"《封禅》丽而不典,《剧秦》典而不实",岂非追观易为明,循势易为力欤?至于邯郸《受命》,攀响前声,风末力寡,辑韵成颂,虽文理颇序,而不能奋飞。陈思《魏德》,假论客主,问答迂缓,且已千言,劳深绩寡,飙焰缺焉。

兹文为用,盖一代之典章也。构位之始,宜明大体,树骨于训典之区,选言于宏富之路;使意古而不晦于深,文今而不坠于浅,义吐光芒,辞成廉锷,则为伟矣。虽复道极数殚,终然相袭,而日新其采者,必超前辙焉。

赞曰:封勒帝绩,对越天休。逖听高岳,声英克彪。树石九旻,泥金八幽。鸿律蟠采,如龙如虬。

章表第二十二

夫设官分职,高卑联事。天子垂珠以听,诸侯鸣玉以朝。敷奏以言,明试以功。故尧咨四岳,舜命八元,固辞再让之请,"俞往钦哉"之授,并陈辞帝庭,匪假书翰。然则敷奏以言,即章表之义也;明试以功,即授爵之典也。至太甲既立,伊尹书诫,思庸归亳,又作书以赞。文翰献替,事斯见矣。周监二代,文理弥盛。再拜稽首,对扬休命,承文受册,敢当丕显。虽言笔未分,而陈谢可见。降及七国,未变古式,言事于主,皆称上书。秦初定制,改书曰奏。汉定礼仪,则有四品:一曰章,二曰奏,三曰表,四曰议。章以谢恩,奏以按劾,表以陈请,议以执异。章者,明也。《诗》云"为章于天",谓文明也。其在文物,赤白曰章。表者,标也。《礼》有《表记》,谓德见于仪。其在器式,揆景曰表。章表之目,盖取诸此也。

按《七略》《艺文》，谣咏必录，章表奏议，经国之枢机，然阙而不纂者，乃各有故事，布在职司也。前汉表谢，遗篇寡存。及后汉察举，必试章奏。左雄表议，台阁为式；胡广章奏，天下第一。并当时之杰笔也。观伯始谒陵之章，足见其典文之美焉。昔晋文受策，三辞从命，是以汉末让表，以三为断。曹公称为表不过三让，又勿得浮华。所以魏初章表，指事造实，求其靡丽，则未足美矣。至于文举之荐祢衡，气扬采飞；孔明之辞后主，志尽文畅。虽华实异旨，并表之英也。琳、瑀章表，有誉当时；孔璋称健，则其标也。陈思之表，独冠群才。观其体赡而律调，辞清而志显，应物制巧，随变生趣，执辔有余，故能缓急应节矣。逮晋初笔札，则张华为俊。其三让公封，理周辞要，引义比事，必得其偶。世珍《鹪鹩》，莫顾章表。及羊公之辞开府，有誉于前谈；庾公之让中书，信美于往载。序志联类，有文雅焉。刘琨劝进，张骏自序，文致耿介，并陈事之美表也。

原夫章表之为用也，所以对扬王庭，昭明心曲。既其身文，且亦国华。章以造阙，风矩应明；表以致禁，骨采宜耀。循名课实，以文为本者也。是以章式炳贲，志在典谟，使要而非略，明而不浅。表体多包，情伪屡迁。必雅义以扇其风，清文以驰其丽。然恳恻者辞为心使，浮侈者情为文屈。必使繁约得正，华实相胜，唇吻不滞，则中律矣。子贡云"心以制之"，"言以结之"，盖一辞意也。荀卿以为观人美辞，丽于黼黻文章，亦可以喻于斯乎？

赞曰：敷表绛阙，献替黼扆。言必贞明，义则弘伟。肃恭节文，条理首尾。君子秉文，辞令有斐。

奏启第二十三

昔唐虞之臣，敷奏以言；秦汉之辅，上书称奏。陈政事，献典仪，上急变，劾愆谬，总谓之奏。奏者，进也。言敷于下，情进于上也。

秦始立奏，而法家少文。观王绾之奏勋德，辞质而义近；李斯之奏骊山，事略而意径。政无膏润，形于篇章矣。自汉以来，奏事或称上疏，儒雅继踵，殊采可观。若夫贾谊之务农，晁错之兵术，匡衡之定郊，王吉之劝礼，温舒之缓狱，谷永之谏仙，理既切至，辞亦通辨，可谓识大体矣。后汉群贤，嘉言罔伏。杨秉耿介于灾异，陈蕃愤懑于尺一，骨鲠得焉。张衡指摘于史职，蔡邕铨列于朝仪,博雅明焉。魏代名臣,文理迭兴。若高堂天文,黄观教学,王朗节省,甄毅考课,亦尽节而知治矣。晋氏多难,世交屯夷。刘颂殷勤于时务,温峤恳恻于费役,并体国之忠规矣。

夫奏之为笔,固以明允笃诚为本,辨析疏通为首,强志足以成务,博见足以穷理,酌古御今,治繁总要,此其体也。

若乃按劾之奏,所以明宪清国。昔周之太仆,绳愆纠谬;秦有御史,职主文法;汉置中丞,总司按劾。故位在鸷击,砥砺其气,必使笔端振风,简上凝霜者也。观孔光之奏董贤,则实其奸回;路粹之奏孔融,则诬其衅恶。名儒之与险士,固殊心焉。若夫傅咸劲直,而按辞坚深;刘隗切正,而劾文阔略:各其志也。后之弹事,迭相斟酌,惟新日用,而旧准弗差。然函人欲全,矢人欲伤,术在纠恶,势必深峭。《诗》刺谗人,投畀豺虎;《礼》疾无礼,方之鹦猩;墨翟非儒,目以羊彘;孟轲讥墨,比诸禽兽。《诗》《礼》儒墨,既其如兹,奏劾严文,孰云能免。是以近世为文,竞于诋诃,吹毛取瑕,次骨为戾,复似善骂,多失折衷。若能辟礼门以悬规,标义路以植矩,然后逾垣者折肱,捷径者灭趾,何必躁言丑句,诟病为切哉!是以立范运衡,宜明体要。必使理有典刑,辞有风轨,总法家之裁,秉儒家之文,不畏强御,气流墨中,无纵诡随,声动简外,乃称绝席之雄,直方之举也。

启者,开也。高宗云"启乃心,沃朕心",盖其义也。孝景讳启,故两汉无称。至魏国笺记,始云"启闻"。奏事之末,或云"谨启"。自晋来盛启,用兼表奏。陈政言事,既奏之异条;让爵谢恩,亦表之别干。必敛徹入规,促其音节,辨要轻清,文而不侈,亦启之大略也。

又表奏确切,号为谠言。谠者,正偏也。王道有偏,乖乎荡荡,矫正其偏,故曰谠言也。孝成称班伯之谠言,言贵直也。自汉置八能,密奏阴阳,皂囊封板,故曰封事。晁错受《书》,还上便宜。后代便宜,多附封事,慎机密也。夫王臣匪躬,必吐謇谔,事举人存,故无待泛说也。

赞曰:皂饰司直,肃清风禁。笔锐干将,墨含淳酰。虽有次骨,无或肤浸。献政陈宜,事必胜任。

议对第二十四

"周爰咨谋",是谓为议。议之言宜,审事宜也。《易》之《节卦》:"君子以制数度,议德行。"《周书》曰:"议事以制,政乃弗迷。"议贵节制,经典之体也。昔管仲称轩辕有明台之议,则其来远矣。洪水之难,尧咨四岳。百揆之举,舜畴五臣。三代所兴,询及刍荛。春秋释宋,鲁僖预议。及赵灵胡服,而季父争论;商鞅变法,而甘龙交辩:虽宪章无算,而同异足观。迄至有汉,始立驳议。驳者,杂也,杂议不纯,故曰驳也。自两汉文明,楷式照备,蔼蔼多士,发言盈庭。若贾谊之遍代诸生,可谓捷于议也。至如吾丘之驳挟弓,安国之辨匈奴,贾捐之之陈于珠崖,刘歆之辨于祖宗,虽质文不同,得事要矣。若乃张敏之断轻侮,郭躬之议擅诛,程晓之驳校事,司马芝之议货钱,何曾蠲出女之科,秦秀定贾充之谥,事实允当,可谓达议体矣。汉世善驳,则应劭为首;晋代能议,则傅咸为宗。然仲瑗博古,而铨贯有叙;长虞识治,而属辞枝繁。及陆机断议,亦有锋颖,而腴辞弗剪,颇累文骨。亦各有美,风格存焉。

夫动先拟议,明用稽疑,所以敬慎群务,弛张治术。故其大体所资,必枢纽经典,采故实于前代,观通变于当今。理不谬摇其枝,字不妄舒其藻。又郊祀必洞于礼,戎事宜练于兵,田谷先晓于农,断讼务精于律。然后标以显义,约以正辞,文以辨洁为能,不以繁缛为巧,事以明核为美,不以环隐为奇。此纲领之大要也。若不达政体,而舞笔弄文,支离构辞,穿凿会巧,空骋其华,固为事实所摈,设得其理,亦为游辞所理。昔秦女嫁晋,从文衣之媵,晋人贵媵而贱女;楚珠鬻郑,为薰桂之椟,郑人买椟而还珠。若文浮于理,末胜其本,则秦女楚珠,复存于兹矣。

又对策者,应诏而陈政也;射策者,探事而献说也。言中理准,譬射侯中的,二名虽殊,即议之别体也。古之造士,选事考言。汉文中年,始举贤良,晁错对策,蔚为举首。及孝武益明,旁求俊乂,对策者以第一登庸,射策者以甲科入仕。斯固选贤要术也。观晁氏之对,验古明今,辞裁以辨,事通而赡,超升高第,信有征矣。仲舒之对,祖述《春秋》,本阴阳之化,究列代之变,烦而不恖者,事理明也。公孙之对,简而未博,然总要以约文,事切而情举,所以太常居下,而天子擢上也。杜钦之对,略而指事,辞以治宣,不为文作。及后汉鲁丕,辞气质素,以儒雅中策,独入高第。凡此五家,并前代之明范也。

魏晋以来,稍务文丽,以文纪实,所失已多。及其来选,又称疾不会,虽欲求文,弗可得也。是以汉饮博士,而雄集乎堂;晋策秀才,而麝兴于前。无他怪也,选失之异耳。

夫驳议偏辨,各执异见;对策揄扬,大明治道。使事深于政术,理密于时务。酌三五以镕世,而非迂缓之高谈;驭权变以拯俗,而非刻薄之伪论。风恢恢而能远,流洋洋而不溢,王庭之美对也。难矣哉,士之为才也!或练治而寡文,或工文而疏治。对策所选,实属通才,志足文远,不其鲜欤!

赞曰:议惟畴政,名实相课。断理必刚,摛辞无懦。对策王庭,同时酌和。治体高秉,雅谟远播。

书记第二十五

大舜云:"书用识哉!"所以记时事也。盖圣贤言辞,总为之书,书之为体,主言者也。杨雄曰:"言,心声也;书,心画也。声画形,君子小人见矣。"故书者,舒也。舒布其言,陈之简牍,取象于《夬》,贵在明决而已。

三代政暇,文翰颇疏。春秋聘繁,书介弥盛。绕朝赠士会以策,子家与赵宣以书,巫臣之责子反,子产之谏范宣,详观四书,辞若对面。又子叔敬叔,进吊书于滕君,固知行人挈辞,多被翰墨矣。及七国献书,诡丽辐凑;汉来笔札,辞气纷纭。观史迁之报任安,东方之谒公孙,杨恽之酬会宗,子云之答刘歆,志气盘桓,各含殊采,并杼轴乎尺素,抑扬乎寸心。逮后汉书记,则崔瑗尤善。魏之元瑜,号称"翩翩";文举属章,半简必录;休琏好事,留意词翰,抑其次也。嵇康绝交,实志高而文伟矣;赵至赠离,乃少年之激昂也。至如陈遵占辞,百封各意,祢衡代书,亲疏得宜,斯又尺牍之偏才也。

详总书体,本在尽言,所以散郁陶,托风采,故宜条畅以任气,优柔以怿怀,文明从容,亦心声之献酬也。

若夫尊贵差序,则肃以节文。战国以前,君臣同书。秦汉立仪,始有表奏。王公国内,亦称奏书,张敞奏书于胶后,其辞义美矣。迄至后汉,稍有名品,公府奏记,而郡将奉笺。记之言志,进己志也;笺者,表也,表识其情也。崔寔奏记于公府,则崇让之德音矣;黄香奏笺于江夏,亦肃恭之遗式矣。公幹笺记,文丽而规益,子桓弗论,故世所共遗,若略名取实,则有美于为诗矣。

刘廙谢恩,喻切以至;陆机自理,情周而巧:笺之善者也。

原笺记之为式,既上窥乎表,亦下睨乎书,使敬而不慑,简而无傲,清美以惠其才,彪蔚以文其响,盖笺记之分也。

夫书记广大,衣被事体,笔札杂名,古今多品。是以总领黎庶,则有谱籍簿录;医历星筮,则有方术占式;申宪述兵,则有律令法制;朝市征信,则有符契券疏;百官询事,则有关刺解牒;万民达志,则有状列辞谚:并述理于心,著言于翰,虽艺文之末品,而政事之先务也。

故谓谱者,普也。注序世统,事资周普。郑氏谱《诗》,盖取乎此。

籍者,借也。岁借民力,条之于版。春秋司籍,即其事也。

簿者,圃也。草木区别,文书类聚。张汤、李广,为吏所簿,别情伪也。

录者,领也。古史《世本》,编以简策,领其名数,故曰录也。

方者,隅也。医药攻病,各有所主,专精一隅,故药术称方。

术者,路也。算历极数,见路乃明。《九章》积微,故称为术;淮南《万毕》,皆其类也。

占者,觇也。星辰飞伏,伺候乃见,登观书云,故曰占也。

式者,则也。阴阳盈虚,五行消息,变虽不常,而稽之有则也。

律者,中也。黄钟调起,五音以正。法律驭民,八刑克平。以律为名,取中正也。

令者,命也。出命申禁,有若自天。管仲下令如流水,使民从也。

法者,象也。兵谋无方,而奇正有象,故曰法也。

制者,裁也。上行于下,如匠之制器也。

符者,孚也。征召防伪,事资中孚。三代玉瑞,汉世金竹,末代从省,易以书翰矣。

契者,结也。上古纯质,结绳执契。今羌胡征数,负贩记缗,其遗风欤?

券者,束也。明白约束,以备情伪,字形半分,故周称判书。古有铁券,以坚信誓。王褒《髯奴》,则券之谐也。

疏者,布也。布置物类,撮题近意,故小券短书,号为疏也。

关者,闭也。出入由门,关闭当审;庶务在政,通塞应详。韩非云:"孙亶回,圣相也,而关于州部。"盖谓此也。

刺者,达也。诗人讽刺,《周礼》三刺,事叙相达,若针之通结矣。

解者,释也。解释结滞,征事以对也。

牒者,叶也。短简编牒,如叶在枝。温舒截蒲,即其事也。议政未定,故短牒咨谋。牒之尤密,谓之为签。签者,纤密者也。

状者,貌也。体貌本原,取其事实,先贤表谥,并有行状,状之大者也。

列者,陈也。陈列事情,昭然可见也。

辞者,舌端之文,通己于人。子产有辞,诸侯所赖,不可已也。

谚者,直语也。丧言亦不及文,故吊亦称谚。廛路浅言,有实无华。邹穆公云"囊漏储中",皆其类也。《太誓》曰"古人有言,牝鸡无晨",《大雅》云"人亦有言","惟忧用老",并上古遗谚,《诗》、《书》所引者也。至于陈琳谏辞,称"掩目捕雀",潘岳哀辞,称"掌珠"、"伉俪",并引俗说而为文辞者也。夫文辞鄙俚,莫过于谚,而圣贤《诗》《书》,采以为谈,况逾于此,岂可忽哉!

观此众条,并书记所总。或事本相通,而文意各异,或全任质素,或杂用文绮,随事立体,贵乎精要,意少一字则义阙,句长一言则辞妨。并有司之实务,而浮藻之所忽也。然才冠鸿笔,多疏尺牍,譬九方堙之识骏足,而不知毛色牝牡也。言既身文,信亦邦瑞,翰林之士,思理实焉。

赞曰:文藻条流,托在笔札。既驰金相,亦运木讷。万古声荐,千里应拔。庶务纷纶,因书乃察。

神思第二十六(存目)

体性第二十七(存目)

风骨第二十八(存目)

通变第二十九(存目)

定势第三十

夫情致异区,文变殊术,莫不因情立体,即体成势也。势者,乘利而为制也。如机发矢直,涧曲湍回,自然之趣也。圆者规体,其势也自转;方者矩形,其势也自安。文章体势,如斯而已。是以模经为式者,自入典雅之懿;效《骚》命篇者,必归艳逸之华;综意浅切者,类乏酝藉;断辞辨约者,率乖繁缛。譬激水不漪,槁木无阴,自然之势也。

是以绘事图色,文辞尽情,色糅而犬马殊形,情交而雅俗异势。镕范所拟,各有司匠,虽无严郛,难得逾越。然渊乎文者,并总群势。奇正虽反,必兼解以俱通;刚柔虽殊,必随时而适用。若爱典而恶华,则兼通之理偏,似夏人争弓矢,执一不可以独射也。若雅郑而共篇,则总一之势离,是楚人鬻矛誉盾,两难得而俱售也。

是以括囊杂体,功在铨别,宫商朱紫,随势各配。章表奏议,则准的乎典雅;赋颂歌诗,则羽仪乎清丽;符檄书移,则楷式于明断;史论序注,则师范于核要;箴铭碑诔,则体制于弘深;连珠七辞,则从事于巧艳。此循体而成势,随变而立功者也。虽复契会相参,节文互杂,譬五色之锦,各以本采为地矣。

桓谭称:"文家各有所慕,或好浮华而不知实核,或美众多而不见要约。"陈思亦云:"世之作者,或好烦文博采,深沉其旨者;或好离言辨白,分毫析厘者。所习不同,所务各异。"言势殊也。刘桢云:"文之体势,实有强弱,使其辞已尽而势有馀,天下一人耳,不可得也。"公幹所谈,颇亦兼气。然文之任势,势有刚柔,不必壮言慷慨乃称势也。又陆云自称:"往日论文,先辞而后情,尚势而不取悦泽,及张公论文,则欲宗其言。"夫情固先辞,势实须泽,可谓先迷后能从善矣。

自近代辞人,率好诡巧,原其为体,讹势所变,厌黩旧式,故穿凿取新,察其讹意,似难而实无他术也,反正而已。故"文"反正为"乏",辞反正为奇。效奇之法,必颠倒文句,上字而抑下,中辞而出外,回互不常,则新色耳。夫通衢夷坦,而多行捷径者,趋近故也;正文明白,而常务反言者,适俗故也。然密会者以意新得巧,苟异者以失体成怪。旧练之才,则执正以驭奇;新学之锐,则逐奇而失正,势流不反,则文体遂弊。秉兹情术,可无思耶!

赞曰:形生势成,始末相承。湍回似规,矢激如绳。因利骋节,情采自凝。枉辔学步,力止寿陵。

情采第三十一（存目）

镕裁第三十二

情理设位，文采行乎其中。刚柔以立本，变通以趋时。立本有体，意或偏长；趋时无方，辞或繁杂。蹊要所司，职在镕裁，隐括情理，矫揉文采也。规范本体谓之镕，剪截浮词谓之裁。裁则芜秽不生，镕则纲领昭畅，譬绳墨之审分，斧斤之斫削矣。骈拇枝指，由侈于性；附赘悬肬，实侈于形。一意两出，义之骈枝也；同辞重句，文之肬赘也。

凡思绪初发，辞采苦杂，心非权衡，势必轻重。是以草创鸿笔，先标三准：履端于始，则设情以位体；举正于中，则酌事以取类；归馀于终，则撮辞以举要。然后舒华布实，献替节文，绳墨以外，美材既斫，故能首尾圆合，条贯统序。若术不素定，而委心逐辞，异端丛至，骈赘必多。

故三准既定，次讨字句。句有可削，足见其疏；字不得减，乃知其密。精论要语，极略之体；游心窜句，极繁之体。谓繁与略，适分所好。引而申之，则两句敷为一章；约以贯之，则一章删成两句。思赡者善敷，才核者善删。善删者字去而意留，善敷者辞殊而义显。字删而意阙，则短乏而非核；辞敷而言重，则芜秽而非赡。

昔谢艾、王济，西河文士。张骏以为艾繁而不可删，济略而不可益。若二子者，可谓练镕裁而晓繁略矣。至如士衡才优，而缀辞尤繁；士龙思劣，而雅好清省。及云之论机，亟恨其多，而称"清新相接，不以为病"，盖崇友于耳。夫美锦制衣，修短有度，虽玩其采，不倍领袖。巧犹难繁，况在乎拙？而《文赋》以为"榛楛勿剪"，"庸音足曲"，其识非不鉴，乃情苦芟繁也。

夫百节成体，共资荣卫，万趣会文，不离辞情。若情周而不繁，辞运而不滥，非夫镕裁，何以行之乎？

赞曰：篇章户牖，左右相瞰。辞如川流，溢则泛滥。权衡损益，斟酌浓淡。芟繁剪秽，弛于负担。

声律第三十三

夫音律所始，本于人声者也。声含宫商，肇自血气，先王因之，以制乐歌。故知器写人声,声非学器者也。故言语者,文章神明枢机,吐纳律吕,唇吻而已。古之教歌,先揆以法,使疾呼中宫,徐呼中徵。夫徵羽响高,宫尚声下;抗喉矫舌之差,攒唇激齿之异,廉肉相准,皎然可分。今操琴不调,必知改张,摛文乖张,而不识所调。响在彼弦,乃得克谐,声萌我心,更失和律,其故何哉?良由外听易为察,内听难为聪也。故外听之易,弦以手定,内听之难,声与心纷,可以数求,难以辞逐。

凡声有飞沉,响有双叠。双声隔字而每舛,迭韵离句而必睽。沉则响发而断,飞则声扬不还,并辘轳交往,逆鳞相比,迕其际会,则往蹇来连,其为疾病,亦文家之吃也。夫吃文为患,生于好诡,逐新趣异,故喉唇纠纷。将欲解结,务在刚断。左碍而寻右,末滞而讨前,则声转于吻,玲玲如振玉;辞靡于耳,累累如贯珠矣。是以声画妍蚩,寄在吟咏,滋味流于下句,风力穷于和韵。异音相从谓之和,同声相应谓之韵。韵气一定,则余声易遣;和体抑扬,故遗响难契。属笔易巧,而选和至难,缀文难精,而作韵甚易。虽纤毫曲变,非可缕言,然振其大纲,不出兹论。

若夫宫商大和,譬诸吹籥;翻回取均,颇似调瑟。瑟资移柱,故有时而乖贰;籥含定管,故无往而不壹。陈思、潘岳,吹籥之调也;陆机、左思,瑟柱之和也。概举而推,可以类见。又诗人综韵,率多清切,《楚辞》辞楚,故讹韵实繁。及张华论韵,谓士衡多楚,《文赋》亦称"取足不易",可谓衔灵均之余声,失黄钟之正响也。凡切韵之动,势若转圜;讹音之作,甚于枘方。免乎枘方,则无大过矣。练才洞鉴,剖字钻响,疏识阔略,随音所遇,若长风之过籁,东郭之吹竽耳。古之佩玉,左宫右徵,以节其步,声不失序。音以律文,其可忽哉!

赞曰:标情务远,比音则近。吹律胸臆,调钟唇吻。声得盐梅,响滑榆槿。割弃支离,宫商难隐。

章句第三十四

夫设情有宅,置言有位;宅情曰章,位言曰句。故章者,明也;句者,局也。局言者,联字以分疆;明情者,总义以包体。区畛相异,而衢路交通矣。夫人之立言,因字而生句,积句而为章,积章而成篇。篇之彪炳,章无疵也;

章之明靡,句无玷也;句之清英,字不妄也。振本而末从,知一而万毕矣。夫裁文匠笔,篇有大小;离章合句,调有缓急。随变适会,莫见定准。句司数字,待相接以为用;章总一义,须意穷而成体。其控引情理,送迎际会,譬舞容回环,而有缀兆之位;歌声靡曼,而有抗坠之节也。寻诗人拟喻,虽断章取义,然章句在篇,如茧之抽绪,原始要终,体必鳞次。启行之辞,逆萌中篇之意;绝笔之言,追媵前句之旨。故能外文绮交,内义脉注,跗萼相衔,首尾一体。若辞失其朋,则羁旅而无友;事乖其次,则飘寓而不安。是以搜句忌于颠倒,裁章贵于顺序,斯固情趣之指归,文笔之同致也。

若夫笔句无常,而字有条数。四字密而不促,六字格而非缓,或变之以三五,盖应机之权节也。至于诗颂大体,以四言为正,唯"祈父""肇禋",以二言为句。寻二言肇于黄世,"竹弹"之谣是也;三言兴于虞时,"元首"之诗是也;四言广于夏年,洛汭之歌是也;五言见于周代,《行露》之章是也。六言七言,杂出《诗》《骚》,两体之篇,成于西汉。情数运周,随时代用矣。

若乃改韵徙调,所以节文辞气。贾谊、枚乘,两韵辄易;刘歆、桓谭,百句不迁。亦各有其志也。昔魏武论诗,嫌于积韵,而善于贸代。陆云亦称"四言转句,以四句为佳"。观彼制韵,志同枚、贾。然两韵辄易,则声韵微躁;百句不迁,则唇吻告劳。妙才激扬,虽触思利贞,曷若折之中和,庶保无咎。

又诗人以"兮"字入于句限,《楚辞》用之,字出句外。寻"兮"字承句,乃语助余声。舜咏《南风》,用之久矣,而魏武弗好,岂不以无益文义耶?至于"夫""惟""盖""故"者,发端之首唱;"之""而""于""以"者,乃劄句之旧体;"乎""哉""矣""也"者,亦送末之常科。据事似闲,在用实切。巧者回运,弥缝文体,将令数句之外,得一字之助矣。外字难谬,况章句欤!

赞曰:断章有检,积句不恒。理资配主,辞忌失朋。环情草调,宛转相腾。离同合异,以尽厥能。

丽辞第三十五(存目)

比兴第三十六(存目)

夸饰第三十七（存目）

事类第三十八

事类者,盖文章之外,据事以类义,援古以证今者也。昔文王繇《易》,剖判爻位,《既济》九三,远引高宗之伐,《明夷》六五,近书箕子之贞:斯略举人事以征义者也。至若胤征羲、和,陈《政典》之训;盘庚诰民,叙迟任之言:此全引成辞以明理者也。然则明理引乎成辞,征义举乎人事,乃圣贤之鸿谟,经籍之通矩也。《大畜》之象,"君子以多识前言往行",亦有包于文矣。

观夫屈、宋属篇,号依诗人,虽引古事,而莫取旧辞。唯贾谊《鵩赋》,始用《鹖冠》之说;相如《上林》,撮引李斯之书,此万分之一会也。及杨雄《百官箴》,颇酌于《诗》《书》,刘歆《遂初赋》,历叙于纪传,渐渐综采矣。至于崔、班、张、蔡,遂捃摭经史,华实布濩,因书立功,皆后人之范式也。

夫姜桂因地,辛在本性;文章由学,能在天才。才自内发,学以外成,有学饱而才馁,有才富而学贫。学贫者迍邅于事义,才馁者劬劳于辞情,此内外之殊分也。是以属意立文,心与笔谋,才为盟主,学为辅佐。主佐合德,文采必霸;才学褊狭,虽美少功。夫以子云之才,而自奏不学,及观书石室,乃成鸿采。表里相资,古今一也。故魏武称张子之文为拙,然学问肤浅,所见不博,专拾掇崔、杜小文,所作不可悉难,难便不知所出。斯则寡闻之病也。

夫经典沉深,载籍浩瀚,实群言之奥区,而才思之神皋也。杨、班以下,莫不取资,任力耕耨,纵意渔猎,操刀能割,必裂膏腴。是以将赡才力,务在博见,狐腋非一皮能温,鸡蹠必数千而饱矣。是以综学在博,取事贵约,校练务精,捃理须核,众美辐凑,表里发挥。刘劭《赵都赋》云:"公子之客,叱劲楚令歃盟;管库隶臣,呵强秦使鼓缶。"用事如斯,可称理得而义要矣。故事得其要,虽小成绩,譬寸辖制轮,尺枢运关也。或微言美事,置于闲散,是缀金翠于足胫,靓粉黛于胸臆也。

凡用旧合机,不啻自其口出,引事乖谬,虽千载而为瑕。陈思,群才之英也,《报孔璋书》云:"葛天氏之乐,千人唱,万人和,听者因以蔑《韶》、《夏》矣。"此引事之实谬也。按葛天之歌,唱和三人而已。相如《上林》云:"奏陶唐之舞,听葛天之歌,千人唱,万人和。"唱和千万人,乃相如推之。然而滥侈葛天,推三成万者,信赋妄书,致斯谬也。陆机《园葵》诗云:"庇足同一智,生理各万端。"夫葵能卫足,事讥鲍庄;葛藟庇根,辞自乐豫。若譬葛为葵,则引事为谬;若谓"庇"胜"卫",则改事失真。斯又不精之患。夫以子建明练,士衡沉密,而不免于谬。曹仁之谬高唐,又曷足以嘲哉!夫山木为良匠所度,经书为文士所择,木美而定于斧斤,事美而制于刀笔,研思之士,无惭匠石矣。

赞曰:经籍深富,辞理遐亘。皓如江海,郁若昆、邓。文梓共采,琼珠交赠。用人若己,古来无懵。

练字第三十九

夫文象列而结绳移,鸟迹明而书契作,斯乃言语之体貌,而文章之宅宇也。苍颉造之,鬼哭粟飞;黄帝用之,官治民察。先王声教,书必同文,辀轩之使,纪言殊俗,所以一字体,总异音。《周礼》保氏,掌教六书。秦灭旧章,以吏为师。乃李斯删籀而秦篆兴,程邈造隶而古文废。汉初草律,明著厥法。太史学童,教试六体。又吏民上书,字谬辄劾。是以马字缺画,而石建惧死,虽云性慎,亦时重文也。至孝武之世,则相如撰篇。及宣、成二帝,征集小学,张敞以正读传业,杨雄以奇字纂训,并贯练《雅》、《颉》,总阅音义。鸿笔之徒,莫不洞晓。且多赋京苑,假借形声,是以前汉小学,率多玮字,非独制异,乃共晓难也。暨乎后汉,小学转疏,复文隐训,臧否大半。及魏代缀藻,则字有常检,追观汉作,翻成阻奥。故陈思称"杨马之作,趣幽旨深,读者非师传不能析其辞,非博学不能综其理"。岂直才悬,抑亦字隐。自晋来用字,率从简易。时并习易,人谁取难?今一字诡异,则群句震惊,三人弗识,则将成字妖矣。后世所同晓者,虽难斯易,时所共废,虽易斯难,趣舍之间,不可不察。

夫《尔雅》者,孔徒之所纂,而《诗》《书》之襟带也;《苍颉》者,李斯之所辑,而鸟籀之遗体也。《雅》以渊源诂训,《颉》以苑囿奇文,异体相资,如左右肩股,该旧而知新,亦可以属文。若夫义训古今,兴废殊用,字形单复,妍媸异体,心既托声于言,言亦寄形于字,讽诵则绩在宫商,临文则能归字形矣。

是以缀字属篇,必须练择:一避诡异,二省联边,三权重出,四调单复。

诡异者,字体瑰怪者也。曹摅诗称:"岂不愿斯游,褊心恶(呕)呶。"两字诡异,大疵美篇,况乃过此,其可观乎!联边者,半字同文者也。状貌山川,古今咸用,施于常文,则龃龉为瑕,如不获免,可至三接,三接之外,其字林乎!重出者,同字相犯者也。《诗》《骚》适会,而近世忌同,若两字俱要,则宁在相犯。故善为文者,富于万篇,贫于一字,一字非少,相避为难也。单复者,字形肥瘠者也。瘠字累句,则纤疏而行劣;肥字积文,则黯黕而篇暗。善酌字者,参伍单复,磊落如珠矣。凡此四条,虽文不必有,而体例不无。若值而莫悟,则非精解。

至于经典隐暧,方册纷纶,简蠹帛裂,三写易字,或以音讹,或以文变。子思弟子"於穆不似"者,音讹之异也。晋之史记,"三豕渡河",文变之谬也。《尚书大传》有"别风淮雨",《帝王世纪》云"列风淫雨"。"别"、"列"、"淮"、"淫",字似潜移。"淫""列"义当而不奇,"淮""别"理乖而新异。傅毅制诔,已用"淮雨";元长作序,亦用"别风"。固知爱奇之心,古今一也。史之阙文,圣人所慎,若依义弃奇,则可与正文字矣。

赞曰:篆隶相镕,《苍》《雅》品训。古今殊迹,妍蚩异分。字靡易流,文阻难运。声画昭精,墨采腾奋。

隐秀第四十

夫心术之动远矣,文情之变深矣,源奥而派生,根盛而颖峻,是以文之英蕤,有秀有隐。隐也者,文外之重旨者也;秀也者,篇中之独拔者也。隐以复意为工,秀以卓绝为巧。斯乃旧章之懿绩,才情之嘉会也。夫隐之为体,义生文外,秘响旁通,伏采潜发,譬爻象之变互体,川渎之韫珠玉也。故互体变爻,而化成四象;珠玉潜水,而澜表方圆。……

……"朔风动秋草,边马有归心",气寒而事伤,此羁旅之怨曲也。凡文集胜篇,不盈十一,篇章秀句,裁可百二。并思合而自逢,非研虑之所求也。或有雕削取巧,虽美非秀矣。故自然会妙,譬卉木之耀英华;润色取美,譬缯帛之染朱绿。朱绿染缯,深而繁鲜;英华曜树,浅而炜烨。秀句所以照文苑,盖以此也。

赞曰:深文隐蔚,余味曲包。辞生互体,有似变爻。言之秀矣,万虑一交。动心惊耳,逸响笙匏。

指瑕第四十一

管仲有言:"无翼而飞者声也;无根而固者情也。"然则声不假翼,其飞甚易;情不待根,其固匪难。以之垂文,可不慎欤!古来文士,异世争驱。或逸才以爽迅,或精思以纤密,而虑动难圆,鲜无瑕病。陈思之文,群才之俊也,而《武帝诔》云"尊灵永蛰",《明帝颂》云"圣体浮轻"。浮轻有似于蝴蝶,永蛰颇疑于昆虫,施之尊极,不其嗤乎?左思《七讽》,说孝而不从,反道若斯,馀不足观矣。潘岳为才,善于哀文,然悲内兄,则云"感口泽",伤弱子,则云"心如疑"。《礼》文在尊极,而施之下流,辞虽足哀,义斯替矣。若夫君子,拟人必于其伦,而崔瑗之诔李公,比行于黄、虞,向秀之赋嵇生,方罪于李斯。与其失也,虽宁僭无滥,然高厚之诗,不类甚矣。凡巧言易标,拙辞难隐,斯言之玷,实深白圭。繁例难载,故略举四条。

若夫立文之道,惟字与义。字以训正,义以理宣。而晋末篇章,依希其旨,始有赏际奇至之言,终有抚叩酬即之语,每单举一字,指以为情。夫赏训锡赉,岂关心解;抚训执握,何预情理?《雅》《颂》未闻,汉魏莫用,悬领似如可辩,课文了不成义,斯实情讹之所变,文浇之致弊。而宋来才英,未之或改,旧染成俗,非一朝也。近代辞人,率多猜忌,至乃比语求蚩,反音取瑕,虽不屑于古,而有择于今焉。又制同他文,理宜删革,若掠人美辞,以为己力,宝玉大弓,终非其有。全写则揭箧,傍采则探囊,然世远者太轻,时同者为尤矣。

若夫注解为书,所以明正事理,然谬于研求,或率意而断。《西京赋》称中黄、育、获之畴,而薛综谬注,谓之阉尹,是不闻执雕虎之人也。又《周礼》井赋,旧有"匹马";而应劭释"匹",或量首数蹄,斯岂辩物之要哉?原夫古之正名,车"两"而马"匹","匹""两"称目,以并耦为用。盖车贰佐乘,马俪骖服,服乘不只,故名号必双,名号一正,则虽单为匹矣。匹夫匹妇,亦配义也。夫车马小义,而历代莫悟;辞赋近事,而千里致差;况钻灼经典,能不谬哉?夫辩"匹"而数首蹄,选勇而驱阉尹,失理太甚,故举以为戒。丹青初炳而后渝,文章岁久而弥光。若能檃括于一朝,可以无惭于千载也。

赞曰:羿氏舛射,东野败驾。虽有俊才,谬则多谢。斯言一玷,千载弗化。令章靡疚,亦善之亚。

养气第四十二

昔王充著述,制养气之篇,验己而作,岂虚造哉!夫耳目鼻口,生之役也;心虑言辞,神之用也。率志委和,则理融而情畅;钻砺过分,则神疲而气衰:此性情之数也。

夫三皇辞质,心绝于道华;帝世始文,言贵于敷奏。三代春秋,虽沿世弥缛,并适分胸臆,非牵课才外也。战代技诈,攻奇饰说,汉世迄今,辞务日新,争光鬻采,虑亦竭矣。故淳言以比浇辞,文质悬乎千载;率志以方竭情,劳逸差于万里。古人所以余裕,后进所以莫遑也。

凡童少鉴浅而志盛,长艾识坚而气衰,志盛者思锐以胜劳,气衰者虑密以伤神,斯实中人之常资,岁时之大较也。若夫器分有限,智用无涯,或惭凫企鹤,沥辞镌思。于是精气内销,有似尾闾之波;神志外伤,同乎牛山之木。怛惕之盛疾,亦可推矣。至如仲任置砚以综述,叔通怀笔以专业,既暄之以岁序,又煎之以日时,是以曹公惧为文之伤命,陆云叹用思之困神,非虚谈也。

夫学业在勤,故有锥股自厉;至于文也,则有申写郁滞,故宜从容率情,优柔适会。若销铄精胆,蹙迫和气,秉牍以驱龄,洒翰以伐性,岂圣贤之素心,会文之直理哉!且夫思有利钝,时有通塞。沐则心覆,且或反常;神之方昏,再三愈黩。是以吐纳文艺,务在节宣,清和其心,调畅其气,烦而即舍,勿使壅滞,意得则舒怀以命笔,理伏则投笔以卷怀,逍遥以针劳,谈笑以药倦,常弄闲于才锋,贾馀于文勇,使刃发如新,腠理无滞,虽非胎息之万术,斯亦卫气之一方也。

赞曰:纷哉万象,劳矣千想。玄神宜宝,素气资养。水停以鉴,火静而朗。无扰文虑,郁此精爽。

附会第四十三

何谓附会?谓总文理,统首尾,定与夺,合涯际,弥纶一篇,使杂而不越者也。若筑室之须基构,裁衣之待缝缉矣。夫才童学文,宜正体制。必以情志为神明,事义为骨髓,辞采为肌肤,宫商为声气,然后品藻玄黄,摛振金玉,献可替否,以裁厥中:斯缀思之恒数也。

凡大体文章,类多枝派,整派者依源,理枝者循干。是以附辞会义,务总纲领,驱万涂于同归,贞百虑于一致,使众理虽繁,而无倒置之乖,群言虽多,而无棼丝之乱。扶阳而出条,顺阴而藏迹,首尾周密,表里一体,此附会之术也。夫画者谨发而易貌,射者仪毫而失墙,锐精细巧,必疏体统。故宜诎寸以信尺,枉尺以直寻,弃偏善之巧,学具美之绩,此命篇之经略也。

夫文变无方,意见浮杂,约则义孤,博则辞叛,率故多尤,需为事贼。且才分不同,思绪各异,或制首以通尾,或尺接以寸附。然通制者盖寡,接附者甚众。若统绪失宗,辞味必乱;义脉不流,则偏枯文体。夫能悬识腠理,然后节文自会,如胶之粘木,石之合玉矣。是以四牡异力,而六辔如琴。驭文之法,有似于此。去留随心,修短在手,齐其步骤,总辔而已。

故善附者异旨如肝胆,拙会者同音如胡越。改章难于造篇,易字艰于代句,此已然之验也。昔张汤拟奏而再却,虞松草表而屡谴,并事理之不明,而辞旨之失调也。及倪宽更草,钟会易字,而汉武叹奇,晋景称善者,乃理得而事明,心敏而辞当也。以此而观,则知附会巧拙,相去远哉!

若夫绝笔断章,譬乘舟之振楫。克终底绩,寄深写送。若首唱荣华,而媵句憔悴,则遗势郁湮,余风不畅。此《周易》所谓"臀无肤,其行次且"也。惟首尾相援,则附会之体,固亦无以加于此矣。

赞曰:篇统间关,情数稠叠。原始要终,疏条布叶。道味相附,悬绪自接。如乐之和,心声克协。

总术第四十四

今之常言,有"文"有"笔",以为无韵者"笔"也,有韵者"文"也。夫文以足言,理兼《诗》《书》,别目两名,自近代耳。颜延年以为"笔之为体,言之文也;经典则言而非笔,传记则笔而非言"。请夺彼矛,还攻其盾矣。何者?《易》之《文言》,岂非言文?若笔果言文,不得云经典非笔矣。将以立论,未见其论立也。予以为:发口为言,属翰曰笔,常道曰经,述经曰传。经传之体,出言入笔,笔为言使,可强可弱。六经以典奥为不刊,非以言笔为优劣也。

昔陆氏《文赋》,号为曲尽,然泛论纤悉,而实体未该。故知九变之贯匪穷,知言之选难备矣。凡精虑造文,各竞新丽,多欲练辞,莫肯研术。落落之玉,或乱乎石;碌碌之石,时似乎玉。精者要约,匮者亦鲜;博者该赡,芜者亦繁;辩者昭晰,浅者亦露;奥者复隐,诡者亦曲。或义华而声悴,或理拙而文泽。知夫调钟未易,张琴实难。伶人告和,不必尽窕槬之中;动角挥羽,何必穷初终之韵。魏文比篇章于音乐,盖有征矣。夫不截盘根,无以验利器;不剖文奥,无以辨通才。才之能通,必资晓术,自非圆鉴区域,大判条例,岂能控引情源,制胜文苑哉!

是以执术驭篇,似善弈之穷数;弃术任心,如博塞之邀遇。故博塞之文,借巧倘来,虽前驱有功,而后援难继。少既无以相接,多亦不知所删,乃多少之并惑,何妍蚩之能制乎! 若夫善弈之文,则术有恒数,按部整伍,以待情会,因时顺机,动不失正。数逢其极,机入其巧,则义味腾跃而生,辞气丛杂而至。视之则锦绘,听之则丝簧,味之则甘腴,佩之则芬芳,断章之功,于斯盛矣。夫骥足虽骏,纆牵忌长,以万分一累,且废千里,况文体多术,共相弥纶,一物携贰,莫不解体。所以列在一篇,备总情变,譬三十之辐,共成一毂,虽未足观,亦鄙夫之见也。

赞曰:文场笔苑,有术有门。务先大体,鉴必穷源。乘一总万,举要治繁。思无定契,理有恒存。

时序第四十五(存目)

物色第四十六(存目)

才略第四十七

九代之文,富矣盛矣;其辞令华采,可略而详也。

虞夏文章,则有皋陶六德,夔序八音,益则有赞,五子作歌,辞义温雅,万代之仪表也。商周之世,则仲虺垂诰,伊尹敷训,吉甫之徒,并述《诗》《颂》,义固为经,文亦师矣。及乎春秋大夫,则修辞聘会,磊落如琅玕之圃,焜耀似缛锦之肆，薳敖择楚国之令典，随会讲晋国之礼法，赵衰以文胜从飨，国侨以修辞扞郑，子太叔美秀而文，公孙挥善于辞令，皆文名之标者也。战代任武，而文士不绝。诸子以道术取资，屈、宋以《楚辞》发采。乐毅报书辨以义，范雎上疏密而至，苏秦历说壮而中，李斯自奏丽而动。若在文世，则杨、班俦矣。荀况学宗，而象物名赋，文质相称，固巨儒之情也。

汉室陆贾，首发奇采，赋孟春而选《新语》，其辩之富矣。贾谊才颖，陵轶飞兔，议惬而赋清，岂虚至哉！枚乘之《七发》，邹阳之上书，膏润于笔，气形于言矣。仲舒专儒，子长纯史，而丽缛成文，亦诗人之告哀焉。相如好书，师范屈、宋，洞入夸艳，致名辞宗。然核取精意，理不胜辞，故杨子以为"文丽用寡者长卿"，诚哉是言也！王褒构采，以密巧为致，附声测貌，泠然可观。子云属意，辞义最深，观其涯度幽远，搜选诡丽，而竭才以钻思，故能理赡而辞坚矣。桓谭著论，富号猗顿，宋弘称荐，爰比相如，而《集灵》诸赋，偏浅无才，故知长于讽论，不及丽文也。敬通雅好辞说，而坎壈盛世，《显志》自序，亦蚌病成珠矣。二班两刘，奕叶继采，旧说以为固文优彪，歆学精向，然《王命》清辩，《新序》该练，璇璧产于昆冈，亦难得而逾本矣。傅毅、崔骃，光采比肩，瑗、寔踵武，能世厥风者矣。杜笃、贾逵，亦有声于文，迹其为才，崔、傅之末流也。李尤赋铭，志慕鸿裁，而才力沉腿，垂翼不飞。马融鸿儒，思洽登高，吐纳经范，华实相扶。王逸博识有功，而绚采无力。延寿继志，瑰颖独标，其善图物写貌，岂枚乘之遗术欤！张衡通赡，蔡邕精雅，文史彬彬，隔世相望。是则竹柏异心而同贞，金玉殊质而皆宝也。刘向之奏议，旨切而调缓；赵壹之辞赋，意繁而体疏；孔融气盛于为笔，祢衡思锐于为文，有偏美焉。潘勖凭经以骋才，故绝群于锡命；王朗发愤以托志，亦致美于序铭。然自卿、渊已前，多役才而不课学；雄、向已后，颇引书以助文，此取与之大际，其分不可乱者也。

魏文之才，洋洋清绮。旧谈抑之，谓去植千里。然子建思捷而才俊，诗丽而表逸；子桓虑详而力缓，故不竞于先鸣，而乐府清越，《典论》辩要，迭用短长，亦无懵焉。但俗情抑扬，雷同一响，遂令文帝以位尊减才，思王以势窘益价，未为笃论也。仲宣溢才，捷而能密，文多兼善，辞少瑕累，摘其诗赋，则七子之冠冕乎？琳、瑀以符檄擅声；徐幹以赋论标美，刘桢情高以会采，应玚学优以得文；路粹、杨修，颇怀笔记之工；丁仪、邯郸，亦含论述之美。有足算焉。刘劭

《赵都》，能攀于前修；何晏《景福》，克光于后进。休琏风情，则《百壹》标其志；吉甫文理，则《临丹》成其采。嵇康师心以遣论，阮籍使气以命诗，殊声而合响，异翮而同飞。张华短章，奕奕清畅，其《鹪鹩》寓意，即韩非之《说难》也。左思奇才，业深覃思，尽锐于《三都》，拔萃于《咏史》，无遗力矣。潘岳敏给，辞自和畅，钟美于《西征》，贾馀于哀诔，非自外也。陆机才欲窥深，辞务索广，故思能入巧而不制繁。士龙朗练，以识检乱，故能布采鲜净，敏于短篇。孙楚缀思，每直置以疏通；挚虞述怀，必循规以温雅，其品藻流别，有条理焉。傅玄篇章，义多规镜；长虞笔奏，世执刚中：并桢干之实才，非群华之骀萼也。成公子安选赋而时美，夏侯孝若具体而皆微，曹摅清靡于长篇，季鹰辨切于短韵，各其善也。孟阳、景阳，才绮而相埒，可谓鲁卫之政，兄弟之文也。刘琨雅壮而多风，卢谌情发而理昭，亦遇之于时势也。景纯艳逸，足冠中兴，《郊赋》既穆穆以大观，《仙诗》亦飘飘而凌云矣。庾元规之表奏，靡密以闲畅；温太真之笔记，循理而清通，亦笔端之良工也。孙盛、干宝，文胜为史，准的所拟，志乎典训，户牖虽异，而笔彩略同。袁宏发轸以高骧，故卓出而多偏；孙绰规旋以矩步，故伦序而寡状。殷仲文之孤兴，谢叔源之闲情，并解散辞体，缥渺浮音，虽滔滔风流，而大浇文意。

宋代逸才，辞翰鳞萃，世近易明，无劳甄序。

观夫后汉才林，可参西京；晋世文苑，足俪邺都。然而魏时话言，必以元封为称首；宋来美谈，亦以建安为口实。何也？岂非崇文之盛世，招才之嘉会哉？嗟夫！此古人所以贵乎时也。

赞曰：才难然乎，性各异禀。一朝综文，千年凝锦。馀采徘徊，遗风籍甚。无曰纷杂，皎然可品。

知音第四十八（存目）

程器第四十九

《周书》论士，方之梓材，盖贵器用而兼文采也。是以朴斵成而丹腹施，垣墉立而雕杇附。而近代词人，务华弃实。故魏文以为"古今文人类不护细行"，韦诞所评，又历诋群才。后人雷同，混之一贯，吁可悲矣！

略观文士之疵：相如窃妻而受金，杨雄嗜酒而少算，敬通之不循廉隅，杜笃之请求无厌，班固谄窦以作威，马融党梁而黩货，文举傲诞以速诛，正平狂憨以致戮，仲宣轻脆以躁竞，孔璋偬恫以粗疏，丁仪贪婪以乞货，路粹餔啜而无耻，潘岳诡祷于愍怀，陆机倾仄于贾、郭，傅玄刚隘而詈台，孙楚狠愎而讼府。诸有此类，并文士之瑕累。文既有之，武亦宜然。古之将相，疵咎实多。至如管仲之盗窃，吴起之贪淫，陈平之污点，绛、灌之谗嫉，沿兹以下，不可胜数。孔光负衡据鼎，而仄媚董贤，况班、马之贱职，潘岳之下位哉！王戎开国上秩，而鬻官嚣俗；况马、杜之磬悬，丁、路之贫薄哉！然子夏无亏于名儒，濬冲不尘乎竹林者，名崇而讥减也。若夫屈、贾之忠贞，邹、枚之机觉，黄香之淳孝，徐幹之沉默，岂曰文士，必其玷欤？

盖人禀五材，修短殊用，自非上哲，难以求备。然将相以位隆特达，文士以职卑多诮，此江河所以腾涌，涓流所以寸折者也。名之抑扬，既其然矣，位之通塞，亦有以焉。盖士之登庸，以成务为用。鲁之敬姜，妇人之聪明耳。然推其机综，以方治国，安有丈夫学文，而不达于政事哉？彼杨、马之徒，有文无质，所以终乎下位也。昔庾元规才华清英，勋庸有声，故文艺不称；若非台岳，则正以文才也。文武之术，左右惟宜。郤縠敦《书》，故举为元帅，岂以好文而不练武哉？孙武《兵经》，辞如珠玉，岂以习武而不晓文也？

是以君子藏器，待时而动。发挥事业，固宜蓄素以弸中，散采以彪外，楩楠其质，豫章其干；摛文必在纬军国，负重必在任栋梁，穷则独善以垂文，达则奉时以骋绩。若此文人，应梓材之士矣。

赞曰：瞻彼前修，有懿文德。声昭楚南，采动梁北。雕而不器，贞干谁则？岂无华身，亦有光国。

序志第五十

夫"文心"者，言为文之用心也。昔涓子《琴心》，王孙《巧心》，心哉美矣夫，故用之焉。古来文章，以雕缛成体，岂取驺奭之群言雕龙也？夫宇宙绵邈，黎献纷杂，拔萃出类，智术而已。岁月飘忽，性灵不居，腾声飞实，制作而已。夫肖貌天地，禀性五才，拟耳目于日月，方声气于风雷，其超出万物，亦已灵矣。形甚草木之脆，名逾金石之坚，是以君子处世，树德建言，岂好辩哉？不得已也。

予生七龄,乃梦彩云若锦,则攀而采之。齿在逾立,尝夜梦执丹漆之礼器,随仲尼而南行。旦而寤,乃怡然而喜。大哉,圣人之难见也,乃小子之垂梦欤! 自生民以来,未有如夫子者也。敷赞圣旨,莫若注经,而马、郑诸儒,弘之已精,就有深解,未足立家。唯文章之用,实经典枝条,五礼资之以成,六典因之致用,君臣所以炳焕,军国所以昭明,详其本源,莫非经典。而去圣久远,文体解散,辞人爱奇,言贵浮诡,饰羽尚画,文绣鞶帨,离本弥甚,将遂讹滥。盖《周书》论辞,贵乎体要;尼父陈训,恶乎异端。辞训之异,宜体于要。于是搦笔和墨,乃始论文。

详观近代之论文者多矣。至于魏文述《典》,陈思序书,应玚《文论》,陆机《文赋》,仲治《流别》,弘范《翰林》,各照隅隙,鲜观衢路。或臧否当时之才,或铨品前修之文,或泛举雅俗之旨,或撮题篇章之意。魏《典》密而不周,陈书辩而无当,应论华而疏略,陆赋巧而碎乱,《流别》精而少功,《翰林》浅而寡要。又君山、公幹之徒,吉甫、士龙之辈,泛议文意,往往间出,并未能振叶以寻根,观澜而索源。不述先哲之诰,无益后生之虑。

盖《文心》之作也,本乎道,师乎圣,体乎经,酌乎纬,变乎《骚》。文之枢纽,亦云极矣。若乃论文叙笔,则囿别区分。原始以表末,释名以章义,选文以定篇,敷理以举统。上篇以上,纲领明矣。至于剖情析采,必笼圈条贯,摛神性,图风势,苞会通,阅声字,崇替于《时序》,褒贬于《才略》,怊怅于《知音》,耿介于《程器》,长怀《序志》,以驭群篇。下篇以下,毛目显矣。位理定名,彰乎大《易》之数,其为文用,四十九篇而已。

夫铨序一文为易,弥纶群言为难,虽复轻采毛发,深极骨髓,或有曲意密源,似近而远,辞所不载,亦不胜数矣。及其品评成文,有同乎旧谈者,非雷同也,势自不可异也;有异乎前论者,非苟异也,理自不可同也。同之与异,不屑古今,擘肌分理,唯务折衷。按辔文雅之场,环络藻绘之府,亦几乎备矣。但言不尽意,圣人所难,识在瓶管,何能矩矱。茫茫往代,既沉予闻;眇眇来世,倘尘彼观也。

赞曰:生也有涯,无涯惟智。逐物实难,凭性良易。傲岸泉石,咀嚼文义。文果载心,余心有寄。

主要参考书目

校 释 翻 译

范文澜《文心雕龙注》(人民文学出版社,1958年)

刘永济《文心雕龙校释》(中华书局,1962年)

杨明照《文心雕龙校注拾遗》(上海古籍出版社,1982年)

詹锳《文心雕龙义证》(上海古籍出版社,1989年)

王运熙、周锋《文心雕龙译注》(上海古籍出版社,1998年)

研 究 专 著

黄侃《文心雕龙札记》(中华书局上海编辑所,1962年)

王运熙《文心雕龙探索》(增补本)(上海古籍出版社,2005年)

王元化《文心雕龙讲疏》(上海古籍出版社,1992年)

杨明《刘勰评传》(南京大学出版社,2000年)

初版后记

自复旦大学中文系开设原典精读课程以来,我为好几届本科同学上过《文心雕龙》精读课。现在的这本小书就是在备课、上课的基础上写成的。

让同学们沉下心来,逐字逐句地研读若干经典性著作,实在是非常必要。就在这本小书即将写完的时候,笔者读到《复旦青年》第183期刊载的一篇讲演,讲演人是香港大学亚洲研究中心研究员甘阳先生,由《复旦青年》记者滕昌怡整理。题目是《通识教育理论与实践》。这里摘抄其中的几节:

> 在知识大爆炸的时代,特别需要掌握那些恒久不变的,具有经典价值的基本内容,而不是对知识的变化紧追不舍。
>
> 芝加哥的哈金斯提出过通识教育的阅读课程设置不是不断更新的问题而是亘久不变的问题,通识教育要学生思考人类的永恒性问题和本族群的特殊性问题,因此通识教育集中在读历代经典著作。
>
> 只有真正阅读经典文本才能体会其中的意义。
>
> 假定现在学生只能上一个学期的人文通识课,我宁可一个学期集中精神读一本《庄子》或者《孟子》这样的基本文本,这比上全部的哲学史要有用的多。

我觉得就人文科学的学习而言,这些话颇值得深长思之。

《文心雕龙》这样一部体大思精的古代文论著作,这样一部用骈文写就、今人读来感到文字艰深的著作,连专业研究者都还对其中不少内容理解纷歧,我们怎能奢望本科学生读一个学期就能掌握?不过作为中文系学生,又岂能在这部要籍面前却步？我们希望能让他们认准大门，知道该怎样循路而入。从几年教学的情况看，同学们，特别是那些用功的同学们，还是非常有兴趣的。笔者能感受到那样一种令人喜悦的课堂气氛，也曾经获得教学相长之乐。《丽辞》篇有这样的话："反对者，理殊趣合者也；正对者，事异义同者也。"殊与异，合与同，是近义词，为何分属反对与正对这两种截然不同的对偶呢？开始笔者上课时并未能讲透。有同学课后进行了思考，把自己的想法写成短文交给我。这就促使我进一步去想，去查。现在书中关于这个问题的解说，就是在那之后写出来的。是否说对了还不一定，但总之是在同学的推动下的一点进步。

笔者学习、研究《文心雕龙》，完全是在导师王运熙先生指引下进行的。王先生的研究，极富独创性，又极其实事求是，正是成功地精读的一个范例。本书的基本观点，从对《文心雕龙》性质、结构、基本思想的认识，到对一些概念、范畴、语句的理解，都来自王先生。本书的写作，可以说是笔者对王先生研究成果的体会和阐发。当然从其他学者那里也受到启发。《文心雕龙》这部颇不容易读的著作，能取得今天这样的研究成果，经过了许多前辈、同行多少年的辛勤探索，笔者衷心地感到敬佩。

本书所引《文心雕龙》原文，据林其锬、陈凤金先生校编《文心雕龙集校合编》中的《元至正刊本〈文心雕龙〉集校》(暨南出版社，2002年)，亦有少数文字依据他本。《文心雕龙》异文纷繁，情况复杂，校者众多。林、陈二位先生的校本广泛吸取众家成果，最便于使用。

最后，关于这本书的利用，简单地说几句。全书共有十八讲。按照笔者上课的情况看，一个学期是上不完的。因为想要多介绍一些重要篇目，所以写得多一些。每讲分若干节，每节在原文之后是讲解。讲解大多不复述大意，更不作逐句串讲、翻译，只是就笔者觉得需要解说、阐发的地方加以说明和生发。这样做，也许有时会让人感到文气不太连贯。因此读者读讲解时应与原文配合着读，最好在先大体读懂原文的基础上再看讲解。为节省篇幅，讲解中一般都不引原文。因此读者应时时将"讲解"的文字与原文对照着看。另有"备参"一项，或介绍某些有关的背景资料，或较详细地考证某些语词的含意，因不便放入讲解内，故另设此项。笔者对那些语词的理解，或与一般的译注书不同,而又觉得较为重要,故不惮词费,不避繁琐。既是精读,必要的考证是少不了的。

衷心希望读者,包括同学们,对本书提出意见和批评。

2006 年 7 月

图书在版编目（CIP）数据

文心雕龙精读/杨明著. —2版. —上海：复旦大学出版社，2016.8（2023.6重印）
（汉语言文学原典精读系列）
ISBN 978-7-309-12371-5

Ⅰ. 文… Ⅱ. 杨… Ⅲ. ①文学理论-中国-南朝时代②《文心雕龙》-研究　Ⅳ. I206.2

中国版本图书馆 CIP 数据核字（2016）第 141098 号

文心雕龙精读
杨　明　著
责任编辑/宋文涛

复旦大学出版社有限公司出版发行
上海市国权路 579 号　邮编：200433
网址：fupnet@ fudanpress. com　http：//www. fudanpress. com
门市零售：86-21-65102580　　团体订购：86-21-65104505
出版部电话：86-21-65642845
常熟市华顺印刷有限公司

开本 787×1092　1/16　印张 19.5　字数 275 千
2016 年 8 月第 2 版
2023 年 6 月第 2 版第 3 次印刷

ISBN 978-7-309-12371-5/I · 1007
定价：48.00 元